LAWRENCE DURRELL

MOUNTOLIVE

İSKENDERİYE DÖRTLÜSÜ 3

Can Modern

Mountolive: İskenderiye Dörtlüsü 3, Lawrence Durrell
İngilizce aslından çeviren: Ülker İnce
Mountolive
İlk baskı: Faber & Faber, 1958
Bu çeviride kaynak alınan baskı: *The Alexandria Quartet*, Faber & Faber, 1982

1. basım: 1984
6. basım: Haziran 2022, İstanbul
Bu kitabın 6. baskısı 2000 adet yapılmıştır.

Dizi editörü: Emrah Serdan
Editör: Seçkin Selvi
Düzelti: Ebru Aydın
Mizanpaj: Atahan Sıralar

Kapak tasarımı: Utku Lomlu / Lom Creative (www.lom.com.tr)

Baskı ve cilt: Türkmenler Matbaacılık Reklam San. ve Tic. Ltd. Şti.
Maltepe Mah. Gümüşsuyu Cad. No: 16-18
Topkapı, İstanbul
Sertifika No: 43087

ISBN 978-975-07-5710-5

CAN SANAT YAYINLARI
YAPIM VE DAĞITIM TİCARET VE SANAYİ A.Ş.
Maslak Mah. Eski Büyükdere Cad. İz Plaza Giz, No: 9/25 Sarıyer/İstanbul
Telefon: (0212) 252 56 75 / 252 59 88 / 252 59 89 Faks: (0212) 252 72 33
canyayinlari.com
yayinevi@canyayinlari.com
Sertifika No: 43514

LAWRENCE DURRELL

MOUNTOLIVE

İSKENDERİYE DÖRTLÜSÜ 3

ROMAN

1984 AZRA ERHAT ÇEVİRİ ÖDÜLÜ

İngilizce aslından çeviren

Ülker İnce

can

Lawrence Durrell'ın Can Yayınları'ndaki diğer kitapları:

Justine / İskenderiye Dörtlüsü 1, 1984
Balthazar / İskenderiye Dörtlüsü 2, 1984
Clea / İskenderiye Dörtlüsü 4, 1985
Monsieur / Auignon Beşlisi 1, 1995
Livia / Avignon Beşlisi 2, 1995
Constance / Avignon Beşlisi 3, 1996
Sebastian / Avignon Beşlisi 4, 1996
Quinx / Avignon Beşlisi 5, 1998
Kara Defter, 1997
Karanlık Labirent, 2007
Kıbrıs'ın Acı Limonları, 2007

LAWRENCE DURRELL, 1912'de Hindistan'da doğdu. Genç yaşta İngiltere'ye giderek Dışişleri Bakanlığı'nda çalışmaya başladı. Mısır, Yugoslavya, Rodos, Kıbrıs ve Güney Fransa'da görev yaptı. Hindistan'da Hint ve Tibet kültürünü, dinlerini ve mistik atmosferlerini yakından tanıdı. Kıbrıs'taki görevi ise, ona başta Mısır olmak üzere Akdeniz ülkelerinin uzun geçmişi, inanışları, gizemle gerçeğin birbirine örüldüğü yaşam biçimleriyle tanışma fırsatını verdi. Bu bilgi ve birikimler, Eskiçağ'ın belli başlı kültür merkezi İskenderiye ve Akdeniz'in öteki ucunda, Ortaçağ Avrupa'sını karanlığa boğan kilise egemenliğinin başkenti Avignon ortamında yüzyılımızın en çarpıcı romanlarını hayata geçirdi: *İskenderiye Dörtlüsü* ve *Avignon Beşlisi*. Durrell, 1990'da Fransa'da öldü.

ÜLKER İNCE, Hacettepe Üniversitesi Yabancı Diller Yüksek Okulu Mütercim-Tercümanlık Bölümü'nde öğretim görevlisi olarak İngilizce ve çeviri dersleri verdi. Daha sonra 1989-2000 yılları arasında Boğaziçi Üniversitesi Mütercim-Tercümanlık Bölümü'nde ders verdi. Bu arada Can Yayınları ve Telos Yayıncılık'ta yayın yönetmenliği yaptı. Bugüne değin yirmiden fazla çevirisi yayımlandı. 1985'te, Lawrence Durrell'dan yaptığı *İskenderiye Dörtlüsü* çevirisiyle *Yazko Çeviri* dergisinin Azra Erhat Çeviri Ödülü'ne layık görüldü.

Claude'a

Justine ile *Balthazar* adlı romanların ana baba-bir kardeşi ve bir dörtlünün üçüncü cildi olan bu kitapta yer alan bütün kişiler, bütün oluntular tam anlamıyla düşseldir. Çağdaş Ortadoğu tarihine, Diplomatlık Hizmetleri personel düzenine pek bağlı kalmadığım zamanlar oldu, gerekli gördüğüm yerlerde bir romancının kayıtsız kalma hakkını kullandım. Trafalgar Meydanı'nın çıplaklığını yumuşatmak için birkaç karaağaç ekleyerek orayı güzelleştirdim.

Honi soit qui mal y pense.[1]

1. (Fr.) Kötü düşünen utansın. (Ç.N.)

"Düş bir kez dağılıp yok olduktan sonra insan eski sağlam kafa düzenine kavuşabilseydi olay pek de önemli olmayacaktı – zihinsel suç işlemenin öyküsüdür bu. Herkes çok iyi bilir de hiç kimse bundan rahatsız olmaz. Ama ne yazık! Bazen biri çıkar, işi biraz daha ileriye götürür. Acaba, diye merak ediyor insan, acaba böylesine ululanmış soyut biçimiyle bile insanı böylesine derinden sarsan bir düş bir de gerçekleşirse, neler olmaz? Lanetli kuruntu dirilir, onun var olması bir suçtur."

D.A.F. De Sade, *Justine ya da Erdemin Felaketleri*

Il faut que le roman raconte[1]

Stendhal

1. (Fr.) Bir roman, bir hikâye anlatmalı. (Y.N.)

I

Geleceği son derece parlak küçük bir görevli olarak Arapçasını ilerletmek üzere bir yıllığına Mısır'a gönderilmişti; orada ilk diplomatik görevine atanmayı beklerken kendisini bir tür yazıcı sıfatıyla Yüksek Komisyon'da çalışırken buldu; ama ilerideki görevinin tam anlamıyla ayırdında, sanki elçiliğin genç bir sekreteriymiş gibi davranıyordu. Ancak bugün çekingen davranmak her zamankinden daha zordu, çünkü balık avı çok heyecanlı olmaya başlamıştı.

Bir zamanlar jilet gibi olan tenis pantolonunun, kolejli ceketinin buruşmasına, taban tahtalarının arasından taşan sintine suyunun bembeyaz lastik ayakkabılarının burnunu kara bir yama gibi lekelemesine gerçekten de hiç aldırdığı yoktu. İnsan Mısır'da hep kendisini koyverirdi böyle. Kendisine şans eseri verilmiş olan tanıtma mektubuna şükrediyordu, o mektup sayesinde İskenderiye yakınlarındaki Hosnani topraklarına, göller ve bentler ağının üzerine kurulmuş büyük, köşeli, eski zaman evine gelmişti. Evet.

Şu anda içinde bulunduğu altı düz sandal, dalyanın kara kamış çubuklarla işaretlenmiş av bölgesini giderek çember içine alan sandalların büyük yarı dairesinde yerini almak üzere, küçük küçük dürtüklemelerle çamurlu suda burnunu doğuya veriyordu. Küçük sırık hareketleriyle sandallar daire olurlarken hava kararmıştı – birden her şey altın menekşe rengi zemin üzerinde yarı kabartma gibi görünmeye başladı. Leylak rengi son aydınlıkta, toprak, duvar halısı gibi koyulaştı, gölden yükselen nem dolayısıyla sağda solda su serapları titreşiyordu. İnsan, yok olmanın eşiğinde titreyen bir sabun köpüğünde bütün dünyanın yansıdığı sanısına kapılırdı. Suyun ötelerinden gelen sesler de öyle, bir yükseliyor bir alçalıyor, saydamlaşıyordu. Kendi öksürüğü hızlı kanat çırpışlarıyla çabucak uzaklaştı. Akşam karanlığı basmıştı ama hâlâ sıcaktı, gömleği sırtına yapışıyordu. Onlara kadar ulaşan karanlığın parmakları, dev iğnedenlikler gibi, hayvan pençeleri gibi, küçük yastıklar gibi suda benek benek duran ve kıyıları sazlarla çevrili adacıkların sınırlarını koyultmuştu yalnızca.

Sandallar ağır ağır, dua ya da meditasyon hızıyla ilerleyerek büyük çemberi yavaş yavaş daraltıyordu; ama aynı hızla toprak ve su da eridiği için ona hep Mareotis'in alüvyonlu sularında değil de gökyüzünde yolculuk ediyorlarmış gibi geliyordu. Görünmeyen bir yerden kazların şapırtıları duyuluyordu, bir kuş filosu acı acı bağırarak, ayaklarını halicin sularında sürükleyerek, deniz uçakları filosu gibi havalanmış, suyla göğü bir köşeden ikiye bölmüştü. Mountolive içini çekti, çenesi avucunda, bakışlarını kahverengi suya dikti. Böylesine mutlu olmaya hiç alışkın değildi. Gençlik umutsuzluk yaşıdır.

Sırığı suya her daldırışta hırıldayan tavşandudaklı küçük kardeş Naruz'un sesi arkadan geliyor, sandalın sarsıntısı böğründe yankılanıyordu. Melas gibi koyu çamur *lap lap* suya damlıyor, sırık iştahla ağız şapırdatıyordu. Çok güzeldi ama öyle kötü kokuyordu ki: Yine de halicin leş gibi kokularından hoşlandığını görmek çok tuhafına gitti. Ötelerden, deniz kıyısından esen rüzgârın hava akımları zaman zaman çevrelerinde dolanıp geri çekiliyor, zihnine tazelik veriyordu. Yukarıda, güneşin sönen gözünde gümüş rengi yağmur gibi duran sivrisinek korosu vızıldamaktaydı. Değişmekte olan ışığın ağı zihnini tutuşturmuştu. Yüreğinin acelesiz atışlarını dinlerken, "Naruz, öyle mutluyum ki," dedi.

Genç oğlan utangaç, ıslıklı bir kahkahayla güldükten sonra, "Çok iyi, çok iyi," diyerek başını önüne eğdi. "Bu daha bir şey değil. Bekle. Çemberi daraltıyoruz."

Mountolive gülümsedi. Kendi kendine bir kadının adını yinelermiş gibi, "Mısır," dedi. "Mısır."

Naruz, kısık, tatlı sesiyle, "Şuradaki ördekler *rusé*[1] değil biliyor musun?" dedi. İngilizcesi kötü ve tumturaklıydı. "Onları kaçak avlamanın en kolay yolu, ('Kaçak avlamak' denir değil mi?) altlarına dalıp bacaklarından yakalamaktır. Tüfekle vurmaktan daha kolay, öyle değil mi? İstersen yarın gideriz." Sırığı sallarken yine hırıldamış, içini çekmişti.

"Peki ya yılanlar?" dedi Mountolive. O gün öğleden sonra suda kocaman yılanların yüzdüğünü görmüştü.

Naruz iri omuzlarını kaldırıp kıkırdadı, "Yılan yok," dedikten sonra bir kez daha güldü.

Mountolive yanağını sandalın pruva tahtasına dayamak için başını yana çevirdi. Gözucuyla ayakta sırık sallayan yol arkadaşını görebiliyor, onun kıllı kollarını, ellerini, güçlü, sıkı bacaklarını inceleyebiliyordu. Arapça olarak, "Biraz da ben kullanayım mı?" diye sordu. Ev sahiplerine kendi dillerinde bir şeyler söylediği zaman onları ne kadar sevindirdiğini biliyordu. Gülümseyerek verdikleri yanıtlar kucaklama gibi bir şeydi adeta. "Kullanayım mı, ha?"

1. (Fr.) Kurnaz. (Ç.N.)

Naruz olağanüstü güzel gözlerinin, kalın sesinin yanında fazla dikkat çekmeyen çirkin gülümsemesiyle, "Olur mu hiç!" karşılığını verdi. Alnına dökülmüş kara buklelerinden terler damlıyordu. Olumsuz yanıtının kaba kaçmış olabileceği korkusuyla hemen ardından ekledi: "Karanlık basar basmaz sürek avı başlayacak. Ben neler yapmam gerektiğini biliyorum. Sen izle, balıklara bak." Dudağının yırtık yerinin iki ucundaki iki küçük pembe et parçası tükürükten ıslanmıştı. İngiliz gencine sevgiyle göz kırptı.

Karanlık, hızla üstlerine çöküyor, ışık can çekişiyordu. Naruz birden haykırdı: "Tam zamanı şimdi. Şuraya bak!" Ellerini büyük bir gürültüyle çırparak suyun öteki tarafında bir yere doğru haykırmış, başını kaldırıp parmağının gösterdiği yere bakan yol arkadaşını ürkütmüştü.

"Nereye?"

En uzak sandaldan atılan tüfeğin donuk patlama sesi havada yankılandı, apansız havalanan bir kuş, ufuk çizgisini ikiye bölmüştü. Öncekilerden daha ağır yükselen bu kuş –tıpkı kabuğundaki çatlaktan hafifçe görülen nar taneleri gibi– pembe bir yara halinde ilerleyerek toprakla havayı birbirinden ayırıyordu. Daha sonra pembeden ala dönüşüp birden aklaştı, suya değer değmez eriyen bir kar sağanağı halinde gölün yüzeyine indi. İkisi birden, "Flamingo!" diye bağırıp gülmeye başladılar. Karanlık çökmüş, görünür dünyayı silmişti.

Uzun süre derin soluklar alıp vererek gözlerinin karanlığa alışmasını beklediler. Uzaktaki sandallardan gelen sesler, gülüşmeler ta onlara kadar ulaşıyordu. Birisi, "Ya Naruz!" diye seslendi, bir kez daha yineledi: "Ya Naruz!" Naruz kıkırdamakla yetinmişti. Sonra kısa bağlamalı vuruşlarla çalınan bir darbukanın sesi duyuldu. Müziğin ritimlerini, aynı anda Mountolive'in zihni kaydediyordu, öyle ki az sonra kendi parmaklarının da tahtaya vurmaya başladığını gördü. Artık göl dipsizleşmiş, sarı çamur –tarihöncesi göl çatlaklarının yumuşak çamuru ya da denize dökmek üzere Nil'in önüne katıp sürüklediği kara katran gibi çamur– görünmez olmuştu. Bütün karanlık hâlâ çamur kokuyordu. "Ya Naruz!" diye bir kez daha seslenildi. Mountolive aralarını açа açа şu sözcükleri söyleyen büyük kardeş Nessim'in deniz rüzgârıyla taşınan sesini tanımıştı: "Işıkları... yakma... zamanı... geldi." Naruz kısa, sert bir bağırışla karşılık verdi. El yordamıyla kibriti bulmaya çalışırken keyiften hırıltılar çıkarıyordu. Gururla, "Şimdi göreceksin," dedi.

Sandalların oluşturduğu çember, dalyanın çevresinde daralmaya başladı, sıcak karanlıkta kibritler parladı, az sonra pruvalara takılı karpit lambalarında sarı titrek çiçekler açtı, parlaklaşmadan önce yalpalayan ışıklar sırayı bozmuş olanların düzeltmelerine olanak sağlamıştı. Naruz özür dileyerek konuğunun üstünden eğilip elleriyle pruvayı araştırdı. O böyle eğilmiş lastik tüpü yoklar, lambanın karpit taşlarıyla dolu bakalit kutusunu sallarken, Mountolive onun güçlü gövdesinin ter kokusunu duyuyordu. Naruz bir düğmeyi çevirip kibriti çaktıktan sonra bir anda oturdukları yeri koyu dumanlar sardı, soluklarını tuttular ama dumanlar çarçabuk dağıldı. Aşağıda göl suyu koskoca renkli bir kristal gibi yarım daire biçiminde ışımıştı. Şaşkın, meraklı, hatta belki de sevinçli bir halde kaçışan, yeniden toplaşan balıkların imgelerini sihirli bir lamba gibi pırıl pırıl yansıtıyordu. Naruz soluğunu sertçe dışarı vererek yerine döndü. "Aşağı bak," diye üsteledikten sonra, "sakın başını yukarı kaldırma," diye ekledi. Bu son öğüdü anlamamış olan Mountolive ona sormak üzere başını çevirdiğinde o, "Başına bir palto ört. Yalıçapkınları balık gördüler mi çılgına dönerler ama gözleri gece iyi görmez. Geçen kez yanağımı yardırdım; Sobhi bir gözünden oldu. Yüzünü öne ve aşağı çevireceksin," dedi.

Mountolive kendine söyleneni yaparak oraya uzandı, lamba ışığının kıpır kıpır havuzcuğunun üstünde yüzüyordu; havuzcuğun dibinde çamur değil, eşsiz bir kristal vardı, içinde su kaplumbağaları, kurbağalar, kaygan balıklar –yukarıdaki dünyanın bu saygısızca konukluğundan rahatları kaçan yaratıklar– kaynaşıyordu. Sandal sendeleyerek yeniden hareket ederken, soğuk sintine suyu, ayağının başparmaklarına kadar yükselmişti. Gözucuyla ışıklardan oluşan büyük yarım dairenin, çiçek zincirinin, daha büyük bir hızla kapandığını görebiliyordu; sanki sandallara yön ve tempo vermek isteyen bir davulun sesi, bir türkü duyuldu; yumuşak, hüzünlü ama buyurgandı. Bir kez daha dönen sandalın sarsıntısının belkemiğinde yankılanışını duydu. Bu duyumları şimdiye kadar tanıdığı hiçbir şeye benzemiyordu, yepyeniydi.

Su koyulaşmış, yoğunlaşmıştı; ağır bir ateşte karıştırıla karıştırıla pişirilen yulaf çorbası gibi koyulmuştu. Ama daha dikkatli bakılınca bu görünümü suyun değil, balıkların çoğalmasının yarattığı anlaşılıyordu. Kum gibi kaynaşmaya başlamışlardı, sürüler halinde ok gibi gidiyorlardı, kendi sayılarının bilincine varmaktan heyecanlanmışlardı ama yine de her biri, bir yöne çekiyor bir yöne savuşuyordu. Kordon, bir ilmek gibi daraldı, en yakın sandalla, en yakın mum ışığı öbeğiyle aralarında yalnızca beş-altı metre mesafe kalmıştı. Kayıkçılar boğuk boğuk haykırıyor, pat pat suya vuruyorlardı, yumuşak göl tabanına doluşan, sığlıklar başladıkça, aydınlık dairenin içindeki tuzağa düştüklerini anladıkça daha da çok telaşlanan balık sürülerinden kendileri de heyecanlanmıştı. Bu kaynaşmada, bu fırıl fırıl dönüşlerde çıldırmışlık vardı. Sandalların içindeki silik insan karaltıları balıkçı kepçelerini hazırlıyordu, bağırışmalar sıklaştı, Mountolive heyecandan kanının daha hızlı aktığını duyumsuyordu. "Az kaldı. Hiç kımıldama!" diye bağırdı Naruz.

Su zamk gibi koyulaşmıştı, karanlığın içinde gümüş gövdeler sıçrıyor ama madenî para gibi parlayarak yeniden sığlıklara düşüyorlardı. Işık daireleri birbirine değiyor, üst üste biniyordu, kuşatma tamamlanmıştı, kıvır kıvır kıvranan balıkların, Noel çorapları gibi tıklım tıklım dolu, bitişik düzen dizilmiş balıkçı kepçelerinin uzun ağından yukarı sıçrayıp sığlıklara atlayan kara gövdelerinin şapırtıları dört yanı sarmıştı. Kurtulanlar da korku içindeydi, onların telaşlı atlayışlarıyla dalyanın bütün yüzeyi parçalanmıştı, titrek lambaların üstüne soğuk sular sıçratıyor, sandalların içine kapaklanıyorlardı. Soğuk balık pullarından, çırpınan kuyruklardan oluşan ürpertici bir hasat. Onların heyecanlı ölüm kavgaları davulun sesi kadar bulaşıcıydı. Ağlar doldukça hava kahkahalarla çınlıyordu. Mountolive, uzun beyaz entarilerinin eteklerini bellerine sıkıştırmış Arapların en yakın pruvaları elleriyle tutarak sandalların sallanmasını önlemeye çalışırken birbirine bağlı ağları yavaş yavaş öne doğru iterek ilerlediklerini görüyordu. Adamların kara kalçalarında ışıklar donuk donuk parlıyordu. Bütün karanlık, onların yabansı neşeleriyle dolmuştu.

Birden beklenmedik bir olguyla daha karşılaştılar – tıpkı aşağıdaki su gibi tepelerindeki gök de koyulmaya başladı. Karanlığın içinde ansızın tanınmaz biçimler belirmişti, çünkü pike yapanlar göllerin kıyılarında uyuyanları uykularından uyandırmıştı. Bataklık otlarıyla çevrili halicin ötelerinden, keskin karmakarışık bağırtılarla kopup gelen yeni konuklar da ava katıldılar – yüzlerce pelikan, flamingo, turna kuşu, yalıçapkını buraya üşüşmüştü, yanlamasına uçarak sıçrayan balıkların üstüne çullanıyor, onları kapıyorlardı. Hem su hem de gök, canlı varlıklarla dolmuştu; balıkçılar ağlarını düzeltiyor, yakaladıklarını sandallara boşaltıyor ya da ağları tersine çevirip küçük dalgacıklı bir gümüş sağanağını küpeşteye boca ediyorlardı. Oturmakta olan dümencilerin ayakları kıvranan gövdelerin içine bileklerine kadar gömülmüştü. Bunca balık herkese yeterdi; hem insanlara hem kuşlara. Gölün uzun bacaklıları, kanatlarını eski moda, renkli şemsiyeler gibi beceriksizce açıp kaparken ya da kıvıl kıvıl kaynaşan suyun üstünde biçimsiz sürüler halinde süzülürken açgözlülükten, heyecandan çılgına dönmüş yalıçapkınları, martılar yıldırım hızıyla dört yandan akın ediyordu. Ölümlerine susamışçasına uçan bu kuşların kimileri bodoslamasına sandalların güvertesine çarpıp boyunlarını kırar kimileri o tüyler ürpertici gözü dönmüşlük içinde gagasını bir balıkçının kara gövdesine saplar, bir yanağı ya da kalçayı parçalardı. Sıçrayan sular, boğuk bağırtılar, gaga ve kanat sesleri, darbukaların çılgın takırtıları, hepsi olay yerine unutulmaz bir güzellik katıyor, Mountolive'e firavunların aydınlığı ve karanlığı yansıtan duvar resimlerini anımsatıyordu.

Kuşları uzaklaştırmak için çabalayan adamlar havayı sopalarla dövmeye başladılar; sonunda kıpırtılı balık yığınlarının arasında gökkuşağının bütün sihirli renklerini taşıyan kuş tüyleri, balıkların gümüş pullarının üstüne kanları sızan kırık gagalar görmek çok tuhaftı. Karanlık sandallar tepeleme doluncaya kadar bu sahne üç çeyrek saat kadar böylece sürdü. O arada Nessim yakınlarda bir yerden onlara seslenmişti: "Geri dönmek zorundayız." Suyun karşı yakasında sallanan bir feneri gösteriyordu; fenerin oyduğu ışık mağarasının içinde bir atın pürüzsüz böğürmelerini, hurma ağaçlarının testere dişli yapraklarını gördüler. Nessim, "Annem bizi bekliyor," diye bağırdı, güzel başını eğmişti, bir ışık gölünün içinde gülümsüyordu. Yüzü ancak Ravenna'daki duvar resimlerinde görülebilecek türden bir Bizanslı yüzüydü – badem biçimli, koyu renk gözlü, düzgün çizgili. Ama Mountolive onun yüzünde, ona çok benzeyen annesi Leyla'nın yüzünü görüyordu denebilir. Nessim boğuk bir sesle, "Naruz!" diye bağırdı çünkü kardeşi bir ağı bağlamak üzere suya atlamıştı. "Naruz!" Bu patırtıda insanın sesini duyurması çok güçtü. "Geri dönmek zorundayız."

Böylece sonunda Tepegöz projektörlerini yakan iki sandal, karanlık sulardan geriye, Leyla'nın, sivrisinek seslerinden başka hiçbir şeyin duyulmadığı sessizlikte atlarla birlikte kendilerini beklediği iskeleye döndüler. Yeniay çıkmıştı.

Geç kaldıkları için kendilerini azarlayan Leyla'nın sevinçli sesini gölün değişken rüzgârlarının arasından duyabiliyorlardı. Naruz kıkırdadı. Nessim, "Bir sürü balık getirdik!" diye bağırdı. Karanlıktan daha koyu olan gölgesi ayakta duruyordu, sanki ikisinin bilinçli düşüncelerinde hiç yeri olmayan olgunlaşmış bir içgüdünün kılavuzluğuyla elleri hemen buluşmuştu. Ayağa kalkıp onun yardımıyla iskeleye tırmanan Mountolive'in yüreği titredi. İki kardeş kıyıya adımlarını atar atmaz Naruz, "Eve kadar yarışa var mısın Nessim?" diye bağırdı. Atlarına atladılar, bu gülüşmeli saldırı karşısında atlar ürküp sıçradı. Leyla, "Dikkat!" diye sert sert bağırdı ama onlar ok gibi fırlayıp uzaklaştılar. Atların ayakları kıyı setinin yumuşak yollarını dövüyor ve Naruz, Mephistopheles gibi kıkır kıkır gülüyordu. Leyla yapmacık bir boyun eğişle, "N'aparsın?" dedi, o sırada çiftlik kâhyası onlara atlarını getirmişti.

Binip yola koyuldular. Uşağa fenerle birlikte önden gitmesini söylemişlerdi. Leyla atını onunkine öylesine yaklaştırdı ki, diz dize sürtünerek gidiyorlar, gövdelerini dokundurmakla yetinmeye çalışıyorlardı. Birbirlerinin sevgilisi olalı şurada kaç gün olmuştu –topu topu on gün– ama genç Mountolive'e tam bir yüzyıl, umutsuzluklar ve sevinçlerden oluşan çok uzun bir zaman geçmiş gibi, geliyordu. İngiltere'de klasik bir eğitim görmüş, duygulanma isteği duymayacak biçimde eğitilmişti. Bütün öteki derslerini, gençliğine karşın çok iyi bellemişti – kabul salonlarının, yaşadığı çevrenin sorunlarını soğukkanlılıkla karşılamayı biliyordu; ama kişisel coşkulara karşı koyabilmek için elindeki tek silah, beceriksiz bir suskunluğa dönüşecek derecede uyuşturulmuş ulusal bir duyarlılığın sinirli sessizliğiydi: İnsana susmayı, utanmayı öğreten bir eğitim. Duyarlılıkla eğitimin yan yana yürüdüğü pek görülmemiştir; ama aradaki gediği genel davranış kurallarıyla, dışarıya karşı takınılacak tutumla hiç açık vermeksizin gizleme olanağı vardır. Tutku diye bir şey duymuş, kitaplarda okumuştu ama kendi başına asla gelmeyeceğini düşünmüştü hep; oysa şimdi tutku, genellikle birden boy atan okul çocuklarında görüldüğü gibi gündelik davranışlara, uğraşlara, her günkü konuşmalara, dostluklara, kendini bırakmışlık perdesinin ardında başlı başına varlığını sürdüren gizli yaşamına burnunu sokmuştu. İçindeki erkek, henüz büyüyemeden toplumsal kişiliği aşırı derecede olgunlaşmış biriydi. Eski bir sandığı boşaltır, içinden çıkanları karmakarışık atar gibi Leyla onun içini dışına çıkarmıştı. Bütün yedek güçleri elinden alınmış toy, tatsız bir genç olduğu konusunda kuşkuları vardı. Neredeyse öfkeyle, işte sonunda burada uğruna ölmeye bile hazır olduğu bir şeyin bulunduğunu anlıyordu – ruhunu en can alıcı noktasından yakalayan kanatlı iletisini yalınlığında taşıyan bir şey. Hatta karanlıkta bile yüzünün kızarmasını istiyordu. Bu çok saçmaydı. *Sevmek* saçmaydı, şöminenin rafından düşmek gibi bir şey. Acaba yeniayı yansıtan gölün kıyısında, hurma ağacı tayflarının arasında annesi ikisini böyle diz dize giderken görebilseydi, ne derdi? "Mutlu musun?" diye fısıldadı Leyla. Mountolive bileğini yalayıp geçen dudaklarının dokunuşunu duydu. Sevgililer birbirlerine söyleyecek –daha önce binlerce kez söylenip geri alınmamış– bir söz bulamazlar. Öpüşler bu binlerce hiçi yaralara çevirmek için uydurulmuştur. Leyla bir kez daha, "Mountolive, David, sevgilim," dedi.

"Evet."

"Çok suskunsun. Uyudun sandım."

Kendi allak bullak dünyasıyla yüz yüze gelmekten Mountolive'in kaşları çatılmıştı. "Düşünüyordum," dedi. Bir kez daha dudakların bileğinde gezindiğini duydu.

"Sevgilim."

"Sevgilim."

Tatlı su kanallarıyla halici bölen setler ağının üzerine kurulmuş dört köşeli bir yapı olan eski ev görününceye kadar diz dize gittiler. Havada yavru yarasalar uçuşuyordu. Evin üst balkonları pırıl pırıl aydınlıktı ve hasta adam, yamuk, yılık gövdesiyle orada, tekerlekli iskemlesine oturmuş, kıskanç bakışlarını geceye dikmiş, onları bekliyordu. Leyla'nın kocası bilinmeyen bir kas hastalığından ölmek üzereydi; günden güne eridikçe aralarındaki zaten büyük olan yaş farkı –çünkü Leyla kırk yaşındaydı, kırktan da genç gösteriyordu, oysa kocası altmışın üstündeydi– daha da fazlaymış gibi görünüyordu. Bu zayıflama hastalığı adamcağızı yiyip bitirmiş, şalların, battaniyelerin arasında içi boş bir kabuğa dönüşmesine yol açmıştı, bu kabuğun içinden iki uzun duyarlı el uzanıyordu. Küçük oğlunun yüzünde yankısını bulan suskun kaba çehresiyle, iki omzunun arasında çarpık duran başı bazen karnavallarda sopalara geçirilip taşınan maskeleri andırıyordu. Bunlara eklenecek bir tek şey kalıyor, o da; Leyla kocasını seviyordu!

"*Leyla onu seviyordu!*" Mountolive kendi beyninin sessizliğinde bu sözcükleri papağan gibi acı acı haykırmadan düşünemiyordu. Nasıl sevebilirdi? Bunu kendisine kaç kez sormuştu. Böyle bir şey nasıl olabilirdi?

Döşeme taşlarının üzerinde atların nal seslerini duyan koca, iskemlesini balkonun önüne iterek hırçın bir sesle sordu: "Sen misin Leyla?" Sesi sanki, aşağıdan yukarıya kendisine doğru kalkan gülümsemedeki sevgiden, yalnızca çocukların anlayabileceği bir avutuculukla Doğulu uysallığını birleştirerek, "Sevgilim," diye yanıtlayan birinin boğuk, tatlı kontralto sesin sıcaklığından incinmeye hazır yaşlı bir çocuğun sesine benziyordu. Yüksek tahta merdivenleri bir koşuda çıkan Leyla onu kucaklayarak, "Hepimiz kazasız belasız döndük işte!" diye bağırdı. Mountolive atından ağır ağır inerken, hasta adamın rahatlayarak içini çekişini duydu. Onları kucaklaşırken görmektense bir kolanı gereksiz yere sıkıştırmaya çalışarak oyalanmayı yeğledi. Kıskançlıkla ilgisi yoktu, onun kuşkuculuğu kendisini çok üzüyor, çok yaralıyordu. Genç olmak, toy olmak, kendi gizli köşenden dışarı sürüklendiğini duyumsamak iğrenç bir şeydi. Bütün bunlar nasıl gelmişti başına? Sanki İngiltere'den milyonlarca kilometre uzaktaydı, sanki deri değiştirir gibi geçmişini sırtından çıkarıp atmıştı. Ilık geceyi yasemin ve gül kokuları dolduruyordu. Daha sonra Leyla, odasına gelecek olursa kazık gibi kaskatı kesilecek, hiç konuşmadan, hiçbir şey düşünmeden o şaşılası genç gövdeyi neredeyse hiç istek ya da pişmanlık duymadan kollarının arasına alacaktı; başından aşağı soğuk su dökülmüş gibi oldu, gözlerini kapadı. Merdivenleri ağır ağır çıkıyordu; uzun boyluydu, dik ve yakışıklı, böyle olduğunu kendisine öğreten Leyla'ydı.

Hasta adam kulak tırmalayıcı sesiyle, "Hoşuna gitti mi Mountolive?" diye sordu. Sesinde (suyun yüzüne çıkan yağ gibi) gurur ve kuşku yüzüyordu. Uzun boylu kara bir uşak, tekerlekli masayı ona doğru sürdü, üstünde bir sürahi viski duruyordu – ne şaşılası bir aykırılıklar dünyası: Olağanüstü güzel halılarla ve İkinci İmparatorluk döneminin Türk yapısı alelacayip eşyalarıyla dolu, duvarları Omdurman'da ele geçirilmiş Güney Afrika mızraklarıyla kaplı bu eski, kocaman evde sömürgeciler gibi "akşam" içkisi içmek! "Otursana," dedi adam.

Mountolive gülümseyerek otururken kitapların, dergilerin, Leyla'nın yenilmemek için sürekli doyurduğu bir düşünce açlığının simgelerinin – ta buralara, konuk odasına kadar yayıldığına dikkat etti. Doğal olarak kitaplarını, dergilerini *haremde* saklardı, ama her zaman evin başka yerlerine de taşıyorlardı. Kocasının bu dünyadan hiç nasibi yoktu. Bedensel yetersizliği arttıkça daha kaygılandırıcı boyutlara ulaşan kıskançlığından çekindiği için, Leyla bunu, ona elinden geldiğince fark ettirmemeye çalışırdı. Oğullar yıkanıyordu – Mountolive'in kulağına bir yerlerden akan su sesi geliyordu. Biraz sonra özür dileyip yemek için beyaz takımını giymek üzere odasına çekilecekti. Bir yandan içkisini yudumluyor, bir yandan tekerlekli iskemlede oturan buruşturulmuş kâğıt misali adamla yumuşak, ahenkli sesiyle konuşuyordu. Bu adamın karısının âşığı olmak ona ürkünç, ürkünç olduğu kadar yakışıksız görünüyordu; oysa Leyla bu aldatmacayı öylesine olağan, öylesine rahat sürdürüyordu ki, Mountolive şaşmadan edemiyordu. (Soğukkanlı, tatlı sesi, falan filan; onu fazla düşünmemeye çalışsa iyi olacaktı.) Kaşlarını çatarak içkisini yudumladı.

Tanıtma mektubunu sunmak üzere ta buralara gelmek onun için hiç kolay olmamıştı; otomobil yolu hâlâ ırmağın ancak sığ geçit yerine kadar geliyordu, daha sonra kanalların arasındaki eve ulaşabilmek için ata binmek zorundaydı. Neredeyse bir saat tek başına bekledikten sonra kendisine at verecek iyiliksever bir yolcuya rastlamasaydı, varmak istediği yere ulaşamayacaktı. O saatte hasta adamın dışında evde kimse yoktu. Tumturaklı, ağdalı bir Arapçayla kaleme alınmış tanıtma mektubunu okurken adamın sanki mektubun yazarı karşısındaymış gibi mektuptaki selamlara verilmesi gereken kibar yanıtları yüksek sesle verdiğini görmek, Mountolive'i çok eğlendirmişti. Sonra birden başını kaldırıp genç İngiliz'in yüzüne sevecenlikle bakarak konuşmaya başladı, Mountolive de alçak sesle yanıtlar verdi. "Gelir bizimle kalırsın – Arapçanı ilerletmenin tek yolu bu. İstersen iki ay. Oğullarım İngilizce bilirler, seninle konuşmak hoşlarına gidecektir. Karımın da öyle. Evde yeni bir yüz, bir yabancı görmek en bayıldıkları şeydir. Sevgili Nessim'in bu yıl Oxford'da son yılı." Bir an gözlerinde parlayan övünç ve mutluluk daha sonra sönerek yerini her zamanki acı ve kedere bıraktı. Hastalık horlanmaya davetiye çıkarır. Hasta bir adam bunu çok iyi bilir.

Mountolive kabul etmiş, hem yerel izinlerinden hem yıllık İngiltere izninden vazgeçerek Kıpti toprak ağasının evinde iki ay kalma izni almıştı. Bu, şimdiye kadar bildiği her şeyden kopmak demekti; hiç kuşkusuz ta Ortaçağ'a, belki onun da ötesine uzanan bir derebeyliğin bilinçsiz şatafatına dayanan, onunla beslenen bir aile yaşamının içine girecekti. Burton, Beckford, Lady Hester dünyasına... Acaba onlar da hâlâ yaşıyor muydu? Ama burada, kendi hayal gücünün fırçasıyla boyanmış tuvalin tam ortasında bulunan birinin elverişli konumundan bakıldığı zaman, yabancıl şeylerin birdenbire bütünüyle normalleştiğini görmüştü. Yabancılın bütün şiiri onu bilinçsizce yaşamaktan doğuyordu. Arap dilinin açıl susamının şimdiden el vermeye hazır olduğunu anlayan Mountolive, ilk kez yabancı bir ülkenin, yabancı bir yaşam biçiminin içine gerçekten girdiğini duyumsamaya başladı. Böyle durumlarda herkes bu duyguyu yaşardı, yani eski bir benliği yitirip onun yerine yeni bir benlik geliştirmenin baş döndürücü erincini. Sanki kayıyor, kendi renklerini yitiriyor denebilirdi. Eğitimin gerçek anlamı bu muydu acaba? El değmemiş, kocaman, büsbütün bir dünyayı, imgeleminden söküp yeni yaşamının toprağına aktarmaya başlamıştı bile.

Hosnani ailesinde garip bir uyum vardı. O zarif Nessim'le annesinin ruh yapıları birbirine çok yakındı, ikisi de aynı yoğun duyarlılık ve zekâ dünyasını paylaşıyorlardı. En büyük oğul olarak, annesine hizmet edebilmek için hep hazırolda bekliyordu; ona bir kapı mı açılacak, yerden mendili mi alınacak, hemen fırlıyordu. Hem İngilizcesi hem de Fransızcası, davranışları kadar kusursuz, gövde yapısı kadar güçlü ve zarifti. Sonra, mum ışığının öteki yanında karşılarında oturan diğer iki kişi, paçavralara sarılı hasta adamla onun küçük oğlu. Bir çoban köpeği kadar sert ve kaba olan küçük oğulda, sanki her an silah başına çağrılmayı beklermiş gibi anlatılması zor bir hal vardı. İrikıyım, çirkin ve inceliksizdi; ama babasının ağzından çıkan her sözü nasıl can kulağıyla dinlediğini görseydiniz, onun sevgi bağlantısının nereyle kurulduğunu anlardınız. Basitliği gözlerine yansıyordu, o da her an hizmete hazırdı. Gerçekten de toprak işlerinden fırsat bulup evde kalabildiği zamanlar, tekerlekli iskemlenin arkasındaki uşağa yol verir, göğsü gururla kabararak babasına hizmet eder, hatta onu kucağına alıp sevecenlikle neredeyse şeytansı bir hazla tuvalete götürmekten mutluluk duyardı. Annesine bakışlarında sakat adamın gözlerinde parlayan gurura, çocuksu kedere benzer bir şeyler vardı. Ama her ne kadar iki kardeş bir zeytin çubuğu gibi böyle ikiye ayrılmışlarsa da, aralarında kopukluk yoktu, aynı dalın devamıydılar, bunu biliyor, birbirlerini yürekten seviyorlardı; çünkü aslında birbirlerinin tamamlayıcısıydılar, birinin güçsüz olduğu yerde öteki güçlüydü. Nessim kan dökmekten, el işlerinden, çirkin davranışlardan hoşlanmaz, Naruz'sa bunların hepsine bayılırdı. Peki Leyla? Kuşkusuz Mountolive onu güzel bir bilmece olarak görüyordu, oysa biraz daha deneyimli biri olsaydı, ondaki doğallıkta, tam bir ruh arılığı, taşkın doğasında kendini özgürce gerçekleştirmesine izin verilmemiş, bu yüzden de uzlaşmaların arasına uysalca geri çekilmiş bir yaradılış görebilirdi. Örneğin, kendinden bunca yaşlı bir adamla evliliği tam bir uzlaşma evliliğiydi – her şeye karşın Mısır buydu işte. Onun ailesinin mal varlığıyla Hosnani'lerinki denk görülmüştü – bütün bu tür evliliklerdeki gibi iki büyük şirket birleşmişti. Mutlu muydu, değil miydi, bunu düşünmek hiç aklından geçmemişti. Açtı, hepsi bu; servetlerinin dayanağı bu ağır yükümlülükle toprakların sınırları dışında, bu eski evin duvarlarının ötesinde kalan kitaplar, toplantılar dünyasına açtı. Uysaldı, yumuşak başlıydı, çok iyi eğitilmiş bir hayvan gibi sevdiklerine bağlıydı. Ama tekdüzelikten çok canı sıkılıyor, ne yapacağını şaşırıyordu. Genç kızlığında Kahire'de başarıyla öğrenimini tamamladıktan sonra, Avrupa'ya gidip sürdürme umudunu birkaç yıl yitirmemişti. Doktor olmak istiyordu. Ama o dönemde Mısırlı kadınlar için –Mısır düşünce biçiminin, toplumunun dar kalıpları şöyle dursun– kara peçeden kurtulmak bile büyük bir şanstı. Mısırlılar Avrupa'yı yalnızca zenginlerin uğrağı bir alışveriş merkezi olarak görürdü. Kuşkusuz ana babasıyla birkaç kez Paris'e gitmiş, hepimiz gibi, o da oraya âşık olmuştu ama iş Mısır alışkılarının engellerini aşıp ana baba ağından büsbütün kurtulmaya –yetenekli bir beyni doyurabilecek bir yaşama kaçmaya– gelince, işte o noktada büyüklerinin tutuculuğu kaya gibi karşısına dikildi. Evlenmeli, Mısır'da kalmalıydı, aldığı soğuk yanıt bu oldu. Tanıdıkları zenginler arasında ona bulabildiklerinin en iyi yüreklisini, en elverişlisini seçtiler. Düşler kayalığının kıyısında duran, hâlâ güzel ve zengin Leyla (gerçekten de İskenderiye'nin kibarlar çevresinde "kara kırlangıç" diye bilinirdi) her şeyin renksizleşmeye, yavanlaşmaya başladığını görüyordu. Uymak zorundaydı. Kuşkusuz, birkaç yılda bir alışveriş etmek ya da tatil yapmak üzere kocasıyla birlikte Avrupa'ya gitmesine kimsenin bir diyeceği yoktu... Ama yaşamı Mısır'a ait olmalıydı.

İster istemez kabul etti, onların kendisi için düşünüp çizdikleri yaşam biçimine tepkisi önceleri umutsuzluk, daha sonra boyun eğiş oldu. Kocası iyi yürekli, düşünceli bir adamdı ama kafası biraz kalıncaydı. Bu yaşam Leyla'da istek diye bir şey bırakmadı. Kocasına aşırı bağlılığı onu büsbütün kocasının işleriyle ilgilenmeye itmişti, Avrupa yaşam biçiminin uzak da olsa izlerini taşıyan tek başkent İskenderiye'den, kocasının isteğine uyarak uzak duruyordu. Kendisini Delta'nın köreltici havasına, Hosnani topraklarındaki yaşamın tekdüzeliğine bırakalı yıllar olmuştu. Daha çok yurtdışında eğitim gören, seyrek de olsa ziyaretleriyle eve biraz canlılık getiren Nessim aracılığıyla nefes alıyordu. Ama bitip tükenmeyen dünya merakını yatıştırmak için dört dilde dergilere, kitaplara abone olmuştu; dört dilin dördünü de anadili kadar iyi, belki ondan daha iyi biliyordu, çünkü yürürlükten düşmüş, boyutsuz Arapça hiç kimsenin düşünmesine ya da duymasına tek başına yetmiyordu. Böylece yıllardır süren bu boyun eğiş kavgasında umutsuzluk öğesi zaman zaman sinir hastalığı biçiminde su yüzüne çıkıyor, kocası buna hiç de akılsızca olmayan bir ilaç öneriyordu: İskenderiye'de on günlük bir tatil. Her gidişinde yanaklarına kan gelirdi. Ama zamanla bu ziyaretler de seyrekleşti. Hiç anlamadan dost çevresinin dışına kaymış, onların hafif konuşmalara, ıvır zıvır görüşlere dayanan dünyasında gittikçe daha acemi kaldığını görmeye başlamıştı. Kent yaşamı onu sıkıyordu. Büyük gölün suları gibi sığlaşmış, kurumuştu; yıllar onun iç gözlem gücünü artırırken dostları ona yetişememiş, birkaç ad, birkaç yüzden başka çevresinde kimse kalmamıştı – örneğin Doktor Balthazar, örneğin Amaril, onlar gibi birkaç kişi daha. Ama İskenderiye çok yakında kendisinin olmaktan çıkıp bütün bütüne Nessim'in olacaktı. Öğrenimini bitirir bitirmez, gemiciliğe, petrole, tungstene kadar kol atan, suyu arayan kökleriyle hızla büyüyüp dal budak salmakta olan bankacılık kuruluşunun başına geçirilecekti... Ama bu işler gerçekleştiğinde Leyla sözcüğün tam anlamıyla dünyadan elini ayağını çekmiş olacaktı.

Aralarına bir yabancının, Mountolive'in gelişine hazırlıklı olmadığını duyumsamasında bu yalnız yaşamın payı vardı. O ilk gün çölde yaptığı at gezintisinden geç saatte dönmüş, kocasıyla konuğun arasındaki yerine, tatlı bir heyecanla süzülmüştü. Mountolive ona hemen hemen hiç bakmadı; çünkü o heyecanlandırıcı ses bile yüreğinde alelacayip küçük titreşimler doğurmaya yetiyordu, yüreği bu titreşimleri kayda geçiriyor ama anlamaya çalışmak istemiyordu. Leyla beyaz bir külot pantolon, sarı bir frenk gömleği giymiş, boynuna eşarp bağlamıştı. Küçük, düzgün elleri beyaz ve yüzüksüzdü – o gün oğulların ikisi de öğle yemeğinde görünmediler; hayli ileri Arapçası, kusursuz Fransızcasıyla Leyla'yı şaşırtmış olan genç adama yemekten sonra evi ve bahçeyi gezdirmeyi seçen Leyla oldu, Mountolive'e, bir kadının biricik oğluna, çocuk adama göstereceği hafif kaygılı özeni gösteriyordu. Onda gördüğü gerçek öğrenme isteği, hevesi Leyla'yı, kendisinin de şaştığı bir gönül borcu duygusunun coşkusuyla doldurmuştu. Çok saçmaydı; ama o zamanlar onları, onların dillerini, dinlerini, alışkılarını öğrenmek, değerlendirmek isteyen tek bir yabancı çıkmıyordu. Mountolive kendi kendine söz geçirmede ne kadar güçsüzse, kusursuz davranma konusunda da o kadar başarılıydı. Birbirlerinin seslerini sanki bir düşteymiş gibi duyarak gül bahçesinde yan yana yürüyorlardı. Solukları yetmiyor, neredeyse boğulacak gibi oluyorlardı.

O akşam Mountolive, Leyla'nın kocasının önerisini kabul ederek yakında geri dönüp kendileriyle kalmak üzere evden ayrılırken Leyla'yı hiçbir yerde bulamadılar. Uşaklardan biri, hanımının baş ağrısından rahatsız olarak yattığı haberini getirdi. Ama Leyla onun dönüşünü inatçı, kuruntuyla karışık bir merakla beklemişti.

Kuşkusuz ilk günün akşamı Mountolive iki oğulla da tanıştı, çünkü o gün öğleden sonra Nessim, İskenderiye'den çıkageldi. Mountolive ona bakar bakmaz, onun kendisi gibi yaşamı, kurallara dönüşmüş biri olduğunu anlamıştı. Birbirlerine tepkilerinde sinirlilik göze çarpıyordu, tıpkı müzikteki ses armonisi gibi.

Naruz'a gelince. Leyla kocasına, "Nerede şu koca Naruz?" diye sormuştu, sanki ikinci oğul kendisinden çok kocasını ilgilendiriyormuş, onun yaşamdan payı oymuş gibi.

"Kırk gündür kuluçka evinde kapalı kaldı. Yarın döner."

Leyla hafifçe utanmış gibi görünüyordu. Belli belirsiz kızararak Mountolive'e açıklamada bulundu: "O, ailenin çiftçisi olacak, Nessim de bankeri." Sonra bir kez daha kocasına dönerek, "Mountolive'le birlikte Naruz'u çalıştığı yerde görmeye gidebilir miyiz?" diye sordu.

"Elbette."

Mountolive, Leyla'nın adını söyleyişine bayılıyordu. Fransız ses titremlemesiyle, "Montolif," diyordu, sanki dünyanın en romantik adıydı. Bu düşünce de yeniydi. Leyla koluna girdi, birlikte gül bahçesini geçip hurmalıktan yürüdüler, kuluçka makinelerinin yerleştirildiği, toprak düzeyinin epeyce altında kalan tuğladan yapılmış uzun, alçak yapıya geldiler. Toprağa gömülü kapıyı biriki kez çaldıktan sonra Leyla beklemeden kapıyı itti, dar, uzun bir koridora girdiler, iki yanında karşı karşıya dizilmiş on tane fırın vardı.

Naruz örümcek ağlarıyla kaplı köşesinden kalkıp gelenlerin kim olduğuna bakmak için karanlığın içinde yürürken, "Kapıyı kapayın!" diye bağırmıştı. Onun asık yüzünden, tavşandudağından, bağırışının sertliğinden Mountolive'in biraz gözü korkmadı değil; sanki bir kayalığın tepesindeki küçük kilisenin, genç olmasına karşın, derbeder keşişinin yalnızlığına el uzatmışlardı. Derisi sarıydı, kaç gündür uyumamaktan gözlerinin çevresi kırışmıştı. Ama onları görür görmez özür diledi, kendisini yoklamak için ta buralara kadar gelmiş olmalarına çok sevinmiş göründü. Kuluçka makinelerinin nasıl çalıştığını anlatması gerekince hemen canlanmış, isteklenmişti. Leyla kurnazca, meydanı ona bıraktı. Mountolive yapay sıcaklıkla yumurtadan civciv çıkarma sanatında Mısır'ın öteden beri ünlü olduğunu biliyordu, bu süreç konusunda aydınlatılmaktan hoşlanmıştı. Yılların örümcek ağlarıyla, süpürülmemiş tozlarla kaplı bu yeraltı geçidinde ikisi tekniklerden, ısılardan konuşurlarken, yanlarında duran kadının kaçamaklı kara gözleri üzerlerinde dolaşıyor, birbirine hiç benzemeyen gövde yapılarını, davranışlarını, seslerini inceliyordu. Naruz'un güzel gözleri şu anda keyiften çakmak çakmaktı. Konuğunun ateşli ilgisi onu da coşturmuşa benziyordu. Termometrenin bozulması durumunda yumurtayı göz çukuruna yerleştirerek sıcaklığına bakmak gibi tuhaf yöntemlere kadar her şeyi ayrıntılarıyla anlattı.

Daha sonra Leyla'yla birlikte gül bahçesinden geçerlerken Mountolive, "Oğlun ne tatlı bir çocuk," dedi.

Leyla hiç beklenmedik bir biçimde kızararak başını öne eğdi. Alçak, duygulu bir sesle, "Zamanında davranıp tavşandudağını diktirmediğimiz için öyle vicdan azabı duyuyoruz ki! Sonra sonra köy çocukları onunla alay etmeye başladılar, ona deve diyorlardı, bunlar onu çok yaraladı. Develerin dudağının ikiye yarık olduğunu bilir misiniz? Hayır mı? Öyledir. Naruz kendisine uğraşacak bir şeyler bulmuştur hep," karşılığını verdi. Yanında yürüyen genç adamın yüreğinde ona karşı bir duygudaşlık kabardı. Ama dili tutulmuş gibiydi. O akşam daha sonra Leyla ortalarda görünmedi.

Başlangıçta kendi duyguları kendisini şaşırtmıştı, iç gözleme alışık değildi, yani kendi kişilik kalıtını tanımıyordu – tek sözcükle genç olduğu için onları başarıyla başından savmıştı. Daha sonra, eski moda bir aynanın önünde tıraş olur ya da kravatını bağlarken her bir ayrıntıyı kendi kendine ciddiyetle anımsayarak bütün her şeyi zihninden geçirmişti. Bu olayı saplantı halinde dönüp dönüp yeniden inceliyordu, sanki Leyla'nın kendi içinde uyandırdığı yepyeni coşkuları harekete getirip onlara egemen olmak istiyordu. Bazen sıkılmış dişlerinin arasından duyulur duyulmaz bir sesle, "Allah kahretsin!" diye bir sövgü fırlardı, sanki aklına korkulu bir felaket gelmiş gibi. Büyümeye zorlanmak hiç hoş bir şey değildi. Büyümek heyecan vericiydi. Korkuyla, tuhaf bir sevinç arasında gidip geliyordu.

Sık sık kocasının önerisi üzerine Leyla'yla çölde at gezintisi yaparlardı. Bir gece dolunay vardı, rüzgârın etkisiyle kar ya da enfiye gibi ince ince tozuyan bir kumulda yan yana uzanırlarken, kendisini yepyeni bir Leyla'yla karşı karşıya buldu. Yemeklerini yemişler, soluk aydınlıkta konuşuyorlardı. Leyla birden, "Dur. Dudağında bir kırıntı var," dedi. Öne doğru eğilip diliyle yavaşça kırıntıyı aldı.

Mountolive bir an altdudağında Mısırlı bir kedinin küçük ılık dilini duyumsamıştı. (İşte "Allah kahretsin" sözü zihninde hep bu noktada yineleniyordu.) Bunun üzerine Mountolive'in rengi soldu, bayılacak gibi olmuştu. Ama o kendisine öylesine yakındı, öylesine zararsızca gülümseyerek, burnunu kırıştırarak yanına sokulmuştu ki, onu kollarına alıp aynaya çarpan bir adam gibi sekerek ilerlemekten başka bir şey yapamazdı. Mırıltılı gölgeleri bir göl suyunun yüzeyine düşen yansımalar gibi buluştu. Bin parçaya bölünen aklı kanatlanıp çevredeki çöle dağıldı. Birbirinin âşığı olmak, işte böylesine kolay, böylesine düşünülüp taşınılmadan olan bir şeydi. Kendisi bile bir süre ne olduğunu anlayamadı. Uçan aklı yeniden başına gelince, "Ama neden ben, Leyla?" diye kekeleyerek ne kadar toy olduğunu belli etti. Sanki Leyla'nın önünde dünyanın bütün seçenekleri hazır bekliyormuş gibi.

Yere uzanan Leyla'nın bu soruyu müzikli sesiyle alay edercesine yinelediğini duyunca çok şaşırdı; bu sorudaki çocuksuluğa gerçekten bozulmuştu Leyla. "Neden mi sen? Çünkü," dedikten sonra yumuşak, tatlı sesiyle en beğendiği yazarlardan birinden bir bölümü ezbere okumaya başlaması Mountolive'i iyice afallattı.

"Şu anda bizim önümüzde olası bir gelecek uzanıyor – bir ulusun kabul etmesi ya da yadsıması için karşısına çıkarılacakların en büyüğü. Soyumuz henüz bozulmadı; kanına soylu Kuzey kanı karışmış bir soy. Henüz bileşimimizde ahlak düşüklüğü yok; ama hâlâ yönetme kararlılığımız, boyun eğme erdemimiz sürüyor. Bize katıksız bir bağışlama dini öğretildi; ya ondan uzaklaşacağız ya da onun buyruklarına uyarak onu korumasını öğreneceğiz, başka çaremiz yok. Binlerce yıllık soylu bir tarihin armağanı olan zengin bir saygınlık kalıtımız var, hayranlık uyandıracak bir açgözlülükle onu her gün biraz daha artırmak en büyük özlemimiz olmalı, öyle ki, eğer saygınlığı kıskanmak günahsa, İngilizler yeryüzündeki canlıların en günahlısı olsunlar."

Mountolive onun sesini şaşkınlık, acıma ve utançla dinledi. Leyla'nın onda, artık yalnızca kendi imgeleminde yaşayan bir ulusun en yetkin örneğine benzer bir şey gördüğü anlaşılıyordu. İngiltere'nin boyalı imgesini öpüyor, onu seviyordu. Şimdiye kadar Mountolive hiç bu kadar tuhaf bir şey yaşamamıştı. Leyla pürüzsüz sesini düzyazının ezgisine uydurarak o olağanüstü söylevin sonunu getirirken, Mountolive gözlerinin yaşardığını duyumsadı. "Ya da, ey siz İngiliz gençliği, ülkenizi kralların sonsuz tahtı, krallık asasına boyun eğmiş bir ada, bütün dünyayı aydınlatan bir ışık, bir barış merkezi, bilgi ve sanatın efendisi, saygısız ve kısa ömürlü saplantıların ortasında büyük anıların sadık bekçisi yapabilecek misiniz; budalaca denemelerin, cinsel isteklerin kışkırtmalarına karşın zamanla doğruluğu kanıtlanmış ilkelerin inançlı hizmetkârı; bütün ulusların acımasız, velveleci kıskançlıkları arasında şaşılası yiğitliğiyle insanlara karşı iyi niyetiyle saygı gören bir ulus olabilecek misiniz?" Sözcükler Mountolive'in kafasının içinde yankılanmaya başlamıştı.

Sertçe, "Yeter, yeter!" diye bağırdı. "Biz artık böyle değiliz Leyla." Şu Kıpti'nin kendisinin bulup aktardığı bu düş, kitaplarla beslenmiş saçma bir düştü. Bütün o sihirli kucaklamaları, nedense, hileyle kazanmış gibi geliyordu – onun kafasındaki saçma sapan düşünceler bütün olayı önemsizleştiriyor, sözgelişi, bir sokak kadınıyla kurulan bir ilişki kadar karanlık, gerçek olmayan bir şey durumuna indirgiyordu. Ölmüş bir Haçlı erinin taş yontusuna âşık olabilir mi insan?

Leyla hâlâ öfkeli bir sesle, "Bana *neden* diye soruyorsun. Çünkü," diyerek içini çekti, "sen bir İngiliz'sin, yanılmıyorsam." (Mountolive bu sahneyi zihninde her canlandırışında şaşıp şaşıp kalıyor, hayretini ancak bir küfürle dile getirebiliyordu: "Allah kahretsin.")

Sonra, dünya kuruldu kurulalı bütün acemi âşıklar gibi, işleri oluruna bırakmaya razı olmamıştı; bilinçli düşüncesinde her şeyi irdelemeli, değerlendirmeliydi. Leyla'nın verdiği yanıtlar arasında şaşırtıcı olmayanı yok gibiydi. Mountolive, kocasından söz açmaya kalksa, hemen öfkelenip utandırıcı bir dolaysızlıkla onu susturuyordu: "Onu *seviyorum*. Onu küçümsemene izin veremem. O soylu bir adamdır. Onu yaralayacak bir şeyi asla yapmam."

Genç Mountolive, "Ama... ama..." diye kekeledi. Şimdi de Leyla onun afallayışına gülmüş, bir kez daha kollarını boynuna dolayarak, "Sersem David, *sersem!* Seni kendime sevgili edinmemi bana o söyledi. Bir düşünsene, kendi açısından çok akıllıca bulmuyor musun? Bir terslik olabileceğinden, beni büsbütün yitireceğinden korktuğunu düşünürsen? Aşk özlemiyle yandığın oldu mu hiç? Aşkın ne kadar tehlikeli olduğunu bilmez misin?" demişti. Hayır bilmiyordu.

Bir İngiliz bu alelacayip düşünce kalıplarından, bu karışık, çatışık bağlılıklardan ne anlasın Tanrı aşkına? Şaşkınlıktan taş kesilmişti. "Benim tek yapacağım şey âşık olmamaya çalışmak, olmayacağım da." Peki neden? Kendisini değil de, kendisi yoluyla ülkesini sevmeyi seçtiği için mi? Bu soruya yanıt bulamıyordu. Toyluğun verdiği tutukluktan dili bağlanmıştı. Gözlerini kapadı, sanki kapkaranlık bir boşluğa sırtüstü yuvarlanıyordu. Leyla bunu sezmişti, onda çok sevimli bir saflık buluyordu: Bir bakıma bütün kadınlık ateşini, bütün açıksözlülüğünü kullanarak onu erkek yapmayı kendisine görev edinmişti. Ona hem sevgilisi hem de büyümesine önderlik edebileceği zavallı bir çocuk adam gözüyle bakıyordu. Ancak (neden sakınması gerektiğini Leyla kendi kafasında açıklıkla saptamış olmalıydı), Mountolive'in bu vesayete duyabileceği herhangi bir kızgınlığa karşı, gözünü dört açması gerekiyordu. Böylece kendi görgü ve bilgisini ona belli etmemiş, onun neredeyse kendi yaşıtıymışçasına arkadaşı olmuştu. Ortak oldukları suç öylesine günahsız, öylesine ayıplanması olanaksız görünüyordu ki, Mountolive'deki suçluluk duygusundan en küçük iz kalmadı; Leyla yoluyla yepyeni bir kararlılık, kendine güven kazanmaya başladı. Onun sakınımlarına saygı göstermesi, ona âşık olmaması gerektiğini kendi kendine aynı kararlılıkla söylemişti ama gençler için bu tür ayrımlamalar yapmak olanağı yoktur. Kendi çeşitli duygusal gereksinimlerini, tutku aşkını, besinini kendine tutkunluktan alan aşk serüveninden ayıramıyordu. Arzudan boğulur gibi oluyor, bunu niteleyecek söz bulamıyordu. Bu kertede İngiliz eğitimi onun her adımını köstekliyordu. Suçluluk duymadan mutlu olması bile olanaksızdı. Ama her şeyi pek açık seçik anladığı söylenemezdi: Bir sevgilinin, bir suç ortağının çok ötesinde biriyle karşı karşıya bulunduğunu ancak belli belirsiz sezebiliyordu. Leyla yalnızca ondan daha deneyimli olmakla kalmıyordu, aynı zamanda, onun canını sıkacak kadar, onun kendi dilinde kendisinden daha çok şey okumuş, daha çok şey öğrenmişti. Gelgelelim, örnek bir dost, örnek bir sevgili olarak bunu ona asla belli etmiyordu. Deneyimli bir kadının başvurabileceği öyle çok çözüm yolu vardır ki. Her zaman takılma biçiminde yansıyan bir sevecenliğe sığınır, bilgisizliği için onu haşlayarak merakını kışkırtırdı. Tutkusunun onun üzerindeki etkisini görünce için için seviniyordu – kızgın ütüye tükürük değmiş gibi cas diye dağlayan öpüşlerinin. Artık Mısır'ı Leyla'nın gözleriyle yeniden görmeye başlıyordu – ama yepyeni bir boyut eklenmiş olarak. Bir dili çok iyi bilmenin hiçbir anlamı yoktu, bunu ancak şimdi anlıyordu; çünkü Leyla ona anlamaya dayanmayan bilginin boşluğunu göstermişti.

Not tutma alışkanlığı iliklerine işlemiş biri olarak, küçük cep günlüğünün Leyla'yla yaptıkları uzun at gezintileri sırasında gözüne çarpan verilerle dolup taştığını gördü, ama bunlar ülkeyle ilgili verilerdi; çünkü kendi duygularıyla ilgili tek bir sözcük, hele hele Leyla'nın adını yazmaktan ödü kopuyordu. İçinde şöyle şeyler vardı:

"Pazar. Yoksul, sinek yuvası bir köyden geçerken dostum parmağıyla evlerin duvarlarına kazınmış çiviyazısı benzeri işaretleri göstererek onları okuyup okuyamadığımı soruyor. Ben de aptal gibi hayır yanıtını veriyorum. Sakın Amharca olmasın? Gülüyor. Açıklama şu: Her altı ayda bir buradan geçen saygıdeğer bir çerçi, Medine'den özel bir kına getirirmiş, kutsal kentle ilişkisinden dolayı buralarda pek tutulan bir şeymiş. Genellikle buralılar çok yoksul oldukları için, onlara daha sonra ödenmek üzere satış yapan çerçi, unutma olasılığına karşı toprak duvara bir tuğla parçasıyla çentik atıyormuş.

Pazartesi. Ali'nin dediğine göre uçan yıldızlar gökteki meleklerin attıkları taşlarmış. Cennetteki konuşmaları gizlice dinleyip geleceğin gizlerini öğrenmeye çalışan kötü cinleri kovmak için atıyorlarmış. Arapların hiçbiri çölden korkmuyor, Bedeviler bile. Tuhaf.

Sonra, konuşmanın birden kesildiği zaman, bizim 'Melekler geçti' dediğimiz duraklamaya onlar başka türlü tepki gösteriyorlar. Bir anlık bir suskunluktan sonra biri, 'Wahid Dhu,' ya da, 'Tanrı bir,' diyor, bunun ardından orada bulunan herkes coşkuyla '*La illahe illaallah*' ya da, 'Tanrı'dan başka Tanrı yoktur,' karşılığını yineliyor, ondan sonra konuşmaya dönülüyor. Bu küçük alışkılar son derece sevimli.

Sonra: Ev sahibim artık çalışmamaktan söz ederken çok tuhaf bir deyim kullanıyor, "Ahiretini yapmak," diyor.

Sonra: Bir zerre amber eklenmiş Yemen kahvesi hiç içmemiştim şimdiye kadar. Çok hoş tadı var.

Sonra: Muhammed Şebab, kendisiyle tanışmamız sırasında bana cam tapalı küçük bir şişeden yasemin esansı ikram etti – hani Avrupa'da bizim sigara ikram edişimiz gibi.

Sonra: Kuşları çok seviyorlar. Yarı yıkık bir mezarlıkta, mezarların üzerindeki mermerlere kuşların su içmesi için oyulmuş küçük çukurlar gördüm, dostum cuma günleri ziyarete gelen köy kadınlarının bunlara su doldurduklarını söyledi.

Sonra: Zenci kâhya Ali, dev bir haremağası, bana en çok mavi gözden, kızıl saçtan korktuklarını, onları uğursuz saydıklarını anlattı. Tuhaf değil mi, Kuran'daki sorgucu meleklerin en korkutucu yanları mavi gözleri."

Böylece genç Mountolive aralarında yaşamak üzere geldiği insanların tuhaf yönlerini not edip kendininkilere çok yabancı davranışları öğrenmeye çalışan birine yakışacak bir özenle bunların üstünde düşünüyordu. Okuduğu şeylerden edindiği Doğu'nun düş imgesiyle gerçeklik arasında bir tür şiirsel tutarlılık görünce çok seviniyordu. Bunlar Leyla'nın kanat gerdiği ikiz imgeler –İngiltere'nin şiirsel imgesiyle, bu imgenin canlı örneği sıfatıyla kendisine sevgili seçtiği utangaç, hatta birçok yönlerden toy oğlan imgesi– kadar büyük uyuşmazlık göstermiyordu. Ama Mountolive büsbütün de budala değildi; hayatta öğrenilmesi gereken çok önemli iki dersi öğreniyordu: dürüstçe sevişmek ve düşünmek.

Sonra ona bambaşka bir heyecan, bir duygu veren başka öyküler, başka sahneler de vardı. Bir gün hepsi atlarına atlayıp tarlaların arasından sürerek, artık onurlu bir emeklilik yaşayan eski dadıları Halima'yı görmeye gittiler. Oğlanlar küçükken onların hem en birinci dadıları hem de dostlarıymış. "Hatta," diyerek Leyla açıklamada bulundu, "benim sütüm çekildiği zaman onları emzirdi bile."

Naruz boğuk boğuk güldü. Mountolive'e, "Bizim 'çiğneyicimiz'di. Ne demek biliyor musun?" dedi. "O zamanlar Mısır'da küçük çocuklara yiyecekleri kaşıkla vermeden önce çiğneyen hizmetçiler vardı, çocukları onlar doyuruyordu."

Halima, azat edilmiş Sudanlı siyah bir köleydi, o da şekerkamışı tarlalarının ortasında küçük, sazlardan örülmüş bir kulübede sayısız çocuk, torun arasında, esenlik içinde "ahiretini yapıyordu". Yaşını kestirmek olanaksızdı. Hosnani ailesinin gençlerini görünce nasıl sevindi bilemezsiniz. Onların atlarından atlayıp doğruca onun kucağına koşuşları Mountolive'i çok duygulandırdı. Leyla da sevgi gösterisinde onlardan aşağı kalmadı. Yaşlı zenci kadın şaşkınlığı geçince bu ziyaretin onuruna küçük bir dans yapmakta diretti; acayip de görünse inceliksiz değildi. Hepsi sevgi içinde halka olup el çırpmaya başladılar, önce bir topuğunun, sonra ötekinin üzerinde dönüşüne uygun tempo tutuyorlardı. Oyun bitince kucaklamalar, gülüşmeler yinelendi. Bu yapmacıksız, içten sevgi Mountolive'in çok hoşuna gitmişti. Parlayan gözlerle sevgilisine baktı ve Leyla onun gözlerinde yalnızca aşk değil, yepyeni bir saygı okudu. Şu anda Leyla'yla yalnız kalmaktan, onu kucaklamaktan başka hiçbir isteği yoktu; ama ailenin üstün niteliklerini anlatan Halima'yı sabırla dinledi, hizmetlerine karşılık kendisinin iki kez kutsal kenti ziyaret etmesine olanak sağlamışlardı. Bir elini tatlılıkla Naruz'un omzuna koymuştu, bir hayvan sevgisiyle dolu bakışlarını ara sıra onun yüzünde dolaştırarak konuşuyordu. Daha sonra Naruz yanından hiç eksik etmediği eski, tozlu av çantasından ona getirdikleri armağanları çıkarınca kadının yaşlı yüzünde kederler sevinçleri, sevinçler kederleri izledi, peş peşe ay tutulmaları gibi. Ağladı.

Ama başka sahneler de vardı, belki daha az iç açıcı ama yine de Mısır *mœur*'lerine[1] örneklik edecek şeyler. Bir sabah erkenden penceresinin altında, avluda geçen

1. (Fr.) Yaşantı. (Ç.N.)

küçük bir olaya tanık oldu: Bu kez çok değişik bir Naruz'un karşısında kara, genç bir çocuk tedirgin bir biçimde duruyordu. Yüzünü çatmış, öfkeli ama cesareti gittikçe azalan bakışlarını o mavi gözlere dikmişti. Mountolive uzanmış kitap okurken oğlanın alçak, duru bir sesle iki kez, "Yalan değildi efendim," dediğini duydu. Yataktan kalkıp tam zamanında pencereye giderek sıkılmış dişlerinin arasından bir yılan ıslığı gibi çıkan, "Gene yalan söylüyorsun," sözlerini alçak sesle yineleyen Naruz'un kösnül kabalığıyla tüyler ürperten davranışına tanık oldu; ev sahibinin cebinden çıkardığı bir bıçakla oğlanın kulakmemesini kesip ayırışını görmeye yetişmişti ama o bu işi hiç acelesiz, çok sakince yapıyordu, sanki meyve makasıyla bir üzüm salkımını dalından kesermiş gibi. Boynundan aşağı sel gibi kan boşanmasına karşın uşak, hâlâ hiç kımıldamadan duruyordu. Naruz aynı iblisçe tıslamayla, "Haydi git şimdi," dedi, "söyle babana, her yalan söyleyişinde etinden bir parça keseceğim, ta ki doğruyu söyleyecek parçanı buluncaya kadar." Oğlan birden sendeleye sendeleye koşmaya başladı, soluk soluğa gözden kayboldu: Naruz, bıçağın kanını şalvarına sildi, ıslık çala çala evin merdivenlerini çıktı. Mountolive taş kesilmişti!

Sonra (bu olayların en akıl almaz yanı, çeşitlilikleriydi), aynı gün öğleden sonra Naruz'la at gezintisi yapıyorlardı, onlara ait toprakların sona erdiği, çölün başladığı yere geldiklerinde kocaman bir dilek ağacına rastladılar. Çocuk isteyen ya da başı sıkıntıda olan köylülerin akla gelebilecek her türlü adağıyla üstü salkım saçak doluydu; her bir dalından sallanan yüzlerce paçavrayla filiz sürmüş gibiydi. Ağacın dibinde çok yıllar önce ölmüş, belki de adını birkaç yaşlı köylü dışında hiç kimsenin anımsamadığı bir evliya mezarı vardı. Ama yine de bu yarı yıkık mezar, Müslümanlar kadar Kıptiler için de bir ziyaret, bir şefaat yeriydi; işte tam burada Naruz atından inerek sanki çok doğalmış gibi, "Gel dua edelim olur mu? Buradan duasız geçtiğimiz olmaz," dedi. Mountolive biraz bozulmuştu ama hiçbir şey söylemeden atından indi, ikisi birlikte adı unutulmuş azizin tozlu mezarının başında yan yana durdular. Naruz gözlerini gökyüzüne kaldırmıştı, yüzünden şeytansı bir uysallık akıyordu. Mountolive ellerini onun gibi kâse biçimine getirip göğsüne koyarak onun gibi durdu. Sonra başlarını öne eğip uzun bir dua okudular, dua bitince Naruz sanki rahatlamış gibi soluğunu yavaş, uzun bir tıslamayla dışarı verdi. Duadan yayılan kutsamayı içine emmek için parmaklarını yukarıdan aşağı yüzüne sürttü. Çok duygulanan Mountolive de onun gibi yaptı.

Atlarına binerlerken Naruz, "İyi. Duamızı da ettik," dedi. Göl suyunu emip sulama kanallarına pompalayan tulumbaların bulunduğu yerler dışında, güneş ışığının altında sessizce uzanan tarlaların arasından yola koyuldular. Gölgeli tarım işletmelerinin bittiği yerde, tahta su çarklarının iniltileri arasında, daha tanıdık bir sesle karşılaştılar: Mısır'ın *sakiyesi.*[1] Naruz, anlayan, beğenen kulağını rüzgâra dikti. "Dinle," dedi, "*sakiyeleri* dinle. Onların öyküsünü biliyor musun? Hiç değilse köylülerin neler anlattığını? Büyük İskender'in eşek gibi kulakları varmış ama bu gizi kendisinden başka yalnız bir kişi biliyormuş. O da Yunan berberi. Yunan olup da ağzı sıkı olmak görülmüş şey mi! Böylece berber içini rahatlatmak için tarlalara gidip bir *sakiyeye* söylemiş; o gün bugündür, *sakiyeler* birbirlerine acı acı bağırırlarmış: 'İskender'in eşek kulakları var,' diye. Ne acayip değil mi? Nessim, İskenderiye'deki müzede İskender'in, Ammon'un boynuzlu bir resminin bulunduğunu söyledi, belki de bu öykü oradan kalmalıdır. Kim bilir?"

1. Su dolabı. (Ç.N.)

Bir süre atlarını sessizce sürdüler. Mountolive, "Gelecek hafta sizden ayrılacağımı düşünmek hiç hoşuma gitmiyor. Burası öyle güzeldi ki," dedi. Naruz'un yüzünde kuşkuyla ikircimli bir sevinç karışımı, çok tuhaf bir ifade belirdi; bu ikisinin arasında Mountolive'in kendi kendine kıskançlık –annesinin kıskançlığı– dediği hayvansı bir güceniklik vardı. Mountolive onun yüzünün sert profiline bakıyor, bu şeyleri nasıl yorumlayacağını bilemiyordu. Ama Leyla'nın sorunları Naruz'u ilgilendirirdi, öyle değil mi? Ya da belki de, Mountolive ile Naruz'un annesi aramızdaki aşk ilişkisi onun aile duygusunu herhangi bir biçimde zedelemiş olabilirdi; çünkü Hosnani ailesinde sorumluluklarla sevgiler sıkı sıkıya birbirine bağlıydı. İki kardeşle açıkça konuşabilmeyi isterdi. Hiç değilse Nessim kendisini anlayabilir, ona yakınlık gösterebilirdi, ama Naruz'u düşününce kuşku duymaya başladı. Küçük oğlan... Küçük oğlana nedense pek güven olmazdı. Konuktaki biraz önceki genel hoşnutluk, sevinç hali yavaş yavaş değişti, oysa apaçık bir kin ya da soğukluk belirtisi sayılabilecek bir şey görmüş değildi. Hayır, çok daha güç ayrımsanacak, tanımlanacak bir şeydi. Mountolive birden, acaba bu duyguyu kendi suçluluk kompleksim yüzünden kendim uydurmuş olmayayım, diye düşündü. Naruz'un korku verici sert yüzünün yandan görünüşüne bakarken bunu merak etmişti. Atını onunkiyle yan yana sürüyordu. Bu düşünce aklını karıştırdı.

Kuşkusuz küçük oğlanın kafasını kurcalayan şeyin ne olduğunu bilemezdi, çünkü birkaç hafta önce herkes uykudayken meydana gelmiş, yalnız kendisinin tanık olduğu küçük bir olay vardı. Bazen hasta adam her zamankinden daha geç saate kadar oturup genellikle toprakların işletilmesi, ormancılık ya da buna benzer bir konudaki bir elkitabını balkonda, tekerlekli iskemlesinde okumayı aklına takardı. Ödevine çok bağlı olan Naruz, böyle zamanlarda bitişik odadaki divana uzanır, babasının yatağına gitmek için yardım çağırmasını köpek gibi sabırla beklerdi; kendisi, pek çaresiz kalmadıkça kitap ya da gazete okumazdı. Ama lambanın sarı aydınlığında divana uzanmaktan, bir kibrit çöpüyle dişlerini karıştırarak babasının boğuk, huysuz sesinin kendisini çağırmasını beklerken derin düşüncelere dalmaktan hoşlanırdı.

Söz konusu gece Naruz uyuyakalmış olmalı çünkü uyandığı zaman her tarafın karanlık olduğunu hayretle gördü. Odayı, balkonu parlak bir ay ışığı doldurmuştu ama görünmez bir el tarafından bütün ışıklar söndürülmüştü. Yerinden fırladı. Çok tuhaf, balkon da boştu. Bir an için düş gördüğünü sandı; çünkü daha önce babasının yalnız başına yatağına gittiği hiç olmamıştı. Ama ay ışığında, olup biteni algılayamama duygusundan, kuşkulardan kurtulmaya çabalayarak ayakta dikilirken, hasta adamın yatak odasının tahtalarının üzerinde lastik tekerleri yuvarlanan iskemlenin sesini duyar gibi oldu. Bu, onun bilinen alışkanlıklarına aykırı, şaşırtıcı bir şeydi. Balkonu geçip büyük bir merakla parmak uçlarına basa basa koridorda ilerledi. Babasının yatak odasının kapısı açıktı. Gizlice içeriye baktı. Ay ışığı bütün odayı aydınlatıyordu. Tekerleklerin çekmeceli dolaba çarpışını, bir tokmağı arayan parmakların tırmalayışını, ardından bir çekmecenin açılışını duydu. İçini müthiş bir korku kapladı çünkü çekmecede babasının Kolt marka tabancasının saklandığını anımsadı. Şarjörün açıldığını –belleğinin hemen yorumladığı– düpedüz kâğıt hışırtısını duyduğu sırada, ne konuşmasının ne de kımıldamasının olanağı vardı. Daha sonra yuvalarına kayan mermilerin yanılmaz tıkırtısı. Hani insan düşünde var gücüyle koşar da yerinden kımıldayamaz ya, işte öyle bir düşte gibiydi. Şarjör yerine girdiği, tabancanın bütün parçaları birleştirildiği sırada Naruz doğruca odaya dalmak için kendini toparlamaya çalıştığında, yerinden kımıldayamadığını anladı. Belkemiği karıncalanıyordu, ensesindeki tüylerin diken diken olduğunu duyumsadı. Çocukluğunda geçirdiği tutukluklardan birine yakalanmıştı, tek bir ağır adım atıp kapı aralığında durarak çarpmaması için dişlerini sıkmaktan öte bir şey yapamadı.

Aynaya dik vurup yansıyan ay ışığında Naruz tekerlekli iskemlesinde dimdik oturan babasını aynadaki görüntüsüne bakarken buldu, daha önce onun yüzünü hiç böyle görmemişti. Solgun ve ağrısızdı, camdan vuran hayaletsi ışıkta bütün insanca duygulardan, durmadan içini kemiren heyecanlardan arınmış gibiydi. Küçük oğul manyetize olmuşçasına kımıldamadan bakıyordu. (Bir zamanlar, çocukluğunda böyle bir şey görmüştü – bunun kadar sert, bunun kadar dondurucu değildi ama babasının kötü Kâhya Mahmud'un ölümünü katı yüreklilikle anlatırkenki yüzüne benziyordu. "Bunun üzerine gelip onu ağaca bağladılar. *Et on lui a coupé les choses*[1] *ve ağzına tıktılar.*" Bir çocuk olarak bu sözcükleri, babasının yüzünün aldığı biçimi anımsamak bile Naruz'un bayılacak gibi olmasına yeterdi. Ay ışığıyla aydınlatılmış yansımasıyla karşı karşıya duran hasta adamın tabancasını kaldırıp şakağına değil, aynaya çevirerek boğuk çatlak bir sesle, "Karın âşık olacak olursa artık ne yapmak gerektiğini biliyorsun," deyişini duyduğu zaman o olayı, ürkünçlüğü iki kat daha artmış olarak anımsadı.)

Sonra bir sessizlik oldu, kuru, bitkin bir hıçkırık duyuldu. Naruz sevgiden gözlerinin yaşardığını duyumsuyordu ama hâlâ nöbetten kurtulamamıştı; ne kımıldayabiliyor ne konuşabiliyor hatta ne de yüksek sesle hıçkırabiliyordu. Babasının başı göğsüne düşerken tabancayı

1. (Fr.) Şeylerini kestiler. (Ç.N.)

tutan eli de yanına sarktı, Naruz namlunun hafifçe yere değdiğini duydu. Odayı, koridoru, balkonu –yüreğinde, damarlarında tıkanıp kalmış kanının yeniden akmaya başlamasını sağlayan– bir rahatlama sessizliği doldurdu; uzun, yürek kaldıran bir sessizlik. (Bir yerlerde uykusunda içini çeken Leyla paylaşılamayan beyaz kollarını yastıkların arasında serin bir yere bastırarak bir yandan bir yana dönmüş olsa gerek.) Tek bir sivrisinek vızıldadı. Büyü bozuldu.

Naruz koridordan geri dönerek balkona çıktı, "Baba!" diye bağırmadan önce gözyaşlarının akmasını engellemek için bir süre bekledi; sesi cırlak ve sinirliydi – bir okul çocuğunun sesi gibi. Babasının odasında ışık hemen yandı, bir çekmece kapandı, tahtaların üzerinde lastik tekerleklerin yuvarlanışı duyuldu.

Uzunca bir an bekledi, sonra her şeyin yolunda olduğunu anlatan o tanıdık hırçın homurtu geldi: "Naruz." Naruz hemen burnunu koluna silip yatak odasına koştu. Babası dizinde bir kitapla yüzü kapıya dönük oturuyordu. "Tembel mahluk, seni uyandıramadım," dedi.

"Özür dilerim." Naruz birden neşelendi. Öylesine rahatlamıştı ki, kendini yerden yere çalmak istedi, kendisine sövülüp sayılsın, hakaret edilsin istedi. "Tembel bir mahlukum ben, sersem bir domuzum, beş para etmem," dedi. Babasını daha incitici suçlamalar yapmaya kışkırtmak umuduyla içten gelerek söylemişti bunları. Gülümsüyordu. Hasta adamın öfkesinde büyük bir hazla yıkanmak istiyordu.

Babası kısaca, "Beni yatır," dedi ve oğul onun hâlâ soluduğunu görmenin anlatılmaz sevinciyle o erimiş gövdeyi tekerlekli iskemlesinden almak üzere, gözü doymaz bir sevecenlikle eğildi...

Ama gerçekten de, Mountolive bunu nereden bilecekti? O yalnızca Naruz'da, tatlı tatlı gülümseyen Nessim'de olmayan bir çekingenlik sezmişti. Naruz'un babasına gelince; açık söylemek gerekirse, ondan, o hasta adamın öne sarkan başından, sesinden sızan kendine acıma duygusundan çok tedirgin oluyordu. Aksi gibi, öyle ya da böyle, er geç sorun yaratması gereken bir başka çelişki daha vardı. Bu kez de Mountolive, diğer bütün insan kesimlerinden daha çok diplomatları ürküten bir *gaffe*[1] yaparak istemeden buna kapı açmış oldu; böyle bir şeyi anımsamak bile diplomatların uykularını yıllarca kaçırabilirdi. Hayli saçma bir dil sürçmesiydi ama hasta adama, Mountolive'in onda tipik gördüğü bir öfke patlaması için gerekli özrü sağlamış oldu. Her şey bir akşam, yemek masasında Mountolive'in kırdığı potla başladı, ilkin herkes hafifçe gülmüştü – ortak neşenin genişleyen halkasında Leyla'nın karşı çıkışı dışında hiçbir kötülük yoktu: "Ama sevgili David, biz Müslüman değil, *senin gibi* Hıristiyanız." Bunu biliyordu kuşkusuz; ağzından o sözler nasıl kaçabilirdi? Bir kez söylendikten sonra bağışlanmaz olduğu kadar onarılmaz görünen o korkunç sözlerden birini etmişti. Nessim yine de alınmış değil, neşelenmiş görünüyordu, her zamanki inceliğiyle Mountolive yaptığı yanlışlığa değil, kendisine güldüğünü sanmasın diye eliyle dostunun bileğine dokunmadan kahkahasını koyverdi.

Ama kahkahası sona ererken tekerlekli iskemledeki hiç gülümsemeyen tek kişinin taş gibi sertleşmiş yüzünden eski bir yaranın deşildiğini anlamıştı. "Ben gülünecek bir şey göremiyorum." Parmakları iskemlenin parlak madenî kollarını çekiştiriyordu. "Hem de hiç. İngilizlerin bakış açılarını olduğu gibi yansıtan bir dil sürçmesi – biz Kıptilerin oldum olası karşı çıktığımız bir görüş. Onlar

1. (Fr.) Gaf. (Ç.N.)

gelmeden önce Mısır'da Müslümanlarla bizim aramızda hiç ayrım yoktu. İngilizler, Müslümanlara Kıptilerden nefret etmeyi, kendilerini onlardan ayırmayı öğrettiler. Evet, Mountolive, İngilizler. Bu sözlerime iyi dikkat et."

Mountolive hâlâ yaptığı *gaffe*'ı bağışlatmaya çalışarak, "Özür dilerim," dedi.

"Özür dileyecek bir şey yok. Bu konuları açık açık konuşmamızda yarar var çünkü biz Kıptiler bu şeyleri burada, yüreğimizin derinliklerinde taşıyoruz. İngilizler Müslümanları bize baskı yapmaya itti. Komisyonun ağzını ara, oradaki yurttaşlarına Kıptilerden söz et de bak, onların bizi nasıl horladıklarını, bizden nasıl nefret ettiklerini göreceksin. Müslümanlara da aynı şeyi aşıladılar."

Mountolive kendini bağışlatmanın sancısıyla, "Ah, kuşkusuz efendim!" dedi.

Hasta adam, bükülmüş çubuğa benzeyen boynunun üstündeki başını sallayarak, "Evet, ya," diye onayladı, "biz her şeyi *biliyoruz*." Leyla kocasını gürültülü bir söyleve kendisini iyice kaptırmadan önce durdurmak istermiş gibi birtakım istemsiz hareketler, neredeyse işaretler yaptı ama kocası hiç oralı olmadı. Ağzındaki ekmek parçasını çiğneyerek geriye yaslanıp bulanık bir sesle, "Ama zaten sizler, siz İngilizler, Kıptiler konusunda ne bilirsiniz, onları ne kadar umursarsınız? Ne idüğü belirsiz bir sapkınlık gibi görürsünüz dinlerini, bozulmuş bir dilleri, Arapçanın, Yunancanın etkisiyle onmaz derecede karmakarışık bir dua kitapları vardır. Bu hep böyle olagelmiştir zaten. İlk Haçlılar, Kudüs-ü Şerif'i ele geçirdikleri zaman Kıptilerin kente –kendi *Kutsal Kentimiz*'e– sokulmamaları için bir karar çıkardılar hemen. İşte böyle, Batılı Hıristiyanlar kendilerini Aşkelon'da yenilgiye uğratan Müslümanlarla Kıptiler –yani Hıristiyan Kilisesi'nin Doğu'yla bütünleşmiş tek kanadı– arasında hiçbir ayrım gözetmediler. Ama sonra, sizin saygıdeğer Salisbury piskoposunuz, bu Doğulu Hıristiyanlara, Tanrı'ya inancı olmayanlardan bile daha kötü gözle baktığını açık açık söyleyince, sizin Haçlılar da onları seve seve kılıçtan geçirdiler," diyerek sözünü sürdürdü. Kini acı bir gülümsemeye dönüşerek yüzünde parlayıp söndü. Daha sonra her zamanki huysuz, süngüsü düşük halini alırken, dudaklarını yalayarak bir kez daha tartışmayı sürdürdü. Meğer Mountolive'in ilk geldiği günden beri o bu konuya içerliyormuş, Mountolive şimdi anlıyordu. Gerçekten de bütün konuşmayı kafasında daha önceden kurmuştu, bu konuşmayı yapabileceği ânın gelmesini bekliyordu. Naruz sevgi dolu bir hayranlıkla babasına bakıyor, söylenen şeylere göre yüzü anlam değiştiriyordu – "kendi Kutsal Kentimiz" denince gurur, "Tanrı'ya inancı olmayanlardan daha kötü" denince öfke belirtileri gösterdi. Leyla solgundu, dalgınlaşmıştı, bakışlarını balkon yönüne çevirmişti; ciddi ama rahat görünen yalnızca Nessim vardı. Sevgi ve saygıyla babasına bakıyordu ama hiçbir heyecan göstermeden. Hem de neredeyse hâlâ gülümseyerek.

"Bize ne diyorlar duydun mu – Müslümanlar?" Başı yine sallandı. "Dur sana anlatayım: *Cins Faroony.* Evet, biz *genus Firavunicus*'uz – eski ataların torunları, Mısır'ın çekirdeği. Kendimize *Gypt,* deriz – yani eski Mısırlılar. Tıpkı sizin gibi Hıristiyanız ama dünyanın en eski, en katışıksız soyundan geliyoruz. Tarih boyunca Mısır'ın beyni olduk – Hidiv zamanında bile. Din yüzünden işkence görmemize karşın, buradaki onurlu yerimizi koruduk; Hıristiyanlığımız her zaman saygı gördü. *Burada* Mısır'da, *orada* Avrupa'da değil. Evet, Yunanlardan ve Yahudilerden nefret eden Müslümanlar, Mısır'ın en eski soyunun kalıtçılarının Kıptiler olduğunu kabul etmişlerdir. Mehmet Ali, Mısır'a geldiği zaman ülkenin bütün mali işlerini Kıptilerin eline bırakmıştı. Ondan sonra gelen İsmail de aynı şeyi yaptı. Mısır'ı yönetenlerin şu aşağılık Kıptiler olduğunu kaç örnekle gösterebilirim sana, çünkü biz, ötekilerden daha akıllı, daha kişilikliyiz. Gerçekten de Mehmet Ali ilk geldiğinde bütün devlet işlerinden sorumlu kişi olarak bir Kıpti bulmuş, onu kendine başvezir yapmıştı."

Naruz dersini şaşırmadan ezbere söyleyen bir okul çocuğunun övüncüyle, "İbrahim El-Goharri," dedi.

Babası onunkinden hiç de aşağı kalmayan bir gururla yanıtladı: "Evet. İlk Hidiv'in karşısında tütün içmesine izin verilen tek Mısırlı oydu. Bir *Kıpti!*"

Mountolive kendisini böyle bir paylama dinlemek zorunda bırakan o dil sürçmesine bin lanet okuyor ama aynı zamanda büyük bir dikkatle konuşmayı izliyordu. Hiç kuşkusuz bunlar yüreklerine işlemiş üzüntülerdi.

"Peki, Goharri ölünce Mehmet Ali nereye çevirdi bakışlarını?"

Naruz bir kez daha sevinçle atıldı: "Ghali Doss'a."

"Evet, öyle. Devlet gelirleri, vergi toplama konusunda tam yetkiye sahip bir maliye vekili. Bir Kıpti. Yani başka bir *Kıpti* daha. Onun oğlu olan Basileus'u bey yaptılar, Meclis-i Has üyesi oldu. Bu adamlar çok onurlu bir biçimde Mısır'ı yönettiler. Büyük görevlere atanmış böyle daha pek çok kişi vardı."

"Esneh'te Sedarous Takla, Asyut'ta Şehata Hasaballah, Beni Süveyf'te Girgis Yakub." Gözleri parlayarak bu adları sayan Naruz, güneşte ısınan bir yılan gibi babasının onaylarının sıcaklığında ısınıyordu.

Hasta adam iskemlesinin koluna elini vurarak, "Evet," dedi. "Evet. Said ve İsmail zamanında bile Kıptiler yerlerini korumayı başardılar. Her ilin savcısı bir Kıpti'ydi. Bunun ne demek olduğunu anlayabiliyor musun? Bir *Hıristiyan* azınlığa böylesine güven duyulmasının? Müslümanlar bizi iyi tanır ve bizim her şeyden önce Mısırlı, sonra Hıristiyan olduğumuzu bilirlerdi. *Hıristiyan Mısırlılar* –

Müslümanlar konusunda romantik düşünceleri olan siz İngilizler, bu sözlerin anlamını hiç düşündünüz mü? Müslüman bir devletle yüzde yüz bütünleşmiş tek Doğulu Hıristiyanlar olmanın anlamını? Mısır'ın böyle bir anahtarını eline geçirmek herhalde Almanların en büyük düşü olurdu, öyle değil mi? Her yerde, önemli kilit noktalarında *mudir,* vali gibi görevlerde Hıristiyanlar. İsmail'e kadar Savunma Bakanlığı bir Kıpti'nin elindeydi."

Naruz büyük bir kıvançla, "Ayad Bey Hanna," dedi.

"Evet. Hatta Arabi zamanında Kıpti bir adalet bakanı vardı. Bir de saray tören amiri. İkisi de Kıpti. Ve başkaları, daha birçokları."

"Bütün bunlar nasıl oldu da değişti?" diye sordu Mountolive yumuşakça.

Hasta adam paçavraların arasında dikleşerek titreyen parmağını konuğuna yöneltti: "İngilizler değiştirdi, onların Kıptilere olan nefreti değiştirdi. Gorst, Hidiv Abbas'la diplomatik bir dostluk başlattı, onun çevirdiği dolaplar sonucu saray çevresinde, hatta nezaret hizmetlerinde bile tek bir Kıpti kalmadı. Gerçekten de İngilizlerin desteklediği o soysuz canavar herifin çevresindekilerle konuşsaydınız, Hıristiyan nüfus dışında düşman yok sanırdınız. Söz buraya gelmişken durun size bir şey okuyayım." Naruz rolünü ezberlemiş bir yardımcı gibi hemen yan odaya seğirtip elinde sayfası işaretlenmiş bir kitapla geri döndü. Kitabı açık olarak babasının dizlerinin üzerine koyduktan sonra hemen yerine geçti. Boğazını temizleyen hasta adam sert sert okumaya başladı:

"İngilizler Mısır'da egemenlik kurdukları zaman, birtakım önemli devlet görevleri Kıptilerin elindeydi. Çeyrek yüzyıldan daha az bir zaman içinde illerdeki hemen hemen bütün Kıpti kısım amirleri temizlendi. Önceleri hâkimlik kürsüsünde fazlasıyla temsil edilirlerken, sonra

sonra sayıları sıfıra düştü; onları görevlerinden uzaklaştırma, yeni görevlerin kapılarını yüzlerine kapama işi, hiçbir umutları kalmayıncaya dek cesaretlerini kırıncaya kadar sürdü!"

"Bunlar bir İngiliz'in sözleri. Bunları yazmış olmak onun için ne büyük bir onur." Kitabı çat diye kapattıktan sonra, "Bugün İngiliz yönetiminde Kıptiler vali, hatta *mamur* –bir ilin idari memuru– bile olamıyorlar. Devlet hizmetindekiler pazarları da çalışmak zorundalar, çünkü Müslümanlara saygılarından, cuma gününü ibadet günü yaptılar. Kıptilerin ibadeti için hiçbir şey düşünülmedi. Devlet Konseyi'nde, komitelerde doğru dürüst temsil bile edilmiyorlar. Eğitim için ödedikleri verginin haddi hesabı yok – ama bu paranın Hıristiyanların eğitimine harcanması için hiçbir önlem alınmadı. Hep İslamlığa. Dertlerimizi daha çok anlatarak senin başını ağrıtmak istemem. Ama İngilizlerin bizden nefret ettiklerini, bizi ezip yok etmek istediklerini düşünmemizin nedenini anlaman iyi olur," diye konuştu.

Eleştirinin açıklığından bir ölçüde heyecanlanan ama neresinden, nasıl tutacağını bilemeyen Mountolive hafif bir sesle, "Bunun böyle olabileceğini hiç *düşünemiyorum*," dedi. Bu konunun çok yabancısıydı çünkü Mısır üzerine Lane'in İncil durumuna gelmiş incelemesini okumak dışında hiçbir çalışması olmamıştı.

Hasta adam yine başını salladı, sanki böyle yaparak sorunu onun kafasına daha iyi yerleştireceğini düşünüyordu. Yüzü konuşmadaki çeşitli duyguları ayna gibi yansıtan Naruz da başını sallıyordu. Daha sonra baba, parmağıyla büyük oğulu işaret etti. "Nessim, *Nessim*'e bak. Gerçek bir Kıpti. Zeki, ağırbaşlı, tam Mısır diplomasisi için biçilmiş kaftan. Öyle değil mi? Sen bir diplomat olarak bunu benden daha iyi bilirsin. Ama hayır, o bir işadamı olacak, çünkü biz Kıptiler için başka çare yok, *yok.*" Tekerlekli iskemlenin koluna bir kez daha vurdu, ağzı tükürük içindeydi.

İşte Nessim de bu fırsatı bekliyordu çünkü babasının kolunu tutup bağlılığını dile getirir biçimde öptü, bir yandan da gülümseyerek, "Ama David bunları nasıl olsa öğrenecek. Şimdilik bu kadar yeter," diyordu. Başını yana çevirip annesine de gülümsemiş, böylece onun yemeği sona erdirmek üzere uşaklara verdiği kurtuluş işaretini de onaylamış oldu.

Tedirgin bir suskunluk içinde balkonda kahvelerini içtiler. Hasta adam yüzünü asıp onlardan uzak oturmuş, gözlerini karanlığa dikmişti. Ortak bir konuşma başlatmak amacıyla yapılmış birkaç girişim sonuçsuz kaldı. Hakkını yemeyelim, hasta adam birden böyle patladığı için şu anda kendinden utanıyordu. Bu konuyu konuğunun önünde açmamaya ant içmişti; böyle yaparak konukseverlik kurallarına aykırı davrandığını biliyordu. Ama bu âna kadar karşılıklı beslenmiş iyi duyguları geçici olarak sarsan konuşmayı bağışlatmanın yolunu şimdi de o göremiyordu.

Tam o sırada Nessim'in inceliği bir kez daha yardıma yetişti; Leyla'yla Mountolive'i gül bahçesinde dolaşmaya götürdü. Orada üçü birlikte, zihinleri çiçeklerin yoğun gece kokularına bulanmış olarak sessizce yürüdüler. Balkondan duyulamayacak kadar uzaklaşınca, büyük oğul kaygılı olmayan bir sesle, "David, umarım babamın yemekte birden öfkelenişine alınmamışsındır. Bu konularda çok duyarlıdır," dedi.

"Anlıyorum."

Leyla bu konudan kurtulmak, yeniden her zamanki dostluk havasına geri dönmek isteğiyle atıldı: "Biliyor musun, düşüncesini şöyle ya da böyle anlatmış olabilir, ama *gerçekte* haksız değil. Hiç de imrenilecek bir durumumuz yok, bunun tek nedeni de siz İngilizlersiniz. Neredeyse gizli bir toplum gibi yaşıyoruz – en zeki, gerçekten de bir zamanlar bu ülkenin en önemli topluluğu olmuş olan bizler."

"Hiç anlayamıyorum."

"Anlaması o kadar güç değil," dedi Nessim. "Her şey cenge kalkışan kilisenin başının altından çıkıyor. Tuhaf değil mi, bizim için Haç ile Hilal arasında hiçbir zaman gerçek anlamda bir savaşın olmaması? Bu tümüyle Batı Avrupa'nın bir uydurması. O 'kötü yürekli Müslüman kâfirler' uydurması da öyle. Müslümanlar hiçbir zaman dinsel nedenlerden Kıptilere eziyet etmediler. Tam tersine en başta Kuran'ın kendisi İsa'nın gerçek bir peygamber, Muhammed'in bir müjdecisi olarak kabul edildiğini gösterir. Geçen gün Leyla sana bir *sure* okumuştu, İsa'nın çocukluğunu anlatan bir *sure* – anımsadın mı? Öteki çocuklarla birlikte çamurdan yaptığı kuş örneklerine can verdiğini..."

"Anımsıyorum."

"Hatta, daha da tuhafı, Muhammed'in mezarında İsa'nın bedeni için hep boş tutulan o odanın varlığı. Peygamberlik kitabına göre onun bedeni de İslamlığın merkezi Medine'ye gömülecek, anımsıyor musun? Burada, Mısır'da Müslümanlar Hıristiyanların Tanrı'sına saygı ve sevgiden başka bir şey duymazlar. Hatta bugün bile. Kime istersen sor, hangi *müezzine* istersen sor," dedi Leyla. (Sanki, "Doğru söyleyen kime sorarsan sor," der gibiydi – çünkü tertemiz olmayan hiç kimse, de ki bir ayyaş, bir deli ya da bir kadın, Müslümanların ibadet çağrısını okumaya yetkili değildir.)

Nessim yumuşak, alaylı bir sesle ama dudaklarından gülümsemesi eksilmeden, "Aslına bakarsan hepiniz birer Haçlı olarak kaldınız," dedikten sonra arkasını dönüp güllerin arasından yavaşça uzaklaştı, onları yalnız bırakmıştı.

Leyla'nın eli hemen alışık olduğu elin kucaklamasını aradı. Leyla şimdi çok başka, tasasız bir sesle, "Sen bunlara aldırma. Sizin yardımınız olsa da, olmasa da, biz bir gün yine merkezdeki yerimizi almanın yolunu bulacağız! Çok uzun bir geçmişimiz var," dedi.

Yere devrilmiş bir mermerin üstünde bir süre oturdular, yalnız kalır kalmaz büyük sorunları unutup başka şeylerden konuşmaya başlamışlardı.

"Bu gece ne kadar karanlık. Yalnızca bir tek yıldız görebiliyorum. Anlaşılan sis var. İslam inanışına göre her insanın bir yıldızı olduğunu, o doğduğunda görünüp o öldüğünde yok olduğunu biliyor muydun? Belki de şu senin yıldızındır, David Mountolive?"

"Belki de senin?"

"O benim olamaz çünkü çok parlak. Biliyorsun, insan yaşlandıkça yıldızı da sönükleşir. Benimki epeyce solmuş olmalı, orta yaşı geçtim artık. Hem sen bizi bırakıp gittiğin zaman daha da sönükleşecek."

Kucaklaştılar.

Sık sık buluşma kararları, onun izin alır almaz hemen buraya kaçma niyeti... Bunlardan konuşuldu. Leyla kaygısız, her şeyi şansa bırakan gülüşüyle, "Ama Mısır'da zaten çok kalmayacaksın ki! Yakında bir yere atanırsın. Nereye, Tanrı bilir? Bizi unutacaksın – ama hayır, İngilizler eski dostlarına bağlıdır, öyle değil mi? Öp beni," dedi.

"Şimdi bunları düşünmeyelim," dedi Mountolive. Gerçekten de bu ayrılığı soğukkanlılıkla karşılayacak gücünün olmadığını sezinliyordu. "Başka şeylerden konuşalım. Bak, dün Ali'yle, İskenderiye'ye gidip öteki uşaklara armağan edecek uygun bir şeyler buluncaya kadar dolaşmadık yer bırakmadım."

"Ne buldun?"

Yukarıda, bavulunda mühürlü mavi şişeler içinde Mekke'nin kutsal zemzem kuyusunun suyu vardı. Bunları *pourboire*[1] olarak onlara vermeyi düşünüyordu. Kaygıyla sordu: "Bir kâfirin böyle bir şey armağan etmesi hoş karşılanır mı dersin?"

Leyla çok sevinmişti. "Ne iyi düşünmüşsün, David. Tam sana yakışacak bir incelik! Ah, sen gidince biz kendi başımıza ne yapacağız?" Mountolive saçma bir kendinden hoşnutluk duygusu içindeydi. Böyle kucaklaşamayacakları, karanlıkta el ele oturup yavaşça sessizliğe akıp giden zamanın çetelesini tutan nabız atışlarını –geçmiş deneyimlerin yayıldığı ölü alanı– duyumsayamayacakları bir zamanın geleceğini düşünmek olası mıydı? Kafasından bu düşünceyi kovdu. Acıtıcı gerçeğe dayanabilecek gücü yoktu. Oysa tam bu sırada Leyla şöyle diyordu: "Ama hiçbir şeyden korkma. Önümüzdeki yıllar için benim bütün tasarılarım hazır; gülme – daha iyi bile olabilir, sevişmelerimiz bitip şey başladığı zaman... ne? Bilmiyorum – her nasılsa yansız bir konumdan bakarak birbirimizi düşünmeye, yani birbirinden koparılmış âşıklar olarak belki de birbirlerine hiç âşık olmamaları gereken... Sana sık sık mektup yazarım. Aramızda yeni bir ilişki başlayacak."

Yavaş yavaş umutsuzluğa kapıldığını anlayan Mountolive, "Lütfen yeter," dedi.

"Neden?" dedi Leyla ve üzüntüsüzce gülümseyerek onun şakaklarını öptü. "Ben senden daha çok görmüş geçirmiş biriyim. Bak göreceksin." Onun üzüntüsüzlüğünün altında Mountolive, sağlam bir şeyin varlığını sezinledi, dirençli, dayanıklı bir şeyin – kendisinde eksik olan deneyimliliğe özgü bir nitelik. Babayiğit bir kadındı, kötü zamanlarda ancak babayiğit kişiler neşelerini yitirmeden kalabilirler. Ama söz vermesine karşın, Mounto-

1. (Fr.) Bahşiş. (Ç.N.)

live ayrılmadan önceki gece odasına gelmedi. Ayrılık sancılarını keskinleştirmek, daha da kalıcılaştırmak isteyecek kadar kadınlığı vardı. Kahvaltıda Mountolive'in açıkça acı çektiğini gösteren yorgun gözleri, bitkin hali, onun için sonsuz bir haz kaynağı oldu.

Giderken onu kayığa kadar atla geçirdi, ama Naruz ile Nessim'in varlığı özel konuşmalarına olanak vermiyordu, neredeyse buna da sevinmişti. Aslında ikisinin de söyleyecek bir şeyleri yoktu. Leyla bütün âşıktaşlıklara askıntı olan, sonunda onların tazeliğini kaçıran bitip tükenmez yinelemelerden bilinçsizce kaçınmak istiyordu. Kafasında nitelik ayarı iyice yapılmış, tertemiz bir imge kalmalıydı; çünkü bunun çok daha dönüşsüz bir ayrılığın örneği, daha doğrusu küçük bir modeli olduğunu, aralarındaki iletişim, sözcüklere ve kâğıt aracılığına bağlı kalacaksa, kendisine Mountolive'i büsbütün yitirtecek bir ayrılık olduğunu anlayan yalnızca kendisiydi. Söyleyecek yeni şeyler bulma sıkıntısına düşmeden bir düzineden çok mektup yazamazsınız. İnsan deneyimlerinin en zengini anlatım olanakları bakımından en sınırlısıdır da. Sözcükler her şeyi öldürdükleri gibi aşkı da öldürür. Leyla aralarındaki ilişkiyi daha zengin olan başka bir düzleme kaydırma kararını çoktan vermişti, ama Mountolive onun kendisine sunabileceği şeyden –hayal gücünün zenginliklerinden– hâlâ nasıl yararlanacağını bilemeyecek kadar gençti. Büyümesi için ona zaman tanıması gerekecekti. Onu çok sevdiğini, aynı zamanda onu bir daha hiç görmemeye kendisini razı edebileceğini, çok açık bir biçimde biliyordu. Onun aşkı, nesnesinin ortadan yok oluşunu –aşkın kendi ölümünü– zaten hesaba katmış, onun üstüne çıkmış bir aşktı! Kafasında billurlaşmış bu düşünce, ona şaşılacak bir üstünlük sağlıyordu – çünkü Mountolive hâlâ kendi saçma sapan, çapraşık coşkularının, isteklerinin, kendine dönüklüğün, sütdişleri çıkaran bir aşkın her türlü bebek bakımı sorunlarının çırpıntılı denizinde bocalarken, Leyla gücünü, özgüvenini kendi durumunun umutsuzluğundan alıyordu. Ruh ve zekâsından kaynaklanan gururu ona yepyeni, kuşku duyulmayacak bir güçlülük veriyordu. Yüreğinin bir yanıyla onun böyle çarçabuk gidişine üzülür, onun acı çektiğine tanık olmaktan sevinir, bir daha geri döndüğünü hiç görmemeye hazırlanırken, bir yandan da ona zaten sahip olduğunu, ona güle güle demenin, tuhaf ama hiç de zor olmadığını biliyordu.

Kayığın bulunduğu yere vardıklarında güle güle, dediler, uzun uzun vedalaşma kucaklaşmalarına dördü de katıldı. Seslerle çınlayan güzel bir sabahtı, alçalan sis, gölün kıyılarını kapatmıştı. Nessim'in çağırttığı araba titrek kara bir nokta gibi ta karşıdaki hurma ağacının altında bekliyordu. Mountolive kayığa adımını attığı sırada bir kez daha çevresine açlıkla baktı –bu toprakların, kendisine iki dilde de iyi şanslar dileyen, gülümseyen üç yüzün bütün ayrıntılarını hiç silinmeyecek gibi belleğine yerleştirmek istiyordu sanki. "Geri döneceğim!" diye bağırdı. Ama Leyla onun sesinin tonundaki bütün kaygıyı, acıyı anlamıştı. Naruz'un havaya kalkan eğri kolu, yüzünde çarpık bir gülümseme; Nessim bir kolunu Leyla'nın omzuna atmış el sallıyordu; Leyla'nın neler duyduğunu çok iyi anlıyordu, ama böylesine karışık, böylesine gerçek duygulara sözcük bulmak olanaksızdı.

Kayık uzaklaştı. Her şey bitti. Perde kapandı.

II

Güzün sonlarına doğru yeni görev yeri belli oldu. Prag Elçiliği'ne verildiğini duyunca çok şaşırdı, çünkü Arapçasını ilerletmeye bunca zaman harcadıktan sonra sanki öğrendiği bu özel şeylerin işe yarayacağı bir yerde, Doğu Akdeniz ülkelerindeki bir konsoloslukta çalıştırılacağı inancına kapılmıştı. Başlangıçtaki hayal kırıklığına karşın kısmetine razı olup Dışişleri Bakanlığı'nın zarif bir tavırla kişiselleştirmeden oynadığı müzikli sandalye[1] oyununda yerini aldı. Küçük de olsa tek avuncu, gittiği ilk görev yerindeki herkesin o ülkenin diliyle, siyasetiyle ilgili konularda kendisi kadar bilgisiz olmasıydı. Elçilik iki Japonya uzmanıyla üç Latin Amerika uzmanından oluşuyordu. Çek dilinin acayiplikleri konuşulurken hepsi birden sıkıntıyla yüzlerini buruşturuyor, bakışlarını yaklaşmakta olan bir Slav felaketinin uyarılarıyla dolu, karla aydınlanmış kasvetli görünümlere açılan pencerelerden dışarıya çeviriyorlardı. Artık mesleğe adımını atmıştı.

1. Öğretici amaçla uygulanan bir çocuk oyunu. Dizilen sandalyelere çocuklar oturur, müzik başlayınca hepsi yerlerinden kalkıp sandalyelerin çevresinde dolanırlar. Müzik durduğu anda her çocuk kendi sandalyesini bulmak durumundadır. Açıkta kalan oyuncu oyunun temel amacı olan konularda (sağlık, eğitim vb.) sorular sorarak sonuca ulaşmaya çalışır. Soruya cevap veremeyen oyun dışı kalır ve bu son oyuncu da oyun dışı kalıncaya kadar devam eder. Durrell burada dışişlerindeki rastlantısal atamalara gönderme yapıyor. (Y.N.)

İskenderiye'de Leyla'yı ancak beş-altı kez görebilmişti – görülmek korkusuyla gizli tutulması gereken, bu yüzden de heyecan verici olmaktan çok tedirgin edici olmuş anlamsız buluşmalar. Kendini genç bir köpek gibi hissetmesi gerekirdi – ama doğrusu aşağılık bir yaratık gibi hissediyordu daha çok. Hosnani Çiftliği'ne ancak bir kez, üç günlük bir izinle dönebildi – o üç gün süresince de eski durumun ve mekânın düşmanca büyüsünden bir an bile kurtulamadı; öylesine çabuk geçti ki zaman – geçen ilkyazın yangınından sonra kaçak bir akşam kızıllığı kadar kısaydı. Leyla nedense gitgide soluyor, zaman içinde yol alan bir dünyanın eğrisine geriliyor, Mountolive'in onunla ilgili anılarından siliniyor gibiydi. Yeni yaşamının önyüzünü mesleğinin renkli ve pahalı oyuncakları –resmî yemekler, yıldönümleri, kendisi için çok yeni olan davranış biçimleri– kaplamaya başlamıştı. İlgisi dağılıyordu.

Ama Leyla için durum böyle değildi, o kendisi için tasarladığı yeni rolle kendini yenilemeye öylesine hevesliydi ki, her gün içinden rolünü prova ediyor, tuhaf ama bu ayrılığın gerçekleşmesini, eski bağların kopuşunu sabırsızlıkla bekliyordu. Yeni rolünde ne kadar başarılı olacağını bilemeyen bir oyuncu sahneye çıkış işaretini nasıl kaygıyla beklerse, öyle. En çok korktuğu şeyi, "hoşça kal" sözünü duymak için can atıyordu.

Ama Prag'dan gönderilen ilk kederli mektupla birlikte içinde erinç denebilecek yeni bir şeylerin kımıldadığını duyumsadı; çünkü Mountolive'e ancak şimdi istediği gibi –doymak bilmezcesine, düşüncesinde– sahip olabilme özgürlüğüne kavuşuyordu. Suda yüzen buz kalıpları arasında gittikçe genişleyen yarıklar gibi artan yaş farkları gövdelerini hızla birbirinden uzaklaştırıyor, koparıyordu. Vaatlerin, okşayıcı sözlerin diliyle tenin tutanağa geçirdiği şeylerin hiçbirinde süreklilik yoktu, bunların hepsini artık ilk çiçeklenme döneminde olmayan bir güzellik silmişti. Ah, ama yüreğin yerine aklı koyabilecek yürekliliği bir gösterebilseydi; onu olgunluk döneminde insanın en çok önem verdiği özel bir anlamda hiç kimseye kaptırmayacak kadar kendi iç güçlerinin sağlamlığına inanıyordu. Eğer içlerinden geldiği gibi kendilerini şiddetli arzuya bırakmakta özgür olabilselerdi, bu ilişkinin on iki aydan daha çok süremeyeceğini düşünmekte de haksız değildi Leyla. Yine de uzaklık, aralarındaki ilişkiyi yeni bir alana aktarma zorunluluğu, birbirlerinin kafalarında yaşayan imgeleri üzerinde tazeleyici bir etki yarattı. Mountolive için Leyla'nın imgesi silinmiş değil, kâğıt üzerinde yeniden biçimlenirken bambaşka, heyecan verici bir değişim geçirmişti. Leyla, Mountolive'in yazdığı, çaresi ette aranan her şeyi –dostluk açlığı, unutulmak korkusu– gizleyemeyen uzun, güzel anlatımlı, ateşli mektuplarda yansıyan n büyüme hızına ayak uyduruyordu.

Prag'dan, Oslo'dan, Bern'den gönderilen bu mektupların geliş gidişi sürdü gitti, boyutları uzadı ya da kısaldı, ama bu mektuplaşmayı idare eden zihnin gücüne –Leyla'nın canlı, adanmış zekâsına– bağlılığını yitirmedi. Yavaş yavaş büyüyen Mountolive, içtenlikli bir İngilizce ya da özlü bir Fransızcayla yazılmış bu mektuplarda, kendi büyüme sürecine yardımcı olacak bir yüreklendirme, bir kışkırtmaca buluyordu. Bir bahçıvan nasıl ıtırşahinin sarılacağı sopayı toprağa dikerse, o da çekicilik ve ağırbaşlılık dışında fazla bir şey istemeyen meslek yaşamının yumuşak toprağına, Mountolive'in yanı başına düşünceler ekiyordu. Aşkın biri öldüyse başkası boy atmıştı. Leyla onun biricik akıl hocası, sırdaşı, yüreklendiricisi olmuştu. Mountolive İngilizceyi ve Fransızcayı iyi yazabilmeyi öğrendiyse, onun taleplerini karşılamak için öğrenmişti. Doğal olarak kendi ilgi alanının dışında kalacak –resim, müzik gibi– şeylerden anlamayı öğrenmişti. Kadına bilgi aktarabilmek için kendisi bir şeyler öğreniyordu.

"Gelecek ay Zagreb'de olacağını yazıyorsun. Lütfen falan yere git ve sonra bana falan şeyi anlat..." ya da, "Amsterdam'dan geçecek olmana çok sevindim; orada bir Klee sergisi var, Fransız basını çok ilgi gösterdi. *Lütfen* o sergiye git, olumsuz da olsa, bana dürüstçe izlenimlerini yaz. Ben şimdiye kadar onun resimlerinin asıllarını hiç görmedim," yollu şeyler yazıyordu. Leyla'nın bir aşk gülünçlemesiydi bu, zihinlerin cilveleşmesi, ama artık roller değişmişti; çünkü şu anda Avrupa'nın hazinelerinden yoksun olan Leyla'ydı, daha da artan açlığını ondan gelen mektuplarla, kitap paketleriyle doyurmaya çalışıyordu. Bu istekleri karşılamak için bütün gücünü kullanan genç adam, şimdiye kadar kapalı olan resim, müzik, yontu ve yazı dünyasının kapılarının birdenbire kendisine açıldığını gördü. Böylece Leyla, ona kendi başına elde edemeyeceği bir dünyada neredeyse bedava eğitim veriyordu. Genç yaşındaki eski bağımlılığı yavaş yavaş azalırken onun yerini yenisi alıyordu. Mountolive sözcüğün tam anlamıyla gönlüne göre bir kadın bulmuştu.

Onun gövdesine duyduğu (başlangıçta çok şiddetli olan) özlem, onun yokluğuyla ölmek şöyle dursun, onun yokluğuyla beslenen yakıcı, kişisellikten kopuk bir sevecenliğe dönüşürken, aşkı da yavaş yavaş hayranlık biçimini aldı. Birkaç yıl sonra Leyla şu açıklamayı yapabiliyordu: "Bugün kâğıt üzerinde sana kendimi nedense ayrılmadan öncekinden çok daha yakın hissediyorum. Acaba neden?" Ama ne yazık ki nedenini çok iyi biliyordu. Yine de dürüstlük uğruna hemen şunları eklemişti: "Acaba bu biraz sağlıksız bir duygu mu? Dışarıdan bakanlara acıklı ya da gülünç görünebilir – kim bilir? Sonra şu uzun mektuplar, David – acaba bir Severina'nın, yeğeni Fabrizio'yla olan ilişkisinin tatlı acıları olmasın? Acaba birbirlerinin âşığı mıydılar, diye sık sık merak ediyorum – aralarındaki yakınlık öylesine içten, öylesine sıcaktır ki!

Stendhal böyle olduğuna dair hiçbir şey söylemiyor. İtalya'yı tanımak isterdim. Yoksa sevgilin yaşlandıkça kocamış bir teyzeye mi benziyor? Öyle olduğunu bilsen bile bana söyleme. Ama bir bakıma ikimizin de yalnız olması, yüreklerimizde –Afrika'nın İlkçağlardaki haritası gibi– ele geçirilmemiş geniş boşlukların bulunması, bunun sonucunda da hâlâ birbirimize gereksinim duymamız da iyi bir şey. Yani sen annesinden başka düşünecek kimsesi olmayan tek evlat gibisin, benimse –kuşkusuz– düşünecek çok şeyim var, ama çok dar bir kafesin içinde yaşıyorum. O balerin için, o balerinle olan aşk serüvenin için anlattıkların hem hoştu hem de dokunaklı; bana anlattığın için teşekkür ederim. Kendine dikkat et, sevgili dostum, kendini yaralama."

İşte aralarında gelişmiş olan anlayışın bir ölçüsüydü bu, Mountolive başından geçen birkaç serüveni hiç çekinmeden ona bütün ayrıntılarıyla anlatabilmişti: Az kalsın başına zamansız bir evlilik belası açan Grishkin'le aralarında geçen aşk serüvenini, kendisini belki bir düelloyla, belki de utandırıcı bir durumla karşı karşıya getiren bir büyükelçinin karısına tutuluşunun mutsuz öyküsünü anlatmıştı. Leyla acı duyuyorsa bile bunu saklıyor, görünüşteki kayıtsızlığının içtenliğiyle ona öğütler veren, onu avutan mektuplar yazıyordu. Birbirlerine karşı açıksözlüydüler, ama bazen Leyla'nın bilerek söylediği, genellikle konuşacak kimseleri olmayan insanların yalnızca kâğıda aktardıkları sorgulamalar onu neredeyse tiksindiriyordu. Örneğin şöyle şeyler yazdığı zaman: "Nessim'in çıplak gövdesini, seninkine çok benzeyen incecik sırtını, bel altını aynada hayalet gibi gezinirken birden görmek nasıl şaşırtıcıydı bilemezsin. Tuhaf değil mi, yere çöküp ağlamaya başladım, çünkü acaba sana olan bağlılığım, yüreğimin gizli bir köşesinde yatan, su yüzüne çıkmamış yasak aşk isteklerinin arasına mı yuvalandı, diye bir soru takıldı kafama. Doktorların büyük çabalarla bulgulamaya çalıştıkları cinselliğin gizleri konusunda çok az şey biliyorum. Onların bulguları beni kuşkulara boğuyor. Sonra, bende biraz da vampirlik olup olmadığını düşündüm, ne zamandır sana sakız gibi yapışmışım, kolundan çekiştirip duruyorum, oysa sen şimdiye çoktan büyüyüp beni geçmişsindir. Ne dersin? Bana yaz, güvenimi tazele, David, küçük Grishkin'i öperken bile olsa, olur mu? Bak, sana en son çekilmiş bir fotoğrafımı gönderiyorum, ne kadar yaşlandığıma kendin karar ver. Bu fotoğrafı ona da göster, ona gereksiz kıskançlığından başka hiçbir şeyden korkmadığımı söyle. Ama zaten bunu görürse yüreğine su serpilir. Doğum günümde gönderdiğin telgrafa teşekkür etmeyi de unutmamalıyım – birden seni balkonda oturmuş Nessim'le konuşurken görür gibi oldum. Artık öylesine zenginleşti, öylesine bağımsızlaştı ki, topraklarını görmeye gelme zahmetine bile hiç girmiyor gibi bir şey. Kentteki önemli işler bütün vaktini alıyor. Ama... benim yokluğumun engin boşluğu yüreğinden hiç çıkmıyor; diz dize yaşasaydık bu kadar ayırdına varamazdı, bunu senin de hissetmeni isterdim. Birbirimize sık sık uzun mektuplar yazıyoruz; ruhlarımız sanki birbirinin dublörü, ama yüreklerimizi özgür bırakıyoruz, sevmeleri, büyümeleri için. Onun sayesinde bir gün biz Kıptilerin, Mısır'da eski yerimizi alacağımıza inanıyorum – ama bu konuyu şimdilik keselim..." Açık fikirlilik, ağırbaşlılık, yüreklilikle seçilmiş sözcükler o dik, işlek elyazısıyla değişik renkli kâğıtların üzerine dökülüyordu, dünyanın kim bilir hangi uzak köşesindeki elçilik evinin bahçesinde Mountolive, bu mektupları sabırsızlıkla açıp okurken, kafasında yarı oluşan yanıtı hemen kâğıda geçirip zarflayarak giden posta çantasına yerleştirirdi. Sözgelişi sanatla ya da aşkla (Mountolive'in aşkı) ya da yaşamla (Mountolive'in yaşamı) ilgili mektupların başına hâlâ biçimsel olarak "biricik aşkım" sözcüklerini yazdırtan bu dostluğa çok bağlanmaya başlamıştı.

O da kendi payına Leyla'ya karşı dürüst davranıyordu – örneğin sevdiği balerin kız konusunu ona açmıştı: "Bir ara onunla evlenmeyi düşündüğüm de doğru. Kuşkusuz çok âşıktım. Ama o, beni zamanla bu hastalıktan kurtardı. Benim bilmediğim bir dil konuşuyor olması bütün bayağılığını benden gizlemişti, biliyor musun. Neyse ki, herkesin içinde beni buz gibi donduran birkaç senlibenli davranışı oldu; bir keresinde bale topluluğu bir resmikabule çağrılıydı, aramızdaki ilişkiyi bilmeyen meslek arkadaşlarımın yanında dikkatli davranacağını düşündüğüm için gidip yanına oturdum. Biz böyle yan yana oturmuş yemek yerken, bir ara elini başımın arkasına uzatıp kaba bir okşama hareketiyle saçlarımı karıştırmaz mı! Arkadaşlarımın ne kadar alay ettiklerini, benim tüylerimin nasıl diken diken olduğunu bilemezsin. Bunu hak etmiştim. Ama işin aslını yavaş yavaş kavradım, hatta o en son alçakça hamilelik öyküsü bile bana tümüyle numara gibi geldi. Neyse kurtuldum."

En sonunda ayrılırlarken Grishkin, "Sen yalnızca bir diplomatsın, senin ne siyasetin var ne de dinin!" diyerek ona hakaret etmişti. Ama bu etkili suçlamanın ne anlama geldiğinin aydınlatılması için dosdoğru Leyla'ya koşmuştu. Eski bir sevgilinin, eğitimden geçmiş sevecenliğiyle bu konuyu onunla tartışacak kişi, Leyla'dan başkası olamazdı.

Leyla böylece kendi usta yöntemiyle onu, gençlik acemiliği geçene, kendisine denk bir olgunluğa erişene kadar yıllarca elinde tuttu. Aşk dilinin ancak bir lehçesini konuşuyorlardı, ama bu Leyla'ya yetiyor, berikini de oyalıyordu; yine de Mountolive için sınıflandırılması, çözümlenmesi olanaksız bir şey olarak kaldı.

Öte yandan takvim yılları birbirini izlerken, görev

yerleri değiştikçe, gözlerinin önünden düş gibi geçen ülkelerin –kirazlarla yıldızlanmış Japonya'nın, gagakama burunlu Lima'nın, iç karartıcı Portekiz'in, karlı Helsinki'nin– renkleri, yaşantıları Leyla'nın imgesinin içine karışıyordu. Ama boşalmış ya da boşalacak koltuklar olduğunu bilmesine, oraya atanmak için çeşitli kereler başvuruda bulunmasına karşın, bu ülkelerin arasında asla Mısır yoktu. Galiba Dışişleri Bakanlığı, Arapça öğrenmiş olduğu için onu asla bağışlamayacaktı. Sanki inadına öyle yerleri seçiyorlardı ki, iznini geçirmek üzere oralardan kalkıp Mısır'a gitmek ya çok güç ya da olanaksızdı. Ama ilişkisi sürüyordu. İki kez Nessim'le Paris'te buluştular, hepsi bu. Birbirlerini görmekten, kendi dünyevi yaşamlarından çok memnun oldular.

Mountolive'in can sıkıntısı yerini zamanla boyun eğmeye bırakıyordu. Yalnızca sağduyuya, serinkanlılığa, ihtiyatlığa prim veren mesleği ona dünyanın en katı, en kötürümleştirici dersini öğretmişti: Küçük düşürücü düşünceyi asla yüksek sesle söylememek. Bu, aynı zamanda ona kendini aldatma konusunda uzun bir Cizvit eğitimi yerine geçmişti, böylece insanlık deneyimini derinleştirmeksizin dış dünyaya eskisinden çok daha parlak bir görüntü vermek olanağına kavuşmuştu. Eğer kişiliği büsbütün seyreltilmediyse, Leyla sayesindeydi; çünkü çevresi ona başkalarının hoşuna giderek meslekte kolayca ilerleyebilmesini sağlayacak konuşma biçimlerinde, incelikli kibarlıklarda herkesi geride bırakmanın yollarından başka hiçbir şey öğretmeyen hırslı, dalkavuk insanlarla doluydu. Gerçek yaşamı, diplomatların o yapmacık dünyasında çok seyrek görünen bir yeraltı ırmağına benziyordu – hava basınçlı bir tulumbada havasızlıktan yavaş yavaş boğulan bir kedi gibiydi. Mutlu muydu, mutsuz mu? Bunu artık hiç bilmiyordu. Yalnızdı, hepsi bu. Birkaç kez, Leyla'nın yüreklendirmesiyle (bencilliğe dönüşmekte olan) koyu yalnızlığını hafifletmek için evlenmeyi düşünmüştü. Ama çevresinde bir yığın genç, bekâr kadın olmasına karşın ya evli ya da kendinden çok yaşlı kadınlara ilgi duyduğunu gördü. Yabancılarsa hiç hesapta yoktu, çünkü o dönemlerde bile yabancı kadınlarla yapılan evlilikler meslekte ilerlemeyi köstekleyici sayılıyordu. Hariciyecilikte nasıl her şeyin doğrusu yanlışı varsa, evliliklerin de vardı. Ama yıllar yılları izlerken kendisinin –çıkarlarını kollama, uzlaşma, çalışkanlık sayesinde– ağır ağır dönen bir sarmal üzerinde yukarıya, diplomatik yetki noktasının –müsteşarlık ya da elçilik aşamasının– dar bekleme odasına doğru tırmandığını görüyordu. Sonra bir gün, bir yerlerde küllenip unutulmuş olan bütün o parlak serap yeniden dirildi, yeniden ufukta belirdi, geçmişin içinden ışıyıp çıkarak belirginleşti; tam yetkinliğe eriştiği sırada bir sabah, herkesin göz diktiği madalyanın kendisine verildiğini öğrenmek için uyandı, ondan daha çok istediği bir şey daha olmuştu – nicedir kendisinden esirgenen Mısır Büyükelçiliği...

Ama Leyla ilişkilerinin benzersiz örüntüsünü az kalsın zedeleyen bir güçsüzlük ânı yaşayabilecek yapıda biri olmasaydı, kadın olmazdı zaten. Kocasının ölümünden sonra ortaya çıktı bu. Ama çok sürmedi, bir çılgınlık ânında terk etmeyi düşlediği yalnızlığına eskisinden daha çok gömülmesine yol açan romantik bir cezaya çarptırıldı. Belki böylesi daha iyi olmuştu çünkü düşündüğünü yapabilseydi her şeyi yitirebilirdi.

Leyla'nın Faltaus'un ölümünü bildiren telgrafından sonra uzun bir suskunluk oldu; bunun ardından daha öncekilere hiç benzemeyen kararsızlıklarla, belirsizliklerle dolu bir mektup. "Kararsızlıktan böylesine kıvrandığımı görmek beni çok şaşırtıyor. Gerçekten de aklım başımda değil. Şimdi sana yapacağım öneriyi çok iyi düşünmeni istiyorum. Çözümlemesini çok iyi yapmalısın, içinde en küçük bir tiksinti, en küçük bir tereddüt duyuyorsan bu işi unutur, bir daha hiç sözünü etmeyiz. David! Bugün aynanın karşısına geçmiş, en eleştirici, en acımasız bakışlarla kendime bakarken yıllardır kafamdan çıkarıp attığım bir düşünce aklıma geldi. Seni yeniden görmek düşüncesi. Ama böyle bir buluşma hangi durumda, hangi koşullarda yapılabilir, hiç mi hiç bilmiyorum. Kapkara bir kuşku bulutu bunu görebilmemi engelliyor. Faltaus öldüğüne, toprağın altına gömüldüğüne göre, yaşamımın o dalı koptu demektir. Seninle paylaştığım dal dışında bir şey kalmadı – yani kâğıttan bir yaşam. Açıkçası, her geçen yıl yaşça birbirlerinden uzaklaşan iki insan gibiydik. Bilinçaltımda Faltaus'un ölümünü bekliyordum anlaşılan, her ne kadar bunu dilemesem de... yoksa içimdeki bu umut, bu çılgın düşünce başka nasıl kımıldanabilirdi? Geçen gece birden aklıma geldi: Daha önceki gibi ilişkimizi büsbütün kesmeden önce seninle birlikte bir altı ay geçirebiliriz. Saçmalık mı dersin? Evet! Tasarladığım gibi iki ay sonra Paris'e gelebilirsem sana yük olmaktan, seni utandırmaktan başka bir şey yapmamış olur muyum? Tanrı aşkına, bana hemen yaz, beni yalancı umutlarımdan, bu tür budalalıklardan vazgeçir – çünkü içimden bir ses bana bunun budalalık olduğunu söylüyor. Ama... buraya dönüp bu yaşama başlamadan önce senden nasibimi almak: İnsanın umudundan vazgeçmesi ne zor! Bu işe engel ol lütfen, hem de hemen; sonuçta gelirsem içim rahat olsun (yıllar yılı yaptığım gibi), seni en yakın dostumdan öte bir şey olarak düşünebileyim."

Leyla, onu böyle zor durumda bırakmanın haksızlık olduğunu biliyordu; ama kendini engellemesi olanaksızdı. O zaman onu böylesine nazik bir karar verme zorunluluğundan kurtaran yazgıya teşekkür mü etmeli? Çünkü Leyla'nın mektubu geldiği zaman Leyla'nın hastalığının başladığını haber veren Nessim'in uzun telgrafı da masasının üzerinde duruyordu. O yine de ne yazsam diye düşünüp dururken, Leyla'nın eski yazısına hiç benzemeyen iri, biçimsiz bir elyazısıyla kartı geldi: "Mektubunu okuyabilecek duruma gelinceye kadar bana hiçbir şey yazma. Her tarafım sargılar içinde. Çok kötü, çok dönüşsüz bir şey oldu," sözleriyle kendisini yanıt yazmaktan kurtaran bir kart.

Bütün sıcak yaz boyunca süren –belki de insanların kendini beğenmişliklerinin en acımasız panzehiri olarak icat edilmiş– çiçek hastalığı o ünlü güzelliğinden artakalanların hepsini silip süpürmüştü. Bunun bütün yaşamını değiştirmeyecekmiş gibi yapmak, kendine karşı bile işe yaramazdı –ama nasıl değişecekti?– Mountolive yeniden mektuplaşmaya başlayabilecekleri zamana kadar kararsızlıktan kıvranarak bekledi, bazen Nessim'e, bazen Naruz'a yazıyordu. Ayaklarının dibinde birden büyük bir boşluk açılmıştı.

Daha sonra: "İnsanın derin çukurlarla, toprak kaymalarıyla dolu yüzüne bakması çok tuhaf bir şey – tanıdık ama bombalanmış bir manzaraya bakar gibisin. Ne yazık ki, yaşlı bir umacı olduğum duygusuna alışmak zorundayım. Ama kendi gücümle. Kuşkusuz bütün bunlar kişiliğimin başka bir yönünü güçlendirebilir –tıpkı asitler gibi– benzetmenin ucunu kaçırdım! Ah! Bunların hepsi boş söz, çünkü kurtuluş yok. Son uzun mektubumdaki önerilerimden nasıl utanıyorum bilemezsin. Avrupa'da dolaştırılacak bir yüz olmaktan çıktı artık bu, senin çok yakın dostun olduğunu söyleyerek seni seni utandırmayı göze alamam. Bugün bir düzine kara peçe ısmarladım, benim dinimden olan zavallı kadınların hâlâ taktıkları peçelerden! Öte yandan yeni bilezik ve yüzük ölçüsü vermek üzere mücevhercimi çağırtmam da bana o derece acı geldi. Son zamanlarda öyle zayıfladım ki. Hani çok acı bir ilaca yiğitçe göğüs geren bir çocuğu şekerle ödüllendirirler ya, onun gibi ben de yürekliliğimi ödüllendirdim. Zavallı hâkim. Bana mallarını gösterirken nasıl acı acı ağlıyordu görsen. Gözyaşları parmaklarıma dökülüyordu. Ama ben, nasıl oluyor bilmem, gülebiliyordum. Sesim de değişti. Karanlık odalarda yatmaktan öylesine bıktım ki. Peçeler beni özgürlüğüme kavuşturacak. Evet, hiç kuşkusuz canıma kıyıp kıymamayı çok düşündüm – böyle durumlarda kim düşünmez ki? Hayır, yaşayacaksam kendime acımak için yaşamayacağım. Bir kadının kendini beğenmişliği öyle sandığımız gibi dermanı olmayan bir dert, öldürücü bir sorun değil mi yoksa? Güvenli ve güçlü olmalıyım. Lütfen suratını asıp bana acımaya kalkma. Bana yazacağın mektup her zamanki gibi neşeli olsun, olur mu?"

Ama bunun ardından, eski yazışma düzenine dönmeden önce uzun bir suskunluk oldu. Leyla'nın yazdıklarında yeni bir nitelik – acı bir boyun eğiş duygusu okunuyordu. Naruz'la birlikte yalnız yaşadığı topraklarına geri çekildiğini yazmıştı. "Yumuşak yabanıllığıyla Naruz benim için bulunmaz bir arkadaş. Üstelik ara sıra artık kafamda da bozukluklar oluyor, *compos mentis*[1] olmaktan çıkıyor, böyle zamanlarda küçük yazlık eve çekilip günlerce oraya kapanıyorum – o evi anımsıyor musun? Bahçenin ucundaydı. Yanımda yılanımla orada okuyor, yazıyorum – kocaman tozlu bir kobra, şimdilerde evin cini o, bir kedi kadar evcil. Basbayağı bir arkadaş. Üstelik şu günlerde başka kaygılarım, başka tasarılarım var. Dışarısı çöl, içerisi çöl!

Çok güzel, çok özel bir yerdir peçe:
Ama, galiba kucak açmaz hiç kimseye.

1. (Lat.) Aklı başında. (Ç.N.)

(Uşakların dediği gibi) ifrit ruhumu ele geçirdiği zaman sana saçma sapan şeyler yazarsam sakın yanıtlama. Bu nöbetler en çok bir ya da iki gün sürüyor."

Böylece yeni bir dönem başladı. Dünyadan elini eteğini çekmiş, tuhaf, peçeli bir kadın olarak yıllarca Karm Abu Girg'de yaşadı, o uzun, şaşılası mektupları yazdı, Mountolive'in kendini hâlâ bir konuk gibi gördüğü Avrupa'nın yitik dünyalarında ruhu özgürce at koşturdu. Ama eski türde, doymak bilmez istekler azalmıştı. Artık eskisi gibi gözü dışarıda, yeni deneyimlerde değildi pek, daha çok küçük şeylerin anısını tazelemek isteyen biri gibi geriye, geçmişe bakıyordu. Tour Magne'da ağustosböcekleri duyuluyor muydu? Bougival'da Seine Nehri gene yemyeşil miydi? Siena at yarışında kostümler ipekten miydi? Navarra'nın vişne ağaçları... Geçmişin doğruluğunu kanıtlamak, omzunun üstünden geriye bakmak istiyordu ve bu yeniden doğrulama işini üstlenmek her yolculuğunda Mountolive'e düşüyordu. Rembrandt'ın küçük maymunu –acaba Leyla böyle bir şey görmüş müydü yoksa tablolarında gördüğünü mü sanıyordu? Hayır, vardı– Mountolive ona bunu söylerken büyük bir keder duyuyordu. Çok seyrek de olsa arada bir, yeni bir şeyle ilgili bir isteğin geldiği de olmuyor değildi. "Values'da (eylül sayısında) Ludwig Pursewarden imzalı bazı şiirler ilgimi çekti. Yepyeni, haşin bir şey var onlarda. Önümüzdeki hafta Londra'ya gideceğine göre, lütfen onun kim olduğunu araştırır mısın? Alman mı acaba? Afrika'yla ilgili o acayip iki romanın yazarı o mu? Ad aynı çünkü."

Daha sonra Mountolive'in yaşamında hayli önemli bir rol oynayacak olan ozanla tanışmasına doğrudan doğruya fırsat hazırlayan şey işte bu dilekti. Sanatçılara karşı (Leyla'dan öğrendiği) neredeyse Fransızlara özgü bir düşkünlüğü olmasına karşın, yayıncının eliyle gönderdiği kartın üzerine Pursewarden'ın adını yazmak ona biraz tuhaf, hatta gülünç geldi. Bir ay ses seda çıkmadı ama üç aylık bir eğitim kursu için Londra'da bulunduğuna göre acele etmeye gerek yoktu. En sonunda gelen yanıtın Dışişleri'nin tanıdık mektup kâğıdına yazıldığını görmek çok şaşırtıcıydı; anlaşıldığına göre kültür dairesinde alt düzeyde bir görevli olarak çalışıyordu! Hemen onu telefonla aradı, ağırbaşlı, cana yakın sesini duyunca hoş bir şaşkınlık geçirdi. Biraz terbiyesizce, küstah biriyle karşılaşacağını ummuştu, Pursewarden'ın sesinde ağırbaşlı bir mizaha özgü, uygar tonu fark etmek içini rahatlattı. O akşam Westminster Köprüsü yakınlarındaki Compasses'da buluşup içki içmeyi kararlaştırdılar. Mountolive bu buluşmayı kendisi için olduğu kadar Leyla için de sabırsızlıkla bekledi, çünkü ona bu buluşmanın öyküsünü yazmayı, merak ettiği sanatçıyı ona ayrıntılarıyla anlatmayı düşünüyordu.

Kaldırımlara düşer düşmez eriyen ama paltoların yakalarında, şapkalarda daha uzun süre kalan dayanıksız bir kar yağıyordu. (Kirpiğe düşen bir kar tanesi dünyayı ansızın bir prizmanın ışıltılı renklerine böler.) Mountolive tam başını eğip köşeyi döndüğü sırada, genç görünüşlü bir çiftin Compasses'ın barına girdiklerini gördü. Kapı açılırken yanındaki arkadaşına bir şey söylemek için başını yana çeviren kızın omuzlarında parlak renkli ekose bir şal vardı, yakasına kocaman beyaz taşlı bir iğne iliştirilmişti. Sokak fenerinin yumuşak ışığı, miğfer gibi sık ve kıvırcık saçların altındaki geniş solgun yüzün üstüne döküldü. Çarpıcı bir güzelliği vardı, tuhaf bir biçimde insanı etkileyen bu güzellikteki dinginliğin nereden geldiğini Mountolive ilk anda kavrayamadı. Daha sonra kızın kör olduğunu fark etti, yüzü arkadaşının yüzüne dönükken başının hafifçe yukarıya kalkmış olması, bakışları hedefini –yani öteki kişinin gözlerini– bir türlü bulamayan insanlara özgü bir şeydi. Gülerek bir şeyler söyleyen arkadaşı onu barın kapısından içeri itinceye kadar uzun bir an öylece kaldı. Onların ardı sıra bara giren Mountolive kendisini Pursewarden'ın demir gibi güçlü sıcak elini sıkarken buldu. Kör kız anlaşıldığına göre kardeşiydi. Köşedeki parlak kok kömürü ateşinin yanına yerleşip içkilerini ısmarlayana kadar geçen birkaç dakika biraz yabancılık çektiler.

Pursewarden'da hiçbir dikkat çekici yön yoktu, buna karşın hoş bir normallik göze çarpıyordu. Orta boylu, biraz soluk renkliydi, son derece biçimli bir ağzın üstüne küçücük bir inceltme işareti çizen düzgün bıyıkları vardı. Renk bakımından kız kardeşine hiç benzemiyordu, o yüzden Mountolive kör kızın olağanüstü güzel kara saçlarının boyalı olabileceğine karar verdi, oysa çok doğal görünüyorlardı, incecik kaşları da karaydı. Bu Akdeniz renklerinin gizini çözecek ipucunu belki gözler verebilirdi ama onlar da görkemli bir eksiklik oluşturuyordu. Başı bir Medusa başına, körlüğü bir Yunan yontusununkine benziyordu – belki de yüzyıllar boyu salt güneş ışığına, mavi suya bakmaktan kör olmuş gözler. Ama gene yüzünde büyüklenme değil, yumuşaklık ve dokunaklılık okunuyordu. Bir konser piyanistinin parmaklarına benzeyen, uçları yuvarlak ve yumuşak, uzun, ipek parmakları –sanki Mountolive'in sesine sıfatlar bulmakta kararsız kalıyormuş gibi– meşe ağacından yapılmış orta masasının üstünde yavaş yavaş dolaşıyor, sanki yokluyor, inceliyor, kesinliğe kavuşturmaya çalışıyordu. Kendine söylenen sözlerin tınlamalarını, anlamlarını arada sırada yeniden yakalamak istermişçesine, onları kendi kendine yinelermiş gibi, hafifçe dudaklarını kımıldatıyordu; bir besteyi notasından izleyen biriydi tıpkı.

"Liza, hayatım?" dedi ozan.

"Konyak ve soda." Sakin bir kesinlikle yanıtlamıştı; sesi hem duru hem de tatlıydı – söylediği sözcüklere, "bal ve nektar" falan gibi tınılar katan bir ses. İçkiler gelip dağılıncaya kadar sıkıntıdan ne yapacaklarını bilemediler. Onlar, iki kardeş, yan yana oturuyorlardı, savunmaya çekilmiş gibiydiler. Kör kızın bir eli abisinin cebindeydi. Ta akşamlara kadar süren, daha sonra, Mountolive'in inanılmaz belleği sayesinde Leyla'ya harfi harfine aktardığı konuşmalar işte böyle beceriksizce bir biçimde başladı.

"Pursewarden başlangıçta biraz utangaçtı, sevimli bir çekingenliğe sığınmıştı. Gelecek yıl Kahire'de bir göreve aday olduğunu duymak beni çok şaşırttı. Ona biraz oradaki dostlarımdan söz ettim, en başta Nessim olmak üzere, birtakım kişilerle tanışması için kendisine birkaç mektup vermeyi önerdim. Onun üstü durumunda olmam başlangıçta onu biraz ürkütmüş olabilir, ama bu da çabucak geçti. İçkiye pek dayanamıyor, ikinci kadehten sonra çok eğlenceli, çok atak konuşmalar yapmaya başladı. Bambaşka bir kişi çıktı ortaya –bir sanatçıdan beklenebileceği gibi tuhaf ve kapalı– ama birçok konuda belirgin görüşleri var, kimileri benim pek hoşuma gidecek cinsten değildi. Ama hepsinde de alışılmamış bir kişisellik yankılanıyordu. Bunların hepsinin deneyimden çıktığını anlıyordu insan, *salt épater*[1] için geliştirilmiş şeyler değildi. Örneğin, dünya görüşü bakımından biraz modası geçmiş bir gerici, bu yüzden de faşist olduğundan kuşkulanan meslek arkadaşları ona pek iyi gözle bakmıyor; sol kanattaki düşünce karışıklığından, daha doğrusu köktencilikten nefret ediyor. Ama düşüncelerini hiç ateşlenmeden, şakayla karışık dile getiren biri. Örneğin İspanya sorunu konusunda ne dedimse onu galeyana getiremedim. (Solcu İncil Kulübü uğruna ölmeye koşan bütün o *beige*[2] insanlar.)"

1. (Fr.) Şaşırtmak. (Ç.N.)
2. (Fr.) Bej. (Ç.N.)

Doğrusu sivri olduğu kadar açık seçik olan bu düşünceler Mountolive'i şaşırtmıştı çünkü kendisi o günlerin yaygın eşitlikçi eğilimlerini paylaşıyordu – bakanlıkta uygulanan uyuşturucu liberalliğe karşın. Birtakım büyük nefretlerinin olması Pursewarden'ı göz korkutucu bir kişi haline getiriyordu. "Açık söylemek gerekirse onu tam olarak bir yere oturtabildiğim kanısında değilim," diye yazıyordu. "Ama tutumlardan çok görüşlerden söz etti, dahası birkaç çarpıcı şey de söyledi, onları sana aktarabilmek için aklımda tuttum, şöyle: 'Bir sanatçı öteki insan kardeşleriyle tek doyurucu ilişkiyi yapıtı aracılığıyla kurabilir, çünkü o gerçek dostlarını ölüler ve doğmamış olanlar arasında bulmaya çalışır. İşte bu yüzden politikayla uğraşmaz, politika onun işi değildir. Dikkatini siyasetlerden çok değerlere çevirmelidir. Bu işler bana artık aptalca bir gölge oyunu gibi geliyor, çünkü yönetmek bir sanattır, bilim değil, tıpkı toplumun bir sistem değil, organizma olması gibi. Toplumun en küçük birimi ailedir, krallık buna en uygun düşen kuruluştur – çünkü krallık ailesi insanca olanı yansıtan bir imgedir, usa yatkın bir puta tapıcılıktır. Yani biz İngilizler gibi temelde Don Quijote yaradılışlı, tembel zihinli insanlar için demek istiyorum. Başkalarını bilmem. Kapitalizme gelince; adil bir vergilendirmeyle bütün yanlışlar, adaletsizlikler düzeltilebilir. İnsanlar arasında düşsel bir eşitlik değil, doğru dürüst bir eşitlik bulmaya çalışmalıyız. Ama o zaman Çin'de olduğu gibi kralların şöyle ya da böyle bir felsefe üretmeleri gerekir; bugün artık bizim için kayıtsız şartsız bir krallık olanaksızdır, çünkü krallık felsefesi tam bir düşüş halinde. Aynı şey diktatörlük için de doğru. Komünizme gelince; onu da umutsuz görüyorum, insanı ekonomik davranışçılık açısından çözümlemek, yaşam eğlencesinin içine etmek demektir, hele onu kendine ait bir ruhtan yoksun bırakmak, tam bir çılgınlık!'

Bunun gibi şeyler. Bir kültür heyetiyle birlikte bir aylığına Moskova'ya gitmiş, orada sezinlediği şeyler hiç hoşuna gitmemiş, 'Kederli Yahudiler, onların yüzlerinde gizli bir aritmetiğin bütün hüznünü görebilirsiniz; Kiev'de yaşlı bir adama Rusya'nın mutlu bir ülke olup olmadığını sordum. Soluğunu sertçe içine çekip çevresine baktıktan sonra bana şöyle fısıldadı: "Bizim buralarda anlatılan bir şey var: Bir keresinde Lucifer'in iyiliği tutmuş, yüreği insafa gelmiş. Değişiklik olsun diye bir iyilik yapmak istemiş – ama bir tane iyilik. İşte yeryüzü cehennemi böyle doğmuş, adını da Sovyet Rusya koymuşlar," gibi başka *boutade*'lar.[1]'

Bütün bu şeyler konuşulurken kız kardeşi hiç söze karışmadan dokunaklı bir sessizlik içinde oturdu, asma filizi gibi uçları kıvrık parmaklarıyla hafif hafif masaya dokunuyor, onun özdeyişlerine sanki gizli bir yaramazlıkla gülüyordu. Yalnızca bir kez, o da Pursewarden kısa bir süre için masadan ayrıldığında, bana dönüp şöyle dedi: 'Bu şeylerle kesinlikle uğraşmaması gerekir. Onun için en önemli şey, umutsuzluğa nasıl boyun eğeceğini öğrenmektir.' Onun ağzından böylesine bir doğallıkla dökülen bu kâhince sözler beni çok şaşırttı, ne yanıt vereceğimi bilemedim.

Pursewarden döndüğü zaman yerine otururken sanki kendi kendine o konuyu yeniden düşünmüş gibi konuşmasını kaldığı yerden sürdürdü. 'Hayır,' dedi, 'onlar biyolojik bir gereksinim, şu krallar. Belki de onlar insan ruhunun gerçek yapısını yansıtıyor? Onların tanrısallığı sorunuyla öylesine iyi uzlaşmışız ki, onların yerini bir diktatörün ya da bir işçi meclisiyle bir idam mangasının alması hiç hoşuma gitmez.' Ben bu yersiz görüşe karşı

1. (Fr.) Şaka. (Ç.N.)

çıkacak oldum ama o çok ciddiydi. 'İnanın sol kanadın niyeti bu; bir içsavaş – Shaw ve arkadaşları gibi katı bağnazların davalarını kurnazca sunuşları sayesinde – bu amaç belki anlaşılmıyor, ama var. Marksçılık İrlandalılarla Yahudilerin intikamıdır!' Bu söz üzerine güldüm –hakkını yemeyeyim– o da güldü, 'Ama hiç değilse bana neden iyi gözle bakmadıklarını anlarsınız,' dedi, 'İngiltere dışında, hiçbir ahlaksal sorumluluk, hiçbir can sıkıcı açıklama bulma gereği duymadığım ülkelere gitmekten neden her zaman hoşlandığını anlarsınız. Hem bana ne canım! Ben bir yazarım!'

O zamana kadar üç-beş kadeh içmiş, hayli rahatlamıştı. 'Bu kısır konuyu bırakalım! Kadınlar tarafından yaratılmış kentlere gitmeyi ne çok istiyorum bilemezsiniz; dişi kösnülerine yanıt olarak kurulmuş bir Paris'e, bir Roma'ya örneğin. Ne zaman yaşlı Nelson'un Trafalgar Meydanı'ndaki isli yontusunu görsem, şöyle düşünmüşümdür: Zavallı Emma'cık güzel ve kuş beyinli olma hakkını, yatakta *d'une splendeur*[1] olma hakkını savunmak için ta Napoli'ye kadar gitmek zorunda kaldı. Ben Pursewarden, burada, töreyle aklını bozmuş insanların arasında ne arıyorum? Bırakın, kendi insanca edepsizlikleriyle uzlaşmış insanların arasında, bir ozanın görünmezlik maskesinin güvenliği içinde dolaşayım. Hiçbir şeyi aşağılamadığım gibi, hiçbir şeye saygı duymamayı öğrenmek istiyorum – yeni başlayan bir öğrencinin önünde çok çetin bir yol vardır!'

Liza neşeyle haykırdı: 'Sen sarhoşsun, bir tanem!'

'Sarhoş ve kederliyim. Kederli ve sarhoş. Ama keyfim yerinde, yerinde!'

Şunu söylemeliyim ki, kişiliğinin bu yeni, iç açıcı yönü beni onun insan yanına daha çok yaklaştırdı gibime

1. (Fr.) Bir göz kamaştırıcı. (Ç.N.)

geldi. 'Bütün bu basmakalıp coşkulara ne gerek var? Korkmaya, titremeye ne gerek var? Ya o iç karartıcı helalarda doğru dürüst işeyip işemediğine bakmak için dikilen o yağmurluklu kadın polislere? Krallık topraklarının her yanında sürüp giden kılık uygunluğu tutkusunu düşünün bir! Otlara basma yasağını: Buraya her geri dönüşümde, "Yalnızca Yabancılar İçindir," diye yazılı kapıya yönelmemde şaşılacak bir şey var mı?'

Liza bir kez daha haykırdı: 'Sen sarhoşsun.'

'Hayır, mutluyum,' dedi ve ciddiydi. 'Mutluluk etkimeyle uyandırılabilecek bir şey değildir. Bir bıldırcını ya da yorgun kanatlı bir kızı bekler gibi onu bekler, pusuya düşürürsün. Sanatla ustalık arasında değişmez bir uçurum vardır!'

Bu yeni galeyan da böylece yokuş aşağı sürdü gitti; artık bilincini yitirmiş bir zihnin böylesi rahat hareket edebilmesi, doğrusu beni çok şaşırttı. Kuşkusuz birkaç kez kaba, hatta terbiyesizce sözleri karşısında irkilmedim değil, kaygıyla kız kardeşine baktım, ama onun dalgın ve eleştiri ifadesi taşımayan yüzünde kör gülümsemesinden başka bir şey yoktu.

Yağan karın altında birlikte Trafalgar Meydanı'na doğru yürürken epeyce geç olmuştu. Ortalıkta pek az insan vardı, kar ayak seslerimizi boğuyordu. Meydana varınca senin ozan, Nelson yontusuna bir konuşma ziyafeti çekmek üzere durdu. Tam olarak neler söylediğini unuttum, ama beni kahkahalarla güldürecek kadar komikti. Sonra birden ruh hali değişti, kız kardeşine dönerek, 'Bütün gün neye içerledim hep biliyor musun Liza? Bugün Blake'in doğum günü. Düşün, şu kartoloz Blake'in doğum günü. Bu ülkenin çehresinde bunun bir belirtisini görmem gerektiğini düşünüyordum, bütün gün sağa sola baktım. Ama hiçbir iz göremedim. Gel sevgili Liza'cığım şu yaşlı p...gin doğum gününü *biz* kutlayalım, ne dersin, ha? Sen, ben ve David Mountolive – sanki bizler Fransız ya da İtalyanmışız gibi, sanki bizim için anlamı varmış gibi.' Kar hızla yağıyordu, yerdeki en son yaprak kümeleri iyice ıslanmıştı, kumrular pıhtılaşmış geniz sesleri çıkarıyorlardı. 'Ne dersin ha, Liza?' Liza'nın yanakları pembe pembe olmuştu. Dudakları aralıktı. Kara saçlarında kar taneleri, eriyen mücevherlere benziyordu. 'Nasıl? Ama nasıl?' diye sordu.

Pursewarden yüzünde gülünç bir ciddilikle, 'Blake için dans edeceğiz,' diye yanıtladı. Onu kollarının arasına alıp 'Mavi Tuna'yı mırıldanarak vals yapmaya başladı. Başını geriye çevirerek, düşen kar tanelerinin arasında, 'Will ve Kate Blake için,' dedi. Neden hayret ettiğimi, neden duygulandığımı hiç bilemiyorum. Tam vals ritmi adımlarıyla gittikçe hızlanarak dans ediyorlardı, daha sonra alanda, bronz aslanların altında kaymaya başladılar, fıskiyeden fışkıran sular kadar hafif görünüyorlardı. Bir gölün ya da buz tutmuş bir havuzun pürüzsüz yüzeyinde kayan çakıl taşları gibi... Çok acayip bir görüntüydü. Onları izlerken üşüyen ellerimi, paltomun yakasında eriyen karları unutmuştum. Boş meydanda yavaş yavaş bir yay çizerek dans ediyor, gecenin soğuk havasında soluklarını baca gibi tüterken çevreye kuru yapraklar, kumrular saçıyorlardı. Sonra onları bana –yanı başımda dikilen son derece kuşkulu bakışlı polisle birlikte durduğum yere– taşımak için çizdikleri yayı yumuşacık, çabasızca uzattılar. Doğrusu çok eğlenceliydi. Kuşku ve hayranlıkla onları izleyen aynasız, 'N'oluyor burada?' dedi. Öyle güzel vals yapıyorlardı ki, onun bile bundan etkilendiğini sanıyorum. Onlar durmadan dönüyor, dönüyorlardı, aralarında olağanüstü bir uyum, esmer kızın ardı sıra uçuşan saçları, isli tüneğinin üstündeki yaşlı amirale dönük gözsüz yüzü. Sıkıla sıkıla, 'Blake'in doğum gününü kutluyorlar,' diyerek açıklamada bulundum, hayran bakışlarla onları izleyen görevlinin yüzünde belli belirsiz bir rahatlama oldu. Öksürdü ve, 'Ee, böyle dans edebildiğine göre sarhoş değil demektir, ha? Doğum günlerinde insanlar ne icatlar çıkarıyorlar!' dedi.

En sonunda geri döndüler, gülüşüyor, hızlı hızlı soluyor, birbirlerini öpüyorlardı. Pursewarden'ın neşesi adamakıllı yerine gelmiş görünüyordu. Onları bir taksiye bindirip yollarken bana öyle sıcak bir biçimde iyi geceler diledi ki. İşte böyle! Sevgili Leyla'm, bu anlattıklarımdan sen ne anlam çıkaracaksın, bilmiyorum. Özel yaşam koşulları ya da geçmişiyle ilgili hiçbir şey öğrenemedim ama daha ileride onu ziyaret etme olanağım olacak; sonra önümüzdeki yıl Mısır'a geldiğinde sen kendin de onunla tanışacaksın. Bana verdiği en son şiirlerinden küçük bir demeti sana gönderiyorum. Bunlar henüz hiçbir yerde yayımlanmamış."

Mountolive, kulübün kaloriferli sıcak yatak odasında küçük kitapçığın yapraklarını zevkten çok ödev duygusuyla çeviriyordu. Yalnızca çağdaş şiirden değil, şiir denen şeyden sıkılırdı. Ne kadar çabalarsa çabalasın, deyim yerindeyse, bir türlü dalga boyunu tutturamıyordu. Sözcüklerin dans etmesini engellemek için onları kendi zihninde başka sözcüklere çevirmeye zorlanıyordu. Kendisindeki bu eksiklik (Leyla ona bunu böyle kabul etmeyi öğretmişti) sinirini bozuyordu. Gene de küçük kitapçığın yapraklarını çevirirken birden belleğine sıçrayan, içinde beklenmedik bir kuşku ürpertisi uyandıran bir şiir ilgisini çekti. Ozanın kız kardeşine adanmış, açıktan açığa "saçları siyah kör bir kıza" yazılmış aşk şiiriydi. Birden şiirin içinden Liza Pursewarden'ın soluk, dingin yüzü beliriverdi.

Yunan yontuları, birer kurşun deliği göz yerine
Şaşkınlıktan kör olmuşlar Eros gibi,
Saklarlar gizini öksüz yüreğin
Seven ve sevilen...

İlk bakışta göze çarpan bir çeşit kaba, bilinçli bir beceriksizlik vardı, ama bunu ancak çağdaş bir Catullus yazabilirdi. Mountolive'i derin derin düşündürdü. Yutar gibi bir kez daha okudu. Onda utanmazlığın yalın güzelliği vardı. Kitapçığı zarfa koyup zarfın üstüne Leyla'nın adresini yazmadan önce ciddileşmiş bir yüzle uzun süre duvara baktı.

Bu ziyareti sırasında Pursewarden'ı bir-iki kez çalıştığı daireden telefonla aradıysa da, bir daha görüşemediler. Her defasında ya izinliydi ya da anlaşılmaz bir görevle Kuzey İngiltere'de. Ama buna karşın kız kardeşinin izini yakalamış, onun çok şirin ve nedense çok dokunaklı bir can yoldaşı olduğunu düşündüğü için onu birkaç kez yemeğe çıkarmıştı.

Normal bir süre sonra Leyla'dan verdiği bilgilere teşekkür eden bir mektup aldı. Çok tipik bir biçimde şunlar eklenmişti: 'Şiirler olağanüstü güzeldi. Ama kuşkusuz beğendiğim bir sanatçıyla tanışmak istemem. Yapıtla yazar arasında hiçbir ilgi olmuyor bence. Ama Mısır'a geliyor olmasına sevindim. Belki Nessim'in ona yardımı olur – belki de onun Nessim'e, kim bilir?'

Mountolive son tümceyi anlayamadı.

Bunu izleyen yaz her nasılsa yıllık izni Nessim'in Paris'e geleceği zamana rastladı. İki dost buluşup galerileri gezdiler, resim yapmak üzere Bretonya'ya tatile gitmeyi kararlaştırdılar. İkisi de son yıllarda resim denemelerine başlamışlardı, yepyeni bir ortama girmiş amatörlerin ateşiyle doluydular. Kahire'deki görevine başlamadan önceki bir aylık iznini kullanan Pursewarden'la işte burada, Paris'te rastlaştılar. Bu çok mutlu bir rastlantıydı, çünkü Pursewarden, Mısır'a Nessim'le birlikte dönebilecekti. Ayrıca Mountolive bu mutlu tanışmayla onun işini kolaylaştırma fırsatını bulduğu için çok sevinçliydi. Pursewarden'ın kendisi de hayli değişmiş, dünyanın en neşeli adamı olmuştu, Nessim onu aşırı derecede sevmişe benziyordu. Hemen hemen üç hafta birbirlerinden hiç ayrılmadılar, vedalaşma zamanı geldiğinde Mountolive iyi yemekler yemenin, neşeli saatler geçirmenin ötesinde bir dostluğun kurulup perçinlendiğine yürekten inanıyordu. Onları istasyondan uğurladıktan sonra aynı akşam en sevdiği kafenin antetli mektup kâğıdına Leyla'ya şunları yazdı: "Onları trene bindirdikten sonra bir dahaki haftaya Rusya'ya döneceğimi düşününce gerçekten çok kederlendim! Bu aklıma geldikçe yüreğim eziliyor. Ama P.'yi daha çok sevmeye, daha iyi anlamaya başladım. Kaba, azarlayıcı tavırlarını eskisi gibi onun terbiyesizliğine değil, son derece gizli bir utangaçlığa, hatta suçluluk duygusuna yorar oldum. Bu kez konuşmaları çok gönül çeliciydi. Nessim'e sormalısın. Hiç kuşkum yok, Nessim onu benden daha çok sevdi. Peki... sonra? Bir boşluk, buz gibi soğuk bir yolculuk, önümde ruh tüketici bir üç yıl. Ah, sevgili Leyla'm seni ne çok özlüyorum bilemezsin – senin simgelediğin her şeyi. Bir daha ne zaman görüşeceğiz acaba, merak ediyorum? Gelecek iznimde yeteri kadar param olursa bakarsın seni görmek için doğruca aşağı uçarım..."

Henüz üç yıl dolmadan bir kez daha Mısır'a –uzaklık ve sürgünün etkisiyle hiç aklından çıkmayan, bir duvar kiliminin parlak renklerini kazanmış olan sevgili ülkeye– gitmenin yolunu bulacağından habersizdi. Bellek kadar zengin bir şey sahtekârlık yapabilir mi? Bu soruyu kendine hiçbir zaman sormadı.

III

Elçiliğin balo salonundaki kaloriferden koyu, kürk gibi bir sıcaklık yayılıyor, havaya temiz değilmiş kokusu veriyordu; ama bu sıcaklık, tabana kadar inen pencerelerden görünen ve sanki yalnızca Rusya'ya değil, bütün dünyaya tekdüze yağan karla kaplı, çam yıldızlı, kaskatı donmuş görünümlerle hoş bir karşıtlık oluşturuyordu. Haftalardır durmamacasına yağmıştı. Hepsi Sovyet kışının miskin uyuşukluğu içindeydiler. Çevrelerini kuşatan duvarların dışında sanki çok az devinim, çok az ses var gibiydi. Demir kapıların dışındaki eski püskü iki nöbetçi kulübesi arasında gidip gelen askerlerin postal sesleri kışın sessizliğinde yitiyordu şimdi. Bahçelerde, yağan beyazlığın ağırlığı altında gittikçe daha çok aşağı sarkan dallar, sessizce meydana gelen parıltılı kristal patlamalarla üstlerinden kar yükünü atarak birer birer geriye fırlayıncaya kadar öylece kalıyorlardı; sonra aynı olaylar zinciri yeniden başlıyordu, yukarıdan yuvarlanan kar taneleri dalların üzerinde kümeleniyor, taşınamayacak derecede ağırlaşıncaya kadar dalların üzerinde kalıp onları yay gibi aşağıya büküyorlardı.

Bugün İncil'i okuma sırası Mountolive'deydi. Arada sırada başını rahleden kaldırıp baktığında kendi sesini izleyen daire personelinin, sekreter meslektaşlarının, balo salonunun kasvetli karanlığı içinde korkunçlaşmış yüzlerini görüyordu; güneş görmemiş bir beyazlık saçan yüzler – yakalandıkları buz tuzağının aynasından yukarıya ışıkları yansıyan kurbağa gövdeleri gibi, o yüzleri birden karlı bir gölde sırtüstü yüzerken görür gibi oldu. Eliyle ağzını kapatarak öksürdü, bulaşıcı bir hastalık gibi dalga dalga yayılan bu öksürük yalnızca pipo hışırtılarının yankılandığı ruhsuz bir sessizlikte yitti. Bugün herkes suratsızdı, hasta gibiydi. Elçiliğin altı korumasının o derecede dindar görünmesi çok tuhaftı, acemicesine giyilmiş en iyi takım elbiseler, alna yapıştırılmış yola gelmez saçlar. Hepsi de eski denizciydi, votka mahmurlukları çok belli oluyordu. Mountolive, Aziz Yuhanna İncil'inin sayfa şeridinin altında bulduğu –oradakilerin hiçbirinin anlayamayacağı– bölümün görkemini sakin ezgili sesinin yansıtmasına engel olmazken içinden iç geçiriyordu. Kâfuru kokan kartal – neden, hiç anlayamıyordu. Büyükelçi her zamanki gibi yataktaydı; son bir yıldır adamakıllı gevşemişti, kendi görevlerini –büyük bir incelik ve akılcılıkla yerine getirmeye, neyse ki, her zaman hazır bekleyen– Mountolive'e yıkmaya çok hevesliydi. Sir Louis buradaki küçük topluluğun fiziksel ya da ruhsal gereksinimleriyle ilgileniyormuş gibi görünmeyi bile bırakmıştı. Neden bırakmasın? Üç ay sonra kesin olarak emekliye ayrılacaktı.

Mountolive herkesin katıldığı böyle toplantılarda onun yerini almanın güç, ama yararlı olduğunu düşünüyordu. Yöneticilik yeteneklerini rahatça sınayabilmesi için iyi bir fırsattı. Şu anda elçiliği gerçekten yöneten kendisiydi, elçilik onun elindeydi. Gene de...

Elçilik İdare Amiri Cowdell'ın kendisinin dikkatini çekmeye çalıştığını fark etti. Hiç duraksamadan okumayı bitirdi, sayfa şeritlerini yerleştirip ağır ağır yerine döndü. Papazın ağzından çıkan kısa, nezleli tümce üzerine yapraklar çevrildi ve kendilerini "Dış Görev İlahiler Kitabı"nın on birinci baskısındaki "Hıristiyan Askerleri, İleri" adlı beylik metinle karşı karşıya buldular. Köşedeki küçük org, otobüse yetişmek için koşan şişman bir adam gibi solumaya başladı; sonra sesini bularak kışın suskunluğu içinde bağırsakları deşilen bir insan gibi kulak tırmalayıcı bir perdeden ilk iki tümcenin ağır genizsel müziğini seslendiriyordu. İçinden yükselen titremeyi bastıran Mountolive, aletin her zamanki biçimde –sanki neredeyse bir insan gibi hıçkırmak üzereymişçesine– sol notası üzerinde yatışmasını bekledi. Karmakarışık yükselen sesler... neyi kanıtlamak için? Mountolive bunu merak ediyordu. Düşman bir ülkede, insan aklının küçük bir yanılgısı yüzünden kocaman bir toplama kampından farkı kalmamış bir ülkede, küçük bir Hıristiyan azınlığıydılar. Cowdell dirseğiyle kendisini dürtüyordu, ille de dinsel olması gerekmeyen acil bir konuda konuşmaya hazır olduğunu belli etmek için o da dürttü. Elçilik idare amiri ilahi söylemeyi sürdürdü:

Ne mutlu bir gündür bugün
Savaşa gider gibi bu yolda yürüyenler için...
(*fortissimo*-dindarca)

Acelesi var şifrelerin
Önden koşturuyorlar onun için...
(*fortissimo*-dindarca)

Mountolive'in canı sıkılıyordu. Pazar günleri şifre dairesi üç-beş gerekli görevliyle açık tutulurdu, ama yapılacak pek iş olmazdı. Neden sanki her zamanki gibi villaya telefon edip kendisini çağırtmamışlardı? Belki de yeni ödemelerle ilgili bir şeydi? Sonraki dizeleri ağlamaklı bir sesle söylemeye başladı:

Biri söylemeliydi bana
Ben nereden bilecektim?
Kimdir şifreyi çözmekle görevli?

Cowdell şu eklemeyi yaparken başını sallayıp kaşlarını çattı: *"Hâlâ işinin başında-da-da."*

Deyim yerindeyse, köşeyi kıvrıldılar ve müzik tekrar ara geçitten aşağı yürüyüşe geçtiği zaman, toplu halde soluk aldılar. Bu kadarcık bir ara Cowdell'ın kısık bir sesle şu açıklamayı yapmasına yetti: "Hayır, ivedi bir *Kişiye Özel.* Hâlâ yozlaşmış gruplar var."

Mountolive çok şaşırdı, ama ilahinin sonuna gelene kadar yüzlerindeki ve içlerindeki dalgalanma geçti. Hiç rahat olmayan minderlerin üzerine diz çöküp yüzlerini elleriyle örttükleri zaman, Cowdell parmaklarının arasından, "Sana hem madalya hem de elçilik verilmiş. İzin verirsen seni ilk kutlayan ben olmak istiyorum, vb." dedi.

Mountolive büyük bir şaşkınlıkla, "Tanrım!" diye fısıldadı ama bu sözü yaratıcıya değil, kendi kendine söylemişti. "Teşekkür ederim," diye ekledi. Birden dizleri kesilmişti. Yeniden soğukkanlılığını kazanmaya çalışmalıydı. Elbette daha çok mu gençti? Bir kılıçbalığı gibi papazın oradan oraya atlayan konuşmaları onu şimdi her zamankinden çok sinirlendiriyordu. Dişlerini sıktı. Zihninden, gittikçe artan bir şaşkınlıkla şu sözlerin geçtiğini fark etti: "Rusya'dan kurtulmak ha!" Yüreği ağzına geldi.

Sonunda ayin bitti, hepsi kederli kederli art arda dizilip balo salonundan çıktılar, öksüre fısıldaşa elçilik konutunun tabanları parlak cilalı salonlarını geçtiler. Mountolive din adamlarının o ağır yürüyüşünü taklit etmeyi başardı, oysa bu zihninin hızına tam ters düşen bir yürüyüştü. Ama elçilik binasına gelir gelmez kapitoneli kapıyı yavaşça kapayıp iki kanadın aradaki havayı yavaşça yutarak kenetlenişini duyumsadıktan sonra, derin bir soluk alarak arşiv bölümünün girişindeki kapıya giden merdivenlerden paldır küldür indi. Orada bir müstahdem, eldivenlerine, paltolarına vura vura karları silkeleyen birkaç çizmeli kuryeye çay dağıtıyordu. Posta evrakıyla doldurulup kapatılmayı bekleyen bez çantalar yerlere yayılmıştı. Kısık sesli günaydınlar, şifre odasının kapısına seğirten ve kapıyı tıklatıp Miss Steele'in kendisini içeri almasını bekleyen Mountolive'in kulağına kadar geliyordu. Bayan Steele suratsızca gülümsüyordu. "Ne istediğinizi biliyorum. Şu tepside duruyor – elçilik kopyası. Sizin tepsinize koydurdum. Ekselansları için bir tane de sekretere verdim," dedi.

Sarı saçlı başını yeniden önündeki şifrelere eğmişti. İşte oradaydı, düzgünce daktilo edilmiş resmî yazısıyla, o zar gibi incecik pembe kâğıt. Bir iskemleye oturup onu iki kez ağır ağır okudu. Bir sigara yaktı. Miss Steele başını kaldırdı. "Sizi kutlayabilir miyim, efendim?" – Mountolive bir teşekkür sözü homurdandı. Düşünceye daldığı sırada parmaklarını ısıtmak için bir an ellerini elektrik sobasına uzatıp çekmişti. Kendisini bambaşka biri olarak hissediyordu. Bu duygu onu sersemletmişti.

Bir süre sonra ağır adımlarla dalgın dalgın yukarıya, kendi odasına çıktı, hâlâ bu yeni, bu doyumsuz düşün içinde yüzüyordu. Pencerelerin perdeleri açıktı – demek ki sekreteri daha önce içeriye girmiş. Demir çubukları buzlanmış ana giriş kapısının önünde, karların üzerinde bir gidip bir gelen nöbetçileri izleyerek bir süre ayakta durdu. Şu uçsuz bucaksız karlı görünümün gerisinde bir yerdeki düşsel bir dünyaya kara gözlerini dikmiş orada dikilirken birden sekreteri içeriye girdi. Sevinçle gülümsüyordu. "Sonunda geldi işte," dedi.

Mountolive ağır bir gülümsemeyle karşılık verdi: "Evet. Acaba ekselansları bir zorluk çıkarır mı?"

Kız, "Ne münasebet! Neden çıkarsın?" dedi üstüne basa basa.

Mountolive çok iyi tanıdığı masasına bir kez daha oturup çenesini ovuşturdu.

Kız, "Zaten kendisi de üç ay kadar sonra ayrılıyor," diye ekledi. Mountolive'e şaşkınlık ve neredeyse öfkeyle bakıyordu; çünkü onun sakin yüzünde en küçük bir sevinç, kendi başarısından hoşnutluk belirtisi göremiyordu. Büyük bir özenle geliştirilmiş bu kendini tutma becerisinin duvarlarını böyle bir başarı bile yıkamıyordu.

Ağır ağır, "Evet," dedi çünkü hâlâ şaşkınlıktan, hak edilmemiş başarının doyumsuz düşünden kurtulamamıştı. "Göreceğiz bakalım." Şu anda daha da baş döndürücü yeni bir düşüncenin etkisine girmişti. Pencereye bakarken gözlerini alabildiğine açtı. Hiç kuşkusuz artık sonunda istediği gibi *davranmakta* özgür mü oluyordu? İşte sonunda yıllardır süren kendini gizleme, sürekli vekillik etme sıkı düzeni sona mı eriyordu? Bunu düşünmek korkutucu ama aynı zamanda heyecan vericiydi. Artık gerçek kişiliğini, davranışlarına yansıtma olanağı bulabileceği kanısındaydı; hâlâ kurtulamadığı o hülyayla dolu olarak ayağa kalkıp gülümseyerek kıza, "Her neyse, yanıtlamadan önce ekselanslarının onayını almalıyım. Bu sabah ortalarda yok, onun için sen bunu kilitle. Yarına kalsın," dedi.

Kız ona ait tepsiyi toparlayıp onun özel çekmecesinin anahtarını çıkarmadan önce şaşkın bakışlarını bir an üzerine dikti. "Peki," dedi.

"Aceleye gerek yok," dedi Mountolive. Gerçek yaşamının şimdi başladığını duyumsuyordu; yeniden doğmak üzereydi. "*Exequatur*'umun[1] örneğin, hazirandan önce geleceğini sanmıyorum. Bunun gibi birtakım şeyler daha var." Ama aynı anda zihni buna koşut bir çizgide

1. (İng.) Konsoloslara, gittikleri ülkeler tarafından verilen çalışma izni. (Ç.N.)

hızla koşturuyordu: "Haziranda bütün elçilik İskenderiye'ye, yazlık merkeze taşınır. Eğer gidişimi o zamana denk getirebilirsem..."

Sonra bu sevinç duygusunun yanı sıra birden çok tipik bir hasislik sancısı duydu. Sevgi gösterecek kimseleri olmayan insanların çoğu gibi, Mountolive de para konularında hasislik eğilimleri gösteriyordu. Yeni görevi için gerekli pahalı üniforma aklına gelince, saçma ama birden içine sıkıntı bastı. Daha geçen hafta diplomat üniformalarındaki büyük fiyat artışlarını gösteren Skinners'ın bir kataloğunu görmüştü.

Yerinden kalkıp elçinin özel sekreterini görmek üzere bitişik odaya geçti. Oda boştu. Elektrik sobası kıpkırmızı olmuştu. Üzerlerine *"Ekselansları"*, *"Ekselansın Sayın Eşi"* yazılmış iki zilin yanındaki kül tablasında bir sigaradan dumanlar çıkıyordu. Onların yanındaki bir not kâğıdına kadınsı yuvarlak yazısıyla sekreter, "On birden önce uyandırılmayacak," diye yazmıştı. Kuşkusuz bu "ekselansları"nı ilgilendirirdi. Çünkü "sayın eş" Moskova'ya ancak altı ay dayanmayı başarmış, daha sonra Nice'in konforuna kapağı atıp kocasının emekliliğini orada beklemeye başlamıştı. Mountolive sigarayı tablaya bastırarak söndürdü.

Öğleden önce şefine uğramanın yararı yoktu çünkü Sir Louis, Rusya'da sabahları kederli bir gevşeklikten yakasını kurtaramıyor, bu da onda hiçbir şeye kafa yoracak hal bırakmıyordu. Kuşkusuz Mountolive'in açılan şansını azaltacak bir şey yapamazdı, ama gelenek gereğince, özel kalem müdürünün kendisine danışmamış olmasına kolayca gücenebilirdi. Her neyse. Şu anda bomboş olan bürosuna çekilip *The Times*'ın son sayısına yumuldu, pek iyi gizleyemediği bir sabırsızlıkla elçiliğin duvar saatinin uyumsuz vınıltılar, solumalarla öğleyi vurmasını bekliyordu. Sonra aşağı inip tekrar kapitone kapıdan elçilik konutuna süzüldü, donuk renkli yumuşak halı takımadalarıyla kaplı, yerleri cilalı salonlardan, hızlı, aksak yürüyüşüyle geçti. Her şeyde kullanılmamışlık ve mobilya cilası kokusu vardı; perdelerse sigara dumanı kokuyordu. Her pencerede çarpışan kar taneciklerinin oluşturduğu tül perde.

Uşak Merritt, elinde bir tepsi, tepsinin üzerinde Martini'yle dolu bir kokteyl kabı ve tek bir kadehle tam merdivenleri çıkmak üzereydi. Soluk renkli, güçlü yapılı bir adamdı, elçilik konutundaki işlerini yapmak için dönenirken kilise malları yöneticisine özgü bir ağırbaşlılık geliştirmişti. Mountolive sahanlığa adımını attığı sırada uşak durup boğuk bir sesle, "Yeni kalktı, resmî bir öğle yemeği için giyiniyor efendim," dedi. Mountolive başını sallayıp onun yanından geçerek merdivenleri ikişer ikişer çıkmaya başladı. Uşak tepsiye bir kadeh daha eklemek üzere kilere geri döndü.

Sir Louis kendi kendine giyinirken büyük aynadaki yansımasına neşesizce ıslık çaldı. Arkasında Mountolive'in belirdiğini görünce hafifçe, "Ah,çocuk," demişti. "Hemen giyiniyorum. Biliyorum. Biliyorum. Çok şanssız bir günümdeyim. Elçilikten saat on birde telefon ettiler. Sonunda başardın demek. Kutlarım." Mountolive haberin böylesine rahat karşılandığını görmekten ferahlayarak yatağın ayakucuna oturdu. Şefi bir kravat ve bir kolalı yakayla boğuşmasını sürdürürken, "Herhalde hemen ayrılmak istersin, öyle değil mi? Bizim için bir kayıp," dedi.

Mountolive yavaşça onayladı: "Çok iyi olur."

"Yazık. Senin beni geçireceğini umuyordum. Ama her neyse (boşta kalan eliyle gösterişli bir hareket yaptı), sen bu işi başardın. Üç köşeli şapkadan köşeli şapkaya, kamadan kılıca – en yüksek nokta. (Kol düğmelerini takmaya çalışıyordu, sözünü düşünceli bir biçimde sürdürdü.) Kuşkusuz bir süre daha burada kalırsın, *agrément*[1] almak falan biraz zaman ister; sonra saraya gidilir, eller öpülür, falan filan. Ha?"

Mountolive çekingenliğinin altında yatan kararsızlığını hafifçe belli eder biçimde, "Pek çok veda ziyaretinde bulunmak gerekecek," dedi.

Sir Louis banyoya girip musluğun altında takma dişlerini ovmaya başladı. "Peki, ya daha sonraki onur listesi? Onu bekleyecek misin?" diye bağırdı.

"Herhalde."

Merritt elinde tepsiyle içeri girdi, yaşlı adam, "Bir yere koy. İlave kadeh getirmedin mi?" diye sordu.

"Getirdim, efendim."

Uşak dışarı çıkıp kapıyı yavaşça çekerken Mountolive kokteyli kadehlere boşaltmak üzere ayağa kalktı. Sir Louis homurtulu bir sesle kendi kendine konuşuyordu: "Diplomatlık, çok belalı bir görevdir. E, her neyse, David, haberi duyduğun zaman bahse girerim ilk aklına gelen şey, 'İşte en sonunda artık istediğim gibi davranmakta özgür olacağım,' demek olmuştur, öyle değil mi?" Tavuk gıdaklamasına benzeyen kikirdemelerle büyük bir neşe içinde tuvalet masasına geri döndü.

Mountolive bu hiç beklenmedik sezgi gücü karşısında şaşkınlıktan donup kalmış, içkiyi boşaltamamıştı. Kaşlarını çatarak, "Nereden bildiniz Tanrı aşkına?" diye sordu.

Sir Louis sevincini belli eden bir kikirti daha çıkardı. "Hepimiz öyle yaparız. Hepimiz. En son kuruntumuz budur. Hepimiz gibi sen de aynı yollardan geçeceksin kuşkusuz. Çok alçakça bir andır o. Çevrendekilere karşı poz atmaya başladığını görürsün – dikkatli olmazsan Ruhu'l-Kudüs'e karşı günah işlersin."

"O da ne demek?"

1. (Fr.) İzin, onam. (Ç.N.)

"Diplomaside bu, azınlığın görüşüne dayanarak politikanı saptamak demektir. Herkesin en güçsüz noktası. Bir düşünsene, biz burada nasıl sık sık sağın görüşüne göre davranma gafletine düşüyoruz. Öyle değil mi? Olmaz. Azınlıklar *kavgaya* hazır olmadıkça hiçbir işe yaramazlar. İşte işin püf noktası burada." Gül pembe yaşlı parmaklarla içkisini alırken kadehlerin üzerindeki terli buğunun güzelliği de gözünden kaçmadı. Kadehlerini tokuşturarak birbirlerine sevgiyle gülümsediler. Son iki yıldır çok yakın iki dost olmuşlardı. "Seni özleyeceğim. Ama sonra, topu topu üç ay sonra ben kendim de şu... şu yerden ayrılacağım." Bu sözleri gizlemeye çalışmadığı bir öfkeyle söylemişti. "Nesnel olma konusunda daha fazla saçmalığa gerek yok. Doğu'yla ilgili rapor istiyorlarsa Londra Ekonomi ve Siyasal Bilimler Okulu'nun o dört dörtlük, yansız yetiştirmelerinden alsınlar." Son zamanlarda Dışişleri Bakanlığı, elçiliğin telgraflarındaki tutarsızlıklardan yakınmıştı. Sir Louis buna çok sinirlenmişti. Bu hakareti anımsayınca çileden çıkıyordu. Kadehini yere bırakarak aynada kendi kendine konuşmasını sürdürdü: "Tutarlılıkmış! Dışişleri Bakanlığı Polinezya'ya bir elçilik heyeti gönderse onlardan şöyle telgraflar bekleyecek (sözlerinin bundan sonrasını yalak, ağlamaklı bir ses tonunu yansılayarak sürdürdü): 'Her ne kadar buralı halkın açlıktan birbirini yediği doğruysa da, kişi başına düşen yiyecek tüketimi hayli yüksektir.'" Birden konuşmasını yarıda kesip ayakkabısını bağlamak üzere oturdu. "Ah, evladım David, sen gittikten sonra ben burada hangi Tanrı'nın kuluyla konuşacağım? Ha? Sen orada gülünç üniformanla, devekuşu tüylü şapkanla az bulunur bir Hint kuşunun süslü erkeği gibi dolaşırken, ben de – ben de o can sıkıcı yaratıkları görmek için Kremlin'e mekik dokuyacağım."

İçkiler biraz sertçeydi. İkinciye başladılar. Mountolive, "Ben de şimdi sizin üniformanızı düşünüyordum, acaba onu sizden satın alabilir miyim – ısmarlama değilse? Üzerime göre düzelttirebilirdim," dedi.

"Üniforma mı? Bu hiç aklıma gelmemişti."

"Üniformalar müthiş pahalı."

"Biliyorum. Daha da pahalılaşıyorlar. Ama benimkini av hayvanlarının derisini dolduranlara gönderip elden geçirtmen gerekir. Biliyor musun, bunların boyun kısımları hiç oturmaz. Bütün o saç örgüleri falan. İlik çevresindeki bir-iki şerit gevşemiş galiba. Tanrı'ya şükür burada krallık yok – tek iyi yanı da bu zaten. Usulünce fraklar falan? Bilmem ki."

Bu soru üzerine ikisi oturup uzun uzun düşündüler. Sonra Sir Louis, "Bana ne kadar öneriyorsun?" diyerek gözlerini kıstı.

Mountolive birkaç saniye düşünüp taşındıktan sonra şaşırtıcı bir canlılık ve kararlılıkla, "Otuz pound," dedi.

Sir Louis oransızlığı yansılar biçimde ellerini havaya fırlattı. "Topu topu otuz mu veriyorsun? Ama o bana..."

"Biliyorum," dedi Mountolive.

Öfkenin kıyılarında dolaşan şefi, "Otuz pound ha!" diyerek düşünmeye daldı. "Bana kalırsa, evlat..."

"Kılıcı biraz eğrilmiş," diye diretti Mountolive.

"Çok değil ama. Siyam kralı onu özel otomobilinin kapısına sıkıştırmıştı. Onurlu bir yara." Yeniden gülümseyerek giyinmeyi sürdürdü, kendi kendine homurdanıyordu. Bu pazarlıkta saçma bir eğlence bulmuştu. Birden arkasına dönerek, "Şunu elli yap," dedi.

Mountolive düşünceli düşünceli başını salladı.

"O kadarı da çok fazla, *sir*."

"Kırk beş."

Mountolive ayağa kalkarak odada bir tur gitti geldi. Böyle bir irade kavgasından yaşlı adamın açıkça zevk aldığını görmek onu neşelendirmişti. Sonunda, "Kırk veririm," diyerek kararlı bir biçimde yeniden yerine oturdu.

Sir Louis kaplumbağa kabuğundan yapılmış ağır saç fırçasıyla sert sert saçlarını fırçaladı. "Mahzeninde içkin var mı?"

"Doğruyu söylemek gerekirse, evet var."

"Peki öyleyse, kırka veriyorum ama sen de bana birkaç kasa... Hangi içkilerin var? Doğru dürüst bir şampanyan var mı?"

"Evet."

"Çok güzel. İki, yoo, *üç* kasa ondan."

İkisi de güldüler. Mountolive, "Çok sıkı pazarlık ediyorsunuz," dedi. Sir Louis bu iltifattan çok hoşlandı. Bunun üzerine el sıkıştılar. Büyükelçi tam içki tepsisine yöneldiği sırada Mountolive, "Özür dilerim ama efendim, bu üçüncü olacak," dedi.

Yaşlı diplomat kendisine sanki gerçekten şaşırmış süsü vererek, "Ee, ne olmuş?" dedi. Ne olduğunu çok iyi biliyordu.

Mountolive dudağını ısırdı: "Sizi uyarmamı bana sıkı sıkı tembih etmiştiniz." Bunu biraz onu kınarmış gibi söylemişti.

Sir Louis daha da yapmacık bir şaşkınlıkla geriye kaykıldı. "Öğle yemeğinden önce şu kemik titretenden son bir kadeh daha içsek ne çıkar, ha?"

Mountolive can sıkıntısıyla, "N'olacak, bir ilahi mırıldanırsınız," dedi.

"Amma yaptın evlat!"

"Öyle, efendim."

Son bir yıldır, emeklilik arifesinde, büyükelçi –saçmalamaya başlayacak kadar değil ama– fazla içiyordu. Aynı dönem içinde yeni, biraz da şaşırtıcı bir huy edinmişti. İçkinin etkisiyle neşelenince, kabul törenlerinde ağzının içinde alçak sesle sürekli bir mırıltı çıkarıyordu; bu da insanların ona biraz kuşkuyla bakmasına yol açtı. Ama kendisi bu alışkanlığının hiç farkında değildi, gerçekten de başlangıçta böyle bir şeyin varlığını şiddetle yadsımıştı. "Cenaze Marşı"nın bir bölümünü içinden *basso profunda* mırıldanma alışkanlığının olduğunu görünce çok şaşırdı. Dostluksuz meslektaşları ve boş kafalı kalburüstü kişiler arasında geçirilmiş son derece sıkıcı bir yaşamı bundan daha güzel özetleyecek bir şey olamazdı. Bu, belki de onun yıllardır bilinçsizce dayanılmazlığını hissettiği bir duruma, bir anlamda tepkisiydi; bu alışkanlığını yüzüne vurma yürekliliğini gösterdiği ve böylece ondan kurtulmasına yardım ettiği için Mountolive'e gönül borcu duyuyordu. Gene de, her şeye karşın astının bunu anımsatmasına her defasında karşı çıkmadan edemiyordu. Öfkeyle somurtmuş, "Ne *mırıldanması?*" diyordu. "Ben öyle saçma sapan şeyler yapmam." Ama kadehini elinden bırakıp son bir kez daha kılık kıyafetine bakmak için aynaya doğru yürüdü. "Her neyse canım, vakit geldi," dedi. Bir zile basınca elindeki tepsinin üzerinde bir gardenyayla Merritt göründü. Sir Louis çiçek konusunda az çok bilgili sayılırdı, *tenue de ville*[1] giydiği zaman yakasına en sevdiği çiçeği mutlaka takardı. Karısı Nice'ten ona kutularca bu çiçekten göndermişti, Merritt onları kilerdeki buzdolabında saklıyor, sanki dinsel bir görevi yerine getirirmiş gibi vesikayla çıkarıp veriyordu. "Ah, David," diyerek Mountolive'in koluna sevgiyle vurdu, "iyi değişikliklerin pek çoğunu sana borçluyum. Bugün mırıldanmak yok, çok uygun düşecek olsa da."

Kavisli yüksek merdivenlerden ağır ağır salona indiler, orada Mountolive dahilî telefonla resmî arabaya haber vermeden önce şefinin eldivenlerini, paltosunu giymesine yardımcı oldu. "Ne zaman gitmek istiyorsun?" Yaşlı adamın sesi içten bir üzüntüyle titremişti.

1. (Fr.) Günlük kıyafet. (Ç.N.)

"Gelecek ayın birinde, efendim. İşlerimi tamamladıktan sonra vedalaşmalar için de yeterince vaktim olacak."

"Benim sürem dolana kadar beklemeyeceksin demek ki?"

"Emrederseniz beklerim, efendim."

Sir Louis ak saçlı başını sallayarak, "Böyle bir şey istemeyeceğimi bilirsin," dedi, oysa geçmişte bundan daha beter şeyler istemişti. "Hiçbir zaman istemem."

Onlar bir kez daha dostça el sıkışırken, Merritt kurşun gibi ağır ön kapının kanadını açıp tutmak üzere yanlarından geçti, çünkü kulağına dışarıdaki özel araba yolunda buzların üstünde kayan tekerlek zincirlerinin sürtünme sesi çalınmıştı. Kar ve rüzgâr sağanağının saldırısına uğradılar. Halılar yerden havalanıp indi. Büyükelçi kocaman kürk miğferini başına giydi, ellerini manşonuna soktu. Sonra iki büklüm olup kışın griliğine daldı. Mountolive içini çekerken elçilik konutundaki duvar saatinin biri vurmadan önce tozlu boğazını güzelce temizleyişini duydu.

Rusya artık arkasında kalmıştı.

Berlin de karın pençesindeydi, ama burada Rusya'daki asık suratlı, her yönden körüklenen çaresizliğin yerini hiç de daha az keyif kaçırıcı olmayan, kötü bir rahatlık almıştı. Ortalıkta sıkıntı ve bekleyişin gölgesi dolaşıyordu. Elçiliğin gri yeşil lamba ışığında yeni Attila'nın en son yorumlarını, aylardır Almanya Servisi'nin müzekkerelerini ve SY –Siyasal Yorumlar– yayınlarının sütunlarını kirleten, harelendiren ölçülü ön tahminlerin değerli bir özetini dalgın dalgın dinledi. Bütün bir ulusu sarmış olan bu siyasal iblisliğin sonunda bütün Avrupa'yı bir kan gölüne çevireceği artık gerçekten böylesine gün gibi ortada mıydı? Durdurulması olanaksız görünüyordu. Ama bir umut vardı – Attila Doğu'ya yönelebilir, korkup gerilemiş olan Avrupa'yı barış içinde ufalanmaya bırakabilirdi. Avrupa'nın bilinçaltında dolaşan iki kara melek birbirleriyle kapışır da birbirlerini yok ederse... Böyle bir şey gerçekten olabilirdi. Genç ataşe yavaşça, "*Tek* umut bu, efendim," demişti; bunu hem de tuhaf bir hazla söylemişti, çağdaş insanın klasikleşmiş *ennui*'sinin[1] tek çaresi, toptan yok etme umudu, insan zihninin belli bir noktası için öylesine tatlı bir umut ki. "Tek umut," diye yineledi. Aşırı görüşler, diye düşündü Mountolive, kaşlarını çatarak. Ona bunlardan sakınması öğretilmişti. Düşünce yönünden hiçbir şeye bağlanmadan yaşamak onun ikinci doğası olmuştu.

O gece büyükelçi bir görevle oradan ayrılmış olduğu için, genç diplomat ona biraz abartılıca bir akşam yemeği yedirip, yemekten sonra kabare izlemek üzere şık bir gece kulübü olan Tanzfest'e götürdü. Duvarları mavi damaskoyla kaplı, mumlarla aydınlatılmış mahzenler, "Fox Macabre (Totentanz)"a[2] tempo tutan, deniz gergedanı suratlı iriyarı hünsayı aydınlatan beyaz ışıkların çapı dışında, ateşböceği gibi parlayan yüzlerce sigara ateşiyle doluydu. Zenci saksafoncuların boncuk boncuk terleriyle sırılsıklam olan nakarat çılgınca bir bitiş müziğiyle sürüyordu:

Berlin, dein Tänzer ist der Tod!
Berlin, du wuhlst mit Lust im Kot!
Halt ein! Lass sein! Und denk ein bischen nach:
Du tanzt dir doch vom Leibe nicht die Schmach.
denn du boxt, und du jazzt, und du foxt auf dem
Pulverfass![3]

1. (Fr.) Can sıkıntısı. (Ç.N.)

2. (Alm.) Ölüm Dansı (Y.N.)

3. (Alm.) Berlin, ölümdür senin dansçın! / Berlin, pisliği eşelemekten zevk alırsın! / Dur! Bırak artık bunu, düşün biraz! / Dans, rezilliği üzerinden atamaz. / Boksunu da, cazını da, foksunu da barut fıçısı üzerinde yapıyorsun çünkü! (Ç.N.)

Öğleden sonraki düşüncelerden sonra bu sözler çok güzel bir yorum oluşturuyordu. Söylenen şarkıdaki gözü dönmüş rahatlığın, öfkenin altında daha eski bir fısıltının hafif hafif sürdüğünü duyar gibi oldu – belki Tacitus'tan bölümler? Yoksa Valhalla yolunda ölüme adanmış savaşçılar mı? Simli kumaşlara, kâğıt şeritlere karşın ortalıkta gene de ağır bir mezbaha kokusu vardı. Mountolive beyaz puro dumanlarının arasında düşünceli bir şekilde oturarak *Black Bottom* dansının solucansı kaba hareketlerini izlemeye başladı. Şarkının sözleri zihninde yankılanıp duruyordu. Dans edenler açılır, ışıklar sarı ve yeşilden menekşe rengine dönüşürken, kafasından, "İstediğiniz kadar dans edin, utancı kanınızdan silkeleyip atamazsınız," sözleri geçti.

Sonra birden doğrularak, "Aman Tanrım!" dedi. Mahzenin uzak bir köşesinde tanıdık bir yüz gözüne ilişmişti. Nessim'in yüzü. Smokinli, yaşlı adamların arasında bir masada oturuyor, ince bir yaprak sigarası içerek arada sırada başını sallıyordu. Kabareyle pek az ilgiliydiler. Masaya kocaman bir şampanya şişesi dikilmişti. İşarete güvenilemeyecek kadar uzaktaydı, bu yüzden Mountolive garsonla bir kart gönderip garsonun kendisini işaret eden parmağını Nessim'in izlediğini görene kadar bekledikten sonra gülümseyerek elini kaldırdı. İkisi de ayağa kalktı, yüzünde o sıcak utangaç gülümsemesiyle hemen masaya gelen Nessim'in ağzından alışılmış şaşkınlık ve sevinç haykırışları döküldü. Bir iş için iki günlüğüne Berlin'deymiş, öyle, dedi. Yavaşça, "Tungsten pazarlamak için," diye ekledi. Ertesi sabah erkenden uçakla Mısır'a dönüyordu. Mountolive onu ev sahibiyle tanıştırıp birkaç dakika masalarında oturmaya razı etti. "Bu benim için öylesine ayrı bir sevinç ki – hele şimdi." Ama Nessim yakında çıkacak atamayla ilgili söylentiyi duymuştu. "Henüz kesinleşmediğini biliyorum ama haber gene de kulağımıza geldi – Pursewarden'dan sızdığını söylememe bilmem gerek var mı? Bunca zaman sonra ne kadar sevindiğimizi tahmin edemezsin."

Bir süre konuştular ve Nessim, Mountolive'in sorularını gülümseyerek yanıtladı. Ama önceleri Leyla'nın adı hiç geçmedi. Bir süre sonra Nessim'in yüzünde tuhaf bir ifade belirdi – temiz yürekli şeytanlık gibi bir şey. Hafifçe duraksayarak, "Sana küçük bir sır açayım. Galiba evleniyorum," dedi. Geriye kaykılıp yaprak sigarasının dumanını yavaş yavaş içine çekti.

Mountolive onu kutlarken içinden geçen hafif kaygıyı, yerinmeyi gizleyememişti – bir dostun evliliği insanı her zaman kaygılandırır, çünkü yeni ev düzeninin kendisini dostundan ayırabilme tehlikesi vardır. Kuşkularını yatıştırmaya çabalayarak, "Bu gerçekten de çok iyi bir haber!" diye coşkuyla yineledi. Leyla'nın adını ancak o zaman ağzına alabildi: "Leyla çok sevinecek."

Nessim ona uzun kirpiklerinin altından yukarıya doğru kısa bir bakış yönelttikten sonra başını çevirdi. "Orası pek belli değil – henüz."

Mountolive nazikçe sorarmış gibi baktı. Nessim büyük bir soğukkanlılıkla açıkladı:

"Söz konusu kız her şeyden önce bir Yahudi – Kıptilerin saçma bir Yahudi düşmanlığı olduğunu bilirsin. Hatta şöyle bir atasözümüz bile vardır: 'Yahudi bir tilkinin bağına girmesine izin verirsen canını zor kurtarırsın.'"

"Biliyorum," dedi Mountolive, "ama kuşkusuz Hosnani'ler?.."

"Sonra, sosyeteden biri değil. Üstelik boşanmış."

Nessim gittikçe artan bir soğukkanlılıkla bu etkenleri birer birer saydı. Purosunu söndürdükten sonra Mountolive'e kaçamak bir bakış daha yöneltti.

"Ama onu seviyorsan?" dedi arkadaşı sakince.

İşte bu soru üzerine Nessim'in yüzünde kendiyle dalga geçer gibi küçük, çirkin bir gülümsemenin belirmesi çok şaşırtıcıydı. Çenesini koluna sürtmüş, ağır, düşünceli bir sesle sanki kendi kendine, "Aşk," demişti. "Evet şey, öyle varsayalım." Ama hemen ayağa fırlayıp geriye dönerek uzakça bir masada oturan arkadaşlarına doğru baktı. "Gitmeliyim. Lütfen bu konu aramızda kesinlikle bir sır olarak kalsın, olur mu?"

Mountolive yeni atandığı yere gitmeden önce onunla İngiltere'de buluşabilme olanakları üzerine konuştular. Nessim kesin bir şey söyleyemiyordu, ne zaman nerede olacağı belli değildi. Bakalım olaylar ne gösterecekti. Ama tam o sırada Mountolive'in davet sahibi tuvaletten geri dönmüştü, böylece daha fazla özel konuşma olanakları kalmadı. Sıcak bir biçimde vedalaştılar, Nessim ağır ağır masasına doğru yürüdü.

Oradan çıkarlarken genç diplomat, "Arkadaşınız silah üreticisi mi?" diye sordu. Mountolive "hayır" anlamında başını salladı. "Banker. Eğer Tungsten'in silahla bir ilgisi yoksa – gerçekten de bilmiyorum."

"Önemli değil. Benimkisi yalnızca merak. Biliyor musunuz, masadaki adamların hepsi Krupp'tandı, onun için merak ettim. Hepsi bu."

IV

Uzun süredir sevgilisinden ayrı kalmış bir âşığın ürkek sabırsızlığıyla dönerdi Londra'ya her defasında; bu kez sanki bir soruyla döndü. Yaşam değişmiş miydi? Yeni bir şeyler var mıydı? Sonunda bütün ulus uykudan uyanmış, yaşamaya başlamış olamaz mıydı? Trafalgar Meydanı'na ince ince çiseleyen karanlık yağmur, Whitehall'un is bağlamış kornişleri, şose üzerinde hızla dönen araba tekerleklerinin art arda kayışı, sis perdesinin arkasında ırmak trafiğinin, çevrilen gizli işlerin sesi – bunlar hem bir güvence hem de gözdağıydı. Anlaşılmaz bir biçimde burayı seviyordu, buranın hüznünü seviyordu, oysa burada sürekli yaşayamazdı, çünkü mesleği onu yurdundan dışarıda yaşamaya mahkûm etmişti. Yumuşak, yapışkan bir yağmurun altında kalın paltosuna sarınmış, Downing Caddesi'ne doğru yürürken, arada bir kendini De Reszke sigarasının reklam afişlerinden gülümseyen tiyatrocu Büyük Dük'e, biraz da hoşuna giderek benzetiyordu.

Pursewarden'ın başkentler konusundaki acı eleştirilerini anımsayınca gülümsedi, o sözleri neredeyse bir övgü anlamında büyük bir hazla zihninden geçirdi. Pursewarden arı gibi kaynaşan kumru sürülerinin altındaki kömürleşmiş Nelson karaltısına doğru yaptığı anlaşılmaz bir el hareketini tamamlayabilmek için kız kardeşinin elini bir kolundan ötekine aktarırken amansız soğuğa karşı tüylerini kabartır gibi şişinmişti. "Ah Mountolive! Bak şuraya. Çizgi dışı insanların, cinsel yetersizlerin yurdu. Ey Londra! Besinlerin baryumlu yiyecekler kadar iştah açıcı, bize layık gördüğün huzursuzlukların, yitirilmemiş ama çok gerilerde kalmış davaların."

Mountolive gülümseyerek karşı çıktı. "Aldırma. Gene de *bizim* o – toplam kusurlarının yanında çok daha büyük kalır." Ama arkadaşı böyle duygusallıkları yersiz buluyordu. Mountolive şimdi onun iç sıkıntısını, huzursuzluğunu, ulusal barbarlığı eleştiren alaycı sözlerini anımsayınca gülümsedi. Kendisiyse onunla besleniyordu, iç sıkıntısıyla; bir tilkinin kendi inine duyduğu sevgiye benzer bir şey duyuyordu.

Arkadaşı yapmacık bir öfkeyle anavatanı olan adanın imgesine, "Ey İngiltere! Hayvanları Koruma Derneği üyelerinin günde iki kez et yediği, Çıplaklar Derneği üyelerinin karlı havada sıcak ülkelerden gelen meyveleri tıkındıkları İngiltere. Yoksulluğundan utanan tek ülke," sözleriyle çektiği söylevini tamamlayışını gülümseyerek rahat bir dalgınlıkla dinlemişti.

Big Ben birdenbire insanın tepesinden inen notalarını çaldı. Lambalar prizmadan süzülen çizgi çizgi ışıklar saçmaya başlamıştı. Yağmura karşın 10 Numara'nın[1] demir parmaklıklarının önünde her zamanki turistlerden, aylaklardan oluşan küçük kalabalık vardı: Birden yönünü değiştirip Dışişleri Bakanlığı'na giden sessiz, kemerli yola saptı, buraların yabancısı olan adımlarını şu anda hemen hemen boşalmış olan resmî yazılar dairesine yöneltti; orada kendini tanıttıktan sonra kendisine gönderilecek postayla ilgili birtakım bilgiler verdi, daha şatafatlı yeni davetiyeler sipariş etti.

1. Başbakanlık konutu. (Ç.N.)

Sonra daha düşünceli bir halde ve bu haline uyan daha tetikte adımlarla örümcek ağı kokan merdivenleri tırmandı, önünde üniformalı kapıcıların kol gezdiği büyük salonun mazgal deliklerine ulaştı. Vakit epeyce geç olmuştu, Pursewarden'ın hep "Merkezî Güvercinlik" diye söz ettiği yerdeki görevlilerin çoğu anahtarlıklara takılı anahtarlarını teslim edip gitmişlerdi. Parmaklıklı pencerelerin gerisinde, koca yapının ötesinde berisinde küçük ışık vahaları vardı. Görünmeyen bir yerden çay fincanı tıkırtıları geliyordu. Birisi, postaya verilmek üzere koridora yığılmış kırmızı renkli kutulara takılarak düştü. Mountolive kendisine yabancı olmayan bir mutlulukla içini çekti. Yapacağı ilk birkaç görüşme için, bile bile akşam saatini seçmişti, çünkü Kenilworth'ü de görecekti... Bu konudaki düşünceleri pek de açıklık kazanmış sayılmazdı; ama belki de içki içmek üzere onu kulübe götürürse, ona karşı olan soğukluğunu biraz bağışlatmış olabilirdi? Meslek yaşamının bir noktasında onu kendine düşman etmişti; ama nerede, hiç bilmiyordu çünkü aralarında açıkça ortaya çıkmış bir anlaşmazlık olmamıştı. Ama böyle bir şey vardı, tahtadaki bir budak gibi.

Öğrencilik yılları hemen hemen aynı zamana rastlıyordu, ama ne okul ne de üniversite arkadaşlıkları vardı. Mountolive, mesleğinde hiç aksamadan adım adım ilerlerken o nasılsa takılmış, ayağını hiçbir zaman basması gereken yerlere basamamış, önemsiz bölümler arasına tıkılıp kalmıştı. Alışılmış unvanları tıkır tıkır alıyordu, ama bir türlü uygun bir akıntı yakalayamamıştı. Adamın zekâsını, çalışkanlığını hiç kimse yadsıyamazdı. Neden bir türlü başaramamıştı? Mountolive bu soruyu kendi kendine hayıflanarak öfkeyle soruyordu. Şans mı demeli? Her neyse, işte şimdi Kenilworth burada personel işlerine bakan yeni bir bölümün başındaydı. Pek kötü bir yer de sayılmazdı hani, ama onun bu başarısızlığı Mountolive'in suçluluk duymasına yol açıyordu. Onun yeteneklerine sahip bir adam için politika dünyalarına kapıları kapalı sıkıcı yönetim birimlerinden birinin başında bulunmak utanç verici bir şeydi. Bir çıkmaz sokak. Olumlu bir gelişme gösteremezse başarısızlık duygusunun etkisiyle başkalarını engelleyecek olumsuz güçler geliştirebilirdi.

Mountolive bunları düşünerek ağır ağır üçüncü kata çıkıp Granier'e gelişini haber vermek üzere menekşe renkli alacakaranlığın içinden krem renkli yüksek kapılara doğru yürüdü, o kapıların ardında donmuş bir yeşil ışık küresinin içinde ikinci sekreter oturuyor, bir kitap açacağıyla pembe kurutma kâğıdına şekiller oyuyordu. Buradaki kutlamaların etkisi daha bir başkaydı, çünkü mesleki kıskançlık onlara daha başka bir çeşni katıyordu. Granier zeki, nükteci, iyi huylu bir adamdı, onda biraz da Fransız büyükannelerin zihinsel çevikliği ve enerjisi vardı. Hızlı, kararlı konuşuyor, tümcelerini kâğıtların üzerine konan fildişi ağırlığın küçük hareketleriyle noktalıyordu. Mountolive doğal olarak onun kullandığı dilin –geldiği sınıfın gözle görülmez ayırıcı işaretlerini, belirtisini taşıyan, iyi eğitim ve inceliğin göstergesi olan bir İngilizcenin– etkisinde kaldı.

"Anladığıma göre Berlin'deki elçiliğe uğramışsınız. Çok iyi. Her neyse, SY'yi izliyorsanız ileride işlerin nasıl gelişeceğini şimdiden kestirebiliyorsunuzdur ve sizin atanışınızın bizim için taşıdığı önemi de anlarsınız herhalde. Öyle değil mi?" "Savaş" sözcüğünü kullanmak istememişti. Tiyatrovari buluyordu. "Düşündüğümüzden de kötü bir şey olursa Süveyş'le – hatta tüm Arap devletleriyle ilgilenmemize zaten hiç gerek kalmaz. Ama siz orada görev yapmış biri olduğunuza göre, size daha fazla nutuk çekmeme gerek yok. Sizden gelecek raporları merakla bekleyeceğiz. Hele Arapça bildiğinizi düşünürsek."

"Arapçam kalmadı, iyice küflendi."

"Aman yavaş, duymasınlar. Bu görevi büyük oranda ona borçlusunuz. Unuttuklarınızı kısa zamanda yeniden kazanabilecek misiniz?"

"Hakkım olan izin verilirse."

"Elbette. Üstelik şimdi komisyon çalışmaları sona erdiğine göre *agrément* falan almamız gerekecek. Sonra kuşkusuz dışişleri bakanı, Washington dönüşünde sizinle görüşmek isteyecektir. O zaman resmî kıyafetler, el öpmeler falan. Bunlar ivedi atamalar sınıfına girer... ama benim kadar siz de bilirsiniz, Dışişleri oldum olası işleri ağırdan alır." Yüzünde zekice, hoşgörülü bir gülümseme belirdi. Bir Türk sigarası yaktı. "Bunun iyi bir felsefe olmadığını pek söyleyemem. Hiç değilse siyasette genel bir eğilim olarak. Üstelik biz her zaman kaçınılmaz, çözümsüz olan durumlarla karşı karşıya kalıyoruz; ne kadar acele edersek işler o kadar karışıyor! Ne kadar telaşlanırsak güvenimizi o kadar yitiriyoruz. Hariciyecilikte insan planlar yapabilir ama yazılanı bozamaz. O Tanrı'ya kalmış bir şey, sizce de öyle değil mi?" Granier, Tanrı'ya güdülerinden kuşku duyulamayacak, kendisi gibi bir dernek üyesi gözüyle bakan bu – dünyacı Katoliklerden biriydi. İçini çekti, bir anlık bir suskunluktan sonra şöyle ekledi: "Hayır, satranç tahtasını senin işini kolaylaştıracak bir biçimde düzenlemeliyiz. Mısır'ı herkes iyi bir lokma gibi görmez. Bu, senin için daha da iyi."

Mountolive kafasının içinde bir Mısır haritası rulosu açıyordu: Ortada iki yanı çöllerle sınırlı, yeşil bir omurga; halklarının, insanlarının tozlu olağandışılıkları; sonra üç yöne yöntemsizce yayılmış çöllere ve otlaklara doğru giderek soluklaşan renkler; kuzeyde Süveyş, sezaryen ameliyatıyla erken doğum yaptırılmış Doğu'nun çıktığı yarık gibi; sonra yeniden dağlarla ölü granitin oluşturduğu kıvrımlı bileşik, sınırları noktalarla belirtilmiş, haritaya coğrafi açıdan rasgele dağılmış meyve bahçeleri, ovalar... Satranç benzetmesi çok yerindeydi. Kahire bu örümcek ağının tam ortasında kalıyordu. İçini çekerek izin istedi, mutsuz Kenilworth'ü selamlamak için yeni bir yüz takınması gerekiyordu.

Birinci kata, kapıcıların bulunduğu yere düşünceli düşünceli yeniden dönerken, ikinci görüşmeye on dakika gecikmiş olduğunu fark etti, çok telaşlandı, bunun bile bile yapılmış bir önemsemeyiş anlamına alınmaması için dua etti.

"Mr. Kenilworth iki kez telefon etti, efendim. Sizin nerede olduğunuzu kendisine söyledim."

Mountolive biraz rahatladı, yeniden merdivene yöneldi, ama bu kez sağa dönüp Kenilworth'ün burundan kıstırmalı, çerçevesiz gözlüğünü geniş düzgün bir başparmağa hafif hafif vurarak beklemekte olduğu odaya giden soğuk ama kokusuz koridorları geçti. Karşılıklı soğukluklarını başarılı bir biçimde gizleyen tuhaf bir coşkuyla selamlaştılar. "Vay, *sevgili*, David..." Acaba bu yalnızca fiziksel görünüşüne ısınamamaktan gelen bir soğukluk mu, diye düşündü Mountolive? Kenilworth iriyarı, domuz gibi bir şeydi, ondaki yağ, ondaki kültür züppeliği yüz kilonun üstündeydi. Saçları erken ağarmıştı. Tombul, manikürlü parmaklarıyla sanki bir yün ya da dantel tığı tutarmış gibi zarif bir biçimde kalem tutuyordu. "Vay, *sevgili* David!" Coşkuyla kucaklaştılar. Ayağa kalktığı zaman Kenilworth'ün bedenindeki bütün yağlar aşağı sarktı. Eti, kablo kalınlığında ipliklerle dokunmuş gibiydi.

Mountolive kendinden tiksinerek istemeye istemeye, "*Sevgili* Kenny," dedi.

"Ne güzel bir haber." Kenilworth'ün yüzünde şeytanca bir ifade belirdi, "Bu işte çok küçük, çok önemsiz de olsa bir katkımın bulunmasıyla övünüyorum. Dışişleri bakanının seni yeğlemesinde Arapçan ağır bastı, bunu da ben anımsadım! Bellek dediğin böyle olur. İnsan evrak işine bakarsa." Nedendir bilinmez, kıkır kıkır gülüyordu, yerine otururken Mountolive'in de oturması için bir sandalye gösterdi. Bir süre hal hatır sorup havadan sudan konulardan söz ettiler, sonunda Kenilworth yayınbalığını anımsatan bir hareketle parmaklarını birbirine değdirerek, "Biz *konumuza* dönelim, dostum," dedi. "Senin incelemen için orada çalışan bütün personelin evrakını bir araya topladım. Hepsi sıraya sokulmuş durumda. Çok iyi oturmuş bir elçilik olduğunu göreceksin, çok iyi. Sizin Elçilik İdare Amiri Errol'a sonsuz güvenim var. Kuşkusuz senin kendi tavsiye mektuplarının da rolü olacak. Personel durumunu gözden geçirir, bana da bilgi verirsin, öyle değil mi? Yaverlik sorununu da bir düşün istersen ha? Bir sekreter için ne düşünürsün bilemem, daktilo havuzundakilerden birini almam dersen. Ama bekâr biri olarak toplumsal ilişkiler açısından birine gereksinimin olacak, öyle değil mi? Üçüncü kâtibin senin pek işine yarayacağını sanmam," dedi.

"Elbette, bunların hepsini hemen yapabilirim."

"Tabii, tabii. Benimkisi yalnızca senin yeni yerine elden geldiğince rahat bir biçimde yerleştiğini görmek isteği."

"Teşekkür ederim."

"Benim kendi düşündüğüm bir değişiklik var. Birinci siyasal danışman Pursewarden'la ilgili."

Mountolive büyük bir şaşkınlıkla, "Pursewarden mı?" dedi.

"Onun yerini değiştiriyorum. Yasal süresi doldu, oradan da pek hoşnut görünmüyor. Bence bir değişikliğe gereksinimi var."

"Öyle mi söyledi?"

"Bu kadar fazla sözcük kullanmadı."

Mountolive'in yüreğine bir sıkıntı düştü. Yalnızca zihni karıştığı anlarda kullandığı sigara ağızlığını çıkarıp masanın üzerindeki gümüş kutudan aldığı sigarayı ağızlığa yerleştirdikten sonra, eski moda ağır koltuğa yaslandı. Sakince, "Daha başka nedenlerin var mı? Çünkü bana kalırsa, ben hiç değilse bir süre onu orada tutmak isterdim," dedi.

Kenilworth'ün küçük gözleri kısıldı. Yüzüne doğru tırmanmaya çalışan bir sıkıntı kızartısının etkisiyle kalın boynu mosmor oldu. Kısaca, "Açık söylemem gerekirse, evet," dedi.

"Anlat, lütfen."

"Şuraya koyduğum kâğıtlar arasında Errol'un onunla ilgili uzun bir raporunu bulacaksın. Onun uygun kişi olduğu kanısında değilim. Ama zaten sözleşmeli memurlar hiçbir zaman meslek memurları kadar güvenilir olamaz. Bu bir genellemedir, biliyorum. Söz konusu arkadaşın bizim kuruluşumuza dürüst davranmadığını söylemek istemiyorum, bununla hiç ilgisi yok. Ama saplantılı görüşleri olan, güç bir insan. Ee, *soit*![1] Ne de olsa bir yazar, öyle değil mi?" Kenilworth bilincinde olmadığı bir küçümseme yansıtan hafif bir gülümsemeyle Pursewarden'a hayalî olarak yaranmaya çalıştı. "Errol'la aralarında bitip tükenmez sürtüşmeler oldu. Biliyor musun, anlaşma imzalandıktan sonra Yüksek Komisyon'un yavaş yavaş dağılmasından bu yana korkunç bir kopukluk ortaya çıktı, bir uçurum; 1918'den beri orada gelişip komisyon için çalışmış olan bütün haber alma merkezleri, ana gövde yerini bir elçiliğe bırakırken birbirlerinden koptular. Senin birtakım köklü kararlar alman gerekecek. Her şey tam bir keşmekeş içinde. Geçen yılki sorun, bütün etkinliklerin askıya alınmasıydı, bunun yanı sıra şefi olmayan bir elçilikle, ölmemek için kavga veren o yetim kalmış

1. (Fr.) Olsun. (Ç.N.)

organlar arasında askıya alınmamış bir yarı düşmanlık vardı. Anlıyor musun? Pursewarden zeki olabilir, ama pek çok kişiyi kendine düşman etti – yalnızca elçilik içinde değil; örneğin, son beş yıldır Savunma Bakanlığı'nın Haber Değerlendirme Şubesi'ni yöneten Maskelyne gibi kişilerle çatıştı. Onunla boğaz boğaza geldiler."

"Peki ama bir Haber Değerlendirme Şubesi'nin bizimle ne ilgisi var?"

"İlgisi yok kuşkusuz. Ama Yüksek Komisyon'un Siyasal Şube'si Maskelyne'in verdiği raporlara göre iş görüyordu. Ortadoğu'yla ilgili bütün haberler Haber Değerlendirme Şubesi'nde toplanıp değerlendiriliyordu."

"Anlaşmazlık nereden çıkıyor?"

"Pursewarden elçiliğin komisyondan bir anlamda Maskelyne'in şubesini de miras aldığını ileri sürüyor. Maskelyne bunu kabule yanaşmıyor. O eşitlik istiyor, hatta tam anlamıyla özgürce saltanat sürmek istiyor. Ne de olsa askerî bir kuruluş."

"En iyisi şimdilik onu bir askerî ataşeliğin yönetimine bırakmak."

"Güzel ama Maskelyne sizin elçiliğe bağlanmaya razı olmuyor; çünkü onun kıdemi sizin yeni atanmış ataşeninkinden daha fazla."

"Ne pis bir iş böyle bu! Rütbesi ne?"

"Tuğgeneral. Biliyor musun, 1918 patırtısının sona erişinden bu yana Kahire, haber alma örgütlerinin en büyük postanesi durumundaydı, bütün haberler Maskelyne'in elinden geçerek dağılıyordu. Şimdiyse Pursewarden onu kendine bağlamak, zapturapta almak istiyor. Taht kavgası, açıkçası. Zavallı Errol, bazı bakımlardan güçsüz olduğunu kabul ediyorum, ama ikisinin arasında gevşemiş bir yelken gibi çırpınıyor. İşte bu yüzden Pursewarden'ı oradan alırsan işinin kolaylaşacağını düşündüm."

"Ya da Maskelyne'i."

"Güzel ama o Savunma Bakanlığı'nın adamı. Onu atamazsın. Ayrıca o senin oraya gidip hakemlik etmeni dört gözle bekliyor. Ona tam bir özerklik tanıyacağına hiç kuşkusu yok."

"Güven mektubuyla elçi atandığım bir yerde Savunma Bakanlığı'nın özerk bir haber alma merkezine hoşgörü gösteremem, öyle değil mi?"

"Haklısın. Çok haklısın, dostum."

"Savunma Bakanlığı ne diyor?"

"Askerleri bilirsin! Senin vereceğin karar ne olursa olsun destekleyeceklerdir. Desteklemek zorundalar. Ama yıllardır oraya öylesine mevzilendiler ki. Kendilerine özgü personelleri, İskenderiye'de verici istasyonları var. Bence kalmak isteyeceklerdir."

"Bağımsız olamazlar. Buna nasıl izin veririm?"

"Haklısın. Pursewarden da böyle söylüyor. Güzel ama hakseverlik uğruna birinin oradan gitmesi gerek. Bu didişme böyle süremez."

"Ne didişmesi?"

"Maskelyne, raporları elinde tutuyor, Siyasal Şube'ye vermesi için zorluyorlar. Bu kez Pursewarden raporları kusurlu buluyor, H.D. Şubesi'nin öneminden kuşku duyduğunu söylüyor. Sana bir şey söyleyeyim mi, havai fişek gibi bir adam. Şaka etmiyorum. En iyisi sen onu oradan def et; sonra hepimiz biliyoruz, o biraz da... Onun birtakım tuhaf arkadaşları var. Errol onun can güvenliğinden endişeli. Sakın yanlış anlama, Pursewarden'a *karşı* bir şey yok ortada. Ama o arkadaş biraz... nasıl desem, bayağı mı demeli? Nasıl niteleyeceğimi bilemiyorum. Errol'un raporu bu."

Mountolive içini çekti. "Örneğin Eton Koleji'yle Worthing arasındaki ayrıma benzer bir ayrım bu, öyle değil mi?" Bakıştılar. İkisi de bu sözün gülünç olduğunu düşünmedi.

Kenilworth kırgınlığını açıkça belli eder bir biçimde omuz silkti. "Bak sevgili dostum, bunu Dışişleri Bakanlığı'yla aranda bir sorun yapmayı öneriyorsan sana bir diyeceğim yok; benim önerilerimi geri çevirtirsin. Ama benim görüşlerim bir kez kayda geçti. Errol'un raporları üzerine belirtilmiş görüşler olarak onları öylece bırakırsam, beni bağışla. Ne de olsa bugüne kadar işleri yürüten oydu."

"Biliyorum."

"Ona karşı pek de haklı bir davranış olmaz bu."

Mountolive'in bilinçaltında artık iplerin eline geçtiği duygusu bir kez daha hafifçe kımıldadı – şimdiye kadar yazgıya ya da aracı iradelerin rasgele zorlamalarına bırakılagelmiş böyle durumlarda kararlar vermesini sağlayacak bir güç; kestirme sonucu düşünülecek olursa, duyulacak pişmanlıklara, kararsızlıklara değmeyecek durumlar. Ama davranış özgürlüğüne sahip çıkacaksa bir yerden başlamalıydı. Bir elçiliğin başkanı kendi yeğlediği personeli önerebilir, onun sorumluluğunu üstüne alabilirdi. Bu küçük yönetim sorunlarının acısını neden Pursewarden çekecekti, neden uygunsuz bir yere atanmanın rahatsızlıklarına katlanacaktı?

Hiç de inandırıcı olmayan bir biçimde, "Ne yazık ki Dışişleri Bakanlığı onunla böyle oynarsa, onu büsbütün yitirir," dedikten sonra sanki böylesine dolambaçlı bir öneri yaptığı için özür dilemek istermişçesine, "Her neyse, ben onu bir süre daha tutmak istiyorum," diyerek kestirip attı.

Kenilworth'ün yüzündeki gülümsemeye gözleri hiç katılmamıştı. Mountolive sessizliğin bir mahzen kapısı gibi üstlerine kapandığını duyumsadı. Bu konuda yapılacak hiçbir şey yoktu. Abartılı bir kararlılıkla yerinden kalkıp sigarasını çirkin kül tablasına söndürürken, "Her neyse, bunlar benim görüşlerim, işime yaramadığı zaman onu bir yere postalarım," dedi.

Kenilworth sessizce yutkundu, bir taşın altındaki karakurbağası gibi; ifadesiz bakışları renksiz duvar kâğıdına dikilmişti. Londra trafiğinin sessiz hışırtısı aralarına doldu. Artık kendisine sinirlenmeye başlayan Mountolive, "Ben gideyim. Yarın akşam köye giderken bu dosyaları da götüreceğim. Bugün yarın gerekli görüşmeleri tamamlarım... sonra belki biraz izin kullanırım. Hoşça kal, Kenny," dedi.

"Güle güle." Ama masasından hiç kımıldamamış, Mountolive kapıyı kaparken o yöne doğru gülümseyerek başını sallamakla yetinmişti; sonra içini çekip üstünde *Yeni Atanan Büyükelçinin Dikkatine* sözcükleri bulunan gri bir dosyaya konmuş, Errol'un titizce daktilo ettiği raporlara döndü. Birkaç satır okudu, başını kaldırıp bezgin bezgin karanlık pencereye baktıktan sonra odanın karşı tarafına yürüyüp perdeleri kapattı, telefonu kaldırdı: "Bana arşivi bağlar mısınız lütfen?"

Şimdilik kendi görüşünde diretmemek daha akıllıca olacaktı.

Bu önemsiz bir bozuşmaydı ama gene de Mountolive'in Kenilworth'ü kulübe götürme tasarısından vazgeçmesine neden oldu. Bir bakıma buna sevinmişti de. Onun yerine Liza Pursewarden'a telefon edip onu yemeğe götürdü.

Dewford Mallows kentten yalnızca iki saat uzaktaydı, ama Londra dışına çıkar çıkmaz her yerin kalın bir kar tabakasıyla kaplı olduğunu gördüler. Araba yavaşlamak zorunda kaldı. Yürüyüş hızıyla gitmek Mountolive'in çok hoşuna gitti, ama resmî aracın sürücüsünü öfkelendirdi. "Bu gidişle Noel'den önce varamayız efendim, varabilirsek tabii!" dedi.

Buzul çağını yaşayan köyler, karın un beyazlığıyla gedikleri tıkanmış, sanki usta bir şekercinin vitrininde parlayan saz damlı ahırlar, kulübeler; susamurlarının, kuşların çiviyazısına benzeyen küçük ayak izleriyle ya da sığırların karı eriten ayaklarının bıraktığı lekelerle dolu kıvrıla kıvrıla yol alan bembeyaz çayırlar. Arabanın camlarına hemen zamk gibi sıvanan don, görüşlerini kapatmıştı. Ne zincirleri vardı ne de kaloriferleri. Köyden beş kilometre uzaklaştıklarında kaza yapmış bir kamyonla karşılaştılar, donmuş parmaklarına hohlayarak oralarda aylak aylak duran birkaç köylü vardı. Telgraf direkleri yere yıkılmıştı. Donmuş Newton Gölü'nün parlak gri buz tabakasının üzerinde ölü bir kuş yatıyordu – bir atmaca. Parson sırtına varmaları olanaksızdı, sürücüye acıyan Mountolive, onu yayaların kullandığı köprüden kestirme olarak anayola çıkarttı. Sürücüye, "Bizim ev hemen şu tepenin arkasında. Oraya yirmi dakikada yürüyebilirim," dedi. Geri döneceği için adam çok mutluydu, Mountolive'in verdiği bahşişi almak istemedi. Sonra arabayı yavaş yavaş ters çevirip yönünü kuzeye verdi, bu sırada yolcusu da parlak beyazlığa çıkmıştı, yoğunlaşan soluğu bir sütun gibi yükseliyordu. Görünmeyen bir ufuk çizgisine doğru gittikçe dikleşen tarlaların arasından yukarıya tırmanan tanıdık bir patikayı, Cavendish'in ilk uçağı kadar basit bir şema çizerek (ama gözüyle değil belleğiyle) izliyordu. Görünmeyen bir güneşin ışığıyla aşırı derecede gizemlilik kazanmış olan ulu manzara, önü sıra geri çekilip toparlanarak açılan sisin koyu perdesinin gerisindeki bir yerlere doğru ilerliyordu. Anılarla dolu bir yürüyüştü bu – ama görülmediği için tepedeki iki küçük köyü, sık kayın korularını, bir Norman şatosunun kalıntılarını gözünde canlandırmak zorunda kaldı. Her adımda ayakkabıları, tırpan gibi sulu otlardan titrek yağmur damlalarını biçiyordu; sonunda pantolonunun paçaları sırılsıklam oldu, ayak bilekleri buz gibiydi.

Görünmezliğin içinden gölgeli meşe ağaçları fırladı, birden bir tıkırtı, bir şıpırtı duyuldu – sanki soğuktan ağaçların dişleri birbirine çarpıyordu; yerdeki kuru yapraklardan oluşan halının üzerine yukarıdaki dallardan eriyen kar damlıyordu.

Tepeyi aşar aşmaz görüş mesafesi kısaldı. Her yerde tavşanlar sessizce döneniyordu. Düzgünce taranmış uzun otlar, soğuktan donmuş, çiviye benzemişlerdi. Ara sıra solgun bir güneşin ışığı görünüyordu, gaz bir mantoyu andıran sisin arasından görünen bu tüylü parlaklık sanki harıl harıl yanıyor ama ısı vermiyordu. Evin yüksek parmaklıklı bahçe kapısına doğru adımlarını hızlandırdığı sırada şosenin üzerinde ayakkabılarının tıkırtısını duyuyordu. Buralarda meşe ağaçları pırlantalarla bezenmişti; o geçerken ağaçlardan fırlayan iki tombul güvercin –sanki binlerce kitap kapanıyormuş gibi– hızlı hızlı kanat çırpışlarıyla gözden kayboldular. Önce ürktü, sonra güldü. Evin hemen yanı başındaki çayırda bir yaban tavşanının "kalıbı" kalmıştı. Ağaçlardan pürüzlü bir çatırtıyla buz parmaklar yuvarlanıyordu – kırılan binlerce şarap kadehi. Elini cebine sokup eski Yale anahtarını aradı. Anahtarı çevirip kayısı, eski kitap, cila ve çiçek kokan unutulmuş bir sıcaklığa girince gülümsedi; onu dosdoğru Piers Plowman'e, midillisine, balık oltasına, pul albümüne geri götüren bütün anılar oradaydı. Holde durup yavaşça seslendi.

Annesi tıpkı en son bıraktığı gibi, dizinde açık duran bir kitapla ocağın yanında oturmuş, gülümsüyordu. Kendisinin gidiş gelişlerini olay yapmamak aralarında bir kural halini almıştı: Büyük ocağın başında annesinin kitap okuyarak, resim yaparak ya da örgü örerek yaşamını geçirdiği bu samimi odadan sanki biraz önce ayrılmış da geri geliyormuş gibi davranmak. Şu anda – uzamla zamanı birleştirmeye, o yokken kendisini kuşatmış olan yalnızlığı yumuşatmaya çalışan annesinin yüzünde o her zamanki gülüş vardı. Mountolive ağır el çantasını yere bırakıp ona doğru giderken, istemeden küçük komik bir harekette bulundu. "Aman Tanrım. Her şeyi duymuşsun, yüzünden anladım. Haberlerimle seni şaşırtmak için nasıl da sabırsızlanıyordum!"

Bu olaya ikisi de çok üzüldüler. Annesi onu öperken, "Geçen hafta Garnier'ler çaya geldiler. Ah, David çok özür dilerim. Sürprizini bozmamayı öyle çok isterdim ki. Ama duymamış gibi yapmayı beceremedim işte," dedi.

Mountolive salt kızgınlıktan neredeyse ağlama budalalığında bulunacaktı: Bütün sahneyi tasarlamış, soruları, yanıtları bile düşünmüştü. Büyük emeklerle, düş gücüyle yazılmış bir oyunun yırtılması gibi bir şeydi bu. "Lanet olsun, ne düşüncesiz insanlar!" dedi.

"Beni sevindirmek istiyorlardı – sevindirdiler de. Ne çok sevindiğimi düşünebiliyorsun değil mi?"

Ama bu noktadan sonra, bir kez daha geriye, annesinin çevresindeki evin uyandırdığı, onu hemen hemen on birinci yaş gününe, ocaktan yayılarak kendisini selamlayan ılıklık gibi bir mutluluk ve bolluk duygusuna götüren anıların akıntısına yavaşça, kolayca kendini kaptırdı.

Daha sonra annesi, bilinçsiz bir kıskançlıkla –uzun süredir isteksiz bir boyun eğişle bastırdığı bir tutkunun izleriyle– dolu olduğu için daha sertleşmiş, başkalaşmış bir sesle, "Baban çok sevinecek. Sana gelen postayı onun çalışma odasına koydum," dedi. "Onun" çalışma odası – yani babasının hiç görmediği, içinde hiç oturmadığı oda. Onun eksikliği ikisinin arasındaki en güçlü bağdı, pek ender konuşulan, ama her nasılsa hep duyulan bir eksiklik – ikisinden de uzakta, dünyanın bir başka köşesinde, mutlu mu mutsuz mu olduğunu hiç bilmedikleri varlığının görünmez ağırlığı. "Dünyanın kıyılarında dolaşan, henüz hiçbir Tanrı'nın kulu olmamış bizim gibi insanlar için bir tek doğru var. Çalışmak aşktır." Yaşlı bir adamın bilimsel bir Pali metninin önsözüne bu tümceyi koyması çok tuhaf, çok dikkat çekici bir şey! Mountolive yeşil kitabı elinde evirip çeviriyor, sözcüklerin anlamları üzerinde düşünüyor, onları –açlıktan bir deri bir kemik kalmış bir deniz kuşu gibi sıska, nahif bir kişi olan, bu görünüşüyle hiç bağdaşmayan mantar bir şapka giyen– babasının anısıyla yan yana koyuyordu. Herhalde şimdilerde bir Hint fakiri gibi giyiniyordur! Gülümsemek mi gerekir acaba? On birinci yaş gününde Hindistan'dan ayrılalı beri onu görmemişti; işlediği bir suç yüzünden başka bir ülkeye sürülmüş biriydi sanki... kesin kesin "şudur" denemeyecek bir suç. Yıllardır tek tutkusu olan Doğu'nun bilim dünyasına gönüllü bir çekiliş. Anlamak güçtü.

Baba Mountolive, yitik Hindistan'ın malıydı; görevlerine düşkünlüklerinin aynı kastta birleştirdiği yöneticiler kesiminin malıydı; ama onur listesine değil, Budist bilime kendini vermiş bir rehinelikle övünen bir kast. Böylesine çıkarsız bağlılıklar genellikle onların konuları olan şeyle –kastları, inanları, anıtları, inançları ve kalıntılarıyla dört yana yayılan bu alt-kıtayla– tutkulu bir özdeşleşme biçiminde sonuçlanırdı. Başlangıçta yalnızca bir yargıçtı, ama birkaç yıl içinde Hint biliminde ün yaptı, az rastlanan unutulmuş metinlerin basıma hazırlayıcısı ve yorumcusu oldu. Genç Mountolive ile annesi, onun emekli olunca yanlarına geleceği inancıyla rahat rahat İngiltere'de oturuyorlardı; uzun bir çalışma yaşamında kazanılmış başarı anmalıklarıyla, kitaplarla, resimlerle bu ev işte bu amaç için böyle döşenmişti. Şimdi müzeyi andıran bir görünüşü varsa bu (artık ikisinin de çok iyi bildiği gibi), yaşamının sonuna kadar sürecek çalışmalarını tamamlamak amacıyla Hindistan'da kalmaya karar vermiş olan, evin gerçek varlık nedeni kişi tarafından yüzüstü bırakılmış olmasından ileri geliyordu. Dağıtılmış olan kurullardaki görevliler için bu olağandışı bir olgu değildi. Ama yavaş yavaş aklına girmiş bir şeydi. Bu karara varmadan önce çok düşündüğü belliydi, çünkü bu kararını açıklayan mektubu uzun süre düşünülerek hazırlanmış bir belge niteliğini taşıyordu. Gerçekte bu, ikisinin de ondan aldıkları son mektup oldu. Ama ara sıra Hindistan'a yolu düşüp Madras yakınlarında kapandığı Budistler Evi'nde onu ziyaret eden kişiler onun sevgi mesajlarını getiriyorlardı. Kuşkusuz üniversite yayınevlerinin gösterişli adlarını taşıyan şık kitaplar birbiri ardına hiç aksamadan geliyordu. Bunlar bir bakıma onun hem özrü hem de aklanmasıydı.

Mountolive'in annesi bu karara saygı duyuyordu; artık bu konuyu hiç açmaz olmuştu. Ancak ortak yaşamlarının görünmez varlık nedeni ara sıra burada, bu karlı adada "onun" çalışma odası diye bir şeyden söz edilirken ya da (onlar için) bilinmeyen, açıklanmamış bir etkeni temsil eden bir yaşamın gizi içinde buharlaşan, bunun gibi hiç yorumsuz, başka bir sözde ortaya çıkıyordu. Mountolive bu yokluğun annesini ne derece incittiği konusunda bir yargıda bulunabilmek için onun gururunun gerisinde neler yattığını hiçbir zaman görememişti. Bu konuyu açmaya her ikisi de çekiniyordu çünkü her biri ötekinin yarasını deşmekten korkuyordu.

O akşam yemek için giyinmeden önce, Mountolive kitap raflarıyla çevrili çalışma odasına gitti, orası aynı zamanda silah odasıydı; evde olduğu zamanlarda hep yaptığı gibi "babası"nın masasına büyük bir ciddiyetle yerleşti. Dosyaları bir yere sıkı sıkı kilitledikten sonra, postayı gözden geçirmeye başladı. Mektupların, kartların arasında, üstüne Kıbrıs pulu yapıştırılmış, Pursewarden'ın tanıdık yazısını taşıyan kalın bir zarf vardı. İlk bakışta bir yazı müsveddesine benziyordu, biraz duraksadıktan sonra mühürü parmağıyla kırdı. "Sevgili dostum David," diye başlıyordu, "Benden böylesine uzun bir mektup alınca çok şaşıracaksın kuşkusuz. Ama senin buraya atandığın dedikodusunu daha yeni duydum. Atanmış bir büyükelçi olarak sana resmen bildiremeyeceğim birtakım durumlar konusunda öğrenmen gereken pek çok şey var. (Gizli: Mühürlü) Hımm!"

Mountolive içini çekti, bütün bu raporları inceleyecek zamanım olacak, diye düşündü. Onu da öteki kâğıtların yanına kilitlemek için masanın gözünü açtı.

Bir süre odadaki antikalar ve bibloların –bir Birmanya tapınağından alınmış mandala resimlerinin, Lepça bayraklarının, "Ormanlar Kitabı"nın ilk baskısı için hazırlanmış çerçeveli resimlerin,tavus kelebeklerinin durduğu küçük vitrinlerin, kullanılmayan bir tapınakta kalmış adakların– çağrıştırdığı şeylere dalarak büyük masada, sessizce oturdu. Daha sonra ender kitaplar, broşürler – *Thacker and Spink, Calcutta*, yayınevinin adını taşıyan ilk Kipling baskıları, Edwards Thompson fasikülleri, Younghusband, Mallows, Derby... Bir gün bir müzeyi sevindirecek şeyler. Deftere işlenip yeniden adsızlaşacaklardı.

Masanın üzeride duran Tibet dua çarkını alıp bir-iki kez döndürdü. Dindar kalemlerin yıllar önce üzerine "Om Mani Padme Hum"[1] klasik yakarısını karaladığı sararmış kâğıt parçacıklarıyla dolu kasnağın hafif sürtünüşünü duydu. Bu rasgele bir ayrılık armağanıydı. Gemi hareket etmeden önce babasına selüloit bir uçak isterim, diye tutturmuştu. İkisi bütün çarşıyı dolaştılar ama bulamadılar. Sonra babası birden bir çerçinin önünde durup birkaç rupi'ye bu çarkı aldı, isteksiz parmaklarının arasına uçak yerine bunu tutuşturdu. Geç olmuştu. Acele etmeleri gerekiyordu. Baştan savma vedalaştılar.

1. "Lotus çiçeğinin içindeki mücevher" anlamına gelen Sanskritçe mantra. (Y.N.)

Sonra, sonra? Arsız bir güneşin altında koyu sarı bir ırmak ağzı, yüzleri bulandıran sıcaklığın gökkuşağı renkli parıltısı, Hinduların ölülerini yaktıkları alandan yükselen dumanlar, haliçten aşağı doğru yüzen morarıp şişmiş erkek cesetleri... Anıları buralara kadar uzanıyordu. Ağır çarkı elinden bırakıp içini çekti. Rüzgâr sanki ona nerede olduğunu anımsatmak istermiş gibi karları camlara savuruyor, pencereleri sarsıyordu. Arapça okuma kitaplarını, büyük sözlüğünü çıkardı. Gelecek birkaç ay süresince bunlar yatağının yanında durmalıydı.

O gece, eve her dönüşünde gelişini kutlayan o anlaşılmaz hastalık onu gene yokladı – dayanılmaz bir kulak ağrısı, acıdan kıvranırken bir hayalete dönüşüyordu. Hiç bilinmeyen bir hastalıktı çünkü şimdiye kadar hiçbir doktor şiddetini azaltmak şöyle dursun, ne olduğunu bile adamakıllı tanımlayamamıştı. Yalnızca eve döndüğünde oluyordu. Her zamanki gibi annesi iniltilerini duymuş, bunların ne anlama geldiğini anlamıştı. Birden karanlığın içinde yatağının yanında bitiverdi, çocukluk günlerinden beri onun derdiyle savaşırken kullandığı bir ilaçla birlikte tanıdık bir yüz getirmişti. O ilacı yatağının yanındaki dolapta hep el altında tutuyordu. Mum ışığında bir çay kaşığında ısıtılmış zeytinyağı. Yağın ılıklığının beynine yayılışını, beynini ilaçlayışını duyumsadı, öte yandan annesinin karanlıktan yükselen sesi iyileşme vaatleriyle onu yatıştırdı. Kısa bir süre sonra sancı dalgası geri çekilip gitti; yani uykunun kıyılarında silindi – annesinin paylaştığı çocukluk hastalıklarının rahatlatıcı anılarıyla gelen bir uyku. Sanki duygudaşlık yüzünden ikisi birden hastalanırlardı. Bu yüzden mi acaba bitişik odalarda yatar, birbirleriyle konuşur, birbirlerine kitap okur, ortak bir iyileşmenin lüksünü paylaşırlardı? Bilmiyordu.

Uyudu. Ancak bir hafta sonra resmî raporlara sıra geldi de Pursewarden'ın mektubunu okuyabildi.

V

Sevgili dostum David,

Benden böylesine uzun bir mektup alınca çok şaşıracaksın, kuşkusuz. Ama senin buraya atandığın dedikodusunu daha yeni duydum. Atanmış bir büyükelçi olarak sana resmen bildiremeyeceğim birtakım durumlar konusunda öğrenmeni istediğim pek çok şey var. (Gizli: Mühürlü) Hımm!

Öf! Ne can sıkıcı bir şey! Mektup yazmaktan nefret ettiğimi bilirsin. Ama... herhalde sen gelmeden ben buradan ayrılmış olacağım, çünkü başka bir yere verilmem için girişimde bulundum. Hesaplı kitaplı nice domuzluklar yaptıktan sonra nihayet iki yıldır bir çekidüzen vermeye uğraştığım özel görevli kurul için uygun biri olmadığıma zavallı Errol'u inandırmayı başardım. Tam iki yıl! Bir ömür! Errol öylesine iyi, öylesine dürüst, öylesine değerli bir insan ki; gene de dünyaya ters gelmiş izlenimini veren keçi gibi bir yaratık! Raporuna hiç istemeye istemeye benim için kötü şeyler yazdı. *Lütfen o rapordan sonra benim için uygun görülecek yer değişikliğini bozmak için bir şeyler yapmaya kalkışma, benim senden özel isteğimdir bu.* Çok rica ediyorum.

Son beş haftadır görevime gitmemem bardağı taşıran son damla oldu, büyük bir telaş yarattı, böylece Errol da sonunda kararını verdi. Sana her şeyi anlatacağım. Paris'te Bac Sokağı'nda oturan şişman Fransız diplomatını anımsıyor musun acaba? Nessim bizi bir yere yemeğe götürmüştü? Adı Pombal'dı? Her neyse, ben onun evine sığındım – o da burada görevli. Evi gerçekten çok şenlikli bir yer. Yaz sona erdi, başsız elçilik sarayla birlikte Kahire'ye kışlığa taşındı ama bu kez bendeniz onlarla birlikte gitmedim, yeraltına kaçtım. Şimdilerde sabah saat on birde kalkıyor, kızları kovalayıp sıcak banyomuzu aldıktan sonra öğle yemeği saatine kadar tavla oynuyoruz, daha sonra Al Aktar Kahvesi'nde Balthazar ve Amaril (sana sevgileri var) ile birer arak atıp Union Bar'da öğle yemeği yiyoruz. Daha sonra ya Clea'ya uğrayıp yaptığı resimlere bakıyor ya da sinemaya gidiyoruz. Pombal'ın bunları yapmaya yasal olarak hakkı var çünkü izinde. Ben en *retraite*[1] haldeyim. Öfkeden deliye dönen Errol ara sıra benim izimi bulmak için Kahire'den telefon ediyor, ama ben ona Güneyli bir *poule*[2] sesiyle karşılık veriyorum. Öyle fena sinirleniyor ki, konuşanın ben olduğumu anlıyor ama bir türlü emin olamıyor. (Eski bir Winchester öğrencisinin özelliğidir bu, bir insanı kırmayı göze alamamak.) Öyle sevimli, öyle sevimli konuşmalar yapıyoruz ki. Dün ona ben, Pursewarden, Profesör Pombal'ın evinde bir beze dolayısıyla tedavi görmekte olduğumu ama tehlikenin artık atlatıldığını söyledim. Zavallı Errol! Ona yaptığım bütün bu eziyetler için bir gün ondan özür dileyeceğim. Ama daha değil. Siyam ya da Santos'a atanıncaya kadar değil.

Bütün bunlar benim için hiç de iyi şeyler değil, biliyorum ama... çocukluktan bir türlü kurtulamamış insanlarla dolu şu elçilik öylesine can sıkıcı ki! Errol'lar akıl

1. (Fr.) Emekli. (Ç.N.)
2. (Fr.) Orospu. (Ç.N.)

almaz derecede Bretonyalılar. Örneğin ikisi de çok idareli. Neden ikisi de, diye soruyorum kendi kendime? Biri sürekli gereksizlik duygusuna kapılıyordur herhalde. Ondalık sistemin salt iki hanesini seviyorlar. Çocuklarında bayağı kesirlerin bütün özellikleri var!

Evet. En hoşu Donkin'ler; koca zeki, neşeli; karı biraz sıradan, çok ruj sürdüğü için hoppa gibi görünüyor.

Ama... zavallıcık, sakal bırakıp Müslüman olan kocasının ayıbını fazlasıyla örtüyor! Kocasının masasının üzerine oturur, hızlı hızlı sigara içerek bacaklarını sallar. Kıpkırmızı dudaklar... Bir hanımefendi denecek yeri yok, bu yüzden tehlikeli midir dersin? Kocası çok zeki bir genç, ama haddinden fazla ağırbaşlı. Karıların yedek akçelerine el koymaya, hakkı olduğu gibi, niyetinin olup olmadığını sormaya cesaret edemiyorum.

Ama dur, sana bütün bu saçmalıkların gerisinde yatan şeyleri şu yorucu üslubumla anlatayım. Biliyorsun ben buraya sözleşmeli olarak gönderildim, bana verilen görevi de eksiksiz olarak yerine getirdim – (genellikle mezar taşlarında kullanılan harf türüyle yazılmış) *majestelerinin Bretonya hükümetiyle falan falan arasındaki Kültür Anlaşması Metni* başlığını taşıyan o kocaman kâğıt tomarı bunun tanığıdır. Aslında yürümesi olanaksız bir sözleşme – çünkü Hıristiyan kültürüyle Müslüman ya da Marksist kültür arasında ne gibi bir ortaklık olabilir? Bizim öncüllerimiz aşılması olanaksız engellerle karşı karşıya. Her neyse! Bunu yapmam istendi, ben de yaptım. Burada ne varsa çok beğeniyorum, Augustinus ve Aquino'luyla birlikte çok gerilerde kalmış olan tanrıbilime ve sayıboncuğuna dayalı bir eğitim sisteminden söz etmelerini hiç anlayamıyorum. Ben kendi adıma her iki tarafın da işleri karmakarışık ettikleri kanısındayım, bu konuda yansız davrandım. İşte buna benzer şeyler. On yedi karılı bir paşaya D.H. Lawrence ne söyleyebilir anlamıyorum, her ne kadar bu on yedinin içinde en mutlusunun hangisi olduğunu biliyorsam da... her neyse, ben bu işi yaptım, Anlaşmayı yani.

Bunu yapar yapmaz da baktım hemen siyasi kâtipliğe yükselmişim. Bu sayede bütün belgeleri inceleyip Ortadoğu bileşiğini tutarlı bir bütün, siyasal bir serüven girişimi olarak değerlendirme olanağını buldum. Uzun incelemelerden sonra istemeyerek de olsa vardığım sonuç şu: Bu işte ne tutarlılık var hatta ne de siyaset – hiç değilse burada kurulmak istenen baskılara dayanabilecek kadar bir siyaset.

Ahlak yönünden kokuşmuş olan bu devletler istedikleri kadar gevşek, kolay satın alınabilir olsunlar, gene de bu konuyu iyi düşünmek gerek; şu anda yaptığımız gibi onların en güçsüz, en bozuşmuş yönlerini daha da körükleyerek onları bir arada tutamayız. Bu yaklaşım önümüzdeki elli yıl içinde barış öngören, bizim kendi ülkemizin seçmen kitlesinde hiçbir değişiklik olmayacağını öngören bir yaklaşım. Böyle giderse belki statüko korunabilir. Ama şu andaki güçlü eğilim bu kadar ortadayken İngiltere bu derece uzağı göremeyen bir ülke olabilir mi? Belki. Bilemiyorum. Bir sanatçı olarak bunları bilmek bana düşmez; siyasal kâtip olarak kuşkularım pek çok. Bir yandan Arap Birliği'ni körüklemek, bir yandan da zehir kadehini kullanacak gücü gösterememek, bana sonu çok kuşkulu bir şey gibi geliyor: Buna siyaset değil, delilik denir. Bize karşı çalışan bütün öteki akımlara bir de Arap Birliği'ni eklemek doğrusu pek hoş bir budalalık. Birden fazla yasal karı alabilme düşüncesine bilinçaltlarıyla gerçekten tepki duymuş olan, Victoria döneminin cinsel açıdan yanlış yönlendirilmiş üç kuşağından bize kalan *Binbir Gece Masalları*'nın mahzun düşü içinde mi yaşıyoruz hâlâ? Ya da Bells'in, Lawrence'ın romantik Bedevi aşklarının mı? Belki. Ama bu düşü bizim omuzlarımıza bırakan Victoria dönemi insanları geçerli değerlerini korumak için savaşmak gerektiğine inanan insanlardı; siyaset dünyasının bir yaban orman olduğunu biliyorlardı. Bugünse Dışişleri Bakanlığı o ormanda izlenecek en iyi yolun çırılçıplak dolaşıp çıplak gövdesini sergileyerek yabani canavarı kazanmak olduğuna inanırmış gibi görünüyor. İçini çekişini duyar gibiyim. "*Şu Pursewarden da neden sanki daha açık konuşmaz. Bunca* boutades[1] *niye?*"

Çok güzel. Baskılardan söz ettim. Errol gibi, bu baskıları önce ikiye ayıralım, tamam mı? Benim görüşlerim biraz aykırı gelebilir, ama gene de yazıyorum.

İlkin, varlıklılarla yoksullar arasındaki uçurum – bu kesinlikle Hindistan'daki gibi. Örneğin, bugün Mısır'da toprakların dörtte üçünden çoğu nüfusun yüzde altısının elinde, böylece geri kalanların yaşaması için kişi başına bir *feddan*'dan[2] daha azı düşüyor. Evet! Sonra, nüfus her iki –yoksa üç mü?– kuşakta bir-iki katına çıkıyor. Ama herhangi bir ekonomik araştırmadan bunu öğrenebilirsin. Bu arada sesini duyuran okumuş yazmış bir orta sınıf gittikçe güçleniyor, oğulları Oxford'da bizim rahat liberallerin arasında öğrenim görüyorlar – buraya döndüklerinde kendilerini bekleyen bir iş de yok. *Babu*'lar[3] güçleniyor, her yerdeki gibi burada da aynı sıkıcı öykü yineleniyor. "Dünyanın bütün aydın *coolie*'leri[4] birleşiniz."

Bütün bu iç baskılara biz, doğrudan doğruya körüklediğimiz bağnaz dindarlığa dayanan bir ulusalcılığın ağırlığını da bir güzel ekliyoruz. Doğrusu ben, diyecek söz bulamıyorum, ama bu dinin fizikötesiyle değil, yalnız ve yalnız etikle uğraşan bir savaş dini olduğunu asla unutmayın. Arap Birliği falan... Kardeşim, kendi sorunlarımıza yenilerini ekleyecek bu saçma icatları nereden çıkarıyoruz – özellikle buradaki etkimizin sürdüğünü en iyi kanıtlaya-

1. (Fr.) Naz, kapris. (Ç.N.)
2. (Ar.) 4200 metrekareye eşdeğer ölçü birimi. (Y.N.)
3. (Hint.) Bey, Beyefendi. Daha çok biraz İngilizce bilen Hintli anlamında kullanılır. (Y.N.)
4. (İng.) Asya kökenli niteliksiz emekçi. (Ç.N.)

cak olan etkin rol oynama gücümüzü yitirdiğimiz gün gibi ortadayken. Bugün nesnelerin özünde doğal olarak bulunan yıkıcı unsurlara karşı bu geri, yıkılmaya yüz tutmuş derebeylikler ancak silahla korunabilir; ama silah kullanmak demek, Lawrence'ın deyimiyle, "kılıçla öğüt vermek" demektir. İnsan kendi soyundan gelen özelliklere, kendi yaşam gizine inanmalı. Dışişleri Bakanlığı neye inanıyor? Hiç bilmiyorum. Örneğin, Mısır'da barışı korumanın ötesinde çok az şey yapıldı; Yüksek Komisyon –1888'den mi kalmadır?– bir talimat gereğince ortadan kalkıyor ama arkasında, görünüşte kendi başına buyruk bir devlet saydığımız, kara kalabalığın çoğunlukta olduğu bu acayip şeyi dengeleyecek uzmanlaşmış bir sivil yönetimin izlerini bile bırakmıyor. Bu insanların duyduğu kitlesel hoşnutsuzluğa karşı güzel sözler, dalkavukça duygular daha ne kadar başarılı olabilir? Bir antlaşmayla kral yapılan biri, halkına ne kadar güveniyorsa, biz de ona o kadar güvenebiliriz. Bir kıvılcımın beklendiği noktaya gelmek daha ne kadar sürer? Bilmiyorum – açık söylemem gerekirse umurumda değil. Ama şunu söyleyeyim, hiç öngörülmeyen savaş gibi bir dış baskı bütün bu bostan korkuluğu beylikleri bir anda yıkıverir. Her neyse, bunlar yer değiştirmek istememin genel nedenleri. Siyasetimize yeni bir yön vermemiz, burada sahne gerisinde bir Yahudi gücü oluşturmamız gerektiğine inanıyorum. Hem de vakit yitirmeden.

Gelelim özel sorunlara. Siyasal yaşamımın daha başında Savunma Bakanlığı'nın genel haber alma konusunda uzman bir şubesiyle çatıştım. Adı geçen bölümün yöneticisi tuğgeneral, kendi dairesinin bizim önümüzde diz çökmesi düşüncesine çok içerledi. Kıdem sorunu, belki ücret sorunu, belki de bunun gibi başka bir saçmalık! Komisyon zamanında az çok istediği gibi davranmasına izin verilmiş. Bu arada şunu da söyleyeyim, bir taşın altına gizlenmiş bir karakurbağa gibi sessizce yaşamakta olan 1918 artığı eski Arap bürosunun kalıntısı bu! Yeni bir genel düzenleme sırasında (bana öyle geliyor ki) onun takımı bir başkasıyla bütünleşmiş. O sırada Mısır'da ancak çekirdek halinde bir elçilik vardı. Daha önce komisyonun Siyasal Şube'si için çalıştığı göz önüne alınca, şimdi de bana çalışması gerektiği sonucuna vardım –gerçekten de nice sert kavgalardan sonra onun bileğini kıramadıysam bile büktüm– Maskelyne adında bir yaratık. Biraz ilginçe olacak kadar tipik. Âdetim olduğu üzere yazacağım kitap için onunla ilgili bir sürü not tuttum. (İnsan eski saflığına yeniden kavuşmak için yazar!)

Evet. Ordu, korkaklığı besleyen en önemli şeyin hayal gücü olduğunu anladı anlayalı, Maskelyne gibilerde hayal gücüne düşman özelliklerin gelişmesini sağladı: Neredeyse Türklere özgü bir bellek kaybı. Ölümü küçümseme, yaşamı küçümseme biçimine dönüşmüş, bu tür bir insan, yaşamı ancak kendi koşullarıyla kabul edebilir. Son derece sıkı gündelik yaşam çarkını döndürmeyi, donmuş bir beyinden başka hiçbir şey başaramaz. Çok zayıf, çok uzun boylu. Hindistan'da çalıştığı sıralar derisi koyulaşıp tütsülenmiş yılan derisi ya da tentürdiyot sürülmüş yara kabuğu rengini almış. Kusursuz dişleri piposunun sapında tüy kadar hafif duruyor. Çok tuhaf bir hareketi var – sana anlatabilmek isterdim, bana çok ilginç geliyor, konuşmaya başlamadan önce yavaşça piposunu ağzından çıkarıp küçük kara gözlerini karşısındakine dikerek neredeyse fısıldar gibi, "Ah, gerçekten de öyle mi düşünüyorsunuz?" deyişini. Sesliler sonsuz bir bitkinliğin, kendisini kuşatan sessizliğin sıkıcılığı içinde uzayıp gidiyor. Sivil giysiler içinde rahat edememesine neden olan bir yetişme biçiminin sınırları, belli kusursuzluğu onun ömür törpüsüdür. Biçimli süvari ceketinin içinde gerçekten de, *Noli me tangere,*[1] der gibi dolaşır. (Tip yetiş-

1. (Lat.) "Bana dokunma." İsa'nın dirilişinden sonra kendisini ilk gören Mecdelli Meryem'e söylediği söz. Yeni Ahit, "Yuhanna", 20:17. (Y.N.)

tirmeye çalışılırsa davranış bozuklukları yaratılır.) Dosyalarına kapanmış çalışırken ayaklarının dibinde, geceleyinse yatağının üzerinde uyuyan o nefis kızıl tüylü av köpeği Nell, her yere ardından gelir. İçinde –kitap, fotoğraf, gazete gibi– hiçbir kişisel eşya bulunmayan bir otel odasında kalıyor. Kişisel eşyası sadece sırtı gümüşten fırça takımı, bir şişe viski ve bir gazete., (Bazen onu parlak kara saçlarını şakaklarından geriye doğru gittikçe daha sert bir biçimde tarayarak kafatasından sessiz öfkesini süpürmeye çalışırken düşünüyorum. Ah, böylesi daha iyi – daha iyi!)

Bir gün gecikmeli olarak satın aldığı Daily Telegraph'ıyla saat sekizde daireye gelir. Başka bir şey okuduğunu hiç görmedim. Çevresindeki insanların, belki de bütün insan soyunun çıkarcılığına karşı duyduğu nefretle yanarak büyük çalışma masasına oturur. Hiç heyecan göstermeden insanların çeşitli bozukluklarını, hastalıklarını düşünür, onları sınıflandırır, küçük gümüş dolmakalemiyle sinek gibi, küçük, acemi elyazısıyla imzaladığı mermer gibi soğuk not kâğıtlarının üzerinde onları özetler. Nefreti damarlarında ağır ağır, sellerle taşan Nil gibi, ığıl ığıl akıyordur. Nasıl bir *numéro*[1] olduğunu görüyorsun işte. Tam anlamıyla askerî düşler içinde yaşar çünkü raporlarına konu olmuş kişilerin çoğunu ne görmüş ne de onlarla tanışmıştır; titizlikle karşılaştırdığı bilgileri rüşvetle kandırılmış görevlilerden, küskün uşaklardan, baskı yapılan hizmetçilerden toplar. Bu o kadar da önemli değil. Tıpkı gözle görülmeyen, bilinmeyen şeylerin haritalarını inceleyen bir müneccim gibi, yaptığı haber değerlendirmeleriyle gurur duyar. Halife kadar kendini beğenmiş, eleştirici ve sarsılmazdır. Ona bayılıyorum. Gerçekten öyle.

Maskelyne kendine iki çizgi saptamıştır (termometrede dereceleri gösteren çizgiler gibi). "Bu racanın hoşuna gider" ya da "Bu racanın hiç hoşuna gitmez" biçiminde

1. (Fr.) Bitirim. (Ç.N.)

iki tümceyle dile getirdiği beğenme-beğenmeme derecelerinin ancak bu iki çizgi arasında değişmesine izin vardır. Kuşkusuz o lanet olası racanın gerçekten hoşlanmayacağı bir şeyi düşünemeyecek kadar saplantılı bir adam. Böyle bir adamın çevresindeki dünyaya apaçık bakması olanaksız gibidir; mesleği ve tedbirli davranma zorunluluğu onun dünyadan elini ayağı çekmiş yalnız bir insan, tepeden bakıp yargıladığı dünyanın işleri konusunda deneyimsiz biri olmasına yol açar... Bunu biraz daha sürdürüp bizim casus avcısının portresini tamamlamak için şeytan beni dürtüyor, ama daha çok uzatmayacağım. Bundan sonraki dört ciltlik romanımı oku, onda Telford'un bir taslağını da bulacaksın, Maskelyne'in iki numaralı adamı – takma dişleri ağzına oturmayan iriyarı, çilli, sevimli bir sivil. Sinirli kahkahalar arasında insana bir saniyede yüz kez "cancağızım" demeyi başarıyor. O soğuk, yılan gibi askeri nasıl sevip saydığını görsen şaşarsın. "Evet, tuğgeneralim,", "Hayır, tuğgeneralim!" Onun için koşuştururken sandalyelere takılıp düşüyor, patronuna âşık sanırsın. Maskelyne koyu renk bir çukurcukla ikiye ayrılmış, ucu ok gibi sivri çenesiyle oturup onun şaşkınlığını soğuk soğuk izler. Ya da döner koltuğunda geriye yaslanıp iyi bir yemek yedikten sonra midesini okşayan boğazına düşkün biri gibi, arkasında duran kocaman kasanın kapağına hafif hafif vururken, "Bana inanmıyor musun? Hepsi burada işte, hepsi burada," diyecektir. Bu abartmalı, her şeyi içeren çalımı gören de o dosyalarda bütün dünyayı suçlu çıkarmaya yetecek malzeme var sanır. Belki de vardır.

Bak ne oldu: Bir gün masamın üzerinde Maskelyne'in tipik bir raporunu buldum, *Nessim Hosnani* başlığının altında *Kıptiler Arasında Gizli Bir Anlaşma* yazıyordu, biraz telaşlandım. Rapora göre bizim Nessim, Mısır Sarayı'na karşı bir komplo hazırlamaktaymış. Nessim'i tanıyan biri olarak verilerin çoğunu güvenilmez buldum, ama raporun bütünü beni çok zor bir durumda bıraktı, çünkü ayrıntıların elçilik aracılığıyla Mısır Dışişleri Bakanlığı'na aktarılması nazikçe öneriliyordu! Soluğunu sertçe içine çekişini duyar gibiyim. Böyle bir şeyin doğru olduğunu varsaysak bile, bu yollu bir davranış Nessim'in yaşamını büyük oranda tehlikeye atardı. Mısır milliyetçiliğinin en belirgin özelliklerinden birinin buradaki –yarım milyon falan dolaylarındaki Müslüman olmayan– "yabancılar"a karşı gittikçe artan düşmanlık ve nefret olduğunu sana daha önce yazmış mıydım? Mısır tam bağımsızlığını ilan eder etmez Müslümanların yabancılara karşı horozlanmaya, mallarına el koymaya başladıklarını? Senin de bildiğin gibi, yabancı topluluğu Mısır'ın beynidir. Bizim yönetimimizde güvenilir bir yerken bu ülkeye akan sermaye şimdi koca işkembeli paşaların elinde. Ermeniler, Yunanlar, Kıptiler, Yahudiler – hepsi de bu nefretin bıçak gibi bilendiğini biliyorlar; pek çoğu akıllılık edip buradan gidiyor, ama pek çoğu da gidemiyor. Pamuk falan gibi şeylere yatırılmış paralar bir gecede bırakılıp gidilemez. Yabancı topluluklar rica ve rüşvetle yaşıyor. Bütün ömürlerini yatırdıkları sanayilerini, paşaların yavaş yavaş uzanan ellerinden kurtarmaya çalışıyorlar. Biz onları sözcüğün tam anlamıyla aslanların önüne attık!

Evet, dediğim gibi, iyiden iyiye kaygılanarak belgeleri okudum, dönüp bir daha okudum. Bunları Errol'a verseydim, hemen krala koşar, hepsini bir bir anlatırdı. Bu yüzden kuşkulu bulduğum noktaların doğruluğunu araştırma işine kendim giriştim –bereket versin Maskelyne'in en iyi raporlarından biri değildi– onun savlarının çoğunu sarsmayı başarabildim. Ama onu en çok kızdıran şey, raporu tam anlamıyla geciktirmiş olmamdı – elçiliğin eline düşmemesi için bunu yapmak zorundaydım! Görev duygum çokça inciniyordu, ama başka bir seçeneğim yoktu; bitişik odadaki o genç okullu budalaların ne yapacakları belli olmazdı. Nessim, Maskelyne'in düşündüğü gibi bir komplo hazırlama suçu işlediyse, bir diyeceğim yoktu; insan onunla kozlarını daha sonra kendi ölçülerine göre paylaşırdı. Ama... Nessim'i tanırsın. Böyle bir raporu yukarı göndermeden önce iyice emin olmayı ona karşı bir borç bildim.

Ama kuşkusuz Maskelyne belli etmeme inceliğini göstermesine karşın çok öfkelendi. Toplanmış kanıtları, ajanlarının verdiği belgeleri daha bürosunda gösterirken, aramızdaki konuşmanın ısısı sıfır derecedeydi, giderek de düşüyordu. Kanıtların çoğu korktuğum kadar sağlam çıkmadı. Maskelyne ötüp duruyordu: "Elimde rüşvetle satın alınmış Selim gibi bir adam var, kendi sekreteri de yanılacak değil ya! Düzenli toplantılar yapan küçük, gizli bir dernek var – Selim arabayla kapısında bekleyip onları eve götürüyor. Sonra Balthazar'ın kliniğinden bütün Ortadoğu'ya yayılan o acayip şifreli yazılar var, sonra İsveç'te, Almanya'da silah üreticileriyle görüşmeler var..." Sana bir şey söyleyeyim mi, başım sersem gibi oldu! Mısır gizli polisinin bütün dostlarımızı bir mermerin üstüne yatırıp kefen ölçülerini aldığını görür gibi oluyordum.

Başka bir şey daha söyleyeyim, rastlantı bu ya, Maskelyne'in yaptığı çıkarsamalar bana kuşku götürmez gibi görünüyordu. Durum kötüydü; ama bereket versin temel noktalardan birkaçını –örneğin dostumuz Balthazar'ın iki ayda bir Ortadoğu'nun büyük kentlerindeki belli alıcılara postaladığı sözde şifreler gibi şeyleri– çözümlemek olanak dışıydı. Maskelyne hâlâ bunların ardını bırakmıyordu. Ama veriler yeterli olmaktan çok uzaktı, ben de elimden geldiğince bu noktayı vurguluyordum. Telford çok huzursuz oldu, oysa Maskelyne kolay kolay cesaretini yitirmeyecek kadar soğukkanlı, yırtıcı bir kuştu. Gene de bu varsayımın temellerini güçlendirecek daha somut kanıtlar buluncaya kadar raporu bekletmeye onu razı ettim. Benden nefret etti, ama bunu sineye çekti, böylece hiç değilse geçici bir süre için zaman kazanmış oldum. Sorun bundan sonra ne yapacağımdı – zamandan nasıl yararlanacaktım? Bu tuhaf suçlamalarla Nessim'in hiçbir ilişkisi olmadığına inanıyordum kuşkusuz. Ama şunu da kabul etmem gerekir ki, Maskelyne kadar inandırıcı açıklamalar bulamıyordum. Acaba amaçları ne? diye merak etmemek elimde değildi. Maskelyne'in balonunu söndürmek istiyorsam bunu öğrenmeliydim. Çok rahatsız ediciydi, meslek açısından da uygunsuz – ama *que faire?*[1] Bu işin altından kalkabilmek için küçük Ludwig özel dedektiflik yapacaktı. Ama nereden başlayacaktı?

Maskelyne ile Nessim arasındaki bağlantıyı rüşvetle ayartılmış sekreter Selim sağlıyordu. Onun aracılığıyla çeşitli alanlardaki –toprak, banka, deniz taşımacılığı örgütü, çırçır fabrikaları gibi– Hosnani mal varlığı konusunda ilginç, ama aslında hiç kaygı verici olmayan pek çok veri toplamıştı. Gerisi söylenti, dedikodu; kimileri zararlı ama hiçbiri ayrıntıdan öteye gitmeyen şeyler. Ne var ki, hepsi bir araya geldiklerinde bizim yumuşak Nessim adeta göz korkutucu birine dönüşüyor. Ne yapıp yapıp bunların hepsini tek tek soruşturmam gerektiği kanısına vardım. Özellikle çoğu, evliliğiyle ilgiliydi, evliliğinin çevresinde toplanıyordu – tembel ve kıskanç insanların acımasız dedikoduları, tam İskenderiye'ye özgü bir şey, belki de her yerde böyledir. Bunda kuşkusuz Anglosaksonların bilinçdışı ahlak yargıları başı çekiyordu – yani Maskelyne'in değer yargılarında demek istiyorum. Justine'e gelince – doğrusu onu biraz tanıyorum, onun hırçın güzelliğine biraz hayran olduğumu gizlememeliyim. Bana dediklerine göre onu evliliğe razı edinceye kadar Nessim bir süre çok uğraşmış; bu konuda daha önceden kuşkularım olduğunu pek söyleyemem ama... bugün bile evlilikleri tuhaf bir tutmamışlık duygusu veriyor. Kusursuz bir çift oluştursalar da, birbirlerine hiç dokunmazmış gibi görünüyorlar; gerçekten de bir kere-

1. (Fr.) Elden ne gelir? (Ç.N.)

sinde Nessim, Justine'in kürkünden bir ipliği alırken Justine'in irkildiğini gördüm. Belki de benim kuruntum. Acaba o kapkara saten gözlü kadının gerisinde pusuda bekleyen bir fırtına bulutu mu var? Nice asap bozukluğu. Nice çılgınlık. Nice Yahudi kederi. Herkes onu biraz da başı tepside sunulan bir adamın sevgilisi olarak tanır... Ne demek mi istiyorum?

Maskelyne kuru, kof bir küçümsemeyle, "Daha evlenir evlenmez bir başka adamla ilişki kuruyor, hem de bir yabancıyla," diyor. Yabancı dediği Darley kuşkusuz, ara sıra Pombal'ın sandık odasında kalan sevimlice, gözlüklü yaratık. Öğretmenlik yaparak hayatını kazanıyor ve roman yazıyor. Kafasının arkası bebek kafası gibi yuvarlacık, hani kültürlü tiplerin olur ya! Hafif bir kamburluk, sarı saçlar, pek başarıyla denetlenemeyen büyük coşkulara yaraşır bir utangaçlık. Romantik bir arkadaş! Yüzüne dikkatle bakınca kekelemeye başlıyor. Ama iyi bir insan, kibar, uysal... Nessim'in karısı gibi yaman biri için uygun bir kumaşa benzemiyor. Kadının iyilikseverliğinden mi geliyor, yoksa sapık bir saflık sevgisinden mi? Burada küçük bir giz var. Her neyse, Justine'in daha önceki kocasının yazdığı (nemfomani ve ruhsal iktidarsızlık modasına uygun fiyakalı bir inceleme olan) *Mœurs adında bir Fransız romanını –İskenderiye'de çok tutulan livre de chevet*'yi[1] – bana tanıtan Pombal ile Darley oldu. O romanı yazdıktan sonra adam akıllılık edip boşanarak buradan sıvışmış ama herkes kitabın ana konusunun Justine olduğu kanısında, ona herkes temkinli bir yakınlık gösteriyor. Burada herkesin hem çok biçimli hem de sapık olduğunu düşünürsen, bir *roman vache*'ın[2] başkişisi olarak herkesten ayrılmak korkunç bir şey olsa gerek. Her neyse, bu artık

1. (Fr.) Başucu kitabı. (Ç.N.)
2. (Fr.) Kıyak bir roman. (Ç.N.)

gerilerde kalmış, şimdi Nessim onu *le monde*'un[1] saflarına katmış, orada sınırları çok dikkatle çizilmiş bir incelik ve yabansılıkla deviniyor. Justine'in bakışları kadar Nessim'in karanlıkta kalmış ama yalın görkemine çok uyan iki nitelik. Nessim mutlu mu? Ama dur, bu soruyu başka türlü sorayım. Hiç mutlu olmuş muydu? Şimdi eskisinden daha mı mutsuz? Hımm! Bana kalırsa bundan daha kötüsü de olabilirdi, çünkü kız ne çok saf ne de çok aptal. Her ne kadar kasvetli bir vurguyla da olsa, gerçekten güzel piyano çalıyor, sonra çok okuyor. Doğrusu bendenizin kitapları onun tarafından çok seviliyor – bende direnecek hal bırakmayan bir içtenlikle. (Enselendim! Evet, ondan hoşlanır gibi olmamın nedeni bu.)

Öte yandan Darley'de ne buluyor bilmiyorum. Zavallı adam, Justine'in geldiğini görür görmez tabladaki kedibalığı gibi titremeye başlıyor. Ama Nessim'le ikisinin dostluğuna diyecek yok, sık sık görüşüyorlar. Şu alçakgönüllü İngilizler – hepsi de gizli birer Türk mü ne? Darley'de kesinlikle bir şey, bir çekicilik var, çünkü Melissa adlı hoşça sayılabilecek küçük bir kabare dansözüyle de son derece karışık bir ilişkisi var. Onu görsen asla iki kişilik bir bisiklet kullanabilecek biri demezsin, öylesine kendini yönetmekten aciz birine benziyor. Temiz duyguların kurbanı mı dersin? İkisinden birinin adı geçer geçmez ellerini ovuşturur, gözlüğü buğulanır. Zavallı Darley! Küçük adaşının yazdığı bir şiiri okuyarak onu nasıl sinirlendiriyorum bilsen:

Görkemli Arabistan'da yanan
Kırmızı kokuyla havayı tütsüleyen,
Dünya yaşamını cennete çeviren,
Ey söylencesiz kutsal Tütsü Ağacı.

1. (Fr.) Sosyete. (Ç.N.)

Yüzü kızarır, n'olur okuma diye bana yalvarır ama hangi Darley adına yüzünün kızardığını bilmem; ben tumturaklı bir biçimde sürdürürüm:

Yarı gömülmüş alevli göğüslerinin arasına
Kurar yuvasını bu parlak ağaca
Yüzlerce güneşi alan Anka! En sonunda
Ufalanıp binlerce yıllık toza dönüşmesi gerekirken!

Justine için hiç de kötü bir eğretileme değil. Her defasında, "Sus," diye bağırır.

Göz kamaştırıcı ölüm döşeği! Görkemli odun yığını
Yanar kokulu bir ateşle!
Küllerinin konduğu vazo kaçırılmış yağmacıların elinden!
Doğum yeri olacak doğduğu zaman küllerinden yeniden!

"Lütfen. Yeter."

"Nesi var? Pek de kötü bir şiir değil ki."

Sonra Dresden'in on sekizinci yüzyılda Çinli bir çoban kızı kılığına soktuğu Melissa'ya geçerim.

Dağsız yeşil doğanın içinde,
Burada son bulur yankısız türküsü
Kehribar gözyaşlarıyla korkulu iç çekmelerle
Yas tutar çöl onun öldüğü yerde!

Darley'den bu kadar söz etmek yeter! Ama bu işte Justine'in payının ne olduğu konusuna hiçbir mantık, hiçbir uyak bulamıyorum, Pombal'ın nüktelerinden birini yüzeysel anlamıyla kabul etmekten başka yol kalmıyor. Abartılı bir ciddiyetle, "*Les femmes sont fidèles au fond, tu sais? Elles ne trompent que les autres femmes!*"[1] der. Ama bana öyle geliyor ki Justine'in silik rakibesi Melissa'yı *tromper*[2] etmek istemesi için hiçbir somut neden ileri sürmüyor. Toplumda onun durumunda olan bir kadın için bu *infra dig*[3] olurdu. Ne demek istediğimi anlıyor musun?

O zaman, gelelim bizim Maskelyne'in dağ gelinciğininkilere benzeyen o uğursuz gözlerini diktiği kişiye, Darley'e; Selim bize güya Nessim'le ilgili en önemli bilgilerin büroda değil, evdeki küçük bir duvar kasasında saklı olduğunu söylüyor. Bu kasanın bir tek anahtarı var, onu da Nessim hep üstünde taşıyor. Selim'in dediğine göre, özel kasanın içi kâğıtlarla doluymuş. Ama kâğıtların ne olabileceği konusunda açık bir şey söyleyemiyor. Belki de aşk mektuplarıdır? Hımm! Her neyse, Selim birkaç kez kasayı açma girişiminde bulundu, ama başaramadı. Bir gün Maskelyne kasayı kendisi yakından inceleyip gerekirse balmumuyla kilidin kalıbını almaya karar verdi. Selim ona kapıyı açmış, arka merdivenden yukarı çıkan Maskelyne az daha yatak odasında bizim Darley ve Justine'le burun buruna geliyormuş! Bereket içeri girmeden önce ikisinin seslerini duymuş. Bana hâlâ İngilizlerin püriten olduklarını söylemeye kalkma. Bir süre sonra Darley'in yayımlanan bir öyküsünü gördüm, öyküdeki bir kadın: "Onun kollarının arasındayken ezilmiş, çiğnenmiş gibi oluyorum, sanki kocaman, kızışmış bir kedinin pençesindeymişim, bütün tüylerim tükürüklere bulanmış gibi," diyerek şaşkınlığını dile getiriyor. Afalladım. "Vay alçak!" diye düşündüm. "Demek Justine zavallı herife böyle yapıyor, onu diri diri yiyor!"

1. (Fr.) Biliyorsun kadınlar aslında sadıktır. Yalnızca başka kadınları aldatırlar. (Ç.N.)

2. (Fr.) Aldatmak. (Ç.N.)

3. (Fr.) Şanına yakışmaz. (Ç.N.)

Beni bayağı güldürdüğünü söylemeliyim. Darley, benim yurttaşlarım arasında en tipik olanı – hem züppe hem de dar kafalı. Öylesine de iyi ki! İçinde en küçük bir kötülük yok. (Benimle alay eden şu İrlandalıyla Yahudi sağ olsunlar.) Ben neden sanki böyle yükseklerde dolaşıyorum? Justine'le yatmak son derece güzel bir şey olsa gerek, herhalde öpüşleri gökkuşağı gibidir, koca kıvılcımlar saçıyordur – evet. Peki Darley'i öperken de mi? İşte burası su götürür. Gene Maskelyne'in dediği gibi "bu kokuşmuş yaratık" onun bütün aklını başından almışa benziyor ya da en son gördüğümde öyleydi. Neden?

İyi yürekli Errol'un bile hayır diyemediği, görevli olarak çıktığım hafta sonu tatilini güvenceye aldıktan sonra, arabam İskenderiye'ye yaklaşırken kafamda bu çarpanlar dönenip duruyordu. O zamanlar bir yıl sonra kendimi bu gizlerle boğuşurken bulacağım hiç aklıma gelmemişti. Ben yalnızca, becerebilirsem, Maskelyne'in savını çürütmek, elçiliği Nessim sorunundan uzak tutmak istediğimi biliyordum. Ama ayrıca ne yapacağıma karar vermemiştim. Ben casus değildim ki, gizli kulaklıklarla, peruk takıp İskenderiye'de sinsi sinsi dolaşarak arkadaşımın adını temize çıkarmaya mı çalışacaktım? Yoksa dosdoğru Nessim'in karşısına çıkıp boğazımı temizledikten sonra sakin sakin, "Şimdi gelelim burada kurmuş olduğunuz casus şebekesine..." mi diyecektim? Her neyse, bunları düşünerek arabayı sürüyordum. Dümdüz, sığınaksız Mısır, iki yanımdan geriye doğru hızla uzaklaşıyordu. Yeşil maviye, mavi tavus kuşunun göz rengine, gazal kahvesine, panter siyahına dönüştü. Çöl kupkuru bir öpücük gibiydi, kirpiklerin zihinde bir kanat çırpışı. Hımm! Karanlık gökyüzü çiçek açmış bir badem ağacı gibi yıldızlarla benek benekti. Birkaç içkiden sonra yeni bir ayın altında uzanan kente anlaşılmaz bir şeyler mırıldandım; yarı aydınlığını açık denizden alıyormuş gibiydi. Her şey yeniden güzel güzel kokmaya başladı. Kahire'de başımı sıkan demir halka (alev alev yanan çöllerle çepeçevre kuşatılmışlık bilinci) burada eridi, çözüldü, yerini bir açık deniz umuduna, insanın düşüncesini Avrupa'ya taşıyacak açık bir yol umuduna bıraktı... Özür dilerim. Konunun dışına çıktım.

Eve telefon ettim, ama ikisi de bir kabul törenindeymiş, biraz rahatladım, ruhumu okşayacak bir arkadaş bulmak umuduyla Al Aktar Kahvesi'ne gittim, buldum da: ama bizim Darley'i. Ondan hoşlanıyorum. Neden bilmem, özellikle bendenizle tartışmaktan hiç vazgeçmediği sanat konularını konuşurken tutulup kalışını. Elimden geldiğince onu yanıtlarken bir yandan da arak içiyorum. Ama böylesine genelleştirilen konuşmalar beni çok sinirlendiriyor. Bence sanatçı için –toplum için de öyle ya– sanat diye bir şey yoktur; sanat yalnızca eleştiriciler, ön beyinde düşünenler için vardır. Sanatçı olsun, toplum olsun bir sismograf gibi hiçbir mantıklı açıklaması olmayan elektromanyetik bir yüklemeyi kaydeder. İnsan doğru ya da yanlış, başarılı ya da başarısız, bu tür bir iletinin rasgele sürdüğünü bilir. Ama onları öğelerine ayırmak, burun üstü yere çakmak – insanı hiçbir yere götürmez. (Sanata teslim olamayanlara özgü bir yaklaşım bu herhalde.) Mantığa aykırı gibi mi? Neyse.

Darley'in bu akşam dili çözüldü, isteksiz bir keyifle onu dinliyorum. Gerçekten çok iyi bir oğlan, çok duyarlı. Tavlamaya çalıştığı bir genç kızla birlikte az sonra Pombal'ın sinemadan çıkıp buraya geleceğini duyunca seviniyorum. Oteller çok pahalı, beni evinde konuk etmeyi önereceğini umuyorum. O zaman aldığım yolluğu içkiye yatırabilirim. Evet, sonunda P. görünüyor, onları fuayede yakalayan kızın annesi tarafından yüzü tokatlanmış olarak. Olağanüstü güzel bir akşam geçiriyoruz, umduğum gibi onun evinde kalıyorum.

Ertesi sabah hiçbir planım olmamasına karşın erkenden kalktım, kafam hâlâ aynı sorunla zonkluyordu.

Ama hiç değilse her zamanki gibi Nessim'i bürosunda ziyaret edebilir, bir, merhaba, deyip kahvesini içebilirdim. Bizans lahdine benzeyen, hışırtıyla yukarı çıkan kocaman cam asansörün içinde tedirgindim. Bu ziyaret için bir konuşma hazırlamamıştım. Orada çalışanlar, daktilocular, beni görünce çok sevindiler, hemen onun oturduğu kubbeli odaya götürdüler... İşte şimdi bundan sonrası çok tuhaf. Beni beklermiş gibi bir hali vardı, bu kadarla da kalmıyor, geliş nedenimi sezmiş görünüyordu! Sevinç ve rahatlamanın yanında şeytanca bir dinginlik vardı. "Ne zamandır seni bekliyordum," dedi. Gözleri velfecri okuyordu. "Bakalım ne zaman gelip sakalıma yapışacak, bana sorular soracak, diye merak ediyordum. Sonunda geldin. Çok şükür!" Bunun üzerine aramızda hiçbir engel kalmadı, onunla açıkça konuşabileceğimi anladım. Öylesine içten, öylesine açık yanıtlar veriyordu ki. Güvenimi kazanmakta gecikmedi.

O sözde gizli dernek, dediğine göre, salon gizemciliğinin karmaşık ayinleriyle uğraşan Kabala öğrencilerinin tekkesiymiş. Ne kadar doğru bilmem, burası boş inançların başkenti. Clea bile her sabah yıldız falına baktırıyor. Mezhep bolluğu mu ararsın. Balthazar'ın küçük bir, sözde Hermes'çi çete –öğrenci topluluğu– yönetmesinde tuhaf sayılabilecek bir şey var mı? Şifreye gelince; o da gizemli bir hesap türü –bildiğimiz *bustrofedon*'dan[1] başka bir şey değil– Ortadoğu'daki tekke öğretmenleri arasındaki ilişki onunla sağlanıyor. Bir borsa raporundan ya da aynı problem üzerinde çalışan matematikçilerin kibar mektuplaşmasından daha gizemli bir yanı yok, kuşkusuz. Nessim bana bir tane çizip nasıl kullanıldığını şöyle bir anlattı. Ayrıca Hermes'çi bilgileri dağarcığına katmak isteyen Darley, Justine'le birlikte bu toplantılara dadanmış,

1. Antik epigrafide dönüşümlü olarak bir satırın sağdan sola, bir satırın soldan sağa yazıldığı yazıt. (Y.N.)

bunların doğru olup olmadığını ondan öğrenebileceğimi ekledi. Onların ne kadar yıkıcı olduklarını o söyleyebilirmiş! Buraya kadar iyi. "Ama," diyerek sözünü sürdürdü, "doğrudan doğruya ilgili olduğum, tamamen siyasal başka bir hareketin varlığını senden saklayacak değilim. Tam anlamıyla bir Kıpti hareketi, Kıptileri güçlendirmeyi amaçlayan bir şey – hiç kimseye başkaldırmaya niyetimiz yok (nasıl olsun?) yalnızca aramızdaki birliği sağlamak istiyoruz; dinsel ve siyasal bağlar güçlendirilmeli ki, topluluğumuz eskisi gibi varlık gösterebilsin. Artık Mısır, Kıptilerden nefret eden İngilizlerin boyunduruğundan kurtulduğuna göre, kendi insanlarımızı yüksek görevlere getirtmeye çabalamak, meclise üye seçtirmek gibi şeyleri rahatça yapabileceğimiz inancındayız. Bu yaptığımız şeylerde aklı başında bir Müslümanı korkutacak bir şey yok. Yasal olmayan ya da zararlı bir şey istemiyoruz; Mısır'ın en eski, en zeki, en yetenekli topluluğu olarak kendi ülkemizde hakkımız olan yeri istiyoruz yalnızca."

Kıpti topluluğunun geçmiş tarihi, çektiği sıkıntılar konusunda daha bir yığın şey anlattı – bunlarla senin başını ağrıtmak istemiyorum, belki de sen zaten hepsini biliyorsun. Ama öylesine yumuşak, utangaç bir öfkeyle konuştu ki, bizim tanıdığımız o sakin Nessim'den hiç beklemediğim için çok ilgimi çekti. Daha sonra anneleriyle tanıştığım zaman, anladım; bu kendine özgü azınlık düşünün gerisindeki itici güç o; ya da bana öyle geldi. "Fransa'nın ya da İngiltere'nin bizden korkmasına gerek yok," diye konuşmasını sürdürdü Nessim, "her ikisini de severiz. Şu anki çağdaş kültürümüz kendine onları örnek almıştır. Yardım da istemiyoruz, para da. Kendimizi Mısır yurtseverleri sayıyoruz, ama Arap milliyetçiliği öğesinin ne kadar aptalca, ne kadar gerici olduğunu bilmiyor değiliz; bunu bağnazca buluyoruz, sizlerle Mısırlılar arasında şiddetli ayrılıkların başlayacağı günler de pek uzak değil. Şimdiden Hintlilerle cilveleşmeye başladılar bile.

Savaş çıktı diyelim... bilinmez ki. Ortadoğu Fransa'nın ve İngiltere'nin elinden her gün biraz daha kayıyor. Bu böyle sürdükçe, biz azınlıklar kendimizi tehlikede görüyoruz. Tek umudumuz savaş gibi bir geçici ertelenme, o zaman geri gelir, yitirdiklerinizi geri alırsınız. Yoksa mallarımıza el konacak, köle durumuna geleceğiz. Ama hâlâ sizlerden umudumuzu kesmedik. Şimdi bu açıdan bakarsak, son derece varlıklı Kıpti işadamlarından, bankerlerden oluşan tam bir birlik içindeki küçük bir topluluğun, sayısıyla oranlanamayacak ölçüde büyük etkisi olabilir. *Hıristiyan kardeşlerimiz, bizler sizin Mısır'daki beşinci kolunuzuz.* Önümüzdeki bir veya iki yıl içinde bu hareket amacına ulaştığı zaman ülkenin ekonomi ve sanayi yaşamında bir baskı öğesi olabiliriz – gerekli gördüğünüz siyaseti sonuna kadar götürmenize yardımcı olacaksa. İşte sana bizlerden söz etmek için sabırsızlanmamın nedeni buydu, çünkü İngiltere'nin bizi, Doğu'ya uzanan bir köprü, her gün size biraz daha düşman olan bir bölgede dost bir üs olarak görmesi gerekiyor." Çok yorgun görünüyordu ama gülümseyerek arkasına yaslandı.

"Ama hiç kuşkusuz," dedi, "senin bunlarla ancak görev gereği ilgilendiğini biliyorum. Lütfen bu konu aramızda kalsın, dostluğumuz adına rica ediyorum. Mısırlılar biz Kıptilerin mallarına el koymak için her fırsatı ganimet bileceklerdir – milyonlarımıza konmak, hatta belki de bazılarımızı öldürmek için. Bu konuyu hiç bilmemeliler. İşte bu yüzden gizli buluşuyoruz, hareketi böylesine dikkatle, böylesine ağır yürütmemizin nedeni bu. Hiç açık vermemeliyiz, anlıyor musun? Öte yandan sevgili Pursewarden, anlattığım şeylere hiçbir kanıtsız inanmanı beklemenin doğru olmayacağını da biliyorum. Bu yüzden biraz olağandışı sayılacak bir şey daha yapacağım. Yarından sonra Sitna Damiana var, çölde bir toplantımız olacak. Senin benimle birlikte gelmeni istiyorum, her şeyi gör, konuşmaları dinle, bileşimimiz, amaçlarımız konusunda kafanda hiçbir karanlık nokta kalmasın. İleride İngiltere'ye en büyük hizmeti burada biz yapabiliriz. Sana durumu yerinde göstermek istiyorum. Gelir misin?"

Gider miydim!

Gittim. Benim için çok önemli bir deney oldu, meğer ben Mısır'ı neredeyse hiç bilmiyormuşum – sineklerin cirit attığı havasız kentler, kalabalık salonlar, bankerlerin deniz şıpırtılı villaları, borsa, Yat Kulübü, cami dışında gerçek Mısır'ı görmemişim. Ama dur.

Soğuk, leylak rengi bir şafakta yola çıktık, bir süre Abukir yolunu izledikten sonra deniz kıyısını bırakıp içeriye saptık; eski paşaların göl kıyısındaki av kulübelerine gitmek için yaptırdıkları toprak yolları, ayak basılmayan şoseleri keserek kanalları, patikaları izleyerek yol aldık. Sonunda bir yerde arabayı bırakmamız gerekti; orada öteki kardeş, atlarla bizi bekliyordu – insana benzer bir maymun, *gueule cassée*,[1] kırk yüzlü Naruz. Bu esmer köylü, Nessim'le ne korkunç bir karşıtlık oluşturuyordu! O ne güç öyle! Beni çok etkiledi. Büyük bir suaygırının belkemiğinden yapılmış fiyakalı bir kırbacı okşuyordu – şu klasik *kurbaş*.[2] Suaygırının on beş adım ötesindeki çiçeklerin üstündeki yusufçukları koparıp aldığını gördüm; daha sonra çölde bir yaban köpeğini kovalayıp birkaç vuruşta parçaladı. Bu oyuncağın birkaç vuruşuyla zavallı hayvancık gerçekten de elsiz ayaksız kaldı! Sonra ciddi yüzlerle eve gittik. Sen oraya çok eskiden gitmiştin, değil mi? Anneleriyle oturup uzun uzun konuştum, peçeyle sımsıkı örtünmüş, kara bir çıkın gibi tuhaf, sözünü geçirten bir kadın. Susuzluktan çatlamış, çılgınlığın sınırlarında dolaşan bir sesle, dikkate değer bir İngilizceyle konuşuyordu.

1. (Fr.) Yüzü dağılmış. (Y.N.)
2. (Ar.) Kırbaç. (Y.N.)

Her nedense hoş ama bir tuhaf, biraz sinirli – bir çöl rahibinin ya da rahibesinin sesi gibi, mi? Bilmiyorum. Anladığıma göre beni çöldeki manastıra iki kardeş götürecekti. Gene anladığıma göre, Naruz konuşma yapacaktı – hayatında ilk kez. Açık söylemem gerekirse, bu kıllı yabanın bunu yapabileceğini hiç sanmıyordum. Durmadan oynayan şakak kaslarını geren çeneler! Uykuda dişlerini gıcırdatıyordur, diye düşündüm. Ama öte yandan, tuhaf değil mi, bir genç kızınki kadar utangaç mavi gözler! Nessim ona çok düşkündü. Aman Tanrım, o nasıl at binmek öyle!

Ertesi sabah yola çıktık, yanımızda gürültüsüzce yürüyen bir bölük at, ayaklarını sürüyen bir deve katarı – kesilip yenmek üzere Naruz'un halka armağanı. Çok uzun, yorucu bir yolculukta, ısının yol açtığı seraplar insanın zihnini toparlama, görme gücünü yok ediyordu, tulumların içindeki sular çok sıcak, çok kötüydü, bendeniz sıkıntı ve yorgunluk duyuyordum. İnsanın beynini pişiren o güneş! Yerkabuğunu delip çıkmış ilk hurma ağaçlarının oraya – yüce Tanrımıza şan olsun diye zavallı Demiana'nın başını omuzlarından ayırdıkları yerdeki çöl manastırının titreyen, vızıldayan imgesine vardığımızda kafatasımın içindeki beynim cızırdıyordu.

Oraya vardığımızda karanlık basmıştı, çok renkli bir gravürün içine girdik, ne gravürü desem sana?.. Vathek![1] Şenlik için kurulmuş kulübelerden, evlerden oluşan koca bir kamp. Çalı çırpıdan, kâğıttan, bezden, kilimden yapılma evlerin içinde konaklayan altı bin kadar hacı olmalıydı. Kendi ışıklandırması, kendi kanalizasyonuyla koca bir ilçe kurulmuştu – ama tastamam bir kent, hatta küçük ama şık bir genelev mahallesi bile vardı. Yarı karanlıkta dört bir yandan develerin güm güm ayak sesleri duyuluyordu, meşalelerle fenerler titreşip duman çıkarı-

1. Süleyman Peygamber'in tahtına oturup Âdem'den önceki sultanların hazinelerine sahip olmayı amaçlayan halife. (Y.N.)

yordu. Adamlarımız bir kemer kalıntısının altına, ciddi yüzlü, sakallı iki dervişin konuşmakta oldukları yere, bize bir çadır kurdular; üstümüzde parlak kuş kanatları gibi toplanmış bayraklar, biraz ötemizde üstü yazılarla kaplı kocaman bir kâğıt fenerin ışığı. Artık iyice koyulmuş bir karanlık ama panayırın bütün neşesini yansıtan pırıl pırıl aydınlatılmış gösteri çadırları. Ben dolaşıp çevreyi görmek için can atıyordum, bu ötekilerin de işine geldi, çünkü kilisede yapılacak işleri vardı. Böylece bir buçuk saat sonra Nessim'le bizim çadırda buluşmayı kararlaştırdık. Beni neredeyse bir daha hiç bulamayacaktı, çünkü toprak sokaklarıyla, her türlü yiyeceği, kavunları, yumurtaları, muzları, tatlıları perili bir ışıkta sergileyen parıltılı tezgâhların dizildiği uzun bulvarıyla bu garabet kent beni öylesine büyülemişti ki. İskenderiye'de ne kadar gezginci satıcı varsa, hepsi hacılara bir şeyler satmak için çölü aşıp buraya gelmişti galiba. Karanlık köşelerde oyun oynayan, fare gibi bağırışan çocuklar vardı, anneleriyse rüzgârda titreyen küçük mumlarla aydınlatılmış kulübelerde, çadırlarda yemek pişiriyorlardı. Çeşitli şans oyunlarıyla eğlenceler bütün hızıyla sürmekteydi. Kulübelerden birinde sevimli bir orospu sarmal payetli dar bir elbisenin içinde dönerken kesik çeyrek tonlar ve yankılı kafa sesleriyle dokunaklı bir türkü söylüyordu. Kapıda fiyatı yazılıydı. Fazla değil, diye düşündüm, iradesiz bir adam olarak toplumsal zorunluluklarıma lanet okudum. Bir başka köşede bir masalcı El-Zahur'un aşk serüvenini tekdüze bir iniltiyle anlatıyordu. Şerbet, tarçın içenler bayraklı, ışıklı yollara kurulmuş eğreti kahvehanelerde sere serpe yayılmış oturuyorlardı. Manastırın duvarlarından papazların tekdüze okuma sesleri taşıyordu. Dışarıdaysa değneklerle kılıç oynayanların şaşmaz takırtısı, her güzel hareketi alkışlayan kalabalığın gürültüsü vardı. Çiçeklerle dolu mezarlar, tereyağımsı bir ışık saçan karpuzlar, havayı kokutan tepsi tepsi etler – ızgaralarda cızırdayan sosisler, pirzolalar, kokoreçler. Her şey zihnimde ses ve müzik bileşimi, etkileyici bir imgede birleşti. Koskocaman ay hızla yükseliyordu.

Ringa dansı edilen çadırlarda dikey tuşlu, boru yerine boyalı sukabakları kullanılarak yapılmış küçük, dingildek orgun acayip müziğiyle oynayan parlak, leylak renkli, dalgın bakışlı Sudanlılar vardı; ama adımlarını, çadır direğinden aşağı sarkan demir parçasına çelik bir çubukla vuran zenci bir delikanlının çıkardığı patırtıya uyduruyorlardı. Orada Cervoni'nin uşaklarından birine rastladım, beni görünce çok sevindi, *merissa* denen Sudan birasından bana zorla içirdi, oturup o zihin yorucu, neredeyse, delice dansı izledim – bir merkez çevresinde ağır ağır dönüşler, hamamböceği ezer gibi, başparmağı yere bastırıp döndürmeler. Davulların dalga gibi yükselip alçalan sesleriyle ayılıp parlak bakır bir yarım daire biçimindeki davuluyla geçen bir derviş görünceye kadar orada kaldım. Kara deriliydi –bir Rifiya– ateş üzerinde yürüme, akrep yeme numaralarını hiç görmemiştim, onun ardına takılırsam bu gece görebileceğimi düşündüm. (Bir Hıristiyan azizi olan Demiana'ya Müslümanların ilahiler söylemesi çok dokunaklıydı: "*Ya Sitt Ya Bint El Wali*" sözlerini art arda uluyanların seslerini duydum. Tuhaf değil mi? "Ya Hanım Ya Vali'nin Hanımı.") Karanlığın ötesinde aydınlık bir köşede küçük bir derviş kalabalığı gözüme ilişti. Dansın sonuna gelmişlerdi. İçlerinden biri şamdan olmuştu, her yanı mumlarla kaplıydı, üstüne başına sıcak damlalar düşüyordu. Gözleri bulanık, esrikti. Bu dansın sonunda deneyimli biri çıkıp kocaman bir kamayı iki yanağından geçirdi. Kamanın iki ucuna yanan mumlarla dolu birer şamdan dikti. Kamayla birlikte yavaş yavaş ayak parmakları üzerinde yükselerek –tutuşmuş bir ağaç gibi– dans etmeye başladı. Danstan sonra kılıcı oğlanın çenesinden hızla çektiler, yaşlı bir adam parmaklarını tükürükle ıslatıp yaralara dokundu. Bir saniye sonra çocuk gülümseyerek ayakta duruyordu, herhangi bir acısı olduğunu gösterir bir belirti yoktu. Ama artık ayılmış gibiydi.

Bütün bunların yanı sıra soluk renkli çöl, ay ışığının altında kafataslarıyla, değirmentaşlarıyla dolu bir tarla görünümünü alıyordu. Borazan ve davul seslerinin içine ellerinde tahta kılıçlar sallayarak kadın gibi tiz çığlıklar atarak koni şapkalı atlılar daldı. At ve deve yarışları başlayacaktı. İyi, diye düşündüm, onlara da bakarım; ama ben böyle hiç dikkat etmeden yürürken öyle tuhaf bir sahneyle karşılaştım ki, elimde olsa böyle bir şeyi hiç görmemek isterdim. Ziyafet için Naruz'un develeri kesiliyordu. Zavallıcıklar, kedi gibi ön ayaklarını altlarına alıp uysal uysal diz çökmüşlerdi, bir sürü adam baltalarla ay ışığında üstlerine saldırdı. Taş kesildim, ama bu görülmemiş manzaradan gözlerimi alamıyordum. Hayvancıklar baltalardan korunmak için en küçük bir çaba göstermedi, uzuvları gövdelerinden ayrılırken hiç ses çıkarmadılar. Sanki bedenleri mantardanmış gibi baltalar kolayca saplanıyor, ittikçe daha derinlere giriyordu. Bütün bütün kollar, bacaklar, hiç acısız –öyle görünüyordu– odun keser gibi kesildi. Çevrede oynayıp sıçrayan çocuklar kocaman kanlı et parçalarını kapıp aydınlık il merkezine kaçıyorlardı. Gözlerini aya dikmiş bakan develerden çıt çıkmıyordu. Bacaklar kesildi, bağırsaklar deşildi; en sonunda heykel başı gibi başlar baltanın altına yatıp açık gözlerle kumların üzerine yuvarlanacaklardı. Baltalı adamlar bu işleri yaparken bağırışıyor, şakalaşıyorlardı. Siyah kanlar çevredeki kum tepeciklerinin arasına kalın, yumuşak bir halı gibi yayıldı, çıplak ayaklı çocuklar kan izlerini ilçeye taşıyorlardı. Birden korkunç bir mide bulantısı duydum, bir içki içmek üzere ışıklı bölgeye döndüm; bir sıranın üzerine oturup kendime gelinceye kadar geçit alayını izledim. İşte Nessim beni orada buldu, duvarlardan içeri yürüdük, "bal peteği" denen hücrelerin önünden geçtik. (Bütün ilk dinlerin bir hücre modeline göre geliştiklerini biliyor muydun, kim bilir hangi biyolojik yasayı örnek alarak?..) Böylece sonunda kiliseye ulaştık.

Son derece güzel resimli bir sunak perdesi, altın yaldızlı kürsünün üstünde yanan sakallı mumlar, burada tütsüyle karışarak çiçek tozu rengini almış yumuşak bir ışık; Aziz Basileios ayininin üstünden bir ırmak gibi akan boğuk sesler. Yumuşacık yükselip alçalıyor, duraklayıp hızlanıyor, en kalın notalardan başlayıp bu kara, parlak derili insanların boğazlarına, kafalarına tırmanıyor. Korodakiler aramızdan kuğu gibi geçti, kırmızı miğferleri, kırmızı haçlı beyaz entarileriyle soluk kesiciydiler. Işıkta parlayan o kara saç bukleleri, o terli yüzleri! Akları ışık saçan, bir duvar resminden çıkmışa benzeyen kocaman gözler! Sanki erken Hıristiyanlık döneminde gibiydik; kırmızı, köşeli şapkalarıyla genç oğlanların her biri birer II. Ramses'ti. Büyük şamdanlar göz kırpıyor, is çıkarıyorlardı; tütsü dumanı bulutçukları yükseldi. Dışarıda deve yarıştıran kalabalığın gürültüsü, içerideyse yalnızca Kutsal Kitap mırıltısı vardı. Tavandanuzun zincirlerle sarkıtılmış lambaların altına devekuşu yumurtaları asılmıştı. (Bu bana her zaman araştırmaya değer bir şey gibi görünmüştür.)

Burada kalacağımızı sanmıştım, oysa kalabalığı sıyırıp birkaç merdiven inerek kemerli bir mahzene geldik. Burasıydı. Büyük birer arı kovanı gibi tertemiz beyaz badanalı, sıra sıra odalar. Odalardan birinde derme çatma tahta sıralara oturmuş, mum ışığında bizi bekleyen yüz kadar insan vardı. Nessim kolumdan tutup beni, en arka sırada bana yer açan yaşlı adamların arasına doğru itti. "İlk konuşmayı ben yapacağım," diye fısıldadı, "sonra Naruz konuşacak – hayatında ilk kez." Öteki kardeş henüz ortalarda görünmüyordu. İki yanımdaki adamlar uzun entariler giymişti ama altlarında Avrupa tarzı takım elbise vardı. Kimilerinin başı örtülüydü. Bakımlı elleri, tırnakları hiçbirinin emekçi olmadığını gösteriyordu. Arapça konuşuyorlardı ama alçak sesle. Sigara içilmiyordu.

Sonra o iyiler iyisi Nessim ayağa kalktı, alışılmış bir yönetim kurulu toplantısı yapan iş bilir birinin soğukkanlılığıyla söze başladı. Çok sakin konuşuyordu, anladığım kadarıyla onlara son gelişmeler, bazı kişilerin çeşitli komitelere seçilmesi, para fonlarının oluşturulması falan gibi konularda ayrıntılardan söz etti. Belki de hissedarlarla konuşuyordu. Ciddi ciddi dinlediler. Alçak sesle sorulan birkaç soruya Nessim açık, kesin yanıtlar verdi. Sonra, "Ama hepsi bu kadar değil, bunlar yalnızca ayrıntılar. Ulusumuz ve inancımızla ilgili bir şeyler de duymak isteyeceksinizdir, rahiplerimizin bile söyleyemeyeceği şeyler. Şimdi biraz da hepinizin iyi tanıdığı kardeşim Naruz konuşacak," dedi.

Acaba bu Habeş maymununun söyleyecek ne sözü olabilir, diye merak ettim. Çok ilginçti. Bitişik hücrenin karanlığından Naruz göründü, sırtında beyaz bir entari vardı, benzi kül gibiydi. Saçlarına yağlı bir briyantin sürmüş, alnına yapıştırmıştı, sanki izin günü şık giyinmiş bir kömür ocağı işçisi gibi. Hayır, ütüsüz beyaz keten cüppeli, korkmuş bir papaza benziyordu; kocaman ellerini göğsünde birleştirmişti, boğum yerleri sıkmaktan bembeyazdı. Üstünde bir mumun yandığı tahta kürsü gibi bir şeyin başında yerini aldı, yüzünde apaçık yansıyan delice bir korkuyla dinleyicilere baktı, kollarındaki, omuzlarındaki bütün kasları sıkıyordu. Yere yıkılacak sandım. Kenetlenmiş çenelerini açtı, ama hiç ses çıkmadı. Her yanı felç olmuş gibiydi.

Dinleyiciler arasında bir kıpırdanma, bir fısıldaşma oldu, sanki yardım etmek gerekebilirmiş gibi Nessim'in ona kaygıyla baktığını gördüm. Ama Naruz sanki bizim arkamızdaki beyaz duvarların gerisinde geçen ürkünç bir sahneye bakarmış gibi karşıya bakarak sopa gibi dimdik duruyordu. Gerilim hepimizi tedirgin etmişti. Sonra sanki dili şişmiş gibi ya da belli etmemeye çalışarak yumuşak damağını yutuyormuş gibi çok tuhaf bir ağız hareketi yaptı, boğuk bir feryat çıktı. "*Meded! Meded!*" Bu söz tanrısal gücü yardıma çağırmak için kullanılır, çöl papazlarının –dervişlerin– bazen esrimeye girmeden önce bunu söylediklerini duyarsın. Yüzü oynadı. Sonra bir değişme oldu – sanki birden gövdesine, kaslarına, böğürlerine elektrik akmaya başladı, sanki onu konuşturan güç yarı istemsiz bir güçmüş, ona dayanılmaz derecede fiziksel acı veriyormuş gibi o şaşırtıcı gözlerini deviriyordu... Çok korku verici bir gösteriydi, ilk birkaç dakika ne dediğini hiç anlamadım, sözcükleri öylesine kötü söylüyordu. Sonra birden o perdeyi de deldi geçti, mum ışığında bir müzik aleti gibi titreşen sesi gücüne kavuştu.

"Bizim Mısır'ımız, bizim sevgili ülkemiz." Sözcüklerini karamela gibi uzatıyor, neredeyse şarkı gibi söylüyordu. Konuşmasını daha önceden hazırlamadığı belliydi – bu bir konuşma değil, içinden geldiği gibi söylenen bir yakarıydı– sarhoşların, halk türkücülerinin ya da öbür dünyayla ilgili kehanetlerde bulunan, şiirler haykırarak cenaze alayının ardından giden ücretli ağıtçıların ağızlarından kendiliğinden dökülen parlak sözler duymuşsundur ya, onlar gibiydi. Onun gücü, onun gerilimi bütün odaya taşıyordu, hepimiz elektriklenmiş gibiydik, Arapçası çok kötü olan ben bile! Sesinin tonu, gürlüğü, sözcüklerinin taşıdığı yatıştırılmış öfke, dokunaklılık hepimizi çarptı, müzik gibi hepimizi teslim aldı. Anlayıp anlamamış olmak hiç önemli görünmüyordu. Şimdi bile öyle. Aslında söylenenleri özetlemek de olanaksızdı. "Nil... yüreklerimizde akan yeşil ırmak, çocuklarını duyuyor. Çocukları ondan geldi, ona dönecekler. Firavunların torunları, Ra'nın çocukları, Aziz Markos'un dölleri. Işığın doğduğu yeri bulacaklar." Vesaire. Ara sıra gözlerini kapıyor, kendini engel tanımadan akan sözcüklerin seline bırakıyordu. Bir keresinde gülümseyerek başını köpek gibi geriye attı, gözleri hâlâ kapalıydı, ta en arkadaki dişleri bile görünmüştü. Ne sesti o! Bazen bir kükremeye, bazen bir fısıltıya dönüşüyor, titriyor, türküleşiyor, inliyor, kendiliğinden akıp duruyordu. Birden ağzından sözcükler makineli tüfek gibi fırlıyor, bazen bal gibi yumuşacık yuvarlanarak çıkıyordu. Tam anlamıyla büyülenmiştik – hepimiz. Ama Nessim'in ilgisini, şaşkınlığını görmek çok tuhaftı. Böyle bir şeyi hiç beklememiş anlaşılan, çünkü yaprak gibi titriyordu, benzi sapsarıydı. Ara sıra konuşma sanatının etkisiyle kendinden geçtiği oldu, neredeyse içi kabararak gözünden bir damla yaş akıttığını gördüm.

Bu konuşma üç çeyrek saat kadar böylece sürdü, sonra nedendir bilinmez, birden bıçakla kesilmiş gibi durdu, konuşmacının islimi kesiliverdi. Naruz karşımızda –sanki içindeki bir müziğin gelgitiyle yabancı bir kıyıya atılmış– bir balık gibi soluyarak duruyordu. Bir demir kepengin inişi kadar ani olmuştu bu – bir daha bozulması olanaksız bir suskunluk. Elleri yeniden kenetlendi. Korkmuş gibi bir inilti çıkararak o sendelemeli yürüyüşle dışarı kaçtı. Müthiş bir suskunluk vardı –bir tiyatro oyuncusunun başarılı bir oyunundan ya da bir orkestranın başarılı bir müzik ziyafetinden sonra çöken suskunluk gibi– tohum suskunluğu gibi bir şey, hani ruhundaki tohumcukların kımıldadığını, kendini bilmenin ışığına doğru yol almaya çabaladığını duyumsarsın ya, öyle. Çok etkilenmiştim, bitkinlikten ölüyordum. Döllenmiştim!

Sonunda Nessim ayağa kalkıp belirsiz bir el hareketi yaptı. O da çok yorgundu, yaşlı biri gibi yürüyordu; elimden tutup beni yeniden kiliseye götürdü, birden zillerin, çanların çılgın velvelesiyle karşılaştık. Şimdi de yerkürenin merkezinden –insanların yaşadığı dünyanın altında, meleklerle şeytanların uğrağı olan yerden– yüzümüze üfleniyormuş gibi görünen büyük tütsü bulutlarının içinden geçiyorduk. Ay ışığına çıktığımızda Nessim, "Hiç bilmiyordum, Naruz'dan böyle bir şey beklemiyordum. Bir *vaiz* gibiydi. Yalnızca bizim tarihimizden söz etmesini istemiştim – ama çok iyi başardı doğrusu..." dedi. Söyleyecek başka söz bulamıyordu. Anlaşılan aralarında böyle bir büyücünün yaşadığını bilen yokmuş – şu kamçılı adama bakın! Kendi kendime, "Dinsel bir hareketin öncüsü olabilir," diye düşündüm. Hurma ağaçlarının arasından geçerken yanımda yürüyen Nessim yorgun ve dalgın görünüyordu. Büyük bir hayretle, "Gerçekten de tam bir *vaiz,*" dedi. "Demek bunun için Taor'u görmeye gidiyor." Naruz'un Natrum Vadisi yakınlarındaki küçük bir mağarada yaşayan (bu arada, üç memeli olduğu söylenen) ünlü bir azizeyi görmek için sık sık atla çöle gittiğini anlattı. Hastalıkları iyi etmekle ünlü bir kadın ama ortaya çıkmak istemiyor. Nessim, "Evde olmadığı zamanlar ya adada balık avlıyordur ya da Taor'un yanındadır, ikisinden birinde," dedi.

Çadıra vardığımızda yeni vaizi bir battaniyeye sarınmış yatarken bulduk, yaralı bir dişi deve gibi acı bir sesle hıçkırıyordu. Biz içeri girince sustu ama titremesi hemen geçmedi. Utandık, hiçbir şey söylemedik, o gece derin bir suskunluk içinde yataklarımıza girdik. Gerçekten de çok önemli bir deneyimdi benim için!

Bir süre uyuyamadım, olan biteni zihnimden geçiriyordum. Ertesi sabah şafakta kalktık (mayıs ayı için çok soğuktu – çadır kaskatı donmuştu) güneşin ilk ışıkları göründüğünde biz atların sırtındaydık. Naruz iyice kendine gelmişti. İki parmağının arasında kamçısını fırıldak gibi çeviriyor, çiftlik kâhyalarına oyunlar yapıyordu, neşe içindeydi. Nessim'se biraz düşünceli, biraz dalgın gibi geldi bana. Uzun yolculuk hayli sıkıcıydı, başları taçlı palmiyelerin yeniden yükseldiğini görünce çok sevindik. Karm Abu Girg'de kalıp geceyi orada geçirdik. İlkin anneleri ortada yoktu, onu akşam görmeye gitmemizi söylediler. Orada çok tuhaf bir sahneyle karşılaştık, galiba benim kadar Nessim de buna hazırlıklı değildi. Üçümüz birlikte gül bahçesinden küçük yazlık köşke doğru yürürken annesi elinde bir fenerle kapıya çıktı, "Evet, çocuklar, nasıl geçti bakalım?" dedi. Bunun üzerine Naruz dizüstü çöküp kollarını ona uzattı. Nessim'le ben şaşkın şaşkın bakıyorduk. Annesi gelip kollarını at gibi horuldayan, hıçkıran, aynı zamanda da uzaklaşmamız için bize işaret eden köylüye doladı. Nessim'in hemen gül bahçesine sıvıştığını görünce çok sevindim, ben de arkasına takıldım. Çok içten bir şaşkınlıkla, "Bu yepyeni bir Naruz, onun böyle yetenekleri olduğunu hiç bilmiyordum," diye yavaş sesle söyleniyordu. Daha sonra Naruz son derece büyük bir neşeyle eve döndü, birlikte kâğıt oynadık, arak içtik. Bana sonra Münih'te yaptırdığı tabancayı övünerek gösterdi. Suyun altında ağır bir zıpkın fırlatan, havalı bir tüfek. Bu yeni sualtı balıkçılığı yöntemini bana uzun uzun anlattı. Çok heyecanlı bir oyuna benziyordu, bir hafta sonu onunla birlikte balık avı yaptığı adaya gidip şansımı denemeliydim. Şu anda vaiz gitmiş, onun yerine bön küçük oğul gelmişti.

Öf! Ben gittikten sonra sana yararlı olabilir düşüncesiyle dikkat çekici bütün ayrıntıları yazmaya çalışıyorum. Canını sıktıysa özür dilerim. Kente geri dönerken yolda Nessim'le uzun uzun konuştum, kafamda açıklanmamış hiçbir şey kalmadı. Kıpti topluluğunun siyasal açıdan bize çok yararlı olabileceği kanısına vardım; Maskelyne'e bunu doğru dürüst anlatabilirsem onun da kabul edeceğini düşünüyordum. Büyük umutlar!

Böylece satranç tahtasını yeniden buna göre düzenlemek üzere, sevinerek Kahire'ye döndüm. İyi haberlerimi iletmek için Maskelyne'i görmeye gittim. Beni nasıl afallattı bilemezsin, öfkeden yüzü sözcüğün tam anlamıyla bembeyaz kesildi, burnu sıkılmış gibi oldu, kulakları tazı kulağı gibi bir parmak geriye kaydı. Sesi ve gözleri değişmemişti. "Yani sen araştırma konusu olan kişinin ta kendisine danışarak gizli bir rapor doldurmaya çalıştığını mı söylemek istiyorsun bana? Böyle bir şey, haber almanın bütün temel kurallarına aykırıdır. Gerçeği gizlemek için uydurulmuş bir öykünün tek sözcüğüne bile inanmak olası mıdır? Ömrümde böyle bir şey duymadım. Sen Savunma Bakanlığı'nın belgesini bile bile geciktir, benim haberleri değerlendiren örgütüme çamur at, bizim işimizi bilmediğimizi söyle..." Bu tür bir azarın gerisini bilirsin. Ben öfkelenmeye başladım. Soğuk bir sesle, "Ben bu işi on beş yıldır yapıyorum," dedi. "Bu işte silah kokusu, yıkıcılık kokusu aldığımı söylemeliyim. Sen benim haber kaynaklarıma güvenmiyorsun, bence seninkiler de komik. Neden belgeleri Mısırlılara teslim etmiyorsun, onlar kendileri araştırsınlar." Kuşkusuz bunu yapamazdım, o da biliyordu. Daha sonra Savunma Bakanlığı'ndan Londra'da bunun protesto edilmesini istediğini, "düzeltme" istemesi için Errol'a da yazacağını söyledi. Kuşkusuz bunların hepsi beklenirdi.

Ama bu kez ben onu başka bir yerden yakaladım. "Bak," dedim, "senin bütün haber kaynaklarını gördüm. Hepsi Arap. Arap oldukları için de güvenilir olmaktan uzak. Efendi efendi anlaşmaya ne dersin? Aceleye gerek yok –Hosnani'ler konusunu hiç acele etmeden araştırabiliriz– ama yeni haber kaynakları bulmaya ne dersin – İngiliz? Yorumlar gene birbirini tutarsa sana söz veriyorum, ben bu işten vazgeçip bütün sözlerimi geri alacağım. Yoksa sonuna kadar savaşacağımı bilesin."

"Senin düşündüğün haber kaynakları hangileri?"

"Mısır polis örgütünde Arapça konuşan, söz konusu kişileri tanıyan birkaç İngiliz var. Neden onları kullanmıyoruz?"

Uzun uzun bana baktı. "Ama onlar da en az Araplar kadar sahtekâr. Nimrod gizli haberleri basına satıyor. Globe gizli haberler için ona ayda yirmi İngiliz lirası pey akçesi ödüyor."

"Başkaları vardır."

"Allah için var. Onları bir görseydin?"

"Peki Darley var, seni bu kadar kaygılandıran toplantılara o gidiyor işte. Neden ondan yardım istemiyorsun?"

"Bu tür kişileri içimize alarak örgütümün onurunu zedelemek istemem. Değmez. Güvenilir bir yol değil!"

"Öyleyse neden ayrı bir şebeke kurmuyorsun – bırak Telford kursun. Özellikle bu kişiler için. Asıl örgüte onları hiç karıştırmazsın. Bunu kesinlikle yapabilirsin."

Yavaş yavaş gözlerini bana indirdi. "İstersem yaparım," diye onayladı. "Bizi bir yere götüreceğine inansaydım. Ama götürmez."

"Peki neden denemiyorsun? Bir büyükelçi gelip ikimizin arasında hakemlik edinceye kadar senin buradaki durumun karışık. Bu belgeyi verdiğimi, bu insanların hepsinin temizlendiğini düşün?"

"Peki n'olmuş?"

"Bunlar benim düşündüğüm gibi bu bölgedeki İngiliz siyasetine yararlı olacak kişilerse Mısırlıların onları daha tomurcukken koparmalarına izin verdiğin için kimse sana teşekkür etmeyecektir. Gerçekten de durum bu olursa sen..."

"Bu konuyu düşünürüm." Hiç düşüneceği falan yoktu, anlıyordum, ama düşünmüş galiba. Fikrini değiştirdi; ertesi gün telefon edip benim dediğim gibi yapacağını söyledi, ama "önyargısız", aramızdaki savaş bitmemişti. Belki de senin buraya atandığını duydu, dost olduğumuzu da biliyordu. Bilmiyorum.

Öf! Sana söyleyebileceklerim hemen hemen bu kadar; gerisini buraya gelince kendin görürsün – kuraldışı, çapraşık, çok biçimli, dolambaçlı, kaypak, karanlık, kapalı, çatallı ya da düpedüz sapıkça ne varsa, hepsi burada var. Ben gittikten sonra sen burada güle güle otur! İlk elçilik görevinde çok başarılı olacağını biliyorum. Belki de bu bilgileri öğrendiğine hiç pişman olmayacaksın.

Dostun,
Ludwig van Pursewarden

Mountolive bu belgeyi büyük bir özenle inceledi. Mektubun havası can sıkıcı, verilen bilgiler de biraz rahatsız ediciydi. Ama her elçilikte böyle bölünmeler olurdu; kişisel rahatsızlıklar, aykırı görüşler hep ortaya çıkardı. Bir an için acaba Pursewarden'ın istediği yer değişikliğinin yapılmasına izin versem mi, diye düşündü; ama bu düşünceye baskın çıkan bir başkası, onu kararından caydırdı. İpleri elinde tutmak istiyorsa bu evrede kararsızlık göstermemeliydi – hatta Kenilworth'e karşı bile. Olayların kendi geleceğinin çevresinde kesin biçimlerini almasını beklerken bu kış görünümünün ortasında gezinip duruyordu. Sonunda Pursewarden'a çok düşünülmüş, birkaç kez yeniden kaleme alınmış gecikmeli bir notu diplomatik postayla gönderdi.

Sevgili dostum P.

İlginç verilerle dolu mektubun için teşekkür ederim. Oraya kendim gelmeden herhangi bir karara varmam olanaksız. Olaylar konusunda önyargıya kapılmak istemiyorum. Ama seni bir yıl daha elçilikte tutmaya kararımı şimdiden verdim. Disiplin konusuna, sizin kançılaryadakilerin gösterdiklerini sandığım titizlikten daha fazlasının gösterilmesini isteyeceğim; orada kalmak düşüncesi senin pek hoşuna gitmese de benden yardımlarını esirgemeyeceğini umarım. Bu konuda yapılacak çok şey var, ayrılmadan karar vermem gereken çok şey.

Dostun,
David Mountolive

Destek verme ve eleştiri dozunu iyi ayarladığını düşünüyordu. Ama kuşkusuz Pursewarden onun yanında çalışacağını aklına getirseydi, böyle ciddiyetten uzak bir mektup yazmazdı. Yine de meslek yaşamına doğru bir biçim vermek istiyorsa, en baştan başlaması gerekmez miydi?

Ama Maskelyne'i başka yere sürüp Pursewarden'ı birinci siyasal danışmanlığa terfi ettirme kararını kafasında şimdiden almıştı. Yine de içinde hafif bir tedirginlik vardı. Ama yola gelmez dostundan bir kart alınca gülümsemeden edemedi: "Sevgili Büyükelçim," diyordu, "haberlere üzüldüm. Burada o yüksek Eton'lılardan sürüyle var, içlerinden birini seçebilirdiniz... Her neyse. Hizmetinizdeyim."

VI

Uçak alçaldı, yavaş yavaş yere, menekşe renkli akşama inmeye başladı. Rüzgârın oyduğu tekdüze kum tepecikleriyle kahverengi çöl, yerini deltanın bellekte kalmış kabartma haritasına bıraktı. Boz renkli ırmağın uyuşuk kıvrımları tam uçağın altındaydı, ırmağın üzerinde küçük küçük noktalara benzeyen tekneler geziniyordu. Issız haliçler, kum setler – kuşlarla balıkların gizlendikleri, kıyı gerisinin boş, insansız bölgeleri. Ara sıra ırmak bir bambu dalı gibi ikiye ayrılıyor, üzerinde incir ağaçları, minaresi, kurumaya yüz tutmuş hurma ağaçları olan bir adanın çevresini dolanıyordu – sıcak hava, seraplar, ıslak sessizlik yüklü dümdüz, bitkin bir doğa parçasında derin kırışıklıklar oluşturan hurma ağaçlarının tüy gibi bir yumuşaklığı vardı. Boz renkli suyun kalın sınır çizgileriyle çevrelenmiş zift gibi bataklık dilimleri arasında, şurada burada işlenmiş toprak parçaları sanki kareli yünlüden eski bir atkının büyük emeklerle örülüp onarılmış yerlerine benziyordu. Sağda solda el boğumu gibi fırlamış pembe kireçtaşları vardı.

Uçağın küçük kabini korkunç sıcaktı. Mountolive üniformasının içinde sıcaktan pişiyordu. Terziler bütün ustalıklarını döktürmüşlerdi – eldiven gibi oturuyordu üstüne; ama *ağırlığına* ne demeli, tam bir boks eldiveni.

Haşlanıyordu. Terlerin göğsüne aktığını hissetti, gıdıklanıyordu. Birbirine karışan sevinç ve kaygı, mide bulantısına dönüştü. Uçak mı tutmuştu yoksa ömründe ilk kez? Sakın ha! Elden geçmiş bu şık, fiyakalı şapkanın içine kusmak rezil bir şey olurdu. "Beş dakika sonra inmiş olacağız." Bu sözler bir bloknot kâğıdının üzerine karalanmıştı. İyi. İyi. Başını makine gibi salladı, müzikal aksesuvarına benzeyen o şapkayla yüzünü yelpazelemekte olduğunu fark etti. Neyse canım, kendisine yakışıyordu. Yakışıklılığını bir aynada görünce çok şaşırdı.

Yavaşça daire çizerek indiler, leylak rengi alacakaranlık onları karşılamak için yükselmişti. Sanki bütün Mısır bir mürekkep kuyusunun içine bir tül gibi iniyordu. Kum savruntularının altın renkli fırıldaklarının arasından minarelerin sivri tepeleri, ünlü türbelerin kuleleri göründü; Mukattam tepeleri pembeydi, tırnak gibi sedefli.

Kendisini resmen karşılamakla görevli üst yöneticiler havaalanında öbek öbek toplanmışlardı. İki yanda karılarıyla birlikte kendi personeli duruyordu – hepsi sanki Longchamps hipodromundaymış gibi geniş kenarlı şapkalar, eldivenler giymişlerdi. Gene de herkes bol bol ter döküyordu, hem de sel gibi. Mountolive rugan tören ayakkabılarının altında *terra firma*'yı[1] hissetti, rahat bir soluk aldı. Toprak neredeyse uçaktan daha sıcaktı, ama mide bulantısı geçmişti. El sıkışmak için kararsızca öne ilerledi, bu üniformayı giydikten sonra artık her şeyin değişmiş olduğunu anladı. Yalnızlık duygusu yüzüne bir şamar gibi indi – çünkü büyükelçi sıfatı, kendisine *saygı* gösteren sıradan insanlarla dostluğa artık izin vermiyordu. Üniforması onu çelik tellerden örülme bir zırh gibi sarıyor, insanlar arası doğal ilişkiler dünyasına kapalı tu-

1. (Lat.) Kara, toprak. (Ç.N.)

tuyordu. "Aman Tanrım! *Rütbeme* saygı göstermekle yükümlü kişilerde normal, insanca bir tepki uyandırmaya çalışmakla geçecek bütün ömrüm!" diye düşündü. "Sussex'teki o korkunç papaza benzeyeceğim: Dik ve yüksek yakasına karşın hâlâ öteki insanlar gibi biri olduğunu kanıtlamak için hep alçak sesle küfredermiş!"

Ama bir an süren bu yalnızlık krizi yeni bir üstünlük duygusunun sevinciyle yok oldu. Artık bu büyüden sonuna kadar yararlanmaktan başka yapılacak bir şey yoktu; insanın hiç kendini suçlamadan, yakışıklılığının, yetenekliliğinin bilincini taşımaya hakkı yok muydu? Kusursuz bir Arapçayla selamladığı en dış halkadaki Mısırlı görevlilere kendini kabul ettirdi. Bütün yüzlerde açılan gülücükler, kutlayan bakışların ırmağına karıştı. İlk konuşmasını yaparken flaşların ani parıltılarına yandan poz vermeyi de bildi. Sevimli bir çekingenlikle Arapça olarak söylenmiş, okşayıcı, yavan sözler, gösterişi seven gazeteci topluluğu arasında neşe ve heyecan mırıltılarına yol açtı.

Bando birden karman çorman bir şeyler çalmaya başladı, acınacak kadar yanlış sesler çıkıyordu; çeyrek tonlarla çalınan bir Avrupa ezgisinin kederli yinelemelerinin gerisinde kendi ulusal marşlarını nasılsa tanıyabildi. Çok şaşırtıcıydı, gülmemek için kendini zor tuttu. Misyoner polis örgütü sürgülü trombon kullanımında Mısır ordusunu kendisine örnek alırdı. Ama bunlar hiç hazırlıksız, birbirini tutmaz bir şeyler çalar gibiydiler, sanki maşa-kürek-demir çubuk gibi ocak takımlarıyla çok eski zamanlardan kalmış tuhaf bir müzik türünü (Palestrina mı?) seslendiriyorlardı. Mountolive dimdik, hazırolda duruyordu. Bandonun önünde cam gözlü yaşlı bir binbaşı vardı, o da hazıroldaydı – pek dimdik sayılmasa da. Sonra bitti. Nimrod Paşa, "Bando için özür dilerim efendim," diye fısıldadı. "Derme çatma bir takım kurduk. Müzisyenlerin çoğu hasta da." Mountolive ciddi ciddi, anlayışla başını sallayıp daha sonra yapılacak şeye geçti. Aşırı sert bakışlarla şeref kıtasını tepeden tırnağa süzerek yürüdü; adamlar kötü kötü susamyağı ve ter kokuyorlardı, içlerinden bir-ikisi kibarca gülümsedi. Bundan çok hoşlandı. Gülümseyerek karşılık verme isteğini bastırdı. Sonra geriye dönüş yapıp başlarına parlak kırmızı çiçek saksıları geçirmiş, gene terli, kötü kokulu protokol bölümüne saygı görevini tamamladı. Orada iyice olgunlaşmamış karpuz dilimleri gibi dudaklar birbiri ardına açıldı. Arapça konuşan bir büyükelçi! Maskelerinin en etkileyicisi olduğunu bildiği güler yüzlü saygı ifadesini takındı. Bunu öğrenmişti. Hafif çarpık gülümsemesi sevimliydi – kendi personeli bile ama özellikle karıları, gözle görülür biçimde kendisinden hoşlanmıştı, bunu görmekten gurur duydu. Hepsi gevşemiş, yüzlerini etobur bitkiler gibi ona çevirmişlerdi. Mountolive sekreterlerin her birine söyleyecek birkaç söz bulmuştu.

Sonunda büyük araba onu alıp Nil kıyısındaki elçilik konutuna sarsıntısızca götürdü. Konutu dolaştırıp göstermek, evde çalışan personelle tanışmak için Errol da onunla geldi. Yapının büyüklüğü, güzelliği heyecan vericiydi, aynı zamanda göz korkutucu. Bunca odayı istediği gibi kullanabilecek olmak, bir erkeği bekârlıktan caydırmaya yeterdi. Neredeyse üzüntülü bir sesle, "Ama konuk ağırlamak için galiba bunlar gerekli," dedi. Görkemli balo salonunda dolaştı, limonluklardan, taraçalardan geçip ta kakao renkli Nil'in sularına kadar uzanan yeşil çimenliğe baktı, ev seslerle yankılanıyordu. Dışarıda, kaz boyunlu fıskiyeler gece gündüz demeden hışırdayarak dönüyor, zümrüt yeşili kaba otları ıslatarak diri kalmalarını sağlıyordu. Gereksiz vitraylarla süslü, gösterişli banyoda soyunup soğuk duş alırken fıskiyelerin iç çekişlerini duydu. Errol'u yemekten sonra görüşmek üzere başından savdı. İçtenlikle, "Yorgunum," dedi, "tek başıma sakin bir akşam yemeği yemek istiyorum. Ne sıcak! Bu sıcağı unutmamam gerekirdi ama unutmuşum."

Nil yükseliyor, yıllık sel baskınlarından sonra yazları buğulaşan ıslaklıkla havayı doyuruyor, elçilik bahçesinin ucundaki duvara, zift gibi azar azar tırmanıyordu. Yarım saat kadar yatakta uzanıp elçiliğin girişinde duran arabalara, holden gelen ayak seslerine kulak verdi. Bütün personel, kırmızı maroken kaplı o cafcaflı ziyaretçi defterini imzalamaya gelmişti. Yalnızca Pursewarden görünmedi. Hâlâ saklanıyor olmalıydı. Mountolive ilk fırsatta onu biraz hırpalamaya karar verdi; öteki personelin önünde kendisini zor durumda bırakacak birtakım saçmalıklara artık göz yumamazdı. Dostu onu yetkisini kullanmak gibi hiç de hoş olmayan şeylere zorlamazdı herhalde – Tanrı göstermesin. Gene de...

Biraz dinlendikten sonra uzun taraçanın bir köşesinde yalnız başına yemeğini yedi; pantolonunun üzerine gömlek giymişti, ayağında sandaletler vardı. Sonra ayağındakileri çıkarıp projektörle aydınlatılmış çimenlikten ırmağa doğru yalınayak yürümeye başladı, çıplak tabanlarında parlak renkli çimlerin sivri uçlarını duyumsuyordu. Ama bunlar Afrika cinsi kaba çimlerdi, fıskiyelerin altında bile, sanki kepek hastalığına yakalanmış gibi dipleri tozluydu. Kuyrukları keskin bakışlı gözlerle süslü üç tavus kuşu bahçede dolaşıyordu. Gökyüzünün kadife karası, yıldızlarla tozlanmıştı. Evet, gelmişti işte – hem de sözcüğün gerçek anlamıyla. Pursewarden'ın bir kitabından bir yer anımsadı: "Yazar, yeryüzündeki yaratıkların en yalnızı..." Elindeki viski bardağı buz gibi soğuktu. Esintisiz karanlıkta otların üzerine uzanıp gözlerini gökyüzüne dikti, hemen hemen hiçbir şey düşünmüyordu, bahçenin sonunda yükselen ırmak suları gibi azar azar sessizce yükselen uykuya bıraktı kendini. Gücüne bunca inandığı, böylesine kararlı olduğu bir sırada yüreğindeki bu ince keder de neyin nesiydi? Bilmiyordu.

Errol çabucak yenmiş bir akşam yemeğinden sonra uygun zamanda geri dönmüş, şefini temiz çimlerin üzerine denizyıldızı gibi serilmiş, neredeyse uyurken bulmaktan çok hoşlanmıştı. Resmiyetten uzak bu tür davranışlar güzel belirtilerdi. Mountolive'in bütün iyiliği üzerindeydi. "Zili çal, içki iste, sonra da buraya gel otur; burası az buçuk serin. Irmaktan hafif bir esinti geliyor," dedi. Errol söylenenleri yapıp yanına geldi, çekine çekine otların üzerine oturdu. Genel durumu konuştular. Mountolive, "Biliyorum, bütün personel yazın İskenderiye'ye taşınmayı sabırsızlıkla bekliyor. Komisyonda küçük bir görevli olarak çalışırken ben de öyle yapardım. İtimatnamemi verir vermez bu boğucu yerden gideceğiz. Kral üç gün sonra Divan'ı toplamayacak mı? Evet, havaalanında Abdüllatif'ten öğrendim. Güzel. Öyleyse yarın bütün kâtipleri eşleriyle birlikte çaya davet etmek istiyorum; akşam da küçük görevlileri kokteyle çağırırız. Özel bir tren bulup resmî belge sandıklarını yükleyene kadar başka işler bekleyebilir. İskenderiye'den ne haber?" dedi.

Errol hafifçe gülümsedi. "Her şey yolunda efendim. Yeni elçilik heyetlerinin gelişiyle her zamanki itiş kakış başladı; ama Mısırlılar işin üstesinden geldi. Protokol bize olağanüstü güzel bir elçilik konutu buldu, çok güzel bir yazlık kançılaryası, daha başka bölümleri de var. Her şey çok iyi. Ev dışında kançılarya için de birkaç adama gereksinimimiz olacak, bir nöbet çizelgesi hazırladım, böylece sırayla hepimizin üç hafta tatil yapma şansı olacak orada. Evdeki personel sürekli kalabilir. Herhalde, birtakım davetler vereceksinizdir. Saray iki hafta kadar sonra taşınıyor. Sorun yok."

Sorun yok! Rahatlatıcı bir söz. Mountolive içini çekip sustu. Geniş ırmağın karşı yakasındaki karanlığın içinde hafif bir gürültü koptu, arı kovanı uğultusuna benzer bir uğultu da vardı; *sistrum*'un[1] sert ve titrek takırtısına şarkı ve kahkaha sesleri karışıyordu. "Nasıl da unutmuşum? İsis'in Gözyaşları! Bu gece Gözyaşı Gecesi, öyle değil mi?"

Errol akıllı bir tavırla başıyla onayladı, "Evet, efendim."

Irmak ince, zarif filikalarla dolacak, gitar ve insan sesleriyle çınlayacaktı. İsis, Diana gökyüzünde parlak görünecekti ama burada, projektörle aydınlatılmış çimenlik beyaz ışıklı bir koza oluşturuyor, dışında kalan gece göğünü karartıyordu. Gözlerini karanlığa dikip takımyıldızları aradı. "Evet, hepsi bu kadar," dedi.

Errol ayağa kalktı, boğazını temizledi: "Pursewarden ortalarda görünmedi, çünkü grip." Böyle bir sevgi bağlılığının iyiye işaret olduğunu düşündü Mountolive. Gülümsedi.

"Hayır, seni üzdüğünü biliyorum. Uzatmaması için gerekeni yapacağım."

Errol sevinçli bir şaşkınlıkla ona baktı. "Teşekkür ederim, efendim."

Mountolive yavaş yavaş eve doğru sürükledi onu. "Maskelyne'le de yemek yemek istiyorum. Uygunsa yarın akşam."

Errol ağır ağır başını salladı. "Kendisi havaalanındaydı efendim."

"Görmedim. Lütfen sekreterime söyle, yarın akşam için bir çağrı kartı yazsın. Ama daha önce telefonla arayıp bir söyleyin, uygun değilse bana haber verirsiniz. Sekiz on beşte, smokinli."

"Peki efendim."

1. Eski bir Mısır çalgısı. (Ç.N.)

"Yeni bir düzene girdiğimize göre onunla özellikle konuşmak, onun yardımlarını rica etmek istiyorum. Zeki bir askermiş, bana öyle söylediler."

Errol duraksadı. "Pursewarden'la aralarında biraz sertçe konuşmalar geçti. Şu geçtiğimiz hafta neredeyse elçiliğimizi kuşatmaya aldı. Zeki olmasına zeki ama... biraz kalın kafalı mı desem?" Kararsızdı Errol, daha çok konuşmak istemezmiş gibi görünüyordu.

Mountolive, "Peki, onunla ben kendim konuşur, bir çözüm yolu bulurum. Yeni düzenleme kanımca herkese uygun gelecek, üstat Pursewarden'a bile," dedi.

Birbirlerine iyi geceler dilediler.

Ertesi gün Mountolive için alışılmış günlük uygulamalarla dolu bir gündü ama şimdiki konumu hayli değişikti denilebilir çünkü herkes onu görünce ayağa fırlıyordu. Bu hem hoş hem de rahatsız edici bir şeydi; ta müsteşarlık kademesine yükselinceye kadar, her düzeydeki astlarıyla rahatlık esasına dayanan ilişkiler kurmayı becermişti. Kançılarya Muhafız Bölüğü'nün ızbandut denizcileri bile onunla dozu iyi tutturulmuş bir rahatlıkla, dostça ve eşit düzeydeymiş gibi konuşurlardı. Şimdiyse çekingenlik gösteriyor, neredeyse savunmaya geçiyorlardı. Yeni rolüne boyun eğerken, bunların gücün acı meyveleri olduğunu düşündü.

Yine de ilk karşılaşmalar iyi geçti, hatta personeline verdiği akşam partisi öylesine iyiydi ki, hiç kimse ayrılmak istemedi. Yemek için üstünü değiştirmeye geç kaldı, banyo yapıp giyinmiş olarak geldiğinde, sevimsiz oturma salonunda beklerken buldu Maskelyne'i. Ayağa kalkıp soğuk ve donuk bir durgunlukla elini uzatan asker, "Ooo, Mountolive! Merakla sizin gelmenizi bekliyordum," dedi. Mountolive bütün gün gördüğü saygıdan sonra bu kişi tarafından böyle unvansız bırakılınca birden alınır gibi oldu. ("Aman Tanrım," diye düşündü, "yoksa bende gizli bir taşralılık mı var?")

"Sayın tuğgeneralim," diye başlayan sözlerinde sonuç olarak küçük ama fark edilir bir soğukluk vardı. Maskelyne'in Dışişleri Bakanlığı'nın değil de, Savunma Bakanlığı'nın adamı olduğunu vurgulamak için böyle demişti belki de? Çok beceriksizce yapmıştı bunu. Yine de yalnızlığı yüzünden okunan bu yorgun gözlü, yavan sesli, sıska adamı ilgi çekici buluşuna canı sıkıldı Mountolive'in. Çirkinliğinde kaya gibi sağlam bir incelik vardı adamın. Yıllanmış smokini pek iyi ütülenmemiş, fırçalanmamış da olsa, hem kumaşı hem de kesimi birinci sınıftı. Maskelyne yanı yöreyi kollayarak tazı çenesini bardağına yaklaştırıyor, içkisini ağır ağır, sakince yudumluyordu. Mountolive'i büyük bir soğukkanlılıkla inceledi. Bir süre ev sahibi ve konuk gibi, o biçimsel nezaket cümleleriyle konuştular; o soğuk, güven vermeyen tutumuna karşın, onu yine de sevdiğini fark edince biraz bozuldu Mountolive. Birden onun kişiliğinde, tıpkı kendisi gibi hayata belli bir anlam vermekte kararsız birini görür gibi oldu.

Çimenlikte yemeklerini yerken, uşakların varlığı genel konular dışında bir şey konuşmalarına izin vermemişti. Bir fırsat çıkana kadar beklemeye razı görünüyordu Maskelyne. Yalnızca bir kez Pursewarden'ın adı geçti, o zaman da sanki o anda aklına geliveren bir şeyleri söylermiş gibi, "Evet. Evet. Pek tanımıyorum onu, kuşkusuz, resmî ilişkiler dışında. Ne tuhaf değil mi, babası –yanılıyor olamam çünkü bu ad pek sık duyduğum bir ad değil– savaş sırasında benim bölüğümdeydi. 'Savaş nişanı' kazandı. Gerçekte, adını günlük emirde ben anmıştım, böylece nişana aday yapmış oldum onu: Kuşkusuz işin tatsız, angarya yanı da bana düşerdi. Oğlu o zamanlar küçük bir çocuktu herhalde. Elbet yanılıyor da olabilirim, önemli de değil zaten," dedi.

Mountolive'in merakı dürtüklendi. "Gerçekten de galiba siz *haklısınız*, bana bir keresinde böyle bir şeyden söz etmişti. Bu konuyu kendisiyle hiç konuştunuz mu?" dedi.

"Yok canım, hayır! Neden konuşayım." Hafifçe şaşırmış gibi görünüyordu. Maskelyne. "Oğlu aslında... bana göre biri değil," dedi. Hiçbir kötü niyeti olmaksızın, yalnızca bir olguyu dile getirir gibi sakince söylemişti bunu. "O... ben... şey, bir zamanlar onun bir kitabını okumuştum." Sanki bunu söylemekle her şeyi söylemiş oluyormuş gibi durdu; sanki bu konuyu bir daha açılmamacasına kapatmış gibi.

"Babası yürekli bir adamdı herhalde," dedi Mountolive, kısa bir suskunluktan sonra.

Konuğu, ağır ağır ve düşünceli bir biçimde yanıtladı: "Öyleydi – belki de değildi." Bir an sustu. "İnsan bilemiyor. Gerçek bir asker değildi. Buna cephede sık sık tanık olurduk. Yapılan yiğitlikler bazen yüreklilikten ileri geldiği kadar, korkaklıktan da ileri gelebilir. İşin tuhafı da bu ya. Onun davranışı, özellikle söylemem gerekirse, hiç de askere yakışacak bir davranış değildi. Tuhaf değil mi?"

"Ama..." diyerek Mountolive karşı çıktı.

"Ne demek istediğimi açıklamama izin verin. Gerekli kahramanlıkla gereksizi arasında fark vardır. Bir asker olarak kendisine öğretilenleri anımsasaydı, o yaptıklarını yapmazdı. Belki bu sözüm lafı dolandırmak gibi gelebilir size. Sözcüğün tam anlamıyla pusulayı şaşırdı, düşünmeden hareket etti. Bir insan olarak ona büyük bir hayranlığım var, ama asker olarak değil. Bizim hayatımız çok daha fazla titizlik isteyen bir hayattır, bilim gibi bir şeydir, yani ya da öyle olmalıdır."

Sözcükleri tane tane söyleyerek sert ve düşünceli konuşuyordu. Bu konunun kendi kendine sık sık tartıştığı bir konu olduğu belliydi.

"Hayret," dedi Mountolive.

"Yanılıyor olabilirim."

Sessiz ayaklı uşaklar, onları şarap ve purolarıyla baş başa bırakıp çekildiler sonunda. Maskelyne ziyaretinin asıl konusuna değinmekte bir sakınca görmedi. "Umarım, sizin Siyasal Şube'yle bizim aramızda çıkmış olan bütün anlaşmazlıkları incelemişsinizdir. Son derece şiddetli anlaşmazlıklar; onları çözmeniz için sizi bekliyorduk."

Mountolive başını salladı. Çok hafif bir can sıkıntısıyla (sıkboğaz edilmekten hoşlanmazdı), "Benim açımdan her şey çözülmüş durumda. Salı günü sizin generalinizle görüştüm, yeni bir düzenleme yaptım, beğeneceğinizden kuşkum yok. Bu hafta size çalışmalarınızı Kudüs'e aktarmanızı bildiren bir yazı gelecek, Kudüs sizin genel karargâhınız olacak. Böylece, kıdem ve öncelik hakkı sorunları çözülmüş oluyor. Burada, kendisi sivil olduğuna göre, Telfrod yönetiminde bir temsilcilik bırakabilirsiniz, ama kuşkusuz alt kademe bir temsilcilik olur bu. Kolaylık açısından o temsilcilik bizimle çalışır, bizim haber alma şubemizle ilişkide olur," dedi.

Bir sessizlik oldu. Maskelyne purosunun külünü inceliyordu, o sırada dudağının kıyısında hafif bir gülümseme dolaştı. Yavaşça, "Demek, Pursewarden kazandı. Güzel, güzel!" dedi. Gerçekte hiçbir kötülük taşımıyor gibi görünen bu gülümseme, Mountolive'i hem şaşırttı hem de onuruna dokundu.

"Pursewarden, Savunma Bakanlığı'nın bir belgesini geciktirmekten dolayı kınanmakta; öte yandan –o belgenin konusunu ben de tesadüfen biraz biliyorum– bizden herhangi bir davranışta bulunmamızı istemeden önce, o belgeyi daha esaslı bir biçimde tamamlamak isteyeceğinizi kabul ederim."

"Aslında çalışıyoruz; Telford o Hosnani için pusuda bekliyor, ama Pursewarden'ın önerdiği kimi adaylar, biraz... nasıl desem, yumuşak söylemek gerekirse, önyargılı. Yine de Telfrod onun dediğine uyup o adamları çalıştırıyor. Ama... birisi, şu sıralar Bayan Hosnani'nin gönlünü avutanı, basına haber satıyor. Scobie adında biri daha var; o derseniz, kadın kılığına girip İskenderiye Limanı'nda dolanıyor – kılık değiştirerek polislik yaptığını düşünmek safdillilik olur. Her şeye karşın, örgütü Telfrod'un ellerine teslim edip biraz daha ciddi bir şeyle uğraşmak beni daha çok memnun eder. Ne insanlar, Tanrım!"

"Henüz durumları bilmediğim için bir şey söyleyemiyorum. Ama inceleyeceğim."

"Size bir örnek vereyim de ne derece yetkili olduklarını görün. Geçen hafta Telford, Scobie denen o polisten sıradan bir şey yapmasını istemiş. Suriyeliler dalavere çevirmek istedikleri zaman diplomatik kurye kullanmazlar; posta torbasını bir kadına, konsolos yardımcısının yeğenine verirler, o da trenle Kahire'ye götürür. Biz, özellikle bu torbanın içindekileri görmek istiyorduk, onda gemilere yüklenen silahların ayrıntılı bilgisi var sanıyorduk. Scobie'ye uyku ilaçlı çikolatalar verdik, uyku ilaçlısı açıkça işaretlenmişti. Yapacağı tek şey kadını birkaç saat uyuttuktan sonra torbayı alıp yürümekti. Ne oldu biliyor musunuz? Kahire'de trende uyurken buldular polis hafiyesini, neredeyse yirmi dört saat uyanmadı. Amerikan Hastanesi'ne yatırmak zorunda kaldık. Anladığım kadarıyla o, kadının kompartımanında otururken, tren birden sarsılınca paketin içindeki çikolatalar tersine dönmüş. Kuşkusuz, bizim büyük bir özenle işaretlediğimiz çikolatalar da öyle. Hangisinin işaretli olduğunu hatırlayamamış ve o telaşla ilaçlı olanı kendisi yemiş. Şimdi sorarım size..." Bu öyküyü anlatırken, Maskelyne'in şakası olmayan bakışları parlamıştı. Sertçe şunları ekledi: "Böyle insanlara güvenilir mi?"

"Size söz veriyorum, Pursewarden'ın önerdiği kişilerin uygun olup olmadığını araştıracağım; gene söz veriyorum, belgeleri bana havale ederseniz hiçbir engelleme olmayacak, bu tür başına buyruk davranışlar bir daha olmayacak."

"Teşekkür ederim."

Maskelyne izin istemek için ayağa kalktığında gerçekten de gönül borcu duyarmış gibi görünüyordu. Kapıda bekleyen bayraklı resmî arabayı eliyle geri çevirdi, "Sağlığa yararlı bir akşam yürüyüşü," gibi bir şeyler mırıldandı. Smokinini gizleyen ince bir pardösü giyerek özel araba yolundan aşağı yürüdü. Mountolive ön kapıda durup sokak lambalarının sarı ışık gölcüklerine gire çıka ilerleyen, uzaklaştıkça tuhaf bir biçimde boyu daha da uzayan o sırık gibi ince uzun karaltıyı izledi. Yorgunluk ve rahatlamanın etkisiyle içini çekti. Günü çok yüklü geçmişti. "Maskelyne işi bu kadar."

Yatmadan önce sessizlikte bir içki daha içmek üzere ıssız çimenliğe döndü. Her şeye karşın o gün tamamlanan işler hiç de fena değildi. Bir düzine sevimsiz işten kurtulmuştu, Maskelyne'e geleceğiyle ilgili şeyleri söylemek belki de bu görevlerin en zoruydu. Artık rahat bir soluk alabilirdi.

Ama yukarıya çıkmadan önce bir süre sessiz evde dolaştı, bir odadan bir odaya geçiyor, düşünüyor, gebe olduğunu öğrenen bir kadının gizli gururuyla güce kavuşmanın bilgisine sıkıca sarılıyordu.

VII

Başkentteki resmî görevlerini kendi içine sinecek şekilde tamamladıktan sonra, Mountolive'in saraydan önce davranıp karargâhını ikinci başkent İskenderiye'ye taşıması için hiçbir engel kalmamıştı. Buraya kadar her şey yolunda gitti. Kral, Arapçasının akıcılığını övmüş, topluluk önünde dili yerli yerinde kullanabilmesi de basının gözdesi olmasını sağlamıştı, alışılmadık bir ayrıcalıktı bu. Bugünlerde hangi gazeteyi açsa kendi resimleriyle karşılaşıyordu, yüzündeki o yamuk, o çekingen gülümsemeyle. Gazetelerden kesilmiş resim tomarını karıştırırken şöyle düşünüyordu: "Aman Tanrım, yavaş yavaş kendimi kendim bile mi dayanılmaz buluyorum?" Resimler çok güzeldi; aklaşan şakakları, keskin yüz çizgileriyle yakışıklılığına diyecek yoktu. "Ama kültürden gelen alışkanlık, insanı kendi çekiciliğine karşı korumaya yetmez. Hiç hoşlanmadığım bir toplumsal yaşamın bu yumuşak, kolay yavanlıklarının içine diri diri gömüleceğim." Çenesini bileğine dayayıp düşündü: "Leyla niçin yazmıyor? Gelecek hafta İskenderiye'ye gidinceye kadar bir haber alır mıyım ki?" Ama hiç değilse, Kahire'den ayrılırken arkasında iyi bir esinti bırakıyordu. Öteki yabancı elçiler onun başarısı karşısında çılgına dönmüşlerdi.

Hamarat Errol'un ve konut personelinin çabalarıyla

örnek bir çabuklukta tamamlandı taşınma işi. Kendisi istediği kadar ağırdan alabilirdi, çünkü Dışişleri'nin bütün eşyası özel trene yüklenmişti, burada bulunmadıkları süre içinde kendilerini çalışıyor göstermelerine yarayacak bavullar, sandıklar, üstlerinde yaldızlı markalar bulunan kırmızı posta kutuları... Kahire artık dayanılmayacak kadar sıcaktı. Oysa tren, çölün içinden deniz kıyısına doğru gıcırtıyla ilerlerken, onların yürekleri kuş gibi hafifti.

Taşınmaya en elverişli zaman buydu, çünkü kötü hamsin rüzgârları sona ermiş, kent yazlıklarını giymişti: Corniche boyunca sıralanmış renkli tenteler, savaş gemilerinin kara kulelerinin altında kat kat uzanan, yelkenlerle süslenmiş yat limanını çevreleyen renk renk filikalar. Yaz partileri zamanı gelmişti; böylece Nessim geri dönen dostu için çoktandır sözünü ettiği partiyi verdi. Görülmemiş bir şenlikti, Mountolive'e saygılarını sunmak için bütün İskenderiye gelmişti, sanki hayırsız oğlan geri dönmüş gibi, oysa Mountolive, Nessim ve ailesi dışında pek az kişiyi tanıyordu. Ama Balthazar ve Amaril'le –her zaman birlikte gezen, her zaman birbirlerine takılan iki doktorla– dostluğunu tazelemek hoşuna gitmişti; sonra Avrupa'da tanıştığı Clea'yla. Akşam denizinin üstünde solan güneş ışığı metal çerçeveli geniş pencereleri tutuşturdu, kendisi erimeden önce onları erimiş elmaslara dönüştürdü, sonra Mısır'ın mavimsi yeşil alacakaranlığında yok oldu. Perdeler kapanmıştı, şu anda yüzlerce mumun alevi uzun masaların beyaz örtülerinde donuk donuk parlıyor, kadehlerin ince uzun ayakları arasında göz kırpıyordu. Tam eğlence zamanıydı, çünkü balolar, at gezintileri, havuz partileri başlamıştı ya da hepsinin eli kulağındaydı. Denizden esen serin rüzgârlar ısıyı düşürüyordu, tatlı, canlılık verici bir hava vardı.

Mountolive kendisini olayların bildik akışına büyük bir güven, neredeyse mutluluk duygusuyla bıraktı. Nessim, deyim yerindeyse, bir resim gibi duvardaki özel yerine yerleşmişti, sonra Justine'in eşliği –yanı başında duran şu esmer yüzlü, göz kamaştırıcı güzellik– Nessim'in dış dünyayla ilişkilerini bozmaktan çok, daha da güçlendiriyordu. Mountolive, Justine'den hoşlandı, kendisine çevrilmiş, değer biçmeye çalışan kara gözlerinin bir tür sevecen merakla karışık hayranlıkla parladığını sezmek hoşuna gitti. Çok güzel bir çift oluşturuyorlar, diye düşündü, neredeyse içinde hafif bir kıskançlık duyarak: Çocukluklarından bu yana birlikte çalışmak üzere yetiştirilmiş, birbirlerinin içlerinden geçen isteklere, gereksinimlere içgüdüsel olarak karşılık veren, birbirlerinin yardımına tam zamanında gülümseyerek yetişen iki insan gibi. Güzelliğine, çekingenliğine, az konuşur görünmesine karşın, Mountolive onun cümlelerinin arasından birden fırlayıveren hoş bir açık sözlülük yakaladığını sandı – sanki sıcaklık fışkırtan gizli bir kaynaktan geliyormuş gibi. Kocasına kendisi kadar yürekten değer veren birini bulmak hoşuna mı gitmişti acaba? Elini kötülüksüzce, kayıtsızca sıkışı ona bu düşünceyi vermişti, heyecan verici sesiyle, "Öylesine uzun bir süredir sizden David, diye söz edildiğini duyuyorum ki, size başka türlü hitap etmem güç olacak," dediği zaman da öyle. Nessim'e gelince; ayrı kaldıkları süre içinde hiçbir şey yitirmemiş, bütün inceliklerini korumuş ancak o inceliklere, böylesine taşralı bir çevrede kendisinin dikkat çekecek kadar Avrupalı görünmesini sağlayan, deneyimden gelme bilgeliğin ağırlığını katmıştı. Örneğin, Mountolive'in resmî göreviyle ilişkili olabilecek herhangi bir konudan hiç söz etmeme inceliğini göstermesi doğrusu çok hoş bir şeydi – hem de sık sık birlikte at gezintileri yapmalarına, avlanmalarına, yüzmelerine, tekneyle dolaşıp resim yapmalarına karşın böyleydi bu. İletmesi gereken siyasal nitelikli haberleri Pursewarden aracılığıyla iletmeye özen gösteriyordu. İşle eğlenceyi birbirine karıştırarak ya da Mountolive'i görev duygusuyla arkadaş sevgisi arasında bocalamak zorunda bırakarak dostluklarını tehlikeye atmıyordu.

En güzeli de Pursewarden'ın yükseltildiği yeni görevine olumlu tepki göstermesi ve "yeni bir sayfa açmak" dediği şeyi yapmasıydı. Yalnızca elçiliğin şeflerinin kullanmaya yetkili olduğu o korkunç kırmızı mürekkeple yazılmış birkaç sert pusula, onu yola getirmiş, ondan "adam olma" sözü almıştı. Söz verdiği gibi yaptı. Tepkisi gerçekten de çok içtendi. Mountolive, onun sağduyu sınırlarının dışına taşmama ya da sağduyusunu kolay bağımlılıklarla kuşkular arasında bırakmama kararlılığına güvenebileceğini görmenin rahatlığını, gönül borcunu duyuyordu. Başka? Evet, yeni yazlık konut çok güzeldi, Reşid sırtlarında çamlarla kaplı serin bir bahçenin içindeydi. İki tane son derece iyi, sert zeminli tenis kortu vardı, bütün gün raket sesleriyle çınlıyordu. Bütün personel yeni patrondan hoşnut görünüyordu. Ama... Leyla'nın suskunluğu hâlâ anlaşılır gibi değildi. Derken, bir akşam Nessim ona bir zarf uzattı, üzerindeki yazıyı tanımıştı. Yalnız kaldığı zaman okumak üzere mektubu cebine koydu.

"Mısır'a dönüşün –belki sen de tahmin etmişsindir?– beni nedense allak bullak etti: Bütün düzenimi bozdu. Her bir parçam bir yana dağıldı, bir türlü parçalarımı bir araya getiremiyorum. Kafamı karıştırdı, kabul ediyorum. Düş dünyamda öylesine uzun bir süredir –hem de yapayalnız– seninle birlikte yaşıyordum ki, şimdi seni neredeyse yeniden türetmek, yeniden hayata kavuşturmak zorundayım. Belki de bu geçen yıllar süresince sana kendimce bir suret çizerek kara çaldım? İnsanların, ışıkların, siyasal yaşamın ortasında devinen etli kanlı, üst makamda biri değil de, belki yalnızca bir varsayımsın. Henüz kendi doğrumu gerçeklikle karşılaştırabilecek cesaretim yok; korkuyorum. Ne yapacağını bilmez görünen bu dik kafalı ahmak kadına karşı sabırlı ol. Kuşkusuz çoktan rastlaşmamız gerekirdi – ama ben salyangoz gibi kabuğuma çekiliyorum. Sabırlı ol. İçimde bir yerde bir akıntının yön değiştirmesini bekliyorum. Senin buraya geleceğini duyunca öylesine kızdım ki, öfkeden deli gibi bağırdım. Yoksa korku muydu? Galiba yıllardır yüzümü... gerçekten unutmayı başarmıştım. Birden bir Demir Maske gibi geldi yerine yerleşti. Peh! Yakında cesaretimi toplarım, korkma. Er ya da geç buluşup o sarsıntıyı atlatmalıyız. Ne zaman? Henüz bilmiyorum. Bilmiyorum."

Mountolive akşam karanlığında oturmuş, onmaz bir kederle bu sözleri okurken şöyle düşünüyordu: "Ona akıllıca bir yanıt yazmama elverecek kadar duygularım durulmuş değil. Ne desem ya da ne yapsam? Hiç." Ama bu sözcük boş boş çınlıyordu. Kendi kendine yavaşça, "Sabır," dedi, sözcüğü daha iyi incelemek için zihninde bir o yana, bir bu yana evirip çeviriyordu. Daha sonra, Cervoni'lerin balosunda, mavi ışıkların, serpantinlerin arasında sabırlı olmak yine kolay göründü. Kendisini öteki insanlardan kopuk hissetmediği mutlu bir dünyada deviniyordu gene; dostlarla dolu bir dünya, o dünyada Nessim'le çıktıkları uzun at gezilerinin anısını tazeleyebiliyor, Amaril'le sohbet edebiliyor ya da sarışın Clea'yla dans etmenin tedirgin edici zevkini tadabiliyordu. Evet, burada, herkese böylesine yakınken sabırlı olabilirdi. Zaman, yer ve koşullar, hepsi de sabrın ödülleriydi. Bulutsuz gelecekten baş veren kötü belirtileri duyumsamıyordu, hatta yavaş yavaş yaklaşan savaşın uyarıları bile başkalarıyla ortak paylaşabileceği şeylerdi. Clea alçak sesle, "Gerçekten bütün başkentleri kökünden kazıyabilirler mi, şu bombacılar? İcat ettiğimiz şeylerin gizli isteklerimizi yansıttığına inanmışımdır hep. Şimdi de kentli insanı yok etmek istiyoruz, öyle değil mi? Hepimiz mi? Evet ama Londra ve Paris'i teslim etmek o kadar kolay değil. Siz ne düşünüyorsunuz?" diye sordu.

O ne mi düşünüyordu? Mountolive güzel kaşlarını çattı, başını iki yana salladı. Karm Abu Girg'deki tozlu yazlık köşkte, olağanüstü güzel güllerin arasında, bir rahibe gibi kapkara çarşaflara sarınarak tek dostu bir yılanla birlikte oturan Leyla'yı...

Kaygısız, acelesiz yaz böylece sürüp gidiyordu – ağustos, eylül. Böylesine dostluğa doymak bilmez, kibarlığa karşı böylesine dayanıksız, zevk alma konusunda böylesine uzmanlaşmış bir kentte meslek açısından kendini yıldıracak bir şeyle pek karşılaşmadı Mountolive. Çelik kalelerin arasındaki limanın aynasında her gün renkli yelkenler kanat çırptı, aylak aylak dolaştı, Afrika güneşinin yakıp küle çevirdiği çölün kumsallarını sihirli beyaz dalgalar kusursuz bir düzenlilikle her gün dövdü. Geceleri ateşböcekleriyle bezeli bir bahçeye tepeden bakarak otururken dünyanın ta öteki ucundaki liman kentlerine yön tutmuş, liman açıklarındaki derin suları kıyı kıyı izleyen gemilerin derinden derine top gibi gürleyen uskurlarının sesini duyuyordu. Çölde su seraplarıyla titreşen, düşmüş gibi görünen yeşil vahalar buldular ya da kentin çevresindeki kumtaşı sırtının bronz parmak eklemlerini atlarla arşınladılar; atlar, bütün tez canlılıklarına karşın, geveze binicilerinin açlık ve susuzluğunu dindirecek yiyecek ve içecekleri taşıyorlardı.

Petra'yı, Kızıldeniz kıyısında, gökkuşağı rengi tropikal balıkların kaynaştığı mercan deltasını ziyaret etti. Yazlık konutun uzun, serin balkonlarında her gece uzun içki bardaklarındaki buzların şıngırtısı yankılandı, zahmete değer tek şeyin haz olduğuna inanan bir kente uygun düştükleri için, zaman ve mekânın etkisiyle ona heyecan verici gelen yavan sözler, beylik konuşmalar çınladı, tarihle beslenen mavi kıyılara bakan, yumuşak mum ışıklarıyla aydınlanmış bu balkonlarda o yarım dostluklar doğdu ve içinde, eline geçirdiği güçlerin kendisini öteki insanlardan yalıttığı duygusunu yok eden yeni sevgiler biçimlendi. Yaygın bir ünü vardı, yakında çok sevilen biri olabilirdi. Kentin hastalıklı ruhsal bitkinliği, zevk düşkünlüğü bile, para sorunu olmayan, kent dışında yaşamaya gücü yeten biri için hoş şeylerdi. İskenderiye'nin her türlü sevgiye, sözcüğün Yunanca anlamıyla yabancı sevgisine açık, güzel bir yazlık konaklama yeri olduğunu düşünüyordu. Ama rahat edememesinin nedeni neydi?

İskenderiyelilerin kendileri de kendi düşlerinden oluşan pırıltılı yüzeyin altında, sıcak çöllerle kuşatılmış, dünyasal hazları yadsıyan bir inancın kederiyle savrulan bir Mısır'da yabancıydılar, sürgündüler – yoksulluk ve acı, güzellik ve umutsuzluk ülkesi Mısır'da. İskenderiye hâlâ Avrupa'ydı – Asya Avrupa'sı diye bir şey olursa onun başkenti. Bütün yaşamın Mısırlılık damgası taşıdığı, bol bol Arapça konuşulan Kahire'ye asla benzeyemezdi; burada Fransızca, İtalyanca, Yunanca egemendi. Genel havası, toplumsal yaşayışı, her şeyi farklıydı, Avrupa kalıplarına uygundu; buradaki develer, hurma ağaçları, çarşaflara sarınmış yerliler yalnızca çok renkli bir duvar süsü olarak, kendini oluşturan öğelerine ayrılmış bir yaşamın arka planı olarak vardılar.

Sonra güz geldi, görevi onu yeniden kışlık başkente geri çağırdı, gerçi Leyla'nın suskunluğuna bir türlü anlam verememiş, bundan incinmişti; ama sıkıcı olmaktan uzak bulduğu bir meslek yaşamının insanı yutan ilgilerine döndü. Hazırlanacak belgeler, yazılacak çeşitli –ekonomik, toplumsal, askerî– raporlar vardı. Artık personel yerine oturmuştu, canla başla çalışıyordu, dahası Pursewarden bile elinden geleni yapmaktaydı. Zaten, Errol'un aslında çok şiddetli olmayan düşmanlığı başarıyla etkisizleştirilmiş, uzun süreli bir ateşkese çevrilmişti.

Sonunda, karnaval zamanı Leyla'dan haber geldi, onunla buluşma niyetini bildirmişti – ama her ikisi de, anlaşıldığı kadarıyla, mevsimin geleneksel siyah domino kıyafetine bürünecekler –İskenderiyelilerin festivallerde kullandıkları siyah pelerin giyip maske takacaklardı.– Onun tedirginliğini anlıyordu. Buluşma düşüncesi onu yine de çok sevindirdi, çağrıyı kabul ettiğini söylerken telefonda Nessim'le çok sıcak konuşmuştu. Bütün kançılaryayı karnaval için İskenderiye'ye taşımayı tasarlıyordu, kendisiyle birlikte bütün sekreterliğin bu olaydan yararlanarak eğlenmesini istiyordu. Taşınıldı; bir kuş yumurtası kadar mavi, çölün gece ayazlarından hemen hemen hiç etkilenmeyen gevrek bir kış göğünün altında yatmış ısınan bir kent buldular.

Ama burada onu bekleyen başka bir hayal kırıklığı vardı; çünkü Cervoni'lerdeki balonun şamatası arasında Justine gelip onu kolundan yakalayarak bahçeye, yüksek çitlerin arasında buluşmayı kararlaştırdıkları yere sürüklediği zaman, bula bula üzerine dudak boyasıyla bir şeyler çiziktirilmiş bir notun iliştirildiği ipek bir el çantası ile boş bir mermer sıra buldular. "Son anda sinirlerim dayanmadı. Bağışla." Can sıkıntısını, uğradığı bozgunu Justine'den saklamaya çalıştı. Justine'in kendisi de gözlerine inanamamış görünüyordu. "Ama Karm Abu Girg'den sırf bu buluşma için geldi. Hiç anlayamıyorum. Bütün gün Nessim'le birlikteydi," dedi. Bahçede gülüşen maskeli karaltıların yanından aceleyle geçerek başları önlerinde, olay yerinden geri dönerken, Justine'in ılık elinin dirseğini sıkışında bir sevecenlik fark etti.

Havuzun yanında gözüne Amaril ilişti, ipince maskeli bir karaltının önüne başlıksız olarak oturmuş, alçak, yalvarır gibi bir sesle konuşuyor, ara sıra karşısındakini kucaklamak için öne eğiliyordu. Tanrı biliyor ya, şu anda Leyla'yı görme isteğinde hiçbir tensel arzu bulunmamasına karşın, yüreğine bıçak gibi bir kıskançlık sancısı saplandı. Tuhaf değil mi, Leyla'yı görmeden Mısır'ın onun için yaşayan bir yer durumuna gelmesi olanaksızdı – çünkü Leyla, Mountolive'in her gün yaşadığı, kamulaştırdığı gerçekliğin ikinci, neredeyse mitsel bir imgesini simgeliyordu. Mercek ayarını tam yapabilmek için fotoğraf makinesinin vizöründeki çift görüntüyü birleştirmeye çalışan biri gibiydi. Onu bir kez daha görmeden sanki hiçbir şey yapamayacak, ne bu büyülü doğa parçasıyla ilgili anılarını doğrulayabilecek ne de yeni izlenimlerini gerektiği gibi değerlendirebilecekti. Yine de yazgısını filozoflara özgü bir uysallıkla kabul etti. Ne de olsa telaşa kapılmak için hiçbir somut neden yoktu. Sabır – sabır için bol zaman vardı, onun cesaretini toplamasını beklemek için.

Üstelik bu arada o boşluğu dolduracak başka dostluklar olgunlaşmıştı – (sık sık yemek yemeye, satranç oynamaya gelen) Balthazar'la, Amaril'le, Pierre Balbaz'la, Cervoni ailesiyle. Clea da şu günlerde yavaş yavaş onun portresini yapıyordu. Annesi çok yalvarmış, yağlıboya bir portresini istemişti ve Sir Louis'in büyük bir iyilik edip kendisine sattığı o şatafatlı üniformayla poz verebilirdi artık. Bu resmin çok sevindirici bir Noel armağanı olacağını sanıyordu, bu yüzden de Clea'nın bir türlü hoşnut kalmadığı oranları yeniden ayarlayarak işi ağırlaştırmasına hiç ses çıkarmıyordu. O yaz Clea'dan İskenderiyelilerin yaşam biçimleri, uğraşları konusunda çok şey öğrendi (çünkü Clea modellerinin yüzlerini canlı tutmak için, çalışırken onlarla konuşurdu) – bu hal ve şart sürgünlerinin yaşadığı biçimiyle hayatın akıl almaz şiirini, tuhaf dramını; bir göl kıyısına kurulmuş çağdaş bir kentte yaşayanların, Pharos yıkıntılarının üstünden gözlerini Avrupa'ya dikmiş gökdelenlerde oturanların öykülerini.

Bu öykülerden biri çok hoşuna gitti – giderek özel bir sevgi beslemeye başladığı (çok sevilen, zarif doktor)

Amaril'in aşk öyküsü. Amaril adı, Clea'nın dudaklarından, hiçbir zaman bir kadın tarafından sevilmek şansına sahip olamayacağına sık sık yemin eden bu çekingen, bu zarif adama duyulan ortak sevgiyle dökülüyordu. Bir yandan resim yaparken içini çekip, "Zavallı Amaril," dedikten sonra, "sana onun öyküsünü anlatayım mı? Çok ilginç bir öykü. Bütün dostlarını mutlu etti, çünkü hepimiz artık onun bu dünyada aşk işinden umudunu kestiğini –otobüsü kaçırdığını– düşünmeye başlamıştık," diye ekledi.

"Ama Amaril yurtdışına, İngiltere'ye gidiyor. Vize için başvurdu. Bir sorunu olmasın? Sonra şu Semira da kim? Anlatsana n'olur?"

"İffetli Semira!" Clea birkaç kez daha sevgiyle gülümsedi, bir an işini bırakıp Mountolive'in eline bir dosya sıkıştırdı. Mountolive yapraklarını çevirdi. Şaşkınlıkla, "Hepsi de burun," dedi, Clea başıyla onayladı.

"Evet, burun. Amaril beni tam üç ay uğraştırdı, dolaşmadık yer bırakmadım, hep burun topladım, o aralarından birini beğensin diye; ölülerin, yaşayanların burunlarını. Yat Kulübü'nden, Étoile'den, müzedeki duvar resimlerinden, madenî paralardan... Karşılaştırmalı bir çalışma için onları toplamak kolay iş değildi. Sonunda, bir duvar resmindeki Teb'li bir askerin burnunu beğendiler."

Mountolive anlayamadı: "Lütfen Clea, bana öyküyü anlat."

"Kımıldamadan oturacağına söz veriyor musun?"

"Veriyorum."

"Peki öyleyse. Artık sen de Amaril'i iyi tanıyorsun, evet, çok dürüst bir dost, çok bilge bir doktor olan – bu romantik, sevimli yaratık, yıllardır hepimiz için bir üzüntü kaynağıydı. Hiç âşık olamıyor, olamayacak gibi görünüyordu. Onun için çok üzülüyorduk – biliyor musun, dışarıdan katı görünmemize karşın biz İskenderiyeliler çok duygusal insanlarızdır, dostlarımızın hayattan tat almalarını isteriz. Mutsuz olduğundan değil – hatta zaman zaman sevgilileri de olurdu; ama bizim bildiğimiz özel anlamda *une amie*'si[1] yoktu. Kendisi sık sık bunun için ah vah, ederdi – bana kalırsa amacı yalnızca acındırmak ya da eğlendirmek değil, bu işte hiçbir tuhaflık olmadığına, kadın milletinin kendisini cana yakın ve çekici bulduğuna kendini inandırmaktı. Sonra efendim, geçen yıl karnavalda o beklenen mucize gerçekleşti. İnce, uzun boylu, maskeli biriyle karşılaştı. Birbirlerine deli gibi âşık oldular – Amaril gibi çok ölçülü bir âşıktan beklenmeyecek kadar ileri gittiler. Bu deneyim onu büsbütün değiştirdi ama... kız geldiği gibi maskeli olarak adını bile bırakmadan çekip gitti. Bir çift beyaz elle sarı taşlı bir yüzük, bütün bildikleri bunlar – çünkü bütün tutkularına karşın kız maskesini çıkarmayı kabul etmemiş, çok tuhaf değil mi, bir öpücüğü ona çok görürken... Başka şeyleri vermiş. Aman Tanrım, dedikodu yapıyorum! Boş ver.

O günden sonra Amaril çekilmez oldu. Romantik coşku ona çok yaraşıyor, amenna – çünkü parmaklarının uçlarına kadar romantik bir insan. Bütün yıl kentte o elleri aradı, her yere baktı, kendisine yardım etmeleri için dostlarına yalvardı, işi gücü boşladı, neredeyse herkesin alay konusu oldu. Acısı bizi hem güldürüyor hem de üzüyordu, ama ne yapabilirdik? Onun izini nasıl bulabilirdik? Bu yıl karnaval zamanını sabırsızlıktan yanarak bekledi, çünkü kız buluşma yerine geleceğine söz vermiş. İşte buradan sonra gırgır başlıyor. Kız gerçekten de gelmiş, bir kez daha birbirlerine ateşli sevgi sözlerini yinelemişler, ama bu kez yaş tahtaya basmamaya kararlıymış Amaril – çünkü ad, adres konusunda kız biraz kaçamaklı konuşuyormuş. Amaril arsızlığı ele almış, kızı bırakmamış, bunun üzerine kız gerçekten çok korkmuş.

1. (Fr.) Bir arkadaş. (Y.N.)

(Bütün bunları bana kendisi anlattı – çünkü sabah erkenden benim eve geldi, sarhoş gibi yürüyordu, saçları diken dikendi, sevinçli, biraz da korkmuş gibiydi.)

Kız onu atlatmak için çeşitli yollar denemiş ama o bırakmamış, o eski faytonlardan biriyle onu evine bırakmakta diretmiş. Kız iyice deliye dönmüş, kentin terk edilmiş büyük malikâneleriyle, bakımsız bahçeleriyle dolu biraz yoksul ve tenha olan doğu yakasına gelince kaçmaya başlamış. Romantik coşkusundan deliye dönen Amaril, orman perisinin ardına takılıp tam karanlık bir avluya süzülmek üzereyken onu yakalamış. O telaşla başlığına yapışıp çekmiş, sonunda yüzü ortaya çıkan kız gözyaşları içinde kapının eşiğine çökmüş. Amaril'in anlattığı bu sahne çok dehşet vericiydi. Kız orada oturmuş hıçkırıklarla sarsılıyor, hüngürdüyor, elleriyle yüzünü örtüyormuş. *Burnu yokmuş*. Amaril bir an çok korkmuş çünkü dünyanın en kör inançlı insanıdır, karnaval zamanı ortaya çıkan vampirlerle ilgili bütün inançları bilir. Hemen haç çıkarmış, cebinde sakladığı sarmısağa dokunmuş – ama kız gözden kaybolmamış. Bu kez doktor yanı ağır basmış, kızı avluya götürüp (zavallıcık utançtan, korkudan yarı baygın gibiymiş) yakından incelemiş. Bana dediğine göre, saat gibi işleyen, olası tanıları büyük bir ayıklık ve açıklıkla birer birer sayan beyninin tıkırtısını duyuyormuş, öte yandan yüreğinin artık çarpmadığını, boğulur gibi olduğunu fark etmiş... Ansızın frengi, cüzam, deri veremi gibi sözcükleri korkuyla yineleyerek, bozuk çizgili, küçük yüzü, bir o yana bir bu yana çevirerek böyle bir görünümün olası nedenlerini bir daha gözden geçirmiş. Sonra öfkeyle bağırmış: 'Senin adın ne?' Kız ağzından kaçırmış: 'Semira, iffetli Semira.' Birden sinirleri öylesine bozulmuş ki, kahkahalarla gülmeye başlamış.

Şimdi şurası garip. Semira, çok yaşlı, sağır bir babanın kızı. Hidivler zamanında aile zengin ve ünlüymüş,

Osmanlı soyundan geliyor. Ama çeşitli felaketlerden, akıl hastası oğullardan kurtulamamış, bugüne gelinceye kadar büsbütün unutulacak kadar düşmüş. Yoksulluk da yakalarına yapışmış. Yaşlı yarı deli baba, Semira'yı bu kocaman evde kilit altında tutuyormuş, çoğunlukla da peçeli olarak. Sosyete arasında onun gizemli öykülerini duyardık – peçe takan, bütün yaşamını duayla geçiren, evin bahçe kapısından dışarı adım atmamış, dindar ya da sağır, dilsiz, yatalak kızı anlatan öyküler. Karanlık öyküler, İskenderiye'de anlatılan bütün öyküler gibi çarpıtılmış. O sözde iffetli Semira'nın çok silik bir yankısı kalmıştı ama onu hiçbirimiz tanımıyorduk, ailesi unutulmuş bir aileydi. Anlaşılan, karnaval zamanı dış dünya merakı ağır basmış, dominoyla balolara davetsiz girmiş!

Ama Amaril'i unuttuk. Onların ayak sesleri üzerine yaşlı bir uşak elinde mumla dışarıya çıkmış. Amaril evin reisini görmek istediğini söylemiş. Kararı kesinmiş. Yaşlı baba, evin ta tepesinde yarasa pislikleriyle kaplı bir odada, eski moda dört direkli bir karyolada uyumaktaymış. Semira artık tam anlamıyla uyurgezer gibiymiş. Ama Amaril çok önemli bir karara varmış. Bir eline bir mum almış, bir koluna Semira'cığı takıp evin ta tepesine tırmanıp babanın odasının kapısını tekmeyle açmış. Yatağında doğrulan baba için böyle bir sahneyle karşılaşmak çok tuhaf, çok olağandışı bir şey olsa gerek – ama Amaril'in bunu romantik birinin dokunaklı coşkusuyla öyle bir anlatışı var ki, kendi kendini bile duygulandırıp ağlatıyor. Bana öyle geliyor ki onu asıl duygulandıran şey kendi hayal gücünün görkemiydi. Elindeki mumu yatağın yanına bırakıp Semira'yla birlikte yere diz çökerek, 'Kızınızla evlenmek, onu dünyaya döndürmek istiyorum,' deyişini anlattığı zaman, onu bu kadar seven ben de gözyaşlarımı tutamadım. Bu beklenmedik ziyaret karşısında yaşlı adamın duyduğu korku ve şaşkınlık epeyce sürmüş, adamcağız söylenenlerden hiçbir şey anlamamış. Sonra titremeye, yatağının yanına diz çökmüş, burunsuz kızını koluna takmış, olanaksız bir şeyi böylesine övünç ve tutkuyla öneren yakışıklı hayaleti merak etmeye başlamış.

Yaşlı adam, 'Ama bunu kimse almaz ki, bunun burnu yok,' diyerek karşı çıkmış. Kirli bir gecelik entarisiyle yataktan çıkıp diz çökmüş durumdaki Amaril'in çevresinde dolanmış, tıpkı bir böcek inceler gibi inceliyormuş bizimkini. (Onun sözlerini aktarıyorum.) Sonra çıplak ayağıyla dokunmuş – sanki etli canlı biri olup olmadığını anlamak istermişçesine. 'Böyle burunsuz bir kızı almaya kalkışan sen kimsin?' diye sormuş. Amaril, 'Ben Avrupalı bir doktorum, onu yeni bir burun sahibi yapacağım,' diye yanıtlamış çünkü bu düşünce, bu akıl almaz düşünce kafasında yeni yeni oluşmaktaymış. Bu sözler üzerine Semira'dan bir hıçkırık duyulmuş, kız, o güzel, o korkunç yüzünü ona çevirmiş. Amaril, 'Semira karım olur musun?' diye haykırmış. Kızcağızın sevinçten dili dolaşmış, sonuçtan babası kadar kuşkulu görünmüyormuş. Amaril orada kalıp onlarla konuşmuş, kendilerini inandırmış.

Ertesi günü geri gittiğinde kendisine Semira'yı göremeyeceği, önerdiği şeyin olanaksız olduğu söylenmiş. Amaril öyle kolay kolay pes eder mi, bir kez daha içeri zorla girip babayı paylamış.

İşte çoktandır bu çılgın düşün içinde yaşıyor. Çünkü sevgisi ve isteği eskisine göre hiç azalmamış olan Semira, o sözünü yerine getirinceye kadar evi bırakıp dış dünyaya çıkamıyor. Amaril hemen evlenmeyi önerdi, ama kuşkucu baba önce burnu sağlama bağlamak istiyordu. Ama nasıl bir burun? Önce Balthazar'a başvuruldu, ikisi birlikte Semira'yı muayene ettiler, hastalığın cüzam ya da frengiden değil, pek ender rastlanan bir deri vereminden ileri geldiğine karar verdiler – Dimyat bölgesine özgü, tuhaf, olağandışı bir deri veremi. Yıllarca tedavi edilmediği için sonunda burun düşmüş. Korkunç bir şey olduğunu söylemeliyim – balık galsaması gibi yarık. Çünkü doktorların görüşmelerine ben de katılıyor, yaşamının büyük bölümünü geçirdiği karanlık odada Semira'ya kitap okumak için düzenli olarak gidiyordum. Olağanüstü kara gözleri vardı, bir odalığın gözleri gibi, biçimli bir ağız, düzgün bir çene; sonra o balık galsamaları! Çok haksız bir şeydi. Ameliyatla bu kusurun giderilebileceğine inanması yıllar aldı. Amaril gene burada da zekâsını gösterdi, yüzünün eski durumuna getirilmesi işine kızın kendisini de soktu, kendinden tiksintisini yenmesini sağladı, bu dosyadan kendisine bir burun seçmeyi ona bıraktı, birlikte tasarıyı ayrıntılarıyla tartıştılar. Sanki sevdiği kadına Pierantoni'den pahalı bir bilezik seçtirirmiş gibi burnunu onun kendisine seçtirdi. Bundan daha iyi bir yaklaşım düşünemiyorum çünkü kız yavaş yavaş utancını yeniyor, neredeyse bu pahalı armağanı seçme özgürlüğünün kendisine verilmesinden gurur duyuyordu – bir kadının yüzünün her yönden görüntüsünü doğrultan, bütün anlamını değiştiren en değerli çizgi: Gözler, dişler, saçlar istedikleri kadar iyi olsun, burun olmayınca hiçbiri beş para etmez.

Ama bu kez de başka güçlükler çıktı, çünkü bir burnu eski durumuna getirmek için henüz yeni olan birtakım cerrahi teknikler gerekiyor; Amaril kendisi de cerrah olmasına karşın, hatasız bir sonuç almak istiyor. Yani, senin anlayacağın, kendi beğenisine uygun bir kadın, bir kocanın özel isteklerine uyan bir yüz... Daha önce yalnız Pygmalion'un böyle bir şansı olmuştu! Sanki bütün yaşamı buna bağlıymış gibi bu tasarının üzerinde çalışıyor – galiba bir bakıma da öyle.

Ameliyatın aşama aşama yapılması gerekiyor, tamamlanması yıllar alacak. Bu işi en ince ayrıntısına kadar tartışırlarken onları öyle çok dinledim ki, neredeyse ben bile yapabilecek gibiyim. İlkin, şuradan omurgaların göğüskemiğiyle birleştiği yerden bir kıkırdak şeridi kesilip yüze aşılanacak olan parça yapılacak. Sonra alından üçgen bir deri parçası kesilip burnu örtecek biçimde aşağıya çekilecek – Kızılderili tekniği, Balthazar böyle diyor; ama hâlâ oyluğun iç kısmından bir et ve deri parçası alma sorununu tartışıyorlar... Bir ressam ve yontucu için böyle bir şeyi tasarlamanın ne kadar büyüleyici bir şey olduğunu düşünebiliyor musun? Ama bu arada Amaril en iyi hocaların yanında ameliyat tekniklerini geliştirmek için İngiltere'ye gidiyor. Vize istemesinin nedeni bu. Kaç ay kalacak bilemiyoruz, ama İsa'nın son yemekte kullandığı Kutsal Kâse'yi aramaya çıkan bir şövalye havasıyla yola çıkıyor. Çünkü ameliyatı kendisi tamamlamak hevesinde. Bu arada Semira onu burada bekleyecek, ben de Semira'yı sık sık yoklayacağım, elimden gelirse onu oyalayıp ilgisini ayakta tutacağıma söz verdim. Güç bir şey değil, çünkü onun için evin dört duvarı dışında kalan yaşam tuhaf, acımasız ve romantik. Karnaval zamanı kısa bir karşılaşma dışında bizim yaşamlarımız konusunda çok az bilgisi var. Onun için İskenderiye bir peri masalı kadar parlak renkli. Onu olduğu gibi görmesi için daha zaman geçmesi gerek – sert, sımsıkı kapalı sınırlarını, acımasız, zevk düşkünü, romantiklikten uzak insanlarını. Ama sen kımıldadın!"

Mountolive özür diledi.

"'Romantiklikten uzak' sözünü kullanman beni çok şaşırttı, çünkü yeni gelmiş birine bütün bu anlattıklarının ne kadar romantik göründüğünü düşünüyordum ben de tam bu sırada."

"Amaril, çok sevilen biri ama kuraldışı bir insan. Onun kadar cömert, onun kadar çıkarını düşünmeyen az insan vardır. Semira'ya gelince – şimdilik gelecek günlerin ona aşk serüveni dışında ne hazırladığını bilmiyorum."

Clea içini çekti, gülümsedi, bir sigara yaktı.

"*Espérons,*"[1] dedi yavaşça.

1. (Fr.) Umalım. (Ç.N.)

VIII

Pombal, yakınmalı bir sesle, "Sana yüz kere söyledim şu usturamı kullanma, diye gene kullanıyorsun. Frengiden korktuğumu sen de *biliyorsun*. O küçük kesiklerden neler sızıyordur kim bilir?" dedi.

Dimdik duran Pursewarden (dudağını tıraş ediyordu) onurunun kırıldığını belirteceğini sandığı bir hareketle yüzünü buruşturarak, "*Mon cher collègue*,[1] ne demek istiyor olabilirsin acaba? Ben İngiliz'im. *Hein?*[2]" diye yanıtladı.

Şöyle bir durakladı, Pombal'ın adam doğrama bıçağıyla tempo tutarak yapmacık bir ciddilikte ezberden söylemeye başladı:

Atsız arabayı geliştiren İngilizler
Şimdi de cinselliksiz evlilik üzerine çalışıyorlar.
Pek yakındır caiz sayılmaması birleşmelerin
İzin vermedikçe sendikalar.

Bidenin üzerine yerleştirdiği çıplak şişman baldırıyla kopmuş çorap askılarını idare etmeye çalışırken çıkar-

1. (Fr.) Sevgili meslektaşım. (Ç.N.)
2. (Fr.) Ha? (Y.N.)

dığı homurtular arasında arkadaşı, "Kanın mikroplu olabilir. Nereden bileceksin," dedi.

Pursewarden biraz kabararak, "Ben bir yazarım," dedikten sonra, kulağını silip gizemli bir şey söylermiş gibi ekledi: "Bu yüzden ben *bilirim*. Benim damarlarımda kan yok. Protoplazma var. Benim damarlarımda akan o. Yoksa bu yaptığım işleri yapabilir miydim? Düşünsene *The Spectator*'da Ubique oluyorum, *New Statesman*'de Mens Sana. *Daily Worker*'a Corpore Sano olarak imza atıyorum. Sonra *The Times*'ta Paralysis Agitans, *The New Verse*'te Ejaculatio Praecox'um. Şeyde..." Ama burada uyduracak bir şey bulamadı.

"Hiç çalıştığını görmüyorum," dedi Pombal.

"Az çalışıp daha da az kazanıyorum. Yazdıklarım yılda yüz pound daha çok para getirseydi, yanlış anlaşılmaya sığınma olanağım kalmazdı!" Sıkılmış bir hıçkırık sesi çıkardı.

"*Compris.*[1] İçki içiyorsun. Eve geldiğimde içki şişesini holdeki masanın üzerinde gördüm. Neden bu kadar erken başladın?"

"Bu konuda çok namuslu davranmak istedim. Ne de olsa şarap senin şarabın. Hiçbir şeyi gizlemek istemedim. Birkaç yudum *içtim*."

"Kutlama mı?"

"Evet. Bu gece, sevgili George, pek layık olmadığım bir şey yapacağım. Tehlikeli bir düşmandan kurtuldum ve mesleğimde önemli bir ilerleme kaydettim. Bizim dairede bu, gıdaklamaya değer bir olay sayılır. Bunu kutlamak için kendime bir yemek ısmarlayacağım."

"Parasını kim ödeyecek?"

"Kendim ısmarlayıp, kendim yiyip, kendim ödeyeceğim."

1. (Fr.) Anlaşıldı. (Ç.N.)

"Pek iyi sayılmaz."

Pursewarden sabrı tükenmiş gibi aynada yüzünü buruşturdu.

"Tam tersine. En çok istediğim şey sakin bir gece geçirmek. Diamandakis'te koca istiridyeleri atıştırırken birkaç özyaşamöyküsü bölümü daha kaleme alacağım."

"Adı ne?"

"*Bin Dereden Su Getirmek*. Şu sözlerle başlıyor:"

"'Henry James'le ilk kez Cezayir'de bir genelevde karşılaştım. Her iki dizinde birer çıplak huri oturuyordu.'"

"Henry James amsalaktı galiba."

Pursewarden duşu sonuna kadar açıp altına girerek bağırdı: "Fransız biçimi yazın eleştirisini bırak lütfen."

Pombal sıkıntılı bir sabırsızlıkla fırçayı kara saçlarından geçirip saatine baktı. "*Merde,*[1] gene geri kalacağım."

Pursewarden bir sevinç çığlığı attı. Birbirlerinin dillerini hiç çekinmeden cesaretle kullanır, konuşmalarının arasında ağızlarından kaçıveren yanlışlara çocuk gibi sevinirlerdi. Her yanlış bir velveleyle karşılanır, sonra savaş çığlıkları atılırdı. Pursewarden neşeden zıp zıp zıplıyor, suyun hışırtısının gerisinden şen şakrak bağırıyordu: "Neden evde kalıp kısa kıllardan küçük, sevimli bir *gece müziği* yayını dinlemiyorsun?" (Geçen gece Pombal bir radyo yayını için böyle söylemişti, bir türlü unutulmadı gitti.) Yalancıktan canı sıkılmış gibi yüzünü gözünü oynattı. "Ben öyle *demedim.*"

"Öyle bir dedin ki."

"Ben 'kısa kıl' demedim, 'kısa titreme' dedim – *des ondes courtes.*"

"O *daha mı iyi sanki. Siz Quai d'Orsay*'liler[2] beni şaşırtıyorsunuz. Benim Fransızcam kusursuz değildir belki ama ben hiçbir zaman bir..."

1. (Fr.) Bok. (Y.N.)

2. Paris'te Fransa Dışişleri Bakanlığı'nın bulunduğu Orsay Rıhtımı. (Ç.N.)

"Ben şimdi senin yanlışlarını saymaya başlarsam – hah haa!"

Pursewarden banyoda zıplıyor, "Kısa kıldan yapılan gece müziği!" diye bağırıyordu. Pombal bir havluyu büküp ona fırlattı, etkili bir misillemeye girişmeden kendini banyodan dışarı attı.

Fransız Pombal yatak odasındaki aynada üstünü başını düzeltirken bu ağız dalaşını sürdürdüler. "Daha sonra varyete izlemek için Étoile'e gelecek misin?"

"Elbette geleceğim. Darley'in kız arkadaşıyla ya da Sveva'yla Fox Macambre dansı yapacağım. Bir değil, birkaç kez hem de. Sonra da azığı tükenmiş bir kâşif gibi, sırf beden ısısını korumak için, oradan birini kaldırıp Akbaba Tepesi Oteli'ne götüreceğim. Pençelerimi onun etine sürterek bilemek için." Bir akbabanın et yerken çıkardığı sese benzediğini sandığı bir ses çıkardı – yumuşak, gırtlaktan çıkan bir gaklama. Pombal ürperdi.

"Canavar. Ben gidiyorum – hoşça kal."

"Güle güle. *Toujours la maladresse!*[1]"

"*Toujours.*" Bu onların savaş narasıydı.

Yalnız kalan Pursewarden yırtık banyo havlusuyla kurulanır, tuvaletini tamamlarken, hafif hafif ıslık çalıyordu. Akbaba Tepesi Oteli'ndeki su sisteminin düzensizliği yüzünden acelesiz bir banyo alıp tıraş olabilmek için ta meydanın karşısındaki Pombal'ın dairesine geçmek zorunda kalıyordu. Ara sıra Pombal izinli olarak bir yere gittiği zaman burayı kiralayıp evin uzak bir köşesinde kendine özgü gizli bir hayat yaşayan Darley'le evi, biraz da tedirginlikle paylaşırdı. Arada bir otel odasının yalnızlığından, yazmakta olduğu romanın çevresinde büyüyüp duran karmakarışık kâğıt yığınından kaçmak hoş

1. (Fr.) Her zaman bir sakarlık. (Ç.N.)

oluyordu. Kaçmak her zaman kaçmak... Bir yazarın kendi kendisiyle yalnız kalma isteği – "Yazar, insan denen hayvanların en yalnızı," kravatını bağlamak için cebelleşirken aynadaki görüntüsüne, "Büyük Pursewarden'ın kendisinden bir alıntı bu," dedi. Bu gece sakince, kendi keyfince bir yemek yiyecekti! Kendisini aptalca kâğıt oyunlarıyla ya da briçle geçirilecek o münasebetsiz, sıkıcı akşamlardan birinin ağına düşüreceğini bildiği Errol'un çekingen yemek davetini kibarca geri çevirmişti. Pombal, "Aman Tanrım, şu senin yurttaşlarının zaman öldürme yöntemi! Suçluluk duygularıyla doldurdukları o odalar. Bir düşünceni söylemek demek yemekli bir toplantıyı zınk diye durdurup bir *sıkıntı, bir sessizlik* yaratmak demek... Ben elimden geleni yapıyorum, ama her zaman pot kırdığımı biliyorum. Bu yüzden ertesi sabah hiç düşünmeden ev sahibesine çiçek göndermek âdetimdir... Ne biçim bir ulussunuz! Biz Fransızlar için çok dalaverecisiniz, çünkü yaşama biçiminiz öylesine *iğrenç* ki!" demişti.

Zavallı David Mountolive! Pursewarden sevgi ve üzüntü duyarak onu düşündü. Gücün meyvelerini toplamak için meslekten bir hariciyecinin ödemesi gereken fiyat ne kadar da yüksek! "Düşleri, katlanmak zorunda kaldığı budalalıkların anıları içinde yüzüyordur – bu meslekte en kutsal olan şeyler adına, yani başkalarını hoşnut etmek isteği adına, onları etkileyebilmek için gönülleri çelmek adına, bile isteye katlanılmış budalalıklar. Eh! Bir dünyayı bozmaya yetecek her türlü şey."

Saçlarını geriye doğru tararken o anda Maskelyne'i düşünmekte olduğunu fark etti. Şu anda Kudüs ekspresinde, ciddi bir yüzle dimdik oturmuş, uzun piposunu çekerek kum tepecikleri, portakal bahçeleri arasından gidiyordur; sıcak bir vagonda, dışarıda sineklerden rahatsız olarak içeride, ölmekte olan –neden ölmesine izin vermeli?– bir geleneğin tüzel gururundan pişerek... Başarısızlık duygusuyla *yükselme* getiren yeni bir görevin küçük düşürücülüğüyle dolu bir Maskelyne. En son acımasız darbe. (Bu düşünceden bir pişmanlık duydu, çünkü kendi çıkarını düşünmeyen asker kişiliğini azımsamıştı.) Bir insan olarak dar kafalı, sert ve kuruydu, ama gene de yazar Pursewarden ona değer veriyordu, insan Pursewarden istediği kadar kınasın. (Gerçekten de onunla ilgili uzun notlar tutmuştu – Maskelyne bunu bilse çok şaşardı.) Piposunu tutuşu, burnunu havaya dikişi, sakınımları... Bir gün kullanmak isteyebileceği düşüncesiyle yapmıştı bunu yalnızca. "Gerçek insanlar bir gün kullanılacak mizaç uzantıları durumuna mı geliyorlar; bu, insanı onlardan biraz koparmıyor mu? Evet. Çünkü gözlem, gözlenen insan ya da nesnenin çevresinde boş bir alan yaratıyor. Evet. Koşullanmamış tepkiyi daha güçleştiriyor – her günkü bağlara, sevgilere, aşka, vb. tepkiyi. Ama bu yalnızca yazarın sorunu değil – herkesin sorunu. Büyümek demek daha iyi, daha aklı başında bir birleşme adına ayrılmak demek... Pöh!"

Maskelyne'e duyduğu gizli yakınlığa karşı onun birkaç budalalığını anımsayarak kendini avuttu. Onun küstahlığı! "Sevgili dostum, Gizli Servis'e benim gibi yıllarını verdiğin zaman *sezgi* diye bir şey geliştirirsin. Bir mil ötedeki şeyleri görürsün." Maskelyne gibi birinin sezgi geliştirebileceği düşüncesi çok komikti. Pursewarden karga sesiyle bir kahkaha attı ve paltosuna uzandı.

Parasını sayarak ve gülümseyerek çevik adımlarla merdivenden aşağı indi, alacakaranlık sokağa çıktı. İskenderiye'de günün en güzel saatiydi – yavaş yavaş karbon kâğıdının metalsi maviliğine dönüşen ama hâlâ güneşin sıcaklığını yayan sokaklar. Kentin bütün ışıkları henüz yanmamıştı, leylak rengi kocaman alacakaranlık çıkınları oradan oraya yer değiştiriyor, bütün dış çizgileri bulandırıyor, yapıları, insanları yeniden dumanla çiziyordu. Uykulu kahvehaneler, beyaz giysili insanlarla, benek benek kırmızı *tarbuş*'larla[1] dolup canlanan sokakların asfaltı üzerinde ısınan araba tekerlerinin tiz cayırtılarına karışan mandolinlerin sızlanışıyla uyanıyorlardı. Pencere içlerindeki çiçekliklerden keskin bir humuslu toprak ve sidik kokusu geliyordu. Borsa Mahallesi'nden çıkan arabalar, göç eden değişik türde parlak tüylü kazlar gibi, yumuşak sesli kornalarını çalarak uçup gidiyorlardı. Leylak renkli alacakaranlıktan yarı kamaşmış gözlerle, bu kuru, canlandırıcı havada kalabalıkla omuz omuza, içinde bir hafiflik duyarak, barışıklık içinde yürümek... Bunlar onun hiç aramadan, şans eseri, rasgele önüne çıkan ender mutluluk anlarıydı. Kaldırımların içleri tıpkı akşam karanlığında kesilen karpuzlar gibi hâlâ sıcaktı; insanın ayakkabılarının ince tabanlarından içeriye ıslak bir sıcaklık sızıyordu. Deniz rüzgârları, yukarı mahalleleri ıslak bir serinlikle doldurmak üzere içlere doğru ilerliyordu, ama henüz kesik kesik esiyordu. Durgun elektrikle dolu (saç fırçalarken çıkan çıtırtılar) kuru havada, yavaş yavaş ilerleyen soğuk akıntılarla dolu ılık bir yaz denizinde yüzer gibi kayıyordunuz. Yanınızdan geçip giden bir kadının bıraktığı parfüm kokusu ya da karanlık kemerli bir yoldan gelen yasemin buğusu gibi küçük koku adacıkları arasından, biraz sonra ıslak deniz rüzgârlarıyla hepsinin silineceğini bilerek Baudrot'ya doğru ağır ağır yürüyordu. Yarı aydınlıkta bir *apéritif* almak için en uygun andı.

Alacakaranlıkta, sulanmış toprak kokusu yayan çiçek saksılarıyla bezeli uzun tahta balkonlar artık insanlarla doluydu, ama serap hepsini yarı yarıya eritiyor, hareketlerini yapıldığı anda yutulan, hemen soluveren ka-

1. (Ar.) Fes. (Y.N.)

rikatürlere dönüştürüyordu. Gittikçe kararan ara yolların, rahatsızmış gibi yer değiştiren mavi tüllerin üstünde renkli tenteler, tıpkı buluşacakları insanları bekleyerek dolanıp duran, hareketleri İskenderiye'nin akşam umutlarıyla dolu âşıkların sinirleri gibi hafif hafif seğiriyordu. Biraz sonra sis dağılır, ışıklar çatal bıçak takımlarının, beyaz sofra örtülerinin, küpelerin, göz alıcı takıların, koyu renkleri yüzünden daha parıltılı görünen düzgün taranmış yağlı saçların, bembeyaz dişlerin ortaya çıkmasına yol açan gülüşlerle yarılan kahverengi derilerin üzerinde alevlenirdi. Sonra, yukarı mahalleden akşam yemeği için, dans etmek için inen şık, zarif yolcularıyla arabalar bir kez daha aşağı akardı... Bu, günün en iyi saatiydi. Burada sırtını tahta kafese dayayıp oturarak gizlisi saklısı olmayan sokaklara, hiç tanınmadan, hiç selamlanmadan mahmur mahmur bakabilirdi. En yakın masada oturanları bile tanımak olanaksızdı, yalnızca birer insan karaltısı halindeydiler. Borsa fiyatlarını konuşan ya da –neden olmasın?– Arap aşk şiirlerinden mıymıntı dizeler okuyan İskenderiyelilerin leylak rengi yaşmaklı sesleri alacakaranlıkta uyuşuk uyuşuk kendisine kadar geliyorlardı.

Çoktandır terk edilmiş ama İskender'in bu sefil başkentindeki şu elle tutulmaz yaşamın yüzeyi altında hâlâ unutulmadan varlığını sürdüren bir Avrupa'nın somut anısı demek olan şu *zeste de citron*'lu[1] Dubonnet'nin tadı öyle hoş oluyordu ki! Onu tadınca kıskançlıkla Pombal'ı düşündü, dostunun bir gün bütün yüreğiyle dönmeyi dilediği Normandiya'daki çiftlik evini. Kendi ülkesiyle aynı sağlam ilişkileri sürdürebilmek, bir gün oraya döneceğine inanmak ne olağanüstü bir şey olurdu! Ama bunu düşünmek bile midesini bulandırıyordu; bir yandan da bu-

1. (Fr.) Limon dilimi, limon kabuğu. (Ç.N.)

nun böyle olması gerektiğini bilmenin acısı, üzüntüsü. ("Kitapları bunca ağır okumamın nedeni Braille yazısını henüz hızlı çözememem değil; düşüncelerin çekirdeğine ulaşabilmek için, kendimi her bir sözcüğün etkisine, hatta acımasızlıklarına, güçsüzlüklerine teslim etmek için," demişti kız.) *Çekirdek!* Bu söz insanın çok yakınından geçen bir kurşunun vızıltısı gibi kulaklarında çınlıyordu. Kızı görür gibiydi – deniz tanrıçasının mermer beyazlığındaki yüzünü, omuzlarından aşağı geriye taranmış saçlarını, sonbaharın kuru yapraklarının, kuru dallarının duman duman tüttüğü parkın ötesine dikilmiş gözlerini; omuzlarına atılmış eski, kareli, yün şalıyla karların arasında bir Medusa. Körler bütün günlerini gölge ve ışık gölcükleriyle dolu bu sıkıcı yeraltı kitaplığında geçirir, parmaklarını, bir makinenin kendileri için kabartmayla yazdığı kitapların delikli yüzeylerinde karınca gibi dolaştırırlardı. ("Anlamayı öylesine istedim ama anlayamadım.") Güzel, işte soğuk terler dökmeye başladığın yer burası; üç yüz altmış beş derecelik bir daire içinde dönüp durduğum, bir insan küre çizip inleyerek yüzümü yastığa gömdüğüm yer burası! (Artık ışıklar yanıyor, tüller yukarıya, gecenin içine doğru çekilip buharlaşıyordu. İnsan yüzleri...) Onlara bütün dikkatiyle neredeyse yiyecek gibi bakıyor, sanki sarı ışıklı barlara, ateşböcekleri gibi başıboş girip çıkanların buralara gelmekteki en temel amaçlarını, en gizli niyetlerini ansızın yakalamak istiyordu; parlak yüzüklerle dolu bir parmak, şimşek gibi çakan bir kulak, sevdalı bir gülümsemenin ortasına çakılıp kalmış bir altın diş. "Garson, *kaman wahed,* bir bira daha, lütfen." Pursewarden'ın kafasında bir kez daha yarı saydamlaşmış düşünceler yüzmeye başladı (karanlığın ve alkolün etkisiyle günahlarından arınmış kafasında): daha sonra giyinip süslenebilecek, şiir kılığına girebilecek düşünceler... Başka yaşamlardan gelen konuklar.

Evet, bir yıl daha geçirecekti – koca bir yıl daha, sırf Mountolive'e duyduğu sevgi yüzünden. İyi bir yıl olması için çalışacaktı da. Sonra başka bir yer – ama bunu hemen kafasından uzaklaştırdı çünkü felaket bir yer olabilirdi. Seylan mı? Santos mu? Şu Mısır'da kendisini boğan bir şey vardı, ateş gibi yanan havasız mekânlarında, bilincine varılmamış genişliğinde – ölü firavunlar için sert kayalardan yapılmış acayip anıtlarda, kentlere dönüşmüş bu mezarlarda, bir şey. Burada belleğe yer yoktu – her günkü dünyanın keskin, kuru gerçeği neredeyse bir insanın dayanabileceğinden fazla bir şeydi. Açık yaralar, cinsellik, parfüm ve para...

Çok heyecan verici, çorba gibi –bileşiminde Yunanca, Arapça, Fransızcanın başı çektiği– bir dille akşam gazeteleri satıyorlardı. Çocuklar yeraltından gelmiş kanatlı haberciler gibi uluya uluya sokaklarda koşuşturuyor... neyi bildiriyorlardı desem, Bizans'ın çöküşünü mü? Etek ucu bellerine sıkıştırılmış beyaz entarileri dizlerinin üzerine geliyordu. Sanki açlıktan ölüyormuş gibi, ağlamaklı bir sesle bağırıyorlardı. Tek başına yemek yerken okumak üzere tahta taraçadan eğilip bir akşam gazetesi aldı. Yemek yerken bir şey okumak vazgeçemeyeceği keyiflerden biriydi.

Sonra kemerli yoldan, kahvelerin bulunduğu sokaktan yürüye yürüye, leylak renkli bir caminin (gökte yüzen), bir kitaplığın, bir tapınağın (pencereleri parmaklıklı: "Bir zamanlar Büyük İskender'in gövdesi burada yatıyordu.") yanından geçerek, geniş kıvrımlı yoldan aşağı, deniz kıyısına indi. Serin akıntılar burunlarını uzatıp çevreyi kokluyor, gelir gibi yapıp gelmeyerek şımarıklık ediyorlardı.

Birden yağmurluklu biriyle çarpıştı, sonra onun Darley olduğunu gördü. Birbirlerine, karşılıklı acemiliğin sıkıntısını taşıyan şaşkın şakalar yaptılar. Kibarlıkları yüzünden, deyim yerindeyse birbirlerine takılıp kaldılar, sanki sinek kâğıdına yapışır gibi birden sokağa çakıldılar. Sonunda, Darley yapıştığı yerden kendini kurtarıp, "Ah, seni tutmayayım. Ben de ölü gibi yorgunum. Banyo almak için eve gidiyorum," diyerek karanlık sokaktan geriye dönmeyi başardı. Pursewarden bir süre kımıldamadan olduğu yerde dikilip onun arkasından baktı, kendi şaşkınlığına şaşıyor, Pombal'ın banyosuna atılmış bıraktığı ıslak kirli havluları, lavabonun üzerinde duran, kıllardan grileşmiş tıraş sabununu düşünüyordu... Zavallı Darley! Ama nasıl olur da bu adamı sevmesine, saymasına karşın onun yanında doğal davranamıyordu? Onu görür görmez doğal olmayan, candan bir tutum takınmıştı, sırf ürkeklikten. Bu tutum kırıcı, küçümseyici görünüyor olsa gerekti. Hastasını güçlendirmeye çalışan bir kasaba doktorunun canlı, babacan tutumu... Allah kahretsin! Bir gün onu oteline götürüp onunla baş başa içki içerek biraz tanımaya çalışmalıydı. Yine de birlikte yaptıkları kış yürüyüşlerinde çeşitli fırsatlardan yararlanarak onu tanımaya çalışmıştı. Kendi kendine, "Ama bu zavallı herif de hâlâ *edebiyatla* ilgileniyor," diyerek ondan hoşlanmayışının akla yatar nedenini buldu.

Ama deniz kıyısında istiridye satan küçük Yunan lokantasına vardığında neşesi yerine gelmişti. Lokantanın duvarlarında her boyda fıçılar, balık sepetleri diziliydi; mutfağından zeytinyağında kızaran ahtapotların, beyaz balıkların kokuları, dumanları yayılıyordu. İstiridye yemek ve gazetesine gömülmek için buraya, Levanten kökenli biracıların, kılıksız kayıkçıların arasına oturdu, bu arada, akşam büyük bir erinç içinde çevresinde durulmaya başlamıştı, her günkü insafsızca yavan şeyleri konuşmak için onu rahatsız eden hiç kimse ya da kafasını kurcalayan hiçbir düşünce yoktu. Anlamsız bir meslek yaşamından, hatta tembelliği ve sürü halinde yaşama sevgisi yüzünden kendi kendine yarattığı koşullardan çaldığı, bu çok zor elde edilmiş kaçak anlarda ağır ağır, onca çabasıyla tamamlamaya çalıştığı kitabına bu düşünceleri daha sonra aktarabilirdi. ("Bir içki daha alır mıydınız?" "Neden olmasın?" Böyle böyle kaç akşam yitirilmişti?)

Ya gazeteler? Çoğunlukla *faits divers*[1] üzerinde dururdu – insanın gerçek toplumsal sınıfını yansıtan, salt sözcüklerden oluşan soyutlamaların gerisinde varlığını sürdüren, tekdüzelikle, dazlak aklın zorbalığıyla duyarsızlaştırılmış yaşamlar, güldürüyü, mucizeyi arayan insanların davranışlarının küçük tuhaflıkları. Ertesi gün Mountolive için bir rapor halinde yorumlaması gereken ARAP BİRLİĞİ İÇİN YENİ BİR ÇAĞRI gibi iri puntolarla yazılmış bir başlığın yanında, yazgı ve koşulların ürkünç akıldışılığını yansıtan BÜYÜK DİN ÖNDERİ ASANSÖRDE MAHSUR KALDI ya da BİR DELİ MONTE CARLO BANKASI'NI SOYDU gibi bir haberde ölümsüz insan güçsüzlüklerini bulabilirdi.

Daha sonra *Coin de France*'daki nefis yemeğin etkisiyle geceyi, afyonlu bir sigara gibi daha da büyük keyifle tüttürmeye başladı. Gerilimli iç dünyasının sarılmış makaraları çözüldü, kesik kesik mors sinyalleri gibi bilincinde yanıp sönen düşünce şeritleri halinde dışarı aktı. Tam bir alıcı durumuna gelmişti – insanın çok iyi kayıt yaptığı ender anlar!

Saat onda, bir banka mektubunun arkasına kitabına girecek olan özlü cümlelerden birkaçını not etmişti. Şöyle: "On. Bu hafta hipogrif[2] hiç saldırmadı. Yaşlı Parr için birkaç konuşma mı?" Sonra bunun altına şu anda zihninde çiy gibi yoğunlaşan, belki sonra inceltip kişile-

1. (Fr.) Çeşitli olaylar. (Ç.N.)

2. Başı kartal, gövdesi ata benzeyen efsanevi yaratık. (Y.N.)

rin davranışlarının argaç ipliği olarak kullanılabilecek bağlantısız sözcükler.

(a) Bilinenden bilinmeyene doğru yaklaştıkça gizem artar.

(b) İşte şurada iki bacak üzerinde yürüyen, bir adı olan ben – Avrupa'nın Rabelais'den Sade'a kadar bütün düşünsel tarihi.

(c) Tanrılar kendilerini geliştirdikleri zaman insan mutlu olacak.

(d) Bir aziz bile bütün kusurlarının günahını boynunda taşıyarak ölür.

(e) Tanrıların kusur bulamayacağı biri varsa insanların hor göremeyeceği kadar alçaktır.

(f) İnsan yüreğinin tek mülkü – dermansız dert.

(g) Bütün büyük kitaplar acıma duygusunun içinde yapılmış bir gezintidir.

(h) Sarı darı düşü görmek herkesin huyu.

Bu kehanetli düşünceler böyle gelişigüzel fışkırdıkları zaman, en son aşamada nasıl bir düzene konacakları konusunda hiçbir ipucu vermemelerine karşın, romanın kösnü düşkünü Tiresias'ı Yaşlı Parr'ın kişiliğine yavaşça yedirilecekti.

Esnedi. İkinci *Armagnac* konyağından sonra hoş bir sarhoşluk duydu. Gri tentelerin ötesinde kent gerçek gecenin renklerine yeniden bürünmüştü. Kara yüzler karanlığın içinde eriyordu; tıpkı *Görünmez Adam*'daki gibi, içleri boş görünen giysileri ortalıkta dolaşıyordu. Karanlığın karanlığı, silinmiş yüzlerin üzerinde kırmızı kapsüller duruyordu. Hafifçe ıslık çalarak hesabı ödeyip çevik adımlarla yeniden Corniche'e yürüdü, dar bir sokağın bitiminde yeşil bir su kabarcığı gibi yanıp sönen Étoile onu çağırıyordu; kendisini dar merdivenlerden aşağı atıp havasız bir salona girdi, neon lambalarının parlak ışığından gözü kamaştı, yağmurluğunu vestiyere götürmesi için Zoltan'a verirken bir an durdu. Ödenmemiş içki hesaplarının korkusuyla ilk kez irkilmedi – çünkü yeni maaşından dolgunca bir avans çekmişti. Küçük garson boğuk bir sesle kulağına eğilip, "İki yeni kız, ikisi de Macar," dedikten sonra dudaklarını yalayıp sırıttı. Sanki zeytinyağında, çok ağır ateşte, parlak koyu kahveye dönüşünceye kadar kızartılmış gibiydi.

Salon çok kalabalıktı, varyete hemen hemen bitmişti. Çevrede hiçbir tanıdık yüz görünmüyordu, Tanrı'ya şükür. Işıklar kısıldı, maviye dönüştü, sonra karardı – sonra tef şıngırtıları, davul gümbürtüleriyle göz kamaştırıcı gümüş bir yuvarlağın içine dansöz fırladı. Döndükçe üzerindeki pullar alev alıyor, bir Viking gemisi gibi parıldıyor, şıngırtıları kötü kokulu koridordan geçip ta giyinme odalarına kadar gidiyordu.

Aylar önce ilk tanışmasından bu yana Melissa'yla çok seyrek görüşmüştü, onun Pombal'ın dairesine uğradığı zamanlar ile kendisininki pek denk düşmüyordu. Darley de aşırı derecede kapalı kutuydu – belki kıskançlıktan, belki de utançtan? Kim bilir? Sokakta birbirlerinin yoluna çıkarlarsa gülümseyip selamlaşıyorlardı, hepsi bu. Şimdi burada viskisini içerek onu dalgın dalgın izlerken, içindeki ışıkların yavaş yavaş daha parlak yanmaya başladığını, zenci cazının yumuşak temposuna ayaklarıyla karşılık verdiğini duyumsuyordu. Dans etmekten çok hoşlanıyordu, dört dörtlük vuruşla, ayak parmaklarının bastığı yerin içine işleyen ritimle ayakların kolayca sürünmesinden hoşlanıyordu. Dans etse miydi acaba?

Ama hiçbir aşırı hareket yapmayacak kadar iyi dans ediyordu, Melissa'yı öylece kollarının arasında tutarken kendi kendine "Jamais de la Vie"yi mırıldanarak pistin çevresinde hafif, yumuşak adımlarla dolaşmaktan öte bir şey yapmak sıkıntısına girmiyordu. Melissa ona gülümsedi, dış dünyadan tanıdık bir yüzle karşılaştığı için mutlu görünüyordu. Omzunda duran incecik bilekli uzun elini, bir serçe pençesi gibi ceketini tutan parmaklarını duyumsadı. "Formdasınız," dedi Melissa. O da, "Formdayım," diye yanıtladı. Bulundukları yere ve zamana uygun anlamsız şakalar yaptılar. Pursewarden onun iğrenç Fransızcasını çok ilginç, çok alımlı buluyordu. Daha sonra Melissa masasına geldi, Pursewarden onun için birkaç *coups de champagne*[1] parası ödedi – özel konuşmalar için yönetimin aldığı zorunlu ücret. O gece Melissa nöbetçiydi, onunla dans eden herkes, her dans için bir ücret ödemek zorundaydı, bu bakımdan, dansa biraz ara vermek hoşuna gitti, çünkü ayakları acımıştı. Çenesi avucunda, çok ciddi konuşuyordu, Pursewarden onu izlerken biraz solmuş bir güzelliği olduğunu düşündü. Gözleri güzeldi – ancak aşırı derecede namusluluğun yaşamdan aldığı ağır yaraların izi olan küçük ürkekliklerle mi doluydu? Ama hasta görünüyordu, hatta hasta olduğu apaçık ortadaydı. Defterine, "İnce hastalığın tatlı goncası," diye yazdı. Viski, yüzü gülmez neşesini artırmıştı, yaptığı şaklabanlıklar çok hoşlandığı zorlamasız bir kahkahayla ödüllendirildi. Darley'in onda ne bulduğunu anlar gibi oldu – kentin *yaramaz* çekiciliğini, inceliğini, sade güzelliğini: sokaktaki Arap'ın katı bir dünyaya hazır yanıtı. Yeniden dans ederlerken ama sarhoş bir halde ve alaycılıkla, şöyle dedi: *"Melissa, comment vous défendez-vous contre la solitude?"*[2] Onun verdiği yanıt, tuhaf bir nedenle, yüreğine bıçak gibi saplandı. Melissa, ona deneyimsizliğinin bütün yalansızlığıyla bakarak sakince yanıt verdi: *"Monsieur, je suis devenue la solitude même."*[3] Gülümseyen yüzün kederinde en küçük bir kendine acıma

1. (Fr.) Kadeh şampanya. (Ç.N.)
2. (Fr.) Melissa, yalnızlığa karşı kendinizi nasıl savunursunuz? (Ç.N.)
3. (Fr.) Bayım, yalnızlığın kendisi oldum ben. (Ç.N.)

duygusunun izi yoktu. Sanki bütün dünyayı gösteriyormuş gibi küçük bir el hareketi yaptı ve, "Baksanıza," dedi – bu havasız mahzende Étoile'in patronlarının bedenleşmiş kirli arzu ve istekleri bütün çevrelerine yayılmıştı. Anladı, şimdiye kadar onu ciddiye almamış olmasından büyük bir üzüntü duydu. Kendini beğenmişliğine çok öfkelendi. Birden içinden gelen bir dürtüyle yanağını onunkine bir abi sevgisiyle bastırdı. Melissa sözcüğün tam anlamıyla *doğaldı!*

Artık aralarındaki engel kalkmıştı, eski iki dost gibi rahatça konuşabileceklerini anladılar. Gece ilerledikçe onunla daha çok dans etmeye başladı. Melissa bundan hoşnut gibiydi, her ne kadar Pursewarden dans pistinde hiç konuşmadan, gevşeklik, mutluluk içinde dans ediyorsa da. Pursewarden yakınlık belirtisi olabilecek hiçbir hareket yapmadı, ama bununla birlikte Melissa'nın kendisini kabul etmiş olduğunu seziyordu. Daha sonra, gece yarısına doğru, şişman, para babası bir Suriyeli banker geldi, Melissa için onunla ciddi ciddi yarışmaya başladı. Pursewarden tedirgin olduğunu, tedirginliğinin neredeyse mülkiyet kıskançlığı biçimini aldığını görünce çok rahatsız oldu. Ağzının içinde bir küfür savurdu! Ama, yine de, müzik başlar başlamaz Melissa'ya daha kolay el koyabilmek için piste yakın bir masaya taşındı. Melissa'ya gelince; bu ateşli çekişmenin hiç farkında değilmiş gibi görünüyordu. Yorgundu. Sonunda Pursewarden, "Buradan çıkınca ne yapacaksın? Bu gece Darley'e gidecek misin?" diye sordu. Bu adı duyunca Melissa gülümsedi, ama bitkin bitkin başını sallayıp alçak bir sesle, "Hayır, şey için paraya ihtiyacım var – boş ver," dedi. Sonra birden sanki içten davranmadığını düşüneceğinden korkmuş gibi aceleyle ekledi: "Kışlık bir manto için. Çok az paramız var. Bu işte insan giyinmek zorunda. Anlıyor musunuz?" Pursewarden, "Şu iğrenç Suriyeliyle olmasın sakın?" dedi. Para! Büyük bir acı duyarak bunu düşündü. Melissa, olacağa boyun eğmekte üzülecek bir şey yokmuş gibi baktı. Alçak sesle ama hiç vurgulamadan, hiç utanç duymadan, "Kendisiyle gitmem için beş yüz Mısır şilini önerdi. Şimdilik, hayır, diyorum ama sonra – galiba gitmek zorunda kalacağım," dedi ve omuzlarını silkti.

Pursewarden usulca süzdü. "Hayır. Benimle gel. İhtiyacın varsa sana bin şilin veririm."

Böylesine yüklü bir paradan söz edildiğini duyunca Melissa'nın gözleri yusyuvarlak açıldı. Pursewarden, onun parayı zihninden kuruş kuruş saydığını, sanki parmaklarıyla sayıboncuklarını ayırır gibi yiyecek, ev kirası, giyecek için ayırdığını görür gibiydi. Sertçe, "Ciddi söylüyorum," dedi. Hemen arkasından ekledi: "Darley biliyor mu?"

"Aa, evet. Biliyor musunuz, çok iyi bir insan. Çok sıkıntılı bir yaşamımız var, ama o beni tanıyor. Bana *güveniyor.* Hiçbir zaman ayrıntıları öğrenmek istemez. Bir gün buradan gidecek kadar paramız olduğunda bu işlerin hepsini bırakacağımı bilir. Bizim için bunlar önemli değil."

Bu sözler, bir çocuğun ağzından korkunç küfürler duymak gibi tuhaf geldi ona. Pursewarden güldü, "Haydi yürü," dedi birden; ona sahip olmak için yanıp tutuşuyordu, onu yalancı bir sevecenliğin iğrenç öpücüklerinin beşiğine yatırmak, yok etmek için. "Haydi gel, Melissa sevgilim," dedi. Ama Melissa irkildi, bu sözcüğü duyunca sapsarı kesildi. Pursewarden bir hata yaptığını anladı. Çünkü herhangi bir cinsel birleşme, onun Darley'ye duyduğu sevginin kesinlikle sınırları dışında kalmalıydı. Kendisinden tiksindi, ama başka türlü davranması olanaksızdı. "Sana ne diyeceğim bak, bu ay sonu Darley'ye para vereceğim – sizin gitmenize yetecek kadar," dedi.

Melissa sanki dinlemiyor gibiydi. Kısık, kuru bir sesle konuştu: "Ben mantomu almaya gidiyorum, seni holde bulurum." Yöneticiyle konuşmaya gitti, Pursewarden sabırsızlıktan kıvranarak bekledi onu. Ahlakdışı bir yaşamın aldırmazlık perdesinin gerisinde pusuya yatmış bekleyen aşırı katı vicdanının sancılarını bastırmanın en iyi yolunu bulmuştu.

Üç-beş hafta önce Nessim aracılığıyla Leyla'dan, son derece güzel bir elyazısıyla, şöyle bir pusula almıştı:

"Sevgili Mr. Pursewarden,

Sizden benim için tuhaf bir şey yapmanızı istemek için yazıyorum. Geçenlerde çok sevdiğim amcam öldü. İngiltere'nin, neredeyse kendi dilinden daha iyi konuştuğu İngilizcenin büyük bir hayranıydı; vasiyetinde mezarına İngilizce yazıtlı bir taş dikilmesini istemiş, şiir ya da düzyazı ve olanağı varsa özgün. Ben onun anısı olacak bu şeye yaraşacak saygıyı göstermek, son isteğini yerine getirmek istiyorum, size yazmamın nedeni bu: Böyle bir şeyi üstlenmeyi düşünür müydünüz acaba? Eski Çin şairlerinin çok alışık olduğu bir şeydir, ama günümüzde pek yapılmıyor. Bu işi size beş yüz pound karşılığında sipariş etmeye hazırım."

Mezar yazıtı uygun bir biçimde yazılıp verildi ve parası bankaya kondu, ama Pursewarden tuhaf bir kör inanca saplanmıştı. Daha önce ısmarlama şiir yazmamıştı, hele mezar yazıtı hiç. Böylesine büyük bir paradan neredeyse bir uğursuzluk kokusu alıyordu. Para, bankada el sürülmeden duruyordu. Şimdi birden onu Darley'e vermek gerektiği inancına kapıldı! Başka şeylerin yanı sıra onun niteliklerine dikkat etmemiş olmasının, kaba acemiliklerinin günahını ödeyecekti.

Melissa bir bıçak kını gibi bedenini Pursewarden'ın buduna sımsıkı yapıştırarak otele yürüdü – tam bir sokak kadını yürüyüşüyle. Pek konuşmadılar. Sokaklar boştu.

Kıyılarına tozlu kahverengi saç örgüsü şeritler geçirilmiş oturma yerleriyle, çürümüş dantel perdeli aynalarıyla, eski pis asansör onları silkeleyerek ağır ağır, yukarı, örümcekli bir karanlığın içine çıkarıyordu. Biraz sonra küçük kapıdan içeri gireceklerini, boğazını bir ilmek sıkıncaya, gözyuvarlarının gerisinde yıldızlar patlamaya başlayıncaya kadar, kolları ve dudakları kenetlenmiş duracaklarını düşündü Pursewarden. Acıların dindirilmesi, unutma... tanımadığı bir kadının gövdesinden insan başka ne bekleyebilirdi?

Odasının kapısının önünde onu uzun uzun, acelesizce öptü, dişleri hafif bir çarpma sesiyle birbirine değinceye kadar Melissa'nın büzülmüş dudaklarının yumuşak kozasına dudaklarını bastırdı. Melissa ne karşılık veriyor ne de geri çekiliyordu, (karanlıkta hiçbir şey görmeyen) küçük, anlamsız yüzünü donmuş bir pencere camı gibi ona sunuyordu. En küçük bir heyecan duymadan, yalnızca çok derin, iç kemirici bir bezginlikle. Elleri soğuktu. Pursewarden onları avuçlarına aldı, içine anlatılmaz bir hüzün bastı. Yine kendisiyle baş başa kalması mı gerekiyordu? Birden komik bir sarhoşluğa sığındı, yalandan öyle görünmeyi çok iyi becerirdi, böylece gerçekliğin çevresine gerçekliğin düzenini bozacak, rahatını kaçıracak sözcüklerden bir yapı iskelesi kuracaktı. Darley'in yanındayken takındığı yapmacık şakacılığa bürünerek sertçe, *"Viens, viens!"* dedi, *"Le maître vous invite."*[1] Melissa hiç gülümsemeden, kuzu gibi uysalca eşikten atlayıp odaya girerek çevresine bakındı. Pursewarden gece lambasını el yordamıyla buldu. Lamba yanmadı. Komodinin üzerinde, bir çay tabağının içinde duran mumu yakıp ona döndüğünde, burun deliklerinde, göz çukurlarında gölgeler oynaşıyordu. Birbirlerine bak-

1. (Fr.) Sırasıyla; "Gelin, gelin!", "Üstat sizi davet ediyor." (Ç.N.)

tılar, Pursewarden kendi tedirginliğini gizlemek için yabancı askerlerin bozuk diliyle öfkeli homurtular çıkarıyordu. Sonra sustu, çünkü Melissa gülümseyemeyecek kadar yorgundu. Hiç konuşmadan, hiç gülümsemeden soyunmaya başladı, üstündekileri tek tek çıkarıp yıpranmış halının üzerine bırakıyordu.

Pursewarden bir süre yatağa uzanıp onun (eğreltiotuna benzeyen) ince gövdesini, eğik inen kaburga kemiklerini, küçük, olgunlaşmamış ama sert memelerini inceledi. Onun sessizliğinden tedirgin olan Melissa içini çekip duyulmayan bir şeyler söyledi. Pursewarden onu susturmak için, *"Laissez. Laissez parler les doigts... comme ça,"*[1] diye fısıldadı. Basit, somut bir söz söylemek isterdi. Sessizlikte, onun, cinsel istek uyandıran karanlıkla Pursewarden'ın gittikçe artan iştahıyla savaştığını, duygularını bölmelere ayırmaya, varoluşun gidişi içinde onları özel yaşamından uzak tutmaya çabaladığını duyumsadı. "Ayrı bir bölme," diye düşündü, "üstüne ölüm damgası mı vurulmuş?" Onun güçsüzlüğünden, damarlarında gidip gelen sevecenliğinden yararlanmaya kararlıydı, ama şimdi de kendi gücü geri çekilmiş, mum gibi erimişti. Yüzü soldu, parlak, ateşli gözlerini pis tavana dikmiş, sırtüstü yatıyordu, bakışları geçmişe uzanmıştı. Bir yerden sert bir çalar saat sesi geldi, bu ses Melissa'yı canlandırdı, bitkinliğini alıp götürdü, bunun yerini yeni bir tedirginlik, bu işi bitirme, yenilmemek için savaştığı uykuya kendini bırakma isteği aldı.

Birbirlerine karşı oyun oynadılar, kendileriyle alay eden, bir türlü alevlenemediği gibi bir türlü sönmeyen gelgeç bir tutkuyu arkası varmış gibi gösterdiler. (Dudaklarınız, bacaklarınız aralanmış böyle sonsuza kadar yata-

1. (Fr.) Bırakın. Bırakın parmaklar konuşsun... böyle. (Ç.N.)

bilir, sanki bir şey unuttuğunuzu, dilinizin ucuna geldiğini, yakalayacak gibi olduğunuzu düşünürsünüz. Ölseniz ne olduğunu anımsayamazsınız, o adı, o kenti, o günü, o saati... Biyolojik belleğinizin gücü kesilmiştir.) Melissa sanki ağlıyormuş gibi hafifçe burnunu çekti, sakına sakına hareket eden, solgun parmaklarıyla sanki yuvadan düşmüş bir kuş yavrusunu tutarmış gibi, incitmekten korkarcasına onu tutuyordu. Yüzünde kuşku ve kaygı çırpıntıları vardı – sanki akımın kesilmesi, iletişimin kopması kendi suçuymuş gibi. Sonra inledi – Pursewarden onun parayı düşündüğünü biliyordu. Böylesine büyük bir para! İşte şimdi kızın acemice kaygısı, kabalığı Pursewarden'ı öfkelendirmeye başladı.

"*Chéri!*"[1] Kucaklaşmaları mumyaların, klasik mezarların alçı kabartmalarının kucaklaşması gibi kuruydu. Melissa'nın elleri, kaburgalarının, böğrünün, boğazının, yanaklarının yarı silindiri üzerinde hiçbir heyecan uyandırmadan dolaşıyordu; karanlıkta bir duvarda gizli bir kapak, bastırılınca zamanın ötesinde başka bir dünyayı aydınlatacak, unutulmuş bir düğme arayan bir körün parmakları gibiydi. Hiç yararı yoktu galiba. Çıldırmış gibi çevresine bakındı. Deniz ışığıyla dolu, karabasan benzeri bir pencerenin altında yatıyorlardı; pencerenin önünde yelken gibi yumuşacık kalkıp inen tek parça perde, ona Darley'in yatağını anımsattı. Odada ekşimiş Çin buhurunun, çürüyen kitap müsveddelerinin, onun çalışırken yediği elmaların kokusu vardı. Çarşaflar kirliydi.

Pursewarden her zaman yaptığı gibi kendinden iğrenmenin, kendini aşağılamanın erişemeyeceği bir yerde, apaçık bir zihinle, durmadan yazıyordu. Tabakalarca kâğıt dolduruyordu. Yıllardır yaşamını zihnine yazma alışkanlığı sürüyordu – yaşamakla yazmak eşzamanlıydı.

1. (Fr.) Sevgilim. (Ç.N.)

Yaşadığı ânı yaşadığı anda, fırından yeni çıkmış ekmek gibi sıcağı sıcağına, çıplak ve açık olarak kâğıt üzerinde somutlaştırıyordu...

Kafasında daha şimdiden harcadığı, şimdiden kazandığı parayı kaçırmamaya kararlı olan Melissa, "Bak sana şimdi *La Veuve* yapacağım," dedi. Pursewarden Fransız giyotininin eski takma adlarından aşırılmış olan ve iğdiş etme kompleksinin gizli eğretilemesi biçiminde yansıyan o korkunç dişleri çağrıştırıcı bu olağanüstü güzel argo deyimi duyunca, sözcüğün tam anlamıyla keyiften titreyerek soluğunu içine çekti. Ölüme yazgılı gemicinin gömüldüğü köpekbalıklı aşk denizleri, eli ayağı kesik insanı durmadan daha derinlere çeken derin deniz düşünün sessizce donup kalışı... sonra bayağı bir dokunuşla inen çelik bıçak, sepete tak diye düşüp balık gibi kıvranan, kan fışkırtan o münasebetsiz düşünen kafa... Pursewarden, *"Mon cœur,"*[1] dedi boğuk bir sesle, *"mon ange,"*[2] en bayağı eğretilemeleri denemek istiyor, yitmiş, parçalanmış, karların içine fırlatılıp atılmış bir sevecenliği onlarla yakalamaya çalışıyordu. *"Mon ange."* Çok renkli ve tuhaf bir şeye açılan bir deniz penceresi!

Melissa birden öfkeyle bağırdı: "Öf Tanrım! Ama ne oluyor? İstemiyor musun?" Sesi neredeyse ağlamaklıydı. Onun yumuşak, biraz kadınsı elini alıp dizine koydu, avucunu kitap gibi açtı, umutsuz, meraklı yüzünü üzerine eğdi. Çizgileri daha iyi görebilmek için mumu yaklaştırdı, ince bacaklarını karnına çekti. Saçları yüzünün önüne düştü. Pursewarden onun omzuna vuran pembe ışığa dokunarak, "Fal bakıyorsun," dedi.

Ama o başını kaldırmadan kısa bir yanıt verdi: "Bu

1. (Fr.) Canım, hayatım. (Ç.N.)
2. (Fr.) Meleğim. (Ç.N.)

kentte herkes bakar." Uzun bir süre, hiç kıpırdamadan, böylece bir tablo gibi durdular. Pursewarden kendi kendine, "Bir aşk sahnesinin *caput mortuum*[1] oluşu," diye düşündü. Daha sonra Melissa sanki rahatlamış gibi içini çekip başını kaldırdı. Yavaşça, "Şimdi anlıyorum. Kendi içine kapalı bir insansın, yüreğin kapalı, tamamen öyle," dedi. Bir tavşanı boğarken yapılabilecek bir el hareketi yaptı, işaretparmağını işaretparmağına, başparmağını başparmağına değdirdi. Gözleri sevgiyle ışıldadı. "Senin yaşamın ölü, kapalı. Darley'inki gibi değil. Onunki geniş... çok geniş... açık." Kollarını yeniden dizlerinin üstüne bırakmadan önce öne uzattı. Sonra dürüst sözlülüğün korkunç bilinçsiz gücüyle şöyle ekledi: "O hâlâ sevebilir."

Pursewarden ağzına bir tokat yemiş gibi oldu. Mum titredi. Öfkeyle, "Bir daha bak elime, bir şeyler daha söyle," dedi.

Ama kız, onun sesindeki öfkeyi, sıkıntıyı yakalayamadı, bilmece gibi karışık beyaz elin üzerine bir kez daha eğildi. "Her şeyi söyleyeyim mi?" diye fısıldadı.

Adamın bir an için soluğu kesildi. Kısaca, "Evet," dedi.

Melissa çok tuhaf, çok değişik bir biçimde gülümsedi. "Çok iyi bakamam. Sana yalnızca gördüklerimi söyleyeceğim." Sonra yalansız gözlerini ona çevirip, "Çok yakında ölüm görüyorum," dedi.

Pursewarden kötü kötü gülümseyerek, "İyi," dedi.

Melissa bir parmağıyla saçlarını kulağının arkasına ittikten sonra bir kez daha yüzünü onun eline eğdi. "Evet, çok yakın. Birkaç saat içinde bir ölüm haberi duyacaksın. Ne saçma!" Hafifçe güldü. Daha sonra, şaşılacak bir biçimde kız kardeşini anlatmaya başladı. "Kör

1. (Lat.) Değersiz kalıntı. (Y.N.)

olan – *karın* değil." Gözlerini kapadı, Pursewarden'ın elini geri itmek için kollarını uyurgezer gibi öne uzattı.

Pursewarden, "Evet, bu o. Benim kız kardeşim," dedi. Melissa donup kalmıştı. "Kız kardeşin mi?" Pursewarden'ın elini elinden düşürdü. Daha önce bu oyunu oynadığında hiç böyle doğru kehanette bulunduğu olmamıştı.

Pursewarden durumun ağırlığına uyan bir sesle, "Onunla ben birbirimize âşıktık. Bir daha başka insanları sevmemiz olanaksız," dedi. Artık bir kez başladıktan sonra gerisini söylemek, her şeyi anlatmak birden kolaylaşmıştı. Büyük bir soğukkanlılık içindeydi. Melissa, gözlerinde acıma ve sevecenlikle ona bakıyordu. Acaba Fransızca konuşmak mı işleri kolaylaştırmıştı? Fransızcada tutkunun gerçekliği, insan deneyimi sınavına soğukça, acımasızca kafa tutar. Bu dili kendi tuhaf deyimiyle, "küçük, hinoğluhin imalardan etkilenmeyen bir dil" olarak nitelerdi. Yoksa Melissa'nın kaçak duygudaşlığı mı bu olayları konuşmayı kolaylaştırmıştı? O, kendisini hiç yargılamıyordu, onun için hepsi bilinen, denenmiş şeylerdi. Pursewarden aşkını, bu aşktan bilerek kaçışını, evliliği deneyişini, tutturamayışını anlatırken, ciddi bir yüzle başını sallıyordu.

Acımayla hayranlık arasında gidip gelirken öpüştüler, ama bu kez tutkuluydular, çünkü yazıya geçmiş insan deneyiminin bağlarıyla, bir şeyleri paylaşmış olma duygusuyla birleşmişlerdi. "Bunu elinde, senin elinde gördüm ben." Neredeyse, kendi kehanetinin bu hiç alışılmamış doğruluğu onu biraz korkutmuştu.

Peki öteki? O hep her şeyi rahatça anlatabileceği birini aramaktaydı – *ama bunu tam olarak kavrayamayacak birini bulmak istiyordu!* Mum titredi. Aynanın üzerine tıraş sabunuyla Justine için şu alaycı dizeleri yazmıştı:

Ah ne korkunçtur o gem!
Acısı çok yaman.
Bir kez kulak duymaya
Göz görmeye başladığı zaman!

Zihninin yalnızlığında bu sözleri kendi kendine mırıldandı, burada mum ışığında gördüğü esmer, sakin yüzü düşünüyordu – tıpkı şu anda Melissa'nın oturduğu gibi oturmuş, çenesini dizinin üzerine dayamış, sevgiyle elini tutarak kendisine bakmış olan esmer varlığı. Dingin sesiyle kız kardeşini, sürekli olarak anımsayabildiklerinden, bile bile kaçtıklarından daha iyi olabilecek doyumlar arayışını anlatırken zihninden başka dizeler geçti; deneyimlerinden olduğu kadar okuduklarından çıkmış karmakarışık yorumlar. Hatta bir kez daha o mermer gibi beyaz yüzü, ince boynun arkasına atılmış dalgalı siyah saçları, kulakmemelerini, küçük gamzeyle süslenmiş çeneyi –onu her defasında o kocaman boş gözyuvalarına götüren o yüzü– görür gibi olduğunda bile zihninin içinde şu dizelerin yinelendiğini duyuyordu:

Amors par force vos demeine!
Combien durra vostre folie?
Trop avez mené ceste vie.[1]

Kendisinin başka yerlere ait bir şeyler söylediğini duyuyordu. Örneğin acı bir gülümsemeyle, "*Zina* sözcüğünü Anglosaksonlar buldu çünkü aşkın çeşitliliğine inanmazlardı," gibi. Sonra böylesine ciddilikle, böylesine sevimli bir biçimde başını sallayan Melissa, daha önemli görünmeye başlamıştı – işte şurada kendisine anlayama-

1. (Fr.) Aşk zorla hükmeder sana! / Ne kadar sürecek bu çılgınlığın? / Yeterinden fazla katlandın bu yaşama. (Y.N.)

yacağı gizler, ayyaşça duygusallıkla hayvanca şiddet arasında gidip gelen gizemli erkek dünyasının gömülerini açan bir adam vardı! "Benim ülkemde bir kadına yapabileceğiniz gerçekten haz verici şeyler ya ceza gerektiren suç sayılır ya da ayrılma nedeni." Kız onun o tiz ve çatlak gülüşünden korkuyordu. Birden adam ona öyle çirkin görünmüştü ki. Sesini yeniden alçalttı, sanki bir yaranın üzerine bastırırmış gibi Melissa'nın elini kendi yanağına bastırıp duruyordu; içindeyse o duyulmaz yorum sürüyordu.

Bunca değişik dinde ne anlama gelir Tanrı?
Benlik bölünmesinin nedeni mi Eros ile Agape?

Korkmuş öpüşlerle artık bir daha hiç geri gelmeyecek içli dışlılıklar arasında bu büyülü şatoda hapsolmuşlar, La Lioba'yı öğrenmişlerdi! Ne delilik! Öteki âşıklara karşı bir daha hiç savaşa girmeyi göze alabilirler miydi? *Jurata fornicatio*[1] – zihinde damla damla akıp tükenen o dizeler; kızın gövdesi, Rudel'e göre, *"gras, delgat et gen."*[2] İçini çekti, eliyle örümcek ağlarını itermiş gibi anılarını kovaladı, kendi kendine, "Daha sonra, bir *askesis*'i[3] ararken çöl papazlarının ardına takılıp İskenderiye'ye gitti, iki çöl arasında bir yere, Melissa'nın iki memesi arasına. O *morosa delectatio.*[4] Ve başını oraya, kum tepeciklerinin arasına gömdü, onun diri saçlarıyla örtüldü," dedi.

Sonra sustu, dupduru gözlerle kıza bakıyordu, titreyen dudakları ilk kez şimdi gerçekten ateşli, gerçekten

1. (Lat.) Sürekliliği olan evlilik dışı cinsel ilişki. (Y.N.)
2. Jaufre Rudel'in Oksitanca yazdığı bir şiirinden alıntı. "Cömert, narin ve sevimli" anlamına gelir. (Y.N.)
3. (Eski Yunanca) Kendi kendini disipline etmek. (Y.N.)
4. (Lat.) Oh, bu ne vahşi zevk. (Y.N.)

tutkulu olan sevgi sözlerinin üzerine kapandı. Melissa birden titredi, onun elinden kurtulamayacağını, bütünüyle boyun eğmesi gerektiğini anladı.

Bir zafer kazanmışçasına Pursewarden, "Melissa," dedi.

Bu kez, uzun süredir birbirlerini arayan, gürültülü kentin her günkü kalabalığı içinde bulan iki dost gibi, birbirlerinden bilge ve sevecen iki kişi olarak tat aldılar. İşte şimdi bulmayı tasarladığı bir Melissa'yla karşı karşıyaydı – kapalı gözler, pembe mum ışığının öpüşüyle uykudan kopartılmış gibi sıcak, açılmış, soluyan bir ağız. "Gitme zamanı geldi." Ama, yorgunluktan ağlamaklı sesler çıkararak gövdesini onun gövdesine daha çok bastırıyordu Melissa. Pursewarden kolunun çengelinde yatan Melissa'ya sevgiyle baktı. "Başka kehanetin yok mu?" dedi neşeyle.

Uykulu uykulu yanıtladı Melissa: "Saçma, hepsi saçma. Bir insanın kişiliğini elinden okuyabiliyorum – ama geleceğini hayır! O işi pek beceremiyorum."

Pencerenin gerisinde gün ağarıyordu. Pursewarden birden banyoya koşup suyu açtı. Su kaynar sıcaklıktaydı, bir buhar hışırtısı çıkararak küvetin içine fışkırmaya başladı! Böyle bir saatte banyoda sıcak su bulup başka zaman damlasını bile bulamamak tam Akbaba Tepesi Oteli'ne göre bir şeydi. Bir okullu çocuk gibi heyecanlanarak Melissa'ya seslendi: "Melissa, gel suya bas kendini, kemiklerin dinlensin, yoksa seni evine asla götürmem." Şu beş yüz İngiliz lirasını Darley'e nasıl vermeliydi ki paranın kimden geldiğini anlamasın? Bir Kıpti'nin mezar yazıtını yazmış bir rakibin gönderdiğini asla bilmemeliydi. Bir kez daha, "Melissa," diye seslendi ama o uyuyordu.

Onu kucağına alıp banyoya götürdü. Sıcak suların içine yumuşacık uzatınca Melissa uyandı, suda açılan o olağanüstü kâğıt Japon çiçekleri gibi uykunun içinden gerinerek çıktı. Sıcaklığı elleriyle sığ göğsüne büyük bir hazla sıçrattı, heyecanlandı, kalçaları pembeleşmeye başladı. Pursewarden bir eli suyun içinde, bidenin üzerine oturmuş, uykusu yavaş yavaş açılan Melissa'yla konuşuyordu: "Biraz çabuk ol, yoksa Darley kızacak."

"Darley! Hah! Dün gece gene Justine'le birlikte çıktı." Doğrulup memelerini sabunlamaya başladı, su ve sabun bolluğu içinde sanki çok ender bir şarabın tadına bakıyormuş gibi soluyordu. Rakibinin adını, kendi kişiliğine hiç uymayan hafif yaltaklanmalı bir tiksintiyle söylemişti. Pursewarden çok şaşırdı. Melissa burun bükerek, "Böyle işte bunlar – Hosnani'ler," dedi. "Zavallı Darley'cik de onlara inanıyor, o kadına. Oysa kadın onu kullanıyor. Darley çok iyi, çok saf."

"*Kullanıyor mu?*"

Duşu açtı ve buhar bulutunun tadını çıkarırken küçük, kısılmış bir yüzle ona baş salladı. "*Onlarla* ilgili her şeyi biliyorum."

"Ne biliyorsun?"

Pursewarden içinde birden bir sıkıntının kımıldadığını duydu, nitelenemeyecek kadar apaçık bir şeydi. Melissa tıpkı dikkatsizlikle mürekkep hokkasını ya da balık kavanozunu devirir gibi onun dünyasını altüst etmek üzereydi. Yüzünde hep sevgi taşıyan bir gülümseme. Orada, buhar bulutunun içinde, on yedinci yüzyıla özgü bir kabartmada, yavaş yavaş gökte beliren bir melek gibi duruyordu. "Ne biliyorsun?" diye bir kez daha sordu.

Melissa bir el aynasıyla dişlerindeki çürükleri inceliyordu, gövdesi hâlâ ıslaktı; parlıyordu. "Anlatacağım. Ben eskiden Cohen adında çok önemli bir adamın kapatmasıydım, çok önemli, çok zengin biri." Böyle övünmesinde insana dokunaklı gelen bir şeyler vardı. "Nessim Hosnani'yle birlikte çalışıyordu, bana o anlattı. Sonra uykusunda da konuştu. Artık yaşamıyor. Galiba onu zehirlediler, çünkü çok şey biliyordu. Nessim Hosnani adına silahların Ortadoğu'ya, Filistin'e götürülmesine yardım ediyordu. Ama çok sayıda silah. *"Pour faire sauter les Anglais!"*[1] derdi." Bu sözcükleri kinli kinli, küfür eder gibi söyledi, sonra bir an düşündükten sonra birden, "Şöyle yapardı," diye ekledi. Cohen'in parmaklarını bir araya toplayıp öptükten sonra, *"Tout à toi, John Bull!"*[2] derken elini sallayışını yansılaması çok komikti. Ölü adamın kötülüğünü yansıtmak için yüzünü kırıştırdı, çarpıttı.

Pursewarden yavaşça, "Giyin artık," dedi. Öteki odaya geçti, dalgın dalgın durup kitap rafının üstündeki duvara bir süre baktı. Sanki kulağının dibinde bütün kent gürültüyle parçalanmış gibiydi.

Melissa basit bir kadının madenî sesiyle banyodan bağırıyordu: "İşte bu yüzden Hosnani'leri sevmem. Gizli gizli İngilizlerden nefret ederler."

Pursewarden, sanki bir atla konuşuyormuş gibi sertçe, "Giyin. Çabuk ol," dedi.

Birden böyle azarlanan Melissa kurulanıp parmak uçlarına basarak banyodan çıktı. "Birazdan hazır olurum." Pursewarden hiç değişmeyen donuk bakışlarını duvara dikmiş, put gibi duruyordu. Oraya başka bir gezegenden düşmüş sanırdınız. Öylesine kımıltısızdı, gövdesi ağır bir madenden yapılmış bir yontu olabilirdi. Melissa giyinirken birkaç kez gözucuyla ona baktı.

Kız, "Ne var?" diye sordu. Ama Pursewarden karşılık vermedi. Çılgınca bir öfkeyle düşünüyordu.

Melissa giyinince kolundan tuttu, ikisi birlikte sessizce merdivenleri indiler, sokağa çıktılar. Gün yavaş ya-

1. (Fr.) İngilizlerin canına okumak için! (Ç.N.)

2. (Fr.) Hepsi sana, John Bull! (Ç.N.)

vaş ağarıyordu. Hâlâ sönmemiş sokak lambaları vardı ve yere gölgeleri düşüyordu. Melissa arada bir onun yüzüne bakıyordu, ama onun yüzü hiçbir şey yansıtmıyordu. Her bir sokak lambasına yaklaştıklarında gölgeleri uzuyor, daralıyor, yarı ışıkta yok oluyor, sonra yeniden eski biçimlerini alıyordu. Pursewarden hâlâ onun kolundan tutarak, ağır, yorgun, düşünceli adımlarla yürüyordu. Bu uzamış, sıçrayan gölgelerin her birinde yenilmiş Maskelyne'in karaltısını şimdi açıkça görüyordu.

Meydanın köşesinde durdu, yüzünde hâlâ o dalgın ifadeyle, *"Tiens!"*[1] dedi. "Unuttum. İşte sana söz verdiğim binlik."

Kızı yanağından öptükten sonra tek söz söylemeden geriye, oteline döndü.

1. (Fr.) Hay Allah! (Ç.N.)

IX

Mountolive, Delta'daki çırçır fabrikalarında resmî bir geziye çıkmıştı, Telford ona haberi telefonla ulaştırdı. Mountolive şaşkınlıktan kulaklarına inanamadı. Telford ağzına iyi oturmamış takma dişlerinin armağanı olan tuhaf, hışırtılı bir sesle ve abartılı bir şekilde konuşuyordu; onun işinde ölüm önemli bir konuydu. Bir düşmanın ölümü dışında! Ağırbaşlı, üzüntülü, acıyan bir ses tonunu sürdürmek, kendi kendini kutlayışını belli etmemek için büyük bir çaba göstererek. Kuşkulu ölüm olaylarını inceleyen bir bölge savcısı gibi konuşuyordu: "Bilmek isteyeceğinizi düşündüm efendim, bu yüzden gezinizin ortasında sizi arama cesaretini gösterdim. Nimrod Paşa bana gece yarısı telefon etti, ben de gittim. Polis, savcılık araştırması için orayı mühürlemişti; Dr. Balthazar oradaydı. O ölüm raporunu yazarken ben de ortalığa bir göz attım. Merhuma ait birtakım kişisel kâğıtları almama izin verdiler. Pek önemli bir şey yok. Bir romanın müsveddeleri. Her şey öyle birdenbire oldu ki. Çok fazla içiyordu – her zamanki gibi, maalesef. Evet."

Mountolive duyulur duyulmaz bir sesle, "Ama..." dedi, kafasında öfkeyle inanmazlık yağla su gibi birbirine karışıyordu. "Ne demeye..." Ayaklarının bağı çözüldü. Bir iskemle çekip oturarak telefonun başında kızgınlıkla ağlamaya başladı: "Evet, evet, Telfrod – anlat. Ne biliyorsan anlat."

Telford verdiği haberin uyandırdığı ilginin farkındaydı, boğazını temizleyip sersemlemiş beyninde olguları sıraya sokmaya çalıştı. "Efendim, neler yaptığını araştırıp öğrendik. Tıraş olmadan, çok bitkin bir durumda buraya gelmiş (Errol bana öyle söyledi), sizi sormuş. Ama siz biraz önce çıkmıştınız. Sekreterinizin dediğine göre sizin masanıza oturup bir şeyler yazmış –bu epeyce sürmüş– size kişisel olarak verilmesini istemiş. "Gizli" damgası basması ve mühürlemesi için sekreterinize ısrar etmiş. Şimdi sizin dolabınızda duruyor. Sonra gitmiş galiba... evet, içki içmeye. Montaza yakınlarında sık sık gittiği küçük bir meyhanede bütün gün oturmuş. Deniz kıyısında kulübe gibi bir şey –birkaç tahta direk üzerinde hurma yapraklarıyla örtülmüş bir çatı– bir Yunan işletiyor. Bütün günü orada içerek, yazarak geçirmiş. Lokanta sahibinin dediğine göre pek çok *zibib*[1] içmiş. Tam denizin kıyısına, kumların üzerine bir masa kurdurtmuş. Hava rüzgârlıymış, içeri girerse daha iyi olacağını söylemişler. Ama hayır. O denizin kıyısına oturmuş. Öğleden sonra geç saatte bir sandviç yemiş, tramvaya binip kente dönmüş. Bana uğradı."

"Güzel, sonra."

Telford durakladı, soluğu tıkandı. "Büroya geldi. Tıraşsız olmasına karşın çok neşeli göründüğünü söyleyebilirim. Birkaç şaka yaptı. Ama benden bir siyanür hapı istedi – ne olduğunu biliyorsunuz. Daha fazlasını söylemeyeceğim. Bu telefon hattı güvenilir bir hat değil. Anlıyorsunuz değil mi efendim?"

"Evet, evet, sen devam et."

1. Mısır rakısı. (Y.N.)

Bunu sağlama aldıktan sonra Telfrod heyecanla devam etti: "Hasta bir köpeği zehirlemek istediğini söyledi. Bana çok normal geldi, bu yüzden ona bir tane verdim. Dr. Balthazar'a göre galiba bunu kullanmış. Umarım efendim, benim herhangi bir biçimde..."

Mountolive kendi elçiliğinden birinin bütün dikkatleri üzerine çekecek böylesine can sıkıcı bir hareket yapmasına karşı gitgide artan bir öfkeden başka bir şey duymuyordu! Hayır, aptalca bir şeydi bu. Kendi kendine, "Aptallık," diye fısıldadı. Ama Pursewarden'ın bir şeylerden suçlu olduğu duygusunu önleyemiyordu. Allah kahretsin, düşüncesizce, bayağıca bir şeydi – aynı zamanda da gizemli. Bir an için gözünün önüne Kenilworth'ün yüzü dikildi. Daha net duyabilmek için telefonun kulaklığını sarstı: "Peki ne demek oluyor bütün bunlar?"

Telford çaresizce, "Bilmiyorum, anlaşılması güç bir şey."

Sapsarı kesilmiş olan Mountolive arkasına dönüp o iç sıkıcı ek yapıda telefonun çevresinde duran paşalara birtakım sözler mırıldandı. Sanki uçmaya hazırlanan bir kumru sürüsü "rica ederim" diyen ellerini uzattılar. Hiçbir uygunsuzluk yoktu. Bir büyükelçi önemli olayların ardını bırakamazdı. Onlar bekleyebilirdi.

Mountolive sertçe ve öfkeyle, "Telford!" dedi.

"Evet efendim."

"Başka ne biliyorsan anlat bana."

Telfrod boğazını temizleyip hışırtılı sesiyle anlattı: "Benim açımdan olağanüstü önemli bir şey yok. Onu canlı olarak en son görmüş kişi öğretmen Darley. Siz belki de onu tanımıyorsunuz, efendim. Evet, otele geri dönerken onunla yolda karşılaşmış. Bir içki içmek üzere Darley'yi içeri davet etmiş, epeyce konuşmuşlar, içki içmişler. Otelde. Merhum özellikle ilgi çekici hiçbir şey söylememiş – kuşkusuz yaşamına son vermeyi tasarladığını esinlendirecek hiçbir şey. Tam tersine, akşam treniyle Gazze'ye, tatile gideceğini söylemiş, Darley'ye en son romanının paketlenmiş ve üzerine adres yazılmış müsveddelerini göstermiş, yolculukta gerekecek şeylerle bir yağmurluk – pijama, diş macunu falan. Onu bu kararından caydıran ne oldu? Bilmiyorum, efendim ama yanıtı sizin dolabınızda olabilir. Bu yüzden size telefon ettim."

Mountolive, "Anlıyorum," dedi. Tuhaftı ama şimdiden Pursewarden'ın sahneden çekilmiş olduğu düşüncesine alışmaya başlıyordu. Şaşkınlığı azalıyor, geçiyordu: Yalnızca giz kaldı. Telford hâlâ telefonda cızırdayıp duruyordu. Kendini toplayıp, "Evet," dedi. "Evet."

Mountolive'in o yapay, resmî ağırbaşlılığını yeniden takınıp gürültüyle çalışan makinelere nazik ilgisini göstermeye başlaması ancak birkaç dakika sürdü. Kafasının dağınıklığını belli etmemek, kendisine gösterilenlerden gerektiği biçimde etkilenmiş görünmek için büyük bir çaba harcıyordu. Bir yandan da böylesine... iğrenç bir terbiyesizlik yapmış olduğu için Pursewarden'a duyduğu saçma öfkeyi çözümlemeye çalışıyordu. Ne saçma. Ama tam ona göre bir davranıştı çünkü çok saygısızcaydı; belki de bunu önceden sezmesi gerekirdi? Öfke duygusuyla büyük bir yürek sıkıntısı yer değiştiriyordu. Öğleden sonra, otomobiliyle geri dönerken sabırsız bir bekleyiş ve gerginlik içindeydi. Sanki Pursewarden'ı suçlamaya, ondan açıklama istemeye, onu hak ettiği gibi paylamaya gidiyordu. Güzel bir akşam aydınlığında elçiliğe vardığında, çalışkan Errol hâlâ bürosunda resmî belgelerle oyalanıyordu, ama elçilik kapanmak üzereydi. Şifre görevlilerine kadar herkes, beklenmedik ölümler karşısında huzuru kaçan insanların gebe suskunluğu içindeydi. Ağır ağır yürümek, ağır ağır konuşmak, acele etmemek için büyük bir çaba harcıyorlardı. Coşku gibi acele de her zaman çok kötü şeydi, çünkü aklın egemen olması gereken yerde içtepi ya da duygunun egemen olduğunu gösterirdi. Sekreteri gitmişti, ama dolabın anahtarlarını arşivden aldı, acele etmeden iki kısa merdiveni tırmanıp bürosuna geldi. Bereket versin yürek atışlarını kendinden başka duyan yoktu.

Ölünün "kişisel eşyaları" (nedenselliğin şiirini bu sözden daha iyi anlatacak bir söz yoktur) masanın üzerine yığılmıştı, tuhaf bir biçimde cisimsizleşmiş görünüyorlardı. Bir kitap müsveddesi ve kâğıt demeti, bir yayıncıya gönderilmek üzere, üzerine adres yazılmış bir paket, bir yağmurluk, (Mountolive için pek az güzelliği olan) doğruluk kaygısı adına titiz Telford tarafından seçilmiş birtakım ıvır zıvır. Yazı altlığının üzerinden Pursewarden'ın kanı çekilmiş yüzünün kendisine baktığını görünce çok kötü irkildi – ölünün yüzünün alçıyla alınmış kalıbı, yanında da Balthazar'dan şöyle bir not: "Ölünün yüzünün kalıbını çıkarma pervasızlığını gösterdim. Umarım akıllılık etmişimdir." Pursewarden'ın yüzü! Bazı bakımlardan ölüm bir surat asma hali gibi görünebilir. Mountolive isteksizce, boş inançları varmışçasına kalıba dokundu, onu sağa sola itti. Eli hafif bir tiksinti duygusuyla ürperdi; birden ölümden korktuğunu anladı.

Sonra zarfın durduğu dolaba sıra geldi, masasına otururken titreyen başparmağıyla zarfın acemice basılmış mührünü kırdı. Bu büyük terbiyesizliğin akla yatkın bir açıklamasını hiç değilse burada bulmalıydı! Derin bir soluk aldı.

"Sevgili David,

Bunu sana ayrıntılarıyla anlatmak için başladığım yarım düzine mektubu yırtıp attım. Yalnızca edebiyat yaptığımı anladım. Çevremde yeterince var zaten. Kararım yaşamımla ilgili. Paradoks! Çok üzgünüm dostum.

Tam bir rastlantı sonucu, hiç ummadığım bir yerde, bana Maskelyne'in Nessim'le ilgili görüşlerinin doğru, benimkinin yanlış olduğunu gösteren bir şey çıktı karşıma. Nereden öğrendiğimi sana söylemiyorum, söylemeyeceğim. Ama Nessim'in Filistin'e silah kaçırdığını, bir süredir kaçırmakta olduğunu artık çok iyi biliyorum. Yedi numaralı belgede –anımsayacaksın– anlatılan uygulamalara boğazına kadar batmış olan gizli kaynağın o olduğu apaçık ortada. (341 numaralı Gizli Emir Dosyası. Haber Alma Servisi.) Ama bu bulgudan çıkan daha basit ahlaksal sonuçlara dayanabilecek durumda değilim. Bu konuda ne yapılması gerektiğini biliyorum. Ama n'aparsın, adam benim dostum. Bu yüzden... *quietus*[1] (Daha derin olan başka sorunları da çözecek bir şey.) Ah! Kendimize ne sıkıcı bir dünya yarattık. Gizli dolaplar, karşı dolaplar balçığı. Bunun benim dünyam olmadığını yeni anladım. (Okurken küfür ettiğini duyar gibiyim.)

Sorumluluklarıma böyle yan çizdiğim için kendimi çok aşağılık biri gibi hissediyorum ama gerçekte o sorumlulukların hiçbir zaman benim olmadıklarını biliyorum. Onlar senin sorumlulukların! Çok acı gelecek sana. Ama... senin mesleğin bu... Benim bir türlü gönlümün razı olmadığı şeyi senin yapman gerek!

Bende görev duygusunun eksik olduğunu biliyorum, ama oynadığı oyunların anlaşıldığını, haberin gerekli yere iletildiğini Nessim'e dolaylı olarak bildirdim. Elbet, doğruluğu kuşkulu olduğuna göre sen bunu örtbas edebilir, unutabilirsin. Senin günah eğilimlerini kıskanmıyorum. Benimkilere, gene de, bir neden aramaya gerek yok. Yorgunum, sevgili dostum, yaşayanların dedikleri gibi çok bıktım.

İşte bu yüzden...

Kız kardeşime sevgilerimi söyler misin, onu hep düşündüğümü? Teşekkür ederim.

Seni seven dostun, L.P."

1. (Lat.) Son, ölüm. (Ç.N.)

Mountolive'in ağzı şaşkınlıktan bir karış açık kaldı. Okurken renginin solduğunu hissetmişti. Sonra oturup alçı kalıbına uzun uzun baktı – dingin olduğu zamanlar Pursewarden'ın profilinden hiç eksilmeyen, kendine özgü o küstahlık havası; öte yandan kafasında kımıldanan, her yana ışık saçan bir şimşeğin süngüleri gibi yanıp sönen saçma bir diplomatlık kızgınlığıyla inatla boğuşma.

Avucuyla masaya vururken öfkeyle bağırdı: "Budalalık bu! Buz gibi budalalık! Resmî işiyle ilgili bir neden yüzünden hiç kimse kendini öldürmez!" Bunları söylerken sözcüklerin saçmalığına lanet okudu. İlk kez kafası tam anlamıyla allak bullak olmuştu.

Kafasının durulması için Telford'un daktiloyla yazılmış raporunu ağır ağır, dikkatli bir biçimde, sanki alıştırma ödeviymiş gibi sözcükleri söylerken dudaklarını kımıldatarak okudu. Pursewarden'ın ölümünden önceki yirmi dört saat içinde neler yaptığını anlatıyordu, onu gören çeşitli kişilerin yazılı tanıklıkları vardı. Raporların kimileri ilginçti, özellikle Pursewarden'ı Al Aktar Kahvesi'nde sabahleyin arak içip *croissant*[1] yerken görmüş olan Balthazar'ınki. O sabah anlaşılan kız kardeşinden bir mektup almış, çok ciddi bir dalgınlıkla onu okuyormuş. Balthazar gelir gelmez mektubu hemen cebine koymuş. Tıraşsız ve solgunmuş. Balthazar'ın belleğinde kalan bir söz (belki de bir şaka?) dışında aralarında geçen konuşmada pek ilgi çekecek bir şey yok görünüyordu. Bir gece önce Pursewarden, Melissa'yla epeyce dans etmiş, onun evlenilebilecek biri olduğunu falan söylemiş. ("Bir şaka olsa gerekti," diye ekliyordu Balthazar.) "Tümüyle aşkı konu alan" bir kitaba başladığını söylemiş. Mountolive gözlerini yavaş yavaş daktiloyla yazılmış sayfanın aşağıla-

1. (Fr.) Kruvasan. (Ç.N.)

rına kaydırırken içini çekti. Aşk! Sonra tuhaf bir şeyle karşılaştı. Basılı bir vasiyetname kâğıdı doldurup bırakmıştı Pursewarden, yazınsal vasiliğini kız kardeşine veriyor, öğretmen Darley ile sevgilisine beş yüz İngiliz lirası bırakıyordu. Buna, nedense eski bir tarih koymuştu – belki de günün tarihini unuttu?

İki şifre görevlisini de tanık yapmış.

Kız kardeşinin mektubu da oradaydı, ama Telford incelik edip onu ayrı bir zarfa koyarak mühürlemişti. Mountolive şaşkınlıktan başını sallayarak okudu, sonra utançla cebine sıkıştırdı. Dudaklarını yaladı, kaşlarını iyice çatarak duvara baktı. Liza!

Çekinerek başını kapıdan uzatan Errol, şefinin yanaklarından süzülen gözyaşlarıyla karşılaşınca çok şaşırdı. Kibarca geri çekilip hemen odasına gitti. Diplomatlığa yakışmayan bu durum karşısında çok sarsılmıştı, tıpkı Telford telefon ettiği zaman hemen hemen aynı şeyleri duyan Mountolive gibi. Tetik ve kaygılı bir biçimde masasına oturmuş düşünüyordu: "İyi bir diplomat asla duygularını göstermemeli." Sonra sıkıntılı bir dalgınlıkla bir sigara yaktı. İlk kez, büyükelçinin kolayca yıkılabilir biri olduğunu görüyordu. Bu kendisine olan saygısını bir dereceye kadar artırdı. Ne de olsa Mountolive de bir insandı... Ama insan gene de şaşırıyordu.

Üst katta Mountolive de sinirlerini yatıştırmak için bir sigara yaktı. Zihni yavaş yavaş Pursewarden'ın tatsız *eyleminden* (böyle bir münasebetsiz bir şekilde adsızlığa göçüşten), eylemin asıl anlamına kayıyordu – onun getirdiği yeni bilgilere. Nessim! O anda kendi ruhunun büzülüp kasıldığını, içinde daha derin, daha anlaşılmaz bir öfkenin kabardığını duyumsadı. Nessim'e güvenmişti! (İçinden bir ses, "Neden?" diyordu. "Böyle yapmaya hiç gerek yoktu.") Sonra, Pursewarden bu haince perendeyle aslında ahlaksal sorunun bütün yükünü Mountolive'in omuzlarına yıkmıştı. Eşekarısı yuvasına çomak sokmuş; görevle, akılla kişisel sevgi duyguları arasındaki o eski çatışmayı dürtüklemişti. Bütün siyaset adamları, sırtlarında bu haçı taşıdıklarını, yaşamlarının en güçsüz noktalarının bu olduğunu bilirler! Şu Pursewarden ne hınzır adammış, diye düşündü (neredeyse hayranlıkla), omzundan yükü nasıl da kolayca silkiverdi – böylesine bir kararın ayartıcı *kolaylığı:* Dünyadan elini ayağını çekmek. Acıyla ekledi: "Leyla yüzünden Nessim'e inandım!" Terslik üstüne terslik. Şimdi sigara içiyor ve gözlerini kırpmadan bakıyordu, Balthazar'ın acemi negatifinden Clea'nın sevecen ellerle çıkardığı o beyaz alçı yüzde, Leyla'nın oğlunun sıcak, yaşayan yüzünü görüyordu: Ravenna'daki bir duvar resminden fırlamış, koyu, bulanık yüz çizgileri! Dostunun yüzü. Sonra, düşündüğü şeyler kendi kendilerini fısıldadılar: "Belki de her şeyin altında Leyla var."

(Grishkin onu yaralamak, onu öfkelendirmek amacıyla, "Diplomatlar için gerçek dost diye bir şey yoktur," demişti acımasızca. "Onlar herkesi kullanır." Yani Mountolive onun gövdesini, onun güzelliğini kullanmıştı, ama şimdi gebe kalınca...)

Kendisini canlandıran nikotin yüklü oksijene, sinirleri yatıştıracak, beynini açacak zaman vermek için soluğunu ağır ağır, sonuna kadar dışarı veriyordu. Gözlerinin önünden sis kalktıkça yepyeni bir manzara görür gibi oldu; çünkü rastlantı ve dostluk durumlarını, Mısır'da geçirdiği –tenisli, yüzmeli, at gezintili– günlerden derlenmiş sevgili takvimin üzerindeki her bir tarihi değiştirmemesi düşünülemeyecek bir şeyle karşı karşıyaydı. Hatta sıradan toplumsal alışkanlıklar ve zevkler dünyasına katılmak, yalnızlığının *taedium vitae*'sinden[1] kurtulmak gibi

1. (Lat.) Yaşamdan bıkkınlık. (Ç.N.)

basit hareketler bile bu yeni bilgiden çok kötü etkilenmişti. Dahası, Pursewarden'ın paldır küldür onun kucağına yıktığı bilgileri ne yapacaktı? Kuşkusuz rapor edilmesi gerekiyordu. İşte bu noktada bir an duraklayabildi. Rapor edilmesi *gerekiyor* muydu? Mektupta verileri destekleyen hiçbir kanıt yoktu – belki de tek ezici kanıt olarak bu ölüm vardı... Bir sigara yakıp şu sözleri fısıldadı: "Ama ruh dengesi bozuktu." Hiç değilse bu acımasız bir gülümsemeye değerdi! Her şeye karşın siyasal işlerle görevli birinin intiharı pek rastlanmayan bir şey değildi; Rusya'da bir kabare dansözüne âşık olan o genç adam, Greaves vardı... Yazara duyduğu dostluğa karşılık böylesine kötü bir kazık yediği için nedense çok içerliyordu.

Çok güzel. Diyelim ki mektubu yaktı, böylece de mektubun taşıdığı ahlaksal sorumluluğun yükünden kurtuldu? Bu işi yapmak çok basitti, şu ocakta, bir kibrit çaktı mı tamam. Kendisine sanki böyle bir açıklama hiç yapılmamış gibi davranmayı sürdürebilirdi – ama Nessim böyle bir şeyin yapıldığını biliyordu! Hayır, kurtuluş yoktu.

İşte şimdi görev duygusu, ayağına uymayan bir ayakkabı gibi her adımda acıtmaya başlamıştı. Gözleri yarı kapalı, esmer yüzleri birbirine bakmayan, hiç konuşmadan, duygusuzca dans eden Justine ile Nessim'i düşündü. Onlar kendi gözünde şimdiden yeni bir boyut kazanmıştı – ilkel bir duvar resmindeki duygusuz insan izdüşümleri. Belki onlar da bir görev ve sorumluluk duygusuyla savaşıyordu – kime karşı? Üzüntüyle, "Belki de kendilerine karşı," diye fısıldadı, başını iki yana sallayarak. Bir daha asla Nessim'le göz göze gelemezdi.

Birden her şeyi anladı. Bugüne kadar Nessim'in ince zekâsı *–ve Pursewarden'ın varlığı–* aralarındaki kişisel ilişkinin zarar görmesini önlemişti. Yazar, resmî ilişkiyi sağlayarak onları kişisel yaşamlarında özgürleştirmişti. İki adam resmî konularla uzaktan yakından ilgili hiçbir şeyi tartışmak zorunda kalmamışlardı. Artık bir daha aynı mutlu taban üzerinde karşılaşamazlardı. Bu bağlamda bile Pursewarden onun özgürlüğünü elinden almıştı. Leyla'ya gelince; belki de anlaşılmaz suskunluğunun, kendisiyle karşı karşıya gelememesinin nedenini burada aramak gerekiyordu. İçini çekti, Errol'u çağırmak için zile bastı. "Şuna bir göz atsanız iyi olur," dedi. Elçilik idare amiri oturup belgeyi yutarcasına okumaya başladı. Ara sıra başıyla onaylıyordu. Mountolive boğazını temizledi: "Bana hayli tutarsız göründü." Böyle dediği için, anlamları apaçık sözlere gölge düşürmeye, kendi kafasında gizlice verdiği yargı konusunda Errol'u etkilemeye çalıştığı için kendinden tiksindi.

Errol ağır ağır iki kez okuyup mektubu masanın üstünden ona uzattı. Saygılı ve kararsız bir biçimde, "Hayli şaşırtıcı," dedi. Mektupta iletilmek istenenler konusunda değerlendirmeler yapmak ona düşmezdi. Bu şefinin hakkıydı. Yardımcı olmak için, çekine çekine, "Bana biraz tutarsız geldi," diye ekledi.

Mountolive sıkıntıyla yanıtladı: "Ne yazık ki tam Pursewarden'dan beklenecek bir şey. Onunla ilgili başlangıçtaki öğütlerinizi dinlemediğim için şimdi üzülüyorum. Galiba ben yanıldım, onun uygunluğu konusundaki görüşlerinizde siz haklıydınız." Errol'un gözlerinde alçakgönüllü bir sevinç ışığı parladı. Gene de Mountolive'e bakarken hiçbir şey söylemedi. Mountolive, "Kuşkusuz, sizin de çok iyi bildiğiniz gibi, bir süredir Hosnani'den kuşkulanıyordu," diye ekledi.

"Biliyorum efendim."

"Ama burada söylenenleri destekleyen hiçbir *kanıt* yok." Sinirli sinirli iki kez mektuba hafifçe vurdu.

Errol geriye yaslanıp burnundan soluyarak, kararsızca, "Bilmiyorum. Bana epeyce inandırıcı geldi," dedi.

"Bunun bir rapora dayanak olabileceğini sanmıyorum. Ama elbette Londra'ya olduğu gibi bildireceğiz. Gene de ben bunu savcılığa verip araştırmalarına yardımcı olmak niyetinde değilim. Ne dersiniz?"

Errol dizlerini iki yana salladı. Kurnazca bir gülümseme yavaş yavaş dudaklarına doğru ilerledi. Sakince, "Belki en iyisi onu Mısırlılara vermek, kendilerini ona göre ayarlamak isteyebilirler. Kuşkusuz... daha sonra, her şey daha somut bir hal alırsa, bizim yapmak zorunda kalabileceğimiz diplomatik baskıya da gerek kalmaz. Hosnani'nin sizin dostunuz olduğunu biliyorum efendim," dedi.

Mountolive hafifçe kızardığını hissetti. Sertçe, "İş konularında bir diplomatın dostu yoktur," dedi. Bunu tam Pontius Pilatus'un vurgusuyla söylediğini fark etti.

"Haklısınız efendim." Errol ona hayranlıkla bakıyordu.

"Hosnani'nin suçu kesinleşir kesinleşmez harekete geçmek zorunda kalacağız. Ama destekleyici kanıtlarımız yokken durumumuzun güçlü olmadığını bilmemiz gerekir. Memlik Paşa için – onun pek İngiliz yanlısı olmadığını bilirsin... düşüncem şu..."

"Evet efendim?"

Mountolive durdu, vahşi bir hayvan gibi havayı içine çekiyor, kararını Errol'un onaylamaya başladığını hafif hafif sezinliyordu. Bir süre alacakaranlıkta sessizce oturup düşündüler. Sonra dramatik bir hareketle büyükelçi, masasının üzerindeki lambanın düğmesine dokundu, kararlılıkla, "Siz de onaylarsanız, gerekli belgelerimizi toplayıncaya kadar bunu Mısırlılara vermeyeceğiz. Londra'ya gönderilecek. Gizli ve yetkili kişiye özel olarak, kuşkusuz. Resmî sıfatı olmayan, hatta ailesinden olan kişilere bile değil. Sırası gelmişken, yakınlarına mektup yazma işini siz üstünüze alabilir misiniz? Bir şeyler uydurursunuz, bunu size bırakıyorum," dedi. Gözlerinin önünde Liza Pursewarden'ın yüzü belirince yüreğine bir sancı saplandı.

"Evet. Burada dosyası var. Karısı dışında, yanılmıyorsam, Körler Enstitüsü'nde bir kız kardeşi olacak." Errol titizlik edip yeşil bir dosyaya başvurdu, ama Mountolive, "Evet, evet. Onu tanıyorum," dedi. Errol ayağa kalktı.

Mountolive ekledi: "Sonra hakkını yemiş olmamak için Maskelyne'e, Kudüs'e bir suret göndermeliyiz, öyle değil mi?"

"Elbette efendim."

"Şimdilik kararımız aramızda kalsın olur mu?"

"Peki efendim."

Mountolive alışılmışın dışında bir içtenlikle, "Çok teşekkür ederim," dedi. Birden kendini çok yaşlı, çok güçsüz hissetti. Gerçekten de öylesine büyük bir güçsüzlük duyuyordu ki, bacaklarının kendisini aşağıya, elçilik konutuna taşıyamayacağından kuşkulandı. "Yalnızca şimdilik." Errol izin isteyip çıktı, kapıyı bir dilsizin ciddiyetiyle yavaşça kapadı.

Mountolive büfeye telefon edip et suyuyla bisküvi istedi. Gözlerini maskla roman müsveddesinden ayırmaksızın, çok acıkmış gibi yiyordu. İçinde hem derin bir tiksinti hem de sonsuz bir keder vardı – hangisinin daha baskın olduğunu söyleyemezdi. Pursewarden'ın, gene istemeyerek kendisini sonsuza kadar Leyla'dan ayırdığını düşünüyordu. Evet, bunu da yapmıştı, belki de sonsuza kadar.

Yine de o gece İskenderiye Ticaret Odası toplantısında (Errol'un yazdığı) nüktelerle dolu konuşmasını yapmış, oraya toplanan bankacıları akıcı Fransızcasıyla büyülemişti. Muhammed Ali Kulübü'nün görkemli yemek salonunda alkışların sesi gittikçe çoğaldı. Masanın ta öteki başında oturan Nessim, ağırbaşlı, sakin bir konuşmayla ona yanıt verdi. Yemek sırasında Mountolive, dostunun kara gözlerinin birkaç kez kendisininkileri aradığını, sorarcasına baktığını fark etti ama ona yakalanmamaya çalıştı. Aralarında bir uçurum açılmıştı, ikisi de nasıl kapatacaklarını bilmiyorlardı. Yemekten sonra holde paltosunu giyerken bir an için Nessim'le karşılaştı. Birden, onunla Pursewarden'ın ölümünü konuşmak için dayanılmaz bir istek duydu. Bu konu, aralarına kaya gibi çakılmıştı. Sanki bedensel bir sakatlıktan, sanki gülüşünü çirkinleştiren eksik bir ön dişten utanırmış gibi utandı. Hiçbir şey söylemedi, Nessim de öyle. Kapının önünde ayakta durmuş sigara içerek arabalarını bekleyen iki uzun boylu adamın neşeli, zarif davranış ve konuşmalarında yüzeysel görünüşün gerisinde neler olup bittiğini belli edecek bir şey yoktu. Ama aralarına, yani yüreklerinde tedirginlik yaratan, yüreklerini katılaştıran bir bilginin varlığı girmişti. Bir kâğıt parçasının üstüne karalanmış birkaç sözcüğün onları birbirlerine düşman etmesi ne tuhaftı.

Daha sonra, bayraklı arabasında arkasına yaslanıp güzel purosunu içerek sarsıntısızca ilerleyen Mountolive, benliğinin en derin köşesinin bir Mısır mezarı kadar tozlanmış olduğunu, havasızlaştığını hissetti. Ne tuhaf, insan zihni böylesine derin şeylerin yanı sıra sığ şeylerle de uğraşıyordu; bankacıları büyülemek konusunda gösterdiği başarının büyüklüğü onu çok sevindirmişti! Gerçekten de çok göz kamaştırıcıydı. Konuşmasının elden ele dolaşan kopyalarının yarınki gazetelerde, yeni fotoğraflarıyla birlikte sözcüğü sözcüğüne yayınlanacağını biliyordu. Öteki elçiler her zamanki gibi onu kıskanacaklardı. Para değerini altına dayandırma konusunda neden hiç kimse böyle dolambaçlı bir biçimde genel bir açıklama yapmayı akıl etmedi? Bu coşkuyu yitirmemeye, kendini kutlama düzeyinde dikiş tutturmaya çabaladı ama boşunaydı. Elçilik yakında kışlık karargâhına dönecekti.

Leyla'yı görmemişti. Acaba onu bir daha hiç görecek miydi?

İçinde bir yerlerde bir duvar yıkılmış, bir baraj delinmişti. Kendi kendisiyle yeni bir çatışmanın içine düşmüştü, yüz çizgilerine yeni bir gerginlik, adım atışlarına yeni bir kararlılık geldi.

O gece, eve her dönüşünü kutlayan acılı kulak ağrısı nöbeti çıkageldi. Ama anasının kanadı altındaki yuvadan uzakta ilk kez böyle bir şey oluyordu. Bu nöbet onu telaşlandırdı. Annesinin her zaman kullandığı ev ilacıyla kendi kendine doktorluk etmeye çalıştı ama başaramadı, yanlışlıkla zeytinyağını fazla ısıtıp işlem sırasında kendini çok kötü yaktı. Bu olaydan sonra, dedektif öyküleri okuyarak okumayı bırakıp beyaz badanalı duvara dalgın dalgın bakarak yatakta üç sıkıntılı gün geçirdi. Hiç değilse Pursewarden'ın yakılma törenine katılmaktan kurtulmuştu – yoksa, yüzde yüz Nessim'le karşılaşacaktı. Rahatsızlığı duyulur duyulmaz yağmaya başlayan geçmiş olsunların, armağanların arasında Nessim'le Justine'den gelmiş bir çiçek buketi de vardı, bir an önce iyileşmesini diliyorlardı. Birer İskenderiyeli olarak, birer dost olarak bundan azını yapamazlardı!

Uykusuz geçen o uzun günlerde, gecelerde derin derin onları düşündü, yeni bilgisinin ışığında ilk kez onları birer bilmece gibi gördü. Ne olduklarını çözemiyordu, hatta aralarındaki özel ahlaksal ilişki, onda hep tam olarak anlayamadığı, hiçbir zaman açıkça değerlendiremediği bir şey duygusu uyandırıyordu. Nedense onlarla olan dostluğu onları, kendisi gibi, aynı anda çeşitli düzeylerde birden yaşayabilecek kişiler olarak düşünmesini engellemişti. Gizli işbirliği yapan kişiler, âşıklar olarak... Bu bilmecenin anahtarı neydi? Bunu bir türlü bulamıyordu.

Ama belki de onun aradığı ipuçları çok daha gerilerde gömülüydü – ne kendisinin ne de Pursewarden'ın şimdiki zamanın bakış noktasından görebilecekleri kadar uzak geçmişte.

Onun bilgisi dışında kalan, Justine ile Nessim'le ilgili pek çok olgu vardı – bunların kimilerini bilmeden onların durumunu anlamak olanaksızdı. Bu olguları da işin içine katabilmek için evliliklerinden önceki döneme bir kez daha kısaca dönmek gerekiyor.

X

İskenderiye'nin mavi akşam karanlığı henüz onları büsbütün örtmemişti. "Ama sen... nasıl söylesem bilmem ki?.. Onu gerçekten beğeniyor musun, Nessim? Kuşkusuz bir süredir aklının onda olduğunu biliyorum; o da senin kafandan geçenleri biliyor."

Clea'nın pencereye dayanmış başı kımıldamadan duruyordu, bakışları yapmakta olduğu pastel resme dikilmişti. Hemen hemen bitmek üzereydi resim; o çevik, akıcı çizgilerden birkaç tane daha koydu mu, modelini rahat bırakabilirdi. Nessim ona poz vermek için çizgili bir kazak giymişti. Hiç de rahat olmayan küçük kanepeye uzanmıştı, elinde çalmasını bilmediği bir gitar vardı, kaşları çatılıydı. Sonunda alçak sesle, "İskenderiye'de aşk sözcüğü nasıl söylenir? İşte sorun burada? Uykusuzluk, yalnızlık, *bonheur, chagrin*[1] – ona kötülük etmek ya da onun rahatını kaçırmak istemiyorum, Clea. Ama öyle ya da böyle, bir yerde benim ona gereksinim duyduğum kadar o da bana duymalı. Konuşsana, Clea," dedi. Yalan söylediğini kendisi biliyordu. Ama, Clea, bilmiyordu.

Gözlerini önündeki kâğıttan ayırmadan kuşkuyla başını salladı, sonra omuzlarını silkti. "Benim gibi ikinizi

1. (Fr.) Sırasıyla: Mutluluk; acı. (Ç.N.)

de seven birinin bundan daha iyi bir dileği olabilir mi? Sonra senin isteğin üzerine onunla *konuştum* da, onu kurcaladım, deşmeye çalıştım. Hiç umut yok görünüyor." Bu kesinlikle doğru muydu, Clea kendi kendine bunu soruyordu. İnsanların ağızlarından çıkanlara inanmaya büyük bir eğilimi vardı.

"Yapmacık bir gurur olmasın?" dedi Nessim sertçe.

"Umutsuzca gülüyor, (Clea umutsuzluk anlatan bir el hareketi yaptı) şöyle! Bana kalırsa, o *Mœurs* adlı kitabın kendisini sokak ortasında çırılçıplak bıraktığını düşünüyor. Artık hiç kimseye ruh huzuru veremeyeceğini düşünüyor! Ya da böyle söylüyor."

"Ondan bunu isteyen kim?"

"Senin isteyeceğini sanıyor. Sonra, kuşkusuz, senin toplumsal konumun da söz konusu. Sonra, ne de olsa, o bir Yahudi. Kendini onun yerine koy." Clea bir an sustu. Sonra yine o dalgın ses tonuyla ekledi: "Sen ona bir tek yönden gerekli olabilirsin, çocuğunu aramak için senin servetinden yararlanmak isteyebilir. Oysa bunu yapmayacak kadar gururludur. Ama... *Mœurs*'ü okudun. Aynı şeyleri bir kez daha neden söyleyeyim?"

Heyecanla atıldı Nessim: *Mœurs*'ü okumadım, asla okumayacağımı da biliyor. Bunu kendisine söyledim. Ah canım Clea'cığım." İçini çekti. Bu da başka bir yalandı.

Clea duraksadı, gülümseyerek onun esmer yüzüne dikkatle baktı. Sonra, başparmağını resmin bir köşesine sürterek konuşmasını sürdürdü: "*Chevalier sans peur,*[1] falan filan. Tam sana göre bir davranış Nessim. Ama biz kadınları böylesine yüceltmek akıllıca bir şey mi acaba? Bir İskenderiyeli olarak hâlâ biraz bebeksin."

"Hiç yücelttiğim falan yok. Onun ne kadar acınası, deli ve kötü biri olduğunu biliyorum. Kim bilmiyor ki?

1. (Fr.) Korkusuz şövalye. (Ç.N.)

Geçmişi ve bugünü... herkes biliyor. Yalnız onun benim şeyime çok iyi uyacağını..."

"Senin neyine?"

Şaşılacak bir biçimde, *"Kuruluğuma,"* diyerek yan döndü, hem gülümsüyor hem de kaşlarını çatıyordu.

"Evet, bazen annem ölmeden hiç kimseye doğru dürüst âşık olamayacağımı düşünüyorum – hâlâ da genç sayılır. Konuş Clea!"

Sarışın baş yavaş yavaş iki yana sallanıyordu. Clea, sehpasının yanındaki kül tablasında yanan sigarayı alıp bir duman çekti, sonra yine işine döndü. "Eh, bu gece onu kendim görüp kendim anlatmak için ciddi bir girişimde bulunacağım," dedi Nessim.

"Kendini sevdirmekten söz etmiyorsun."

"Nasıl edebilirim?"

"O *sevmezse*, severmiş gibi yapması hiç de dürüstçe olmaz."

"Henüz ben de sevip sevemeyeceğimi bilmiyorum; ikimiz de tuhaf bir biçimde *âmes veuves*[1] gibiyiz, anlamıyor musun?"

Clea kuşkuyla ama gülümseyerek, "Ya ya!" dedi.

Nessim kaşlarını çatmış duvara bakıyordu. "Aşk bir süre *incognito*[2] kalabilir bizim aramızda. Ama olacak. Bunu ona göstermeye çalışacağım." Dudaklarını ısırdı. "Gerçekten sana bilmece gibi mi görünüyorum Clea?" Aslında, "Seni aldatmayı başarabiliyor muyum?" demek istiyordu.

Clea paylarcasına, "Ama kımıldadın," dedi; bir an durakladıktan sonra sakince sürdürdü konuşmasını: "Evet. Bir bilmece. Tutkun bana son derece *voulue*[3] geliyor. *Be-*

1. (Fr.) Dul ruhlar. (Ç.N.)
2. (Lat.) Kendini tanıtmadan, kimliğini gizleyerek, gizlice. (Ç.N.)
3. (Fr.) Kasıtlı. (Ç.N.)

soin d'étre aimé'siz[1] bir *besoin d'aimer.*[2] Lanet olsun!" Gene kımıldamıştı. Clea öfkelenerek durdu, tam onu paylayacağı sırada gözü, ocağın rafındaki saate iliști. "Gitme zamanın gelmiş. Onu bekletmemelisin."

Nessim, yattığı yerden kalkarak sertçe, "Güzel," dedi, çizgili kazağı çıkartıp iyi kesimli ceketini giydi, arkasına dönerken arabanın anahtarını bulmak için cebini karıştırıyordu. Sonra birden aklına aynaya bakmak geldi, siyah saçlarını sabırsızca, hızlı hızlı geriye fırçaladı, Jusine'e nasıl görüneceğini gözünün önüne getirmeye çalışıyordu. "Ne demek istediğimi ona tam olarak anlatabilmek isterdim. Ruhları henüz sevmeye hazır olmayan insanların bir aşk sözleşmesi yapabileceklerine inanmıyor musun Clea? *Amour-passion*'a[3] karşı bir *tendresse.*[4] Anası babası olsaydı, onu onlardan hiç düşünmeden satın alırdım. On üç yaşında olsaydı ne söyleyebilecek bir şeyi olurdu ne de duyguları, öyle değil mi?"

Clea, tiksintiyle, "On üç!" diyerek titredi ve Nessim'in ceketinin arkasını aşağıya çekerek düzeltmesine yardım etti.

Nessim alaylı bir biçimde, "Belki," dedi, "mutsuzluk benim için bir tür *diktat*... ne dersin?"

"Ama öyle olsaydı *tutkuya* inanırdın. Oysa inanmıyorsun."

"İnanıyorum... ama..."

Nessim tatlı tatlı gülümsedi, yarı boyun eğiş, yarı öfke yansıtan, yumuşak, umutsuz bir el hareketi yaptı. "Ah, senden yardım ummamalı boşu boşuna. Hepimiz başkalarının şöyle ya da böyle bir şeyler öğretmesini bekliyoruz."

1. (Fr.) Sevilme gereksinimi. (Ç.N.)
2. (Fr.) Sevme gereksinimi. (Ç.N.)
3. (Fr.) Karasevda. (Ç.N.)
4. (Fr.) Sevecenlik, şefkat. (Ç.N.)

"Git artık. Bu konudan bıktım. Ama önce öp beni." İki dost kucaklaştılar. Clea, "İyi şanslar," diye fısıldadı.

Bu sırada Nessim dişlerinin arasından, "Seni böyle çocukça sorguya çekip durmamalıyım. Saçma. Bu konuyu onunla ben kendim, bir sonuca bağlamalıyım," diyordu. Yumruğunu iki kez avucuna vurdu.

Böylesine çekingen bir insanda böylesine alışılmamış bir ateşlilik görmek Clea'yı çok şaşırttı. Mavi gözlerini şaşkınlıktan koca koca açarak, "Oo, bu yeni bir şey!" dedi. İkisi de güldüler.

Nessim onun dirseğini sıktıktan sonra arkasına dönüp gittikçe karanlıklaşan merdivenlerden hafif adımlarla inerek sokağa çıktı. Tüy gibi ustaca dokunuşlarına hemen tepki gösteren büyük araba, klakson uyarılarıyla, seke seke Saad Zağlul'dan geçti, tramvay yolunun üzerinden aşıp yokuş aşağı, denize doğru hızla inmeye başladı. Kendi kendine alçak sesle, hızlı hızlı Arapça konuşuyordu. Belki de kız şimdi Cecil Oteli'nin kasvetli salonunda, eldivenli ellerini çantasının üzerinde kavuşturmuş, pencereden dışarı bakarak küçük belediye meydanında gevşek yelkenler gibi çırpınan, gıcırdayan palmiyelerin oluşturduğu kafesli perdenin arkasında denizin yerde sürüne sürüne yayılışını, yükselip inişini izleyerek kendisini bekliyordu.

Köşeyi döndüğü sırada, yukarı mahalleye giden karmakarışık bir geçit alayıyla karşılaştı, açtıkları parlak renkli sancaklarını limandan yükselen serpintiyle birlikte ince bir yağmur da dövüyordu; her şey büyük bir karmaşa içinde devinip dalgalanıyordu. Ezgiler ve metal üçgenlerin sesleri havada çekingen çekingen çınlıyordu. Huzursuz bir yüzle arabadan indi, arabayı kilitledi, kaygıyla saatine baktı, büyük salonun tozlu sessizliğine açılan yuvarlak kapılarla arasındaki son yüz metreyi koşarak geçti. İçeri girdiğinde soluk soluğaydı, ama durumun tümüyle bilincindeydi. Justine kuşatması aylardır sürüyordu. Nasıl sonuçlanacaktı – zaferle mi, yenilgiyle mi?

Clea'nın sözlerini anımsadı: "Bence bu tür yaratıklar insan değildir. Yaşıyorlarsa, insan biçimine girdikleri için yaşıyorlardır. Ama tek bir tutkunun tutsağı olmuş kişi de aynı görüntüyü verir. Çoğumuz için yaşam hoş bir vakit geçirme vesilesidir. Ama o, doğanın en yapay, en güçlü biçimiyle canlı bir betimlemesine benziyor; gergin ve ayrıntılı. O takınaklı bir insan – takınaklı insanlar hiçbir şey öğrenemezler, onlara kimse bir şey öğretemez. Arkasındaki itici gücün ölüm olması onu daha az sevimli yapmaz! Ama sevgili Nessim, hangi açıdan kabul edeceksin onu?"

Henüz bilmiyordu; hâlâ dolaşıyorlar, başka diller konuşuyorlardı. Bunun sonuna kadar böyle sürülebileceğini düşündü umutsuzca. Evlilik konusunu konuşmak için neredeyse iki iş ortağı gibi birkaç kez resmen buluşmuşlar, şirketlerini birleştirmek isteyen İskenderiyeli pamuk simsarlarının soğukkanlılığıyla konuşmuşlardı. Ama bu kentin âdetiydi.

Çok ilginç olduğunu sandığı bir girişimde bulunmuş ve ona büyük bir para önermişti: "Senin karar vermeni servetler arasındaki eşitsizlik güçleştiriyorsa, sana bir doğum günü armağanı verebilirim, böylece kendini büsbütün bağımsız bir insan –yalnızca bir kadın– olarak düşünebilirsin, Justine. Bu kentte herkesin kafasına sızan şu iğrenç nesne her şeyi zehirliyor! Herhangi bir karar vermeden önce gel biz bundan kurtulalım..."

Ama bu da sökmedi; daha doğrusu onur kırıcı, anlayışsız bir soruya yol açmaktan başka bir işe yaramadı: "Yani gerçekten benimle yatmak mı istiyorsun? Olur. Ah, senin için her şeyi yaparım Nessim."

Bu sözler onu çok tiksindirdi, çok öfkelendirdi. Kendini kaybetti. Bu da çıkar bir yol gibi görünmüyordu. Bir an düşündükten sonra birden kafası şimşek gibi çakan bir doğrunun ışığıyla aydınlandı. Şaşkınlıkla kendi kendine mırıldandı: "Ama beni anlamamasının nedeni bu, gerçekten dürüst davranmıyorum." Başlangıçta tutkusunun etkisinde kalmış olabilirdi, ama hoşuna gitmek için ilkin (sözde "özgürleştirmek" bahanesiyle, ama aslında kendine bağlamak için) para armağan etmekten başka çıkar yol bulunmadığını kabul ediyordu – evet, daha sonra da, umutsuzluğu arttıkça kendini onun insafına bırakmaktan başka yapılacak bir şey bulamadı. Bir anlamda delilikti bu – ama onda bütün öteki bağların temelini oluşturacak bir gönül borcu duygusu uyandırmanın başka yolunu düşünememişti. Bazen çocuklar annelerinin kendilerinden esirgediğini düşündükleri sevgi ve ilgisini zorla kopartabilmek için kendilerini tehlikelere atarlar.

Yeni titreşimlerle dolu yepyeni bir sesle, "Bak," dedi, yüzü o anda kâğıt gibi olmuştu. "Seninle açık konuşmak istiyorum. *Gerçek yaşam* beni hiç mi hiç ilgilendirmiyor." Sesiyle birlikte dudakları da titredi. "Ben bir bakıma tutkunun yaratabileceğinden çok daha yakın bir ilişki düşlüyorum – ortak inanç bağı." Justine, bir an için, acaba bilinmedik garip bir dini mi var, onu mu demek istiyor, diye meraklandı. İlgiyle bekledi, onun ne kadar heyecanlandığını görmek eğlendirici, aynı zamanda rahatsız ediciydi. "Sana şimdi bir gizimi açmak istiyorum ama sır aramızda kalmazsa hem benim hem de ailenin başına büyük belalar açılabilir; en önemlisi de benim hizmet ettiğim dava zarar görür. Kendimi büsbütün senin ellerine teslim etmek istiyorum. İkimizin de aşk duygularının ölü olduğunu varsayalım... Senin böyle tehlikeli bir şeye katılmanı..."

Çok tuhaf, böyle konuşmaya, düşündüklerine yakın şeyler söylemeye başladığı zaman Justine gerçekten *ilgilenmiş,* onu gerçekten ilk kez bir erkek olarak görmeye başlamıştı. İlk kez, aşk itirafından tuhaf bir biçimde uzak bir itiraf sayesinde onun duyarlı noktasına dokunabiliyordu. Justine büyük bir şaşkınlık, keder ve sevinç içinde, kendisinden yalnızca yatağını paylaşmasını değil, bütün yaşamının kökeninde yatan tek saplantıyı paylaşmasını istediğini anlamaya başlıyordu. Doğal olarak böylesine tuhaf, böylesine bencil olmayan bir sözleşme önerisi ancak bir sanatçıdan gelebilir, kadınım, diyen hiçbir kadın da böyle bir sözleşmeyi geri çeviremez. Ona evlenme değil (söylediği yalanlar yüzünden böyle bir yanlış anlama doğmuştu), biricik *tutkusuna* ortaklık öneriyordu. "Aşk" sözcüğüne yükleyebileceği tek anlam kesinlikle buydu. Ona her şeyi anlatmaya karar verdiği için büyük bir heyecanla kendini toparlayıp sözcüklerini seçerek, tutumlu kullanarak ağır ağır, sakince konuşmaya başladı: "Fransızlar ve İngilizler, Ortadoğu'nun denetimini yitirdiklerine göre buradaki günlerimizin sayılı olduğunu biliyorsun, hepimiz biliyoruz. Biz yabancı toplulukların, bizim burada kuruculuğunu yaptığımız her şeyi bir Arap, bir İslam akımı yavaş yavaş yutuyor. Kimilerimiz ona karşı bir şeyler yapmaya çalışıyoruz; Ermeniler, Kıptiler, Yahudiler, Yunanlar, burada, Mısır'da, başkaları da başka başka yerlerde örgütleniyor. Burada, bu işi, büyük oranda ben üstlenmiş durumdayım... Kendimizi savunmak istiyoruz, hepsi bu, yaşamlarımızı savunmak, burada yaşama hakkımızı savunmak. Bunu biliyorsun, herkes biliyor. Ama biraz daha ilerisini görenler için..."

Bunu söyledikten sonra ağzını yamultarak gülümsedi – içinde kendini beğenmişlik izi taşıyan sevimsiz bir gülümsemeydi. "Biraz daha ileriyi görenler bunun yalnızca bir gölge oyunu olduğunu biliyor; bu dünyadaki yerimizi bütün bölgeye egemen olacak kadar güçlü ve uygar bir ulusun desteği olmadan asla koruyamayacağız. Ne kadar sevsek de Fransa ve İngiltere dönemi artık sona erdi. Peki onların yerini kim alabilir?" Derin bir soluk alıp sustu, daha sonra ellerini dizlerinin arasına sokup sıkıştırmaya başladı, sanki söylenmemiş düşünceyi dışarı çıkarmak için bir süngeri yavaş yavaş, haz duyarak sıkarmış gibi.

Konuşmasını fısıltıyla sürdürdü: "Ortadoğu'da her şeyin geleceğini saptayabilecek bir tek ulus var. Her şeyin, hatta tuhaf değil mi, sefil Müslümanların kendilerinin yaşam düzeyleri bile ona, onun gücüne, olanaklarına bağlı. Adını söylemem gerekir mi? Belki sen bu işlerle ilgilenmiyorsun?" Ona bakarak ışıl ışıl gülümsedi. Göz göze geldiler. Ancak tutkuyla seven iki insan gibi karşılıklı oturmuş birbirlerinin gözlerine bakıyorlardı. Nessim onu hiç bu kadar solgun, bu kadar dikkat kesilmiş görmemişti, bütün zekâsı birden bakışlarında parlamaya başlamıştı. Daha sert bir biçimde, "Söylememe gerek var mı?" diye yineledi; soluğunu birden uzun bir iç çekişle dışarıya bırakan Justine başını iki yana sallayarak o tek sözcüğü fısıldadı:

"Filistin."

Aralarında uzun bir sessizlik oldu, Nessim büyük bir mutluluk ve övünçle ona bakıyordu. Sonunda, "Yanılmamışım," dedi; Justine birden onun ne demek istediğini anladı: Uzun süredir kafasında biçimlenen, onunla ilgili yargısında yanılmadığını söylemek istiyordu. "Evet, Justine. Filistin. Yahudiler özgürlüklerini kazanabilirlerse hepimiz rahatlarız. Bizim için tek umut bu... kapı dışarı edilen *yabancılar* için." O sözcüğü söylerken sesi hafifçe acılaşmıştı. İkisi de şimdi titremeye başlayan parmaklarıyla birer sigara yakıp dumanını birbirlerine doğru üflediler, yepyeni bir barışıklık ve anlayış havasının içine girmişlerdi. Sesini alçaltarak, "Bütün servetimiz orada patlak vermek üzere olan savaşa gidiyor," dedi. "Her şey ona bağlı. Kuşkusuz biz de burada boş durmuyoruz, sana bunları anlatacağım. İngilizler, Fransızlar bize yardım ediyor, bunda bir sakınca görmüyorlar. Onlar adına üzgünüm. Çok acınacak durumdalar çünkü artık ne savaşmak hatta ne de düşünme isteği duyuyorlar." Acımasızca ama aynı zamanda bastırılmış sevecenlikle dolu bir aşağısamaydı. "Ama Yahudilere gelince; onların *genç* bir yanı var: Ölmekte olan bir soyun kokuşmuş bataklıklarında Avrupa'nın ileri karakolu." Durakladı, sonra birden keskin ve genizsel bir sesle, "Justine," dedi. İkisi aynı anda ağır ağır, düşünceli bir biçimde ellerini birbirlerine uzattılar. Soğuk parmakları birleşti, sımsıkı kenetlendi. Her ikisinin yüzünde de kıvançlı bir kararlılık, hatta korku okunuyordu.

Nessim'in imgesi birden başkalaşmıştı. Yepyeni, daha çok da korkutucu bir görkem kazandı. Sigarasını içerken onu izleyen Justine, onun yerinde başka birini görüyordu – bir serüvenci, insanların ölüm kalımlarıyla oynayan bir korsan; elindeki güç, parasının gücü de bu oyunun bir anlamda trajik fonunu oluşturuyordu. Şu anda Nessim'in gözünde Justine parlak aynaların geri yansıttığı ya da pahalı giysilere, düzgünlere gömülü bir kadın değil, yastığını paylaşacağı sevgiliden çok daha yakın biriydi: Justine bunun farkındaydı.

Nessim ona Faust'vari bir sözleşme öneriyordu. Daha şaşırtıcısı da şuydu: Justine içinde ilk kez arzunun kımıldadığını duyumsadı; yalnızca haz aradığını, aynadan gerçekliğe bir gönderme olduğunu düşündüğü, daha önceleri satılmış olan şu döküntü gövdenin belden aşağısında ilk kez bir kımıltı oluyordu. Birden onunla yatmak için dayanılmaz bir istek duydu – hayır onunla değil, onun tasarılarıyla, parasıyla, ölümüyle! Onun kendine nasıl bir aşk önerdiğini ancak şimdi anlarmış gibiydi; kendisine tek servetini öneriyordu, bu acınası siyasal tasarı yüreğinde öylesine uzun zamanda, öylesine büyük acılar pahasına olgunlaşmıştı ki, artık başka içtepilere ya da isteklere yer kalmamıştı. Sanki birden bütün duyguları büyük bir örümcek ağına yakalanmış, bilinçli isteminin, arzularının, insan kişiliğinin kendi kendini tüketen gelgitinin altında yatan yasaların tutsağı olmuş gibiydi. Parmakları hâlâ birbirine kenetliydi, bir müzik akordu gibi bu bağla gövdelerinin gücünü birbirlerine geçiriyorlardı. "Artık yaşamım senin elinde," dediğini duymak, Justine'in beynini tutuşturdu, yüreği göğüskafesinde güm güm atmaya başladı.

Daha önce hiç tanımadığı yeni bir yılgınlıkla Justine, "Benim gitmem gerek," dedi, "gerçekten gitmem gerek." Her türlü bedensel çekicilikten çok daha yeğin bir gücün koltuklamalarının etkisinde kalmış olmasına karşın, kararsızlık ve güçsüzlük duyuyordu.

"Tanrı'ya şükürler olsun," dedi Nessim alçak sesle, "Tanrı'ya şükürler olsun." Sonunda her şey sonuca bağlanmıştı.

Ama kendi rahatlamasında korku da vardı. Nasıl olmuş da sonunda anahtarı, kilidin içine döndürmeyi başarmıştı? Kendini doğruya kurban ederek, kendini Justine'in ellerine teslim ederek. Bu akılsızlığı etmekten başka çıkar yol kalmamıştı. O yolu denemek zorundaydı. Doğulu kadının Avrupa'daki anlamında kösnü düşkünü olmadığını bilinçaltında biliyordu; onun hamurunda yalancı duygululuk yoktur. Kendisi ne kadar kabul etmese de, onun gerçek tutkusu güç, siyaset ve mülktür. Cinsellik hep düşüncesinde tıkırdar durur; ama cinselliğin devinimlerini paranın kinetik hoyratlığı kızıştırır. Bu ortak davranış alanında Justine ilk kez, kendi olmayı başarmış, bir çiçeğin ışığa tepkisi kadar doğal bir tepki göstermişti. İşte tam o sırada, sakin sakin serinkanlılıkla konuşup dururlarken, başları iki çiçek gibi birbirlerine doğru eğilmiş ve sonunda Justine şu görkemli sözleri söyleyebilmişti: "Ah Nessim, kabul edebileceğim hiç aklıma gelmemişti. Benim yalnızca bana inanan insanlar için yaşadığımı nereden bildin?"

Nessim gözünü kırpmadan ona bakıyordu, heyecanlanmış, biraz da korkmuştu, onda tam Doğu ruhuna vergi baş eğişi görüyordu – yeryüzünün en büyük güçlerinden biri olan saltık kadın uysallığını.

İkisi birlikte çıkıp arabaya kadar yürüdüler. Justine, sanki kendi gizli köşesinden çok uzaklara sürüklenmiş, okyanusun ortasında bırakılıvermiş gibiydi, büyük bir bitkinlik duyuyordu. "Daha başka ne diyeceğimi bilemiyorum."

"Hiçbir şey. Yaşamaya başlamalısın." Gerçek aşkın tuhaflıkları bitmek bilmez. Justine suratının ortasına bir tokat yemiş gibiydi. En yakın kahvehaneye girip bir fincan sıcak kakao ısmarladı. Titreyen ellerle içti. Sonra saçlarını fırçaladı, makyajını tazeledi. Tek satış aracının güzelliği olduğunu biliyor, onu önemsemeden diri tutuyordu.

Nessim masasına oturup uzun uzun düşündükten sonra parlak telefonunu kaldırıp Capodistria'nın numarasını çevirdiğinde aradan birkaç saat geçmişti. Sesini alçaltarak, "Da Capo, Justine'le evlenme tasarımı anımsıyor musun? Her şey yolunda. Yeni bir yandaş kazandık. Bunu kurula söyleyen sen ol istiyorum. Herhalde artık –bir Yahudi'yle evlendiğime göre– benim Yahudi olmamam onları kaygılandırmaz. Ne dersin?" dedi. Dostunun alaylı kutlamalarını sinirlenerek dinledi. Sonunda soğuk bir sesle, "Birtakım hesapların dışında duygularım olmadığını düşünmek küstahlıktır. Eski bir dostum olarak seni uyarıyorum, bir daha benimle böyle konuşma. Benim özel yaşamım, özel duygularım beni ilgilendirir. Başka kaygılarımla da uyuşuyorsa ne mutlu. Ama beni onursuz bir insan sanıyorsan, haksızlık edersin. Onu seviyorum," dedi. Bu sözcükleri söylerken midesi bulandı; birden kendinden tiksindi. Gene de tam yerinde bir sözcük kullanmıştı – sevmek!

Sanki bir ton ağırlığındaymış gibi telefonun almacını yavaş yavaş yerine koydu, parlak cilalı masadaki kendi yansımasına bakmaya başladı. Kendi kendine konuşuyordu: "Açıkçası benim bir insan olarak sevebileceğimi sanmıyor. Ona önerecek böyle bir tasarım olmasaydı belki daha yüz yıl yalvarırdım. Zar atar gibi düşüncemizden çıkarıp ortaya attığımız o üç harfli sözcüğün anlamı ne? – Aşk?" Kendine duyduğu tiksintiden boğulacak gibiydi.

O gece duvar saatleri tam on biri vururken Justine hiç haber vermeden büyük eve çıkageldi. Nessim henüz giyinikti, yatmamıştı, şöminenin yanında oturmuş kâğıtlarını düzenliyordu. Şaşkınlık ve sevinçle, "Telefon etmedin ha? Ne güzel bir sürpriz," diye haykırdı.

Justine kendini içeri alan uşak gidinceye kadar kapıda hiçbir şey söylemeden, ciddi bir yüzle durdu. Sonra kürkünü omuzlarından aşağı kaydırırken bir adım ilerledi. Sessizce, tutkuyla kucaklaştılar. Daha sonra, ocağın ışığında hem korkmuş hem de sevinçli görünen gözlerini ona dikerek, "İşte artık seni tanıyorum Nessim Hosnani," dedi. Aşk her türlü gizli işbirliği, demektir. Justine'in içinde zenginliğin ve entrikanın gücü, tutkunun elçileri harekete geçmişti. Yüzünde, ancak kendilerini dine adamışlarda görülebilecek bir arılığın parıltısı vardı! "Senden talimat almaya geldim, yeni bilgiler almaya geldim," dedi.

Nessim'in yüzü değişti. Hemen yukarıya, küçük kasasına koşup kocaman yazışma dosyalarını getirdi – sanki dürüst olduğunu, söylediği sözleri hemen oracıkta kanıtlayabileceğini göstermek istiyordu. Şu anda ona ne annesinin ne de erkek kardeşinin bildiği şeyi – Filistin komplosundaki suç ortaklığını açıklıyordu. Ocağın başına çöküp gün ağarıncaya kadar konuştular.

"Benim şu anki kaygılarımın neler olduğunu anlayacaksın. O konuda işime yarayabilirsin. İlkin Yahudi Kurulu'nun duyduğu kuşku ve kaygıların giderilmesi var. Onlarla *senin* konuşmanı istiyorum. Buradaki Yahudiler hiçbir şeye bulaşmaz, Mısırlılarla aralarının bozulmasından korkarken, bir Kıpti'nin kendilerini desteklemesini kuşkuyla karşılıyorlar. Onları inandırmalıyız, Justine. Gerekli silahları yığma işi en azından bir yıl sürer. Sonra bütün bunları buradaki iyi yürekli dostlarımız İngiliz ve Fransızlardan saklamalıyız. Benim ne yaptığımı, yeraltı etkinliklerimi öğrenmeye çalıştıklarını biliyorum. Şu âna kadar kuşkulandıklarını sanmıyorum. Ama bizi özellikle ilgilendiren iki kişi var. Darley'in Melissa'yla olan ilişkisi, *point névralgique*'lerden[1] biri bu; sana söylediğim gibi Melissa bu yıl ölen yaşlı Cohen'in metresiydi. Cohen silahların taşınma işinden sorumlu olan kişiydi, bizimle ilgili her şeyi biliyordu. Acaba ona bir şeyler söylemiş miydi? Bilmiyorum. Ondan daha tehlikeli bir başka kişi de Pursewarden; elçiliğin Siyasal Şube'sinden olduğu gün gibi ortada. İkimiz çok iyi dostuz, falan filan ama... nelerden kuşkulandığını biliyorum. Gerekirse onun kuşkularını dağıtmak için Kıpti topluluğu içindeki hareketi ele veririz! Başka ne bilebilir ya da neden korkusu olabilir? Sen bana burada da yardımcı olabilirsin. Ah Justine, anlayacağını biliyordum!"

Ocağın ışığında öylesine dingin görünen Justine'in esmer, gerilmiş yüzünde yeni bir aydınlık, yeni bir güç vardı. Başını salladı. Boğuk sesiyle, "Teşekkür ederim Nessim Hosnani. Şimdi ne yapmam gerektiğini anlıyorum," dedi.

Daha sonra tavana kadar uzanan kapıları kilitlediler, kâğıtları kaldırdılar, gecenin en kıpırtısız saatinde, erkekleri düşlerinde aldatan dişi şeytanların tutkulu ilgisizliğiyle sevişmek üzere ocağın önünde birbirlerine sarılıp yattılar. Hoyratça, coşkuyla öpüşüyorlardı, ama kendi insanlık durumlarının saydam suretinden başka bir şey

1. (Fr.) Hassas nokta. (Ç.N.)

değildiler. Birbirlerinin en gizli güçsüzlüklerini görmeye başlamışlardı, aşkın gerçek yerini. İşte artık Justine'in kafasında hiçbir çekingenlik, hiçbir yasak kalmamıştı, başka koşullarda aşüftelik gibi görünebilecek şey aslında tam anlamıyla kendini aşka bırakışın güçlü bir katsayısıydı – şimdiye kadar hiçbir erkeğin ona tattırmadığı gerçek bir kimlik biçimi! Birlikte paylaştıkları giz, onun rahat davranmasını sağlamıştı. Nessim ise acayip derecede yumuşak –neredeyse genç kızlara özgü– kadınsılığıyla onun kollarının arasında sarsılıp tartaklandıkça, kendini bir bez bebek gibi hissediyordu. Hafif hafif ısıran dudakları ona çocukluğunda sahip olduğu beyaz Arap kısrağını anımsattı; karmakarışık anılar, renkli kuş sürüleri gibi gözünün önünde uçuşmaya başladı. Bütün gücü tükenmişti, neredeyse ağlayacaktı, ama aynı zamanda sınırsız bir gönül borcu ve sevecenlikle doluydu. Bu olağanüstü güzel öpüşler, içindeki yalnızlık duygusunu söküp atmıştı. Gizini paylaşabileceği birini bulmuştu – tam kendi gönlüne göre bir kadın. Aykırılık içinde aykırılık!

Justine'e gelince; sanki Nessim'in sahip olduğu şeylerin –silahların soğuk çeliğinin, bombaların tungsten madeninden yapılmış soğuk başlıklarının, arapzamkının, hintkenevirinin, deniz taşımacılığının, opalin, tıbbi otların, ağaç ve ipeğin– tuhaf bir biçimde simgelediği manevi gücün hazinesini yağmalamıştı.

Nessim kendisinin üzerine çıkan kadının ağırlığını hissediyordu, Justine'in kasığının saldırılarında kendisine bir şey katmak, kendisinin eylemlerini döllemek tutkusunu fark ediyordu; gücünün ölümcül silahlarına meyve verdirmek, gerçekten kısır bir kadının yürekler acısı kavgasına yaşam gücü vermek tutkusu. Justine'in yüzü Şiva'nın[1] maskı kadar anlatımsızdı. Ne güzeldi ne

1. Hinduizmin en büyük tanrılarından biri. (Ç.N.)

de çirkin ama gücün kendisi gibi çıplaktı. Kendilerini daha iyi tanımak için meni tutmayı soğuk bir sanat haline getirmek konusunda ustalaşmış azizlerin Faust'vari aşklarıyla yaşıt görünüyordu bu aşk, çünkü mavi alevler gövdeyi ısıtmaz, soğuturdu. Ama istenç ve ruh, sönmemiş kireç kuyusuna batırılmış gibi yanıp kül oldu. Gerçek bir kösnüllüktü bu, uygar zehirlerle uyuşturulmamış, romantik bir doğruluk düşüncesine dayanan bir toplumun ağız zevkine uydurulmamış bir kösnüllük. Bu yüzden daha az mı aşktı? Paracelsus, Kabalacılar arasındaki bu tür ilişkileri anlatmıştı. Bunlarda insan Aphrodite'nin o özgün, yalın, aldırışsız yüzünü görebilir.

Bir yandan da kendi kendine hep şöyle düşünüyordu: "Bütün bunlar bitince, yitik çocuğunu bulduğum zaman – o zaman birbirimize öylesine yakın olacağız ki, artık beni bırakması diye bir sorun kalmayacak." Kucaklaşmalarındaki coşku *suç ortaklığından* geliyordu, etin ya da ruhun gelişigüzel kışkırtmalarından çok daha derin, çok daha acımasız olan bir şeyden. Nessim, ona göstermelik bir evlilik, ama aynı zamanda ikisini de *ölüme* sürükleyebilecek bir amacın biçimlendirdiği bir evlilik önererek kazanmıştı onu! Justine için cinselliğin bütün anlamı bu olabilirdi şimdi! Ölümlerini beklemek nasıl da büyük bir heyecan, cinsel bir heyecan veriyordu!

Güneşin ilk soluk titrek ışıklarıyla birlikte Nessim onu arabasıyla evine götürdü; asansörün ağır ağır, zorlana zorlana üçüncü kata çıkıp geri dönmesini bekledi. Asansör hafifçe sarsılarak önünde durdu ve ışık tık diye söndü. O gitmiş ama kokusu kalmıştı.

"Adı *Jamais de la vie*[1]" olan koku.

1. (Fr.) Hayatta olmaz. (Ç.N.)

XI

O yaz, o güz, kentte eşine pek ender rastlanır birtakım eğlenceler düzenlemek için el ele verdi iki işbirlikçi. Artık büyük evin birkaç saatten çok sessiz kaldığı görülmüyordu. Ya yaylı çalgılar dörtlüsünün eğreltiotu benzeri motifleriyle ya da kara kuşlar gibi geceye dert yanan saksafonlardan dökülen çağlayanlarla dolup taşıyordu. Bir zamanların boş, ıssız mutfakları, şimdi yine verilecek bir şölen için hazırlık yapan ya da bitmiş bir şölenin ardından ortalığı toplayan uşaklarla kaynaşıyordu. Kentte, Nessim'in Justine'i sosyeteye sokmaya kararlı olduğu söyleniyordu – sanki onun gibi ruhunda Avrupalılık olan bir adamın İskenderiye'nin taşra debdebesinden beklediği bir şey olabilirmiş gibi. Hayır, ikinci başkentin sosyetesine yöneltilen bu hesaplı saldırıların amacı başkaydı: Bilgi edinmek ve oyalamak. İşbirlikçiler ancak bu perdenin önünde çalışmaları için gerekli davranış özgürlüğünü bulabiliyorlardı. Yorulmak bilmeden çalışıyor, olayların baskısı çok arttığı zaman, Nessim'in "Justine'in Yazlık Sarayı" adını taktığı küçük yazlıkta kısa tatil kaçamakları yapıyorlardı; orada, okuryazar, yüzer –Clea, Amaril, Balthazar gibi– en yakın dostlarıyla hoşça vakit geçirirlerdi.

Ama yemek tabakları, şarap şişeleri ormanında, konuşma seslerinin dağdağası içinde geçirilen bir geceden sonra, her zaman kapıları kendileri kilitler, sürgülerini sürer, içlerini çekerek merdivene yönelirlerdi, uykulu hizmetçilere döküntüleri temizlemeye başlamak kalırdı; çünkü sabahleyin evin tümüyle düzene sokulmuş olması gerekiyordu; kol kola, ağır ağır yürürler, birinci sahanlıkta ayakkabılarını çıkarıp atmak, büyük aynada birbirlerine gülümsemek için duraklarlardı. Sonra, zihinlerini yatıştırmak için son derece güzel bir izlenimci resim koleksiyonu içeren galeride ağır ağır bir aşağı bir yukarı dolaşır, önemsiz şeylerden söz ederlerdi; o sırada, özel dünyasının, gizli isteklerinin sarsılmazlığının sessiz kanıtları olan büyük tabloları doymak bilmez gözleriyle tarardı Nessim.

Sonunda, evin kuzey yönüne bakan serin yanında, zevkle döşenmiş, o sımsıcak, birbirine bitişik yatak odalarına gelirlerdi. Hep aynı şeyler olurdu, Nessim giyinik olarak yatağının üzerine uzanırken Justine ispirto ocağını yakar, yatmadan önce Nessim'in sinirlerini dinlendirmek için içtiği kediotunu demlerdi. Burada bile hemen yatağın yanına küçük oyun masası kurulurdu, birkaç el iskambil oynar, konuşurlardı, uyanan zihinlerine takılan işleri konuşurlardı hep. Böyle zamanlarda yumuşak ışıkta, esmer, tutkulu gözleri gizliliğin, bir ortak iradenin isteklerinin, ikiz arzularının armağanı olan bir tür mutluluk ışığı saçardı. Bu gece de böyle oldu, Justine ilk elin kâğıtlarını dağıttığı sırada yatağın yanındaki telefon çaldı, Nessim açtı, bir saniye dinledi, sonra hiçbir şey söylemeden Justine'e verdi. Justine gülümsedi, kocasına sorarcasına kaşlarını kaldırdı, kocası başını olumlu anlamda salladı. Justine sanki uykudan uyandırılmış gibi boğuk bir sesle konuştu: "Alo. Evet, sevgilim. Elbette. Hayır, uyumuyordum. Evet, yalnızım." Nessim kartları sakince yelpaze gibi açtı, sıraya soktu, hiçbir ifadesi olmayan bir yüzle incelemeye koyuldu. Konuşma kesik kesik sürüyordu, sonra arayan kişi iyi geceler deyip telefonu kapattı. Justine içini çekerek almacı yerine koydu, sanki kirli eldivenlerini çıkarırmış ya da bir yün çilesinden kurtulmaya çalışırmış gibi yavaş bir el hareketi yaptı. Kartlarını eline alırken, "Zavallı Darley'di," dedi. Nessim bir an için gözlerini kaldırıp baktı, masaya bir kart koyup peyini sürdü. Oyun başladığı sırada Justine alçak sesle kendi kendine konuşurmuş gibi konuşmaya başladı: "Günlüklere deli gibi vurgun. Anımsıyor musun? Arnauti bileğini incittiği zaman *Mœurs*'ün notlarını ben elyazımla kopya ederdim. Onları ciltletmiştik. Arnauti'nin romanında kullanmadığı bölümler. Onları benim günlüğüm diye Darley'e verdim." Acılı bir gülümsemeyle yanakları çukurlaştı. "Benim olduğunu sanıyor ve haklı olarak, erkeksi bir kafa yapım olduğunu söylüyor! Fransızcam da iyi değilmiş – Arnauti duysa sevinirdi öyle değil mi?"

"Onun adına üzülüyorum. Öyle iyi bir insan ki! Bir gün ona dürüstçe her şeyi anlatacağım," dedi Nessim.

Justine gene sanki onunla değil de kendi kendine tartışırmış gibi, "Ama senin Melissa için kaygılanmanı anlamıyorum. Darley'yi konuşturmak için ne yapılabilirse yaptım. Hiçbir şey bilmiyor. Melissa'nın hiçbir şey bilmediği kesin. Cohen'in metresi oldu diye... bilmem ki," dedi.

Nessim elindeki kartları açtı. "Onun bir şey bildiği duygusundan bir türlü kurtulamıyorum. Cohen övüngen, budala bir adamdı, bilinmesi gereken her şeyi de biliyordu."

"Ama ona neden söylesin?"

"Onun ölümünden sonra ne zaman Melissa'ya rastlasam bana bir tuhaf bakıyor da ondan – sanki benimle ilgili duyduğu bir şeyin, yeni bir bilginin *ışığında* bakarmış gibi. Anlatması zor."

Çaydanlık fokurdamaya başlayıncaya kadar sessizce oynadılar. Sonra Justine kartlarını masaya bırakıp kediotu çayını koymaya gitti. Nessim çayını yudumlarken o da soyunmak için odasına geçti. Çayını yudumlarken dalgın dalgın duvara bakan Nessim, Justine'in kulağından çıkardığı küpelerin hafif bir ses çıkararak kapanışını, bardağa düşen uyku haplarının çıkardığı küçük gürültüyü duydu. Justine geri dönüp oyun masasına oturdu.

"Madem ondan korkuyordun, neden kendisinden kurtulmanın bir yolunu bulmadın?" Nessim büyük bir şaşkınlıkla bakınca şöyle ekledi: "Ona bir zarar vermekten söz etmiyorum canım, başka bir yere gönderebilirdin."

Nessim gülümsedi. "Öyle yapacağımı sanıyordum ama sonra Darley, ona âşık olunca... Darley'i seviyordum."

Justine sertçe, "Bu tür düşüncelere burada yer yok," dedi.

Nessim başıyla onaylarken neredeyse güçsüzlüğünü kabul eder gibi, "Biliyorum," dedi. Justine yeniden kart dağıttı, sessizce ellerine baktılar.

"Şimdi onu, ben buradan göndermeye çalışıyorum – Darley'in aracılığıyla. Amaril onun hastalığının ciddi olduğunu söylüyor, özel bakım için Kudüs'e gitmesini salık vermiş. Darley'e gerekli parayı önerdim. Acınacak derecede şaşırmış durumda. Çok İngiliz. Şu sıralar senden ödü kopuyor, kendi kendini korkutmak için gulyabaniler icat ediyor ama iyi bir insan o, Nessim. Ona acıyorum, öylesine çaresiz ki."

"Biliyorum."

"Ama Melissa'nın gitmesi gerek. Ona böyle söyledim."

"Güzel." Daha sonra bambaşka bir sesle ve siyah gözlerini Justine'inkilere kaldırarak, "Ya Pursewarden?" dedi.

Bu soru, ikisinin arasında, odanın durgun havasında bir pusula iğnesi gibi titreyerek asılı kaldı. Nessim yeniden gözlerini elindeki kartlara indirdi. Justine'in yüzünde yeni bir anlam belirmişti; hem acı hem kederli. Ağır ağır bir sigara yaktıktan sonra, "Sana daha önce söylediğim gibi, o hayli çizgi dışı biri – *c'est un personnage*[1]. Onun ağzından laf almak neredeyse olanaksız. Anlatılması güç bir şey," dedi.

Uzun uzun Nessim'e baktı, onun başka bir yöne çevrilmiş esmer yüzünü dalgın dalgın inceledi. "İkisinin arasındaki ayrımla ilgili olarak söylemek istediğim şu: Darley öylesine duygusal, bana öylesine bağlı ki, bizim için en küçük bir tehlike oluşturmuyor. Bize zarar verebilecek bir bilgi eline geçse bile onu kullanmaz, içine gömer. Ama Pursewarden, hayır!" Şu anda gözleri parıldıyordu. "O nedense soğuk, zeki, kendinden başkasını düşünmeyen biri. Tam anlamıyla ahlakla ilgisi olmayan biri, tıpkı bir Mısırlı gibi! Biz yarın ölsek umurunda bile olmaz. Kısacası, ona ulaşamıyorum. Ama olası bir düşman olarak hesaba katmaya değer."

Nessim gözlerini onunkilere kaldırdı, uzun bir süre görmeyen gözlerle birbirlerinin zihinlerindekini okumaya çalıştılar. Nessim'in gözlerinde garip, soylu bir yırtıcı kuşun gözlerindekine benzer ateşli, tutkulu bir tatlılık vardı. Diliyle dudaklarını ıslattı, ama konuşmadı. Neredeyse ağzından şu sözler fışkıracaktı: "Ona âşık olabileceğinden korkuyorum." Ama garip bir hayâ duygusu engelledi onu.

"Nessim."

"Evet."

Justine sigarasını söndürdü, ayağa kalktı, elleri koltuk altlarında, odanın içinde bir aşağı bir yukarı yürümeye başladı, çok derin düşüncelere dalmıştı. Böyle düşünceye daldığı zamanlar hep yaptığı gibi bir tuhaf, tedirgin

1. (Fr.) Önemli kişi. (Ç.N.)

tedirgin dolaşıyordu – Nessim'e yırtıcı bir hayvanı anımsatan sinsi bir yürüyüş. Nessim'in gözleri bulanmış, donuklaşmıştı. Hiç düşünmeden iskambil kâğıtlarını alıp birkaç kez karıştırdı. Sonra kartları masaya bırakıp avuçlarını ateşi yükselmiş yanaklarına götürdü.

Justine hemen yanına gelip ılık elini alnına koydu. "Gene ateşin var."

Nessim kurulmuş bir makine gibi sertçe, "Hiç sanmıyorum," dedi.

"Dereceyle ateşine bakayım."

"İstemez."

Justine, Nessim'in karşısına oturdu, ileri doğru eğilerek gözlerinin içine baktı. "Nessim, neler oluyor? Sağlığın... Bu ateşler, sonra uyumuyorsun da?" Nessim bezgince gülümsedi, Justine'nin elinin sırtını yanağına bastırdı.

"Hiçbir şey yok," dedi. "İşlerin sonuna yaklaşıyoruz ya, onun gerilimi. Sonra bütün gerçeği Leyla'ya anlatmak zorunda kalmam. Tasarılarımızın büyüklüğünü görmek onu kaygı ve korkuya düşürdü. Ayrıca, Mountolive'le olan ilişkilerini daha da güçleştirdi. Karnaval toplantısında onu görmek istememesinin nedeni de buydu, anlıyor musun? O sabah her şeyi anlatmıştım. Aldırma. Topu topu altı ay sonra bütün destek tamamlanmış olacak. Gerisi onlara kalmış bir şey. Ama kuşkusuz Leyla buradan gitme düşüncesinden hoşlanmıyor. Hoşlanmayacağını biliyordum. Sonra başka ciddi sorunlarım da var."

"Ne sorunları?"

Ama başını iki yana sallayarak soyunmak üzere ayağa kalktı Nessim. Yatağa girip çayını bitirdikten sonra uzandı, çaprazlanmış ayakları ve elleriyle bir Haçlı askeri betimlemesine benziyordu. Justine ışığı kapatıp kapı aralığında bir süre sessizce dikildi. Dayanamayıp, "Nessim. Bana öyle geliyor ki sana benim anlayamadığım bir şeyler oluyor. Bugünler... hasta mısın? Benimle konuş lütfen," dedi. Uzun bir sessizlik oldu. Justine, "Bunun sonu neye varacak?" dedi.

Nessim, yastıktan başını kaldırıp ona baktı. "Sonbaharda her şey hazır olunca biz de durumumuzu yeniden ayarlayacağız. Bu belki de bir yıllık ayrılık anlamına gelebilir, Justine. Oraya gitmeni, o işler olurken orada bulunmanı istiyorum. Leyla da Kenya'daki çiftliğe gitmeli. Hiç kuşkusuz burada çok sert tepkiler olacak, ben kalıp bunlara göğüs germeliyim."

"Uykunda konuşuyorsun."

Nessim öfkeyle, "Yorgunum," diye kestirip attı.

Justine kapı aralığının aydınlığında kımıltısız bir gölge halinde put gibi duruyordu. Yumuşak bir sesle, "Peki ötekiler ne olacak?" diye sordu.

Nessim bir kez daha yastıkların üzerinde doğrulup hırçınca yanıtladı: "Şu anda bizi ilgilendiren tek kişi Da Capo. Herhalde öldürülmesi gerekiyor ya da ortadan yok olmalı, çünkü çok tehlikeli. Ayrıntıları tam olarak düşünmedim. Her ne olursa olsun sigorta parası için benim başvurmamı istiyor, çünkü gırtlağına kadar borca, batmış durumda, böylece en iyisi ortadan yok olması. Bunu daha sonra konuşacağız. Bunu düzenlemek bir oranda kolay olsa gerek."

Justine düşünceli düşünceli aydınlık odaya döndü, yatma hazırlıklarına başladı. Yan odada Nessim'in içini çektiğini, bir sağa bir sola döndüğünü duyuyordu. Büyük aynada, acılı, dalgın yüzündeki boyaları temizlerken, kara saçlarını haz duyarak fırçalarken kendini inceliyordu. Sonra, çarşafların arasına çırılçıplak süzüldü, ışığın düğmesini kapattı, birkaç dakika içinde çabasızca uykuya daldı.

Nessim onun odasına yalınayak geldiğinde gün ağarmak üzereydi. Justine, Nessim'in kolları omuzlarına değince uyandı, Nessim yatağının yanına diz çökmüştü, sarsılıyordu, ilk anda bunun bir ağlama nöbeti olduğunu sandı. Ama sanki ateşi varmış gibi titriyordu, dişleri çarpıyordu. Sayıklar gibi, "Ne var?" dedi ama Nessim eliyle ağzını kapatarak onu susturdu.

"Neden böyle tuhaf davrandığımı söylemek istiyorum yalnızca. Bu gerilime daha çok dayanamayacağım, Justine. Başka bir sorunla karşı karşıya geldim. Korkunç bir şey, Naruz'u temizlemek zorunda kalabilirim. İşte bu yüzden yarı deli gibiyim. Artık ele avuca sığmaz oldu. Ne yapacağımı bilemiyorum! Ne yapacağımı bilemiyorum!"

Bu konuşma Pursewarden'ın Akbaba Tepesi Oteli'ndeki beklenmedik intiharından biraz önce oldu.

XII

Pursewarden'ın tek başına giriştiği korkakça eylemle –onun öğrendiği ve ölümünün başlıca nedeni olan o hiç umulmadık bilgiyle– satranç tahtasındaki durumlar birdenbire yalnızca Mountolive için değişmiş olmuyordu. Nice zamandır son noktayı koyacak bir eylem düşüyle kendini aldatmakta olan, yönü çizilmiş bir istencin içtepisi kadar özgür ve çekinmesiz olan Nessim de dostu gibi, davranışlarımızın temelindeki devindirici gücün özünde bulunan ve bir leke, beyaz bir tavanda nasıl yayılırsa davranışlarımızın öyle yayılıp dağılmasına, çarpılmasına yol açan çekim güçlerinin bir kurbanı gibi görmeye başladı kendini. Gerçekten de şimdi büyük ustalar kendilerinin harekete geçirdikleri güçlerin tutsağı durumuna geldiklerini, doğanın aslında yönetilmez olduğunu anlıyorlardı. Çok yakında, ikisi de ayın talimatıyla gelgitlerin sırasını düzenleyen ya da parıltılı somon balığını uğultulu bir ırmağın yukarılarına iten güçlerin girdabına yakalanıp kendi seçmedikleri bir yolda, ölümlülerin yön veremeyeceği ya da yönünü değiştiremeyeceği bir geleceğe doğru gelişen olayların içinde sürüklenip gideceklerdi. Yatağına uzanmış, purosundan çıkan uyuşuk duman halkalarının boş tavana yükselişini izleyen Mountolive bunu belli belirsiz sezinliyor ve tedirginlik duyuyordu; soğuk alınları birbirine dönük, o görkemli, karanlık yatak odasında gözleri fal taşı gibi açık, birbirleriyle fısıldaşarak yatan Nessim'le Justine bunu daha da açık bir biçimde biliyorlardı. İradenin sınırlarının ötesinde bunu biliyorlardı, çevrelerinde kötü belirtilerin biriktiğini duyumsuyorlardı –dizginlerinden boşanmış ve kendilerini gerçekleştirmek zorunda olan güçlerin paradigmalarını–. Ama kendilerini nasıl gerçekleştireceklerdi? Hangi yolla? Henüz bu pek açıklığa kavuşmuş değildi.

Pursewarden dünya gözüyle o kirli yatağa, Melissa'nın ya da Justine'in fısıltılı, unutulmuş imgelerinin –daha başka kim bilir hangi özel anıların– yanına uzanmadan önce Nessim'e telefon etmişti: Sesinde acı bir boyun eğişin ve yaklaşan ölümün görkemi vardı. "Kitaplarda yazdığı gibi bu bir ölüm kalım sorunu. Evet, lütfen hemen gel. Sana iletmek istediğim bir şey var, uygun bir yerde bulacaksın: Aynada." Telefonun öteki ucunda donup kalmış, dikkatle dinleyen adamı korkutacak küçük bir kikirti çıkartarak telefonu kapadı; Nessim bunun olası bir felaketin uyarısı olabileceğini hemen sezinledi. O sefil otel odasının aynasında, yazarın yaşamının özel işliğine ait alıntıların arasında, ıslak bir tıraş sabunuyla yazılmış şu sözleri buldu.

NESSİM, COHEN, FİLİSTİN, VB. HER ŞEY ÖĞRENİLDİ VE RAPOR EDİLDİ.

Holde insan sesleri duyulmadan, kapıya hafifçe vurulmadan önce hemen hemen silmeyi başardığı sözler bunlardı işte; Balthazar'la Justine parmak uçlarına basarak odaya girmeden önce. Ama o sözler (yeniden dirilmiş bir Pan'ın sesine benzeyen), o küçük veda kikirtisi beynini yakıp duruyordu. Daha sonra bu olanları Justine'e anlatırken yüzünde en küçük bir ifade yoktu, sinir felci geçirmiş birinin yüzü gibiydi yüzü; çünkü bu davranışın yol açacağı rezaleti düşünmek her yanını uyuşturmuştu. Uyumasına olanak olmadığını anlamaya başlıyordu. O karanlık odada, ölü yıldızlara, kuvars aynalara benzeyen açılmış gözlerle cansız nesneler gibi kör kör birbirlerine bakarak İskenderiye mezarlarının üzerindeki betimlemeler kadar kımıltısız, yan yana yattıkları yatakta uzun uzun tartışılması, elekten geçirilmesi, çözülmesi gereken sözlerdi bunlar. El ele iç çektiler, mırıldandılar, hatta Nessim, "Sana Melissa olduğunu söylemiştim... Bana hep nasıl baktığını... Bundan kuşkulanıyordum," derken bile. Durumla ilgili öteki kaygı verici sorunlar kafasında birbirine kenetlenmiş, üst üste geçmişti, Naruz sorunu da bunların arasındaydı.

Bir kalenin sessizliğinde, birdenbire kazma kürek takırtıları duyan, düşmanın istihkâm erlerinin duvarların altını kazarak adım adım yaklaştıklarını bilen, çevresi kuşatılmış bir şövalye neler duyarsa herhalde onları duyuyordu. Kendisine söylendiğini varsayarsak, acaba Mountolive şimdi ne yapmak *zorunda* kalacaktı? (Aynı sözcüğün, insan iradesinin yörüngesi dışına çıktıkları için, her ikisini de ele vermesi çok tuhaftı.) Artık her ikisi de kıskıvrak yakalanmış durumdaydı, her ikisinin de özel eğilimlerini örneklemeyen ama her şeyin ortaya çıkmasına yol açan bir olayın kurbanı olarak birbirlerine bağlanmış durumdaydılar. Özgür iradelerini kullanmaya girişmişler, ama kendilerini tarihsel sürecin zincirleriyle bağlanmış, duvarlarıyla sarılmış durumda bulmuşlardı. Bütün bunlar da bir çiçek dürbününün küçük bir dönüşüyle ortaya çıkmıştı. Pursewarden! "İnsanlar bir gün olayların gerçekten *olmasını* sağlayabilecek kişinin sanatçıdan başkası olmadığını, bu yüzden toplumun onun üzerine oturtulması gerektiğini anlayacaklar," demeyi çok seven yazar. Bir *deus ex machina!*[1] Ölümüyle onların ikisini de sanki kendi özdeyişinin doğruluğunu göstermek istermişçesine bir... genel hela gibi kullanmıştı! Başka çıkış yolları bulabilir, ölümüyle onları böyle birbirinden ayırmayabilir, ikisine de yararı olmayacak bir bilgiyi açıklayarak aralarını açmayabilirdi! Ama şimdi her şey –yeni bir olasılığın en ince deyimiyle– bıçak sırtında duruyordu. Mountolive harekete geçecekti, ama ya yapması gerekeni yaparsa; Memlik Paşa'ya tek söz söylemesi yeni güçlerin, yeni düşmanların sökün etmesine yol açardı...

Ölümün saplantılı ritmi içindeki kentin sesleri çevrelerindeki karanlıkta titreşiyordu – boş alanlarda araba lastiklerinin cayırtıları, rüzgârın önüne katılmış giden gemiler, iç limandaki bir çatananın kulak tırmalayıcı çığlığı; Mareotis'in çıplak kum tepelerine her yıl biraz daha gömülen tozlu kentin ölüme sürüklenişini hiç bu kadar somut olarak duyumsamamıştı Nessim. Bir kum saati gibi zihnini ters çevirip duruyordu; ama elenen hep aynı kum, aynı ağırlıkta birbirini izleyen aynı yanıtsız sorulardı. Önlerinde, olası bir felaket uzanıyordu –tehlikeyi bütün ayrıntılarıyla nesnel bir biçimde de değerlendirmiş olsalar– o felaket için başvuracakları hiçbir yedek güç yoktu. Tuhaftı. Ama çatılmış kaşları, dişlerine dayanmış yumruğuyla öfke içinde düşünen Justine hâlâ etkilenmemiş görünüyordu, Nessim'in yüreği ona karşı sevgiyle doldu, çünkü onun suskunluğundaki onurluluk (falcı kadının hiç kımıldamayan bakışı), ona düşünmek, ikilemi değerlendirmek cesareti verdi. Her şeyin değiştiği sırada hiçbir şey değişmemiş gibi davranmalıydılar. Zırhlarının içine çivilenmiş şövalyeler gibi hiçbir şey belli etmeden sonu bilinen yolda yürümek zorunda olduklarını bilmek,

1. Yunan ve Roma tiyatrosunda, içinden çıkılmaz bir sorunu çözmek için sahneye indirilen tanrı. (Ç.N.)

aralarında hem bir ayrılık hem de yeni, derin bir bağ, daha tutkulu bir dayanışma duygusu yaratmıştı; tıpkı savaş alanında aşk-aile-dostlar-ev anlamında insanın süreklilığı düşüncesini yadsıdıklarını – kendilerine giydirilmiş görev maskesinde simgelenen demir bir iradenin kölesi olduklarını bilen askerlerde görüldüğü gibi. İçtiği sigaradan dudakları kurumuş olan Nessim, "Her türlü sonuca kendimizi hazırlamalı, her şey tamamlanıncaya kadar direnmeliyiz – Noel dolaylarına kadar sözgelimi. Önümüzde sandığımızdan da çok zaman olabilir; aslında bunlardan hiçbir şey çıkmayabilir de. Belki Mountolive'in haberi yoktur," dedi. Ama bunun ardından gerçeği görmenin sıkıntısıyla dolu, daha alçak bir sesle şöyle ekledi: "Ama haberi varsa, anlarız; tutumundan belli olur."

Bir sokak köşesinde eli tabancalı bir adamla karşı karşıya gelebilirdi – kentin karanlık bir sokak köşesinde ya da bir gün ayartılmış bir uşak yemeğine zehir katabilirdi. Hiç değilse, bu olasılıklara karşı bir şeyler yapabilir, onlara karşı uyanık olabilirdi. "Sonra yarın Naruz'la konuşmam gerek. Ona anlatmalıyım," dedi.

Birkaç hafta önce bürosuna girdiğinde konuk sandalyesine oturmuş, sessizce sigara içen, asık yüzlü, kır saçlı Serapamoun'la karşılaşmıştı. Kıpti pamuk krallarının en etkilisi, en önemlisiydi ve Nessim'in başlattığı topluluk hareketinin desteklenmesinde kesin bir rol oynamıştı. Yaşlı adam başka bir kuşaktandı, ama ikisi eski dosttular. Sakin, yumuşak yüzünde, kalın sesinde, Avrupalı olduğunu haykıran bir eğitimin ağırbaşlılığı ve otoritesi okunuyordu. Konuşmasında düşüncelerle dolu bir zihnin hızlı nabzı çarpıyordu. Yumuşak bir sesle, "Nessim, burada kendi adıma değil, kurulun bir temsilcisi olarak bulunuyorum. Pek sevimli olmayan bir görevi yerine getirmek zorundayım. Seninle öfkesiz, hınçsız, açıkça konuşabilir miyim? Biz çok kaygılıyız," dedi.

Nessim kapıyı kapadı, kilitledi, telefonun fişini çıkardı, kendi yerine geçmek için konuk sandalyesinin arkasından dolaşırken sevgiyle Serapamoun'un omzunu sıkarak, "Benim de istediğim bu. Konuş," dedi.

"Kardeşin, Naruz."

"N'olmuş ona?"

"Nessim, sen bu topluluk hareketini başlatırken bir *cihat* –kutsal bir din savaşı– başlatmayı ya da Mısır hükümetini tedirgin edecek yıkıcı bir şey yapmayı düşünmemiştin, değil mi? Kuşkusuz hayır. Biz de öyle düşündük, sana katıldıysak Kıptilerin birleşmesi, kamu işlerinde daha çok söz sahibi olmaya çalışması gerektiğine inandığımız için katıldık." Bir an derin derin düşünerek sessizce sigarasını içti. Sonra sözünü şöyle sürdürdü: "Bizim kendi halkımıza olan sevgimiz bir Mısırlı olarak yurtseverliğimizden hiçbir şey eksiltmez, öyle değil mi? Dinimizin ve soyumuzun doğrularını Naruz'un dile getirmesi hoşumuza gitmişti, evet, çok mutlu olduk çünkü bu şeylerin söylenmesi, *hissedilmesi* gerekiyordu. Ama... sen üç aydır toplantılara gelmiyorsun. Nasıl bir değişiklik olduğundan haberin var mı? Naruz kendi güçlerine kendisini öylesine kaptırdı ki, bugün artık hepimizi ciddi biçimde tehlikeye sokacak şeyler söylüyor. Çok kaygılanıyoruz. Kendisinin özel bir görev üstlenmiş olduğunu sanıyor. Kafasının içi öylesine tuhaf bilgi kırıntılarıyla dolu ki, konuşmaya başladığı zaman ağzından çıkanı kulağı duymuyor, Memlik Paşa'nın kulağına giderse çok kötü olur." Uzun bir suskunluk oldu. Nessim korkudan yüzünün giderek solduğunu hissetti. Serapamoun yumuşak, sertleşmeden yükselen sesiyle sözünü sürdürdü: "Kıptilerin bu dünyada kendilerine bir yer bulacaklarını söylemek başka şey; toprakların yüzde doksanını ellerinde bulunduran paşaların kokuşmuş yönetim biçimine son vermekten söz etmek başka şey... Mısır'ın yönetimini ele geçirmekten, yanlışlarını düzeltmekten söz etmek..."

Nessim, "Öyle mi söylüyor?" diye kekeledi, ciddi yüzlü adam başıyla onayladı.

"Evet. Tanrı'ya şükür toplantımız hâlâ gizli. Sonunda *melboos* (içine cin girmiş) biri gibi çılgınca bağırıp çağırmaya başladı, gerekirse amacımıza ulaşmak için Bedevileri silahlandıracakmış. Bu konuda bir şeyler yapabilir misin?"

Nessim kuruyan dudaklarını yaladı. "Hiç bilmiyordum," dedi.

"Bu tür vaazlardan sonra biz, hareketimizin geleceği için çok kaygılıyız. Bu konuda ancak sen bir şeyler yapabilirsin, sana güveniyoruz. Onun durdurulması gerekiyor, sevgili Nessim ya da hiç değilse bizim rolümüzü anlaması sağlanmalı. Yaşlı Taor'la çok sık görüşüyor – her zaman çölde, onun yanında. O kadının siyasal görüşleri olduğunu sanmıyorum, ama Naruz din coşkusunu onunla buluşmalarından alıyor. O kadından bize söz etti, yakıcı güneşin altında, kumların üzerine birlikte diz çöküp saatlerce dua ettiklerini anlattı. 'Ben artık onun zihninden geçenleri görüyorum, o da benimkileri,' dedi. Böyle söyledi. Sonra çok içki içmeye başladı. Hemen ilgilenilmesi gereken bir konu bu."

Nessim, "Onu hemen göreceğim," demişti. Şimdi, kendisinden çok daha güçlü olduğunu bildiği bir Justine' in kara, tasasız gözlerine bakmak için başını yana çevirirken aynı cümleyi kafasında alçak sesle yineledi, sanki bir bıçağın keskinliğini denermiş gibi cümleyi deniyordu. Şu ya da bu bahaneyle onu görmeyi erteleyip durmuştu, oysa er geç görmek, zapturapt altına almak zorundaydı – ama bu onun bildiğinden çok daha başka bir Naruz olacaktı.

Bütün bunlar yetmiyormuş gibi araya bir de Pursewarden'ın münasebetsiz ölümü ve ihaneti girmiş, Naruz'un aklının ermediği kaygılarını büsbütün ağırlaştırmıştı; hummalı zihni sonsuza doğru uzanan iki koşut ray üzerinde gidip geliyordu... Çemberin yavaş yavaş daraldığını, kendi türettiği kaygıların ağırlığı altında boğulur gibi olmaya başladığını duyumsuyordu. Her şey öylesine birdenbire olmuştu ki – birkaç haftalık bir meseleydi. Kararları kendi iradesinin ürünü gibi değil, kendi dışında oluşmuş baskılara bir tepki gibi göründüğü için çaresizlik duygusu gittikçe artıyordu; insan yutan kumlar gibi kendisini yutan bir tarihsel sürecin kaçınılmazlıkları.

Ama artık olayları denetleyemiyorsa bile kendini, kendi sinirlerini denetim altına alması gerekiyordu. Haftalardır özdenetimini yatıştırıcı ilaçlara bırakmıştı, oysa bunlar bilinçaltının seğirmelerini geçici olarak def etmekten başka işe yaramıyordu; alçakça öldürülme tehlikesine karşı tabanca talimleri yapmak gibi çocukça, yararsız bir şeydi, sorunu çözmüyordu. Çocukluk düşlerinin saldırısına uğramış, onların tutsağı olmuştu, durup dururken dışarı fırlıyor, uyanık yaşamını neredeyse ele geçiriyorlardı. Balthazar'a danıştı, ama kendini sıkan gerçek kaygılarını ona açamadı kuşkusuz, bunun üzerine kurnaz dostu düşlerini elinden geldiğince bir kâğıda not etmesini önerdi ona, bu da yapıldı. Ama insan ruhsal baskılarla açıkça yüz yüze gelip onlara egemen olmadıkça, titreyen usun korkularıyla kavgaya tutuşmadıkça onlardan kurtulamaz...

Naruz'la yapacağı görüşmeyi daha sonraya, kendini buna dayanacak kadar güçlü ve iyi hissedeceği zamana ertelemişti. Neyse ki toplantılar pek sık yapılmıyordu. Ama kardeşiyle karşılaşmak için durumunu her gün biraz daha az elverişli buluyordu. Sonunda, tam zamanında söylenen bir sözle onu Karm Abu Girg'e gönderen Justine oldu. Paltosunun yakasını tutarak, ağır ve kesin bir biçimde, "Bizi birbirimizden sonsuza kadar ayıracağını bilmesem, gidip onu ben kendim öldürmeyi önerirdim. Ama bunun yapılması gerektiğine karar verdiysen senin yerine bu emri verecek cesaretim var," dedi. Ciddi değildi kuşkusuz. Onun aklını başına getirmek için başvurulmuş kurnazca bir oyundu. Nessim'in kafası o an hemen duruldu, kararsızlık bulutları dağıldı. Böylesine korkunç ama aynı zamanda böylesine sakince söylenmiş, içinde kararlılığın gururunu bile taşımayan bu sözler onun Justine'e olan tutkulu aşkını yeniden alevlendirmiş, neredeyse gözlerini yaşartmıştı. Koyu dindar biri, bir ikonaya nasıl bakarsa öyle baktı ona – gerçekten de şu anda kımıltısız asık yüzüyle için için yanan gözleriyle eski zamana ait bir Bizans resmine benziyordu.

Elleri titreyerek, "Justine," dedi.

Justine kurumuş dudaklarını yaladı, boğuk bir sesle, "Nessim," diye yanıtladı, ama gözlerinde vahşice bir kararlılığın ışığı parlıyordu.

Nessim neredeyse sevinçle (çünkü engel ortadan kalkmıştı), "Ben bu akşam gideceğim, korkma. Şöyle ya da böyle her şey yoluna girecek," dedi. Birden bütün damarlarına güç dolmuştu, kardeşinin aklını başına getirmeye, halkının, Kıptilerin başını belaya sokacak bir tehlikeyi savuşturmaya kararlıydı.

O öğleden sonra büyük arabayla yola çıktığı zaman, telefonla çağırttığı atların kendisini bekleyeceği kanallara giden tozlu şosede, düşüne düşüne hızla ilerlerken de en son kararlı ruh durumu onu yalnız bırakmamıştı. Kardeşini görmek, ona meydan okumak, otoritesini göstermek, kendi gözünde saygınlığını yeniden kazanmak için sabırsızlanıyordu. Çiftlik kâhyası Ali, ondaki bu yeni kararlılık durumunu sıcak bir biçimde onaylar görünen her zamanki inceliğiyle onu ırmağın geçit yerinde karşıladı. Ne de olsa kendisi büyük oğuldu. Adam Naruz'un beyaz Arap atını getirmişti, kanalların kıyısını izleyerek büyük bir hızla eşkin yürüyüşe geçtiler, çalkantılı sudaki yansımaları da onlarla yarışıyordu. Yalnızca kardeşinin evde olup olmadığını sormuş, evde olduğunu bildiren sözsüz bir yanıt almıştı. Yol boyu başka bir şey konuşmadılar. Akşam karanlığının menekşe rengi ışığı şimdiden ortalığı kaplamıştı, gölden yeryüzünün buğusu yükseliyordu. Sivrisinekler gümüş renkli akınlar halinde, sönen güneşin gözüne ulaşmak için yükseliyor, sıcaklığın anısını kanatlarına biriktirmek istiyorlardı. Kuşlar ailelerini topluyorlardı. Her şey nasıl da dingin görünüyordu! Yarasalar karanlık köşelerde ağır ağır zikzaklar çizmeye başlamıştı. *Yarasalar!*

Hosnani'lerin evi menekşe renkli, serin, yarı karanlığa şimdiden gömülmüştü, yüksek beyaz minaresi günbatımında hâlâ alev alev parlayan küçük köyün gölgesinde, sanki alçak tepeciğin koltuk altına sıkıştırılmış gibiydi. Attan inerken kırbacın uyuşuk şakırtısını duydu, evin en üst balkonunda ayakta durmuş, avlunun mavi havuzuna gözlerini dikmiş olan adamın karaltısı gözüne ilişti. Naruz'du; ama gene de nedense Naruz değildi. İnsanın iyi tanıdığı birinin tek bir hareketi bile ondaki iç değişimi ele verebilir mi? Orada, ayakta durmuş, avlunun loş kuyusuna dikkatle bakan adamın duruşunda yeni, kaygılandırıcı bir gösterişçilik, Naruz'un anımsanan davranış dağarcığından olmadığı söylenebilecek bir güç yansıyordu. Atın yularını tutan çiftlik kâhyası alçak sesle, "Her akşam böyle çalışıyor, kamçısını yarasalarda deniyor," dedi. Nessim birden ne diyeceğini şaşırdı. Alçak sesle, yavaşça, "Yarasalar mı?" diye sordu. Balkondaki adam –bu çok yeni izlenimi uyandırmış olan Naruz– birden bir kikirti çıkartarak boğuk bir sesle, "On üç," diye haykırdı. Nessim kapının iki kanadını da ardına kadar açtı, arkasından vuran ışıkta kapı pervazıyla çerçevelenmiş olarak durdu. Sakin, neredeyse sohbet eder gibi bir sesle, yukarıya, kararan gökyüzüne bakarak konuştu; sesini, merdiven boşluğunun en tepesinde, yanı başında çöreklenmiş yatan kırbacıyla birlikte ayakta duran, o paltoya sarınmış karaltıya doğru bir vantrilok gibi fırlattı. Çocukluklarının geleneksel selamını sevecenlikle haykırdı. "Ya Naruz!"

Kısa bir duraksamadan sonra, "Ya Nessim!" yanıtı geldi ve ardından, gittikçe kapanan uzun bir suskunluk çöktü. Gözleri alacakaranlığa alışan Nessim, avlunun yırtılmış şemsiye parçalarına benzeyen yarasa gövdeleriyle kaplı olduğunu gördü. Kimileri kendi kanlarının gölcüğünde çırpınıp debeleniyor kimileri parçalanmış durumda hiç kımıldamadan yatıyordu. Demek akşamları Naruz bu işle uğraşıyordu ha – "yarasalarda kamçısını denemek"le! Nessim kararsızlık içinde ne söyleyeceğini bilemeden bir süre durdu. Çiftlik kâhyası onun arkasından büyük kapıları hemen kapattı. Şu anda karanlığın içinde koyu bir karaltı halinde dikilen Nessim, merdivenin yukarısına, tanımadığı kardeşinin tetik bir uyanıklıkla ayakta durduğu yere bakıyordu. Bir yarasa ışığı yarıp geçti, Naruz'un kolunun istemsiz bir hareketle ileri fırlayıp sonra yanına düşüşünü gördü; merdivenlerin ta tepesindeki o elverişli noktadan aşağıdaki hedeflerini vurabiliyordu. Bir süre ikisi de konuşmadı; sonra gıcırtıyla bir kapı açıldı, Nessim'in yoluna çaprazlama bir ışık oku düştü, çiftlik kâhyası elinde bir süpürgeyle ek yapıdan çıkıp avlunun zeminine karmakarışık serilmiş, çırpınan gövde parçalarını süpürmeye başladı. Naruz biraz öne eğilip onun süpürüşünü dikkatle izledi, parçalanmış gövdeler ek yapının önüne yığıldığı zaman kısık bir sesle, "On üç, değil mi?" diye seslendi.

"On üç."

Nessim'in sıkıntılı, asabi bir titreme geçirmesine yol açtı sesi, çünkü uyuşturucu almışa benziyordu – belki *haşiş*[1] ya da afyon içmiş birinin sert, buyurgan sesiydi; bilin-

1. (Ar.) Kubar. (Y.N.)

meyen bir evrende, yeni bir yörüngeden emirler gönderen birinin sesi. Ciğerleri iyice doluncaya kadar ağır ağır içine çekti soluğunu, sonra merdivenin tepesindeki karaltıya doğru başını kaldırarak bir kez daha konuştu: "Ya Naruz. Çok önemli bir konuda seninle konuşmaya geldim."

Naruz, bir çoban köpeği sesiyle terslercesine, "Yukarı çık. Seni burada bekliyorum Nessim," dedi. Bu ses Nessim'e pek çok şeyi açıkladı; çünkü kardeşinin sesinde eskisi gibi gelişine sevindiğini gösteren en küçük bir belirti yoktu. Başka zaman olsa kendisini karşılamak için merdivenleri ikişer ikişer atlayarak paldır küldür iner, "Ne *iyi* ettin de geldin, Nessim!" diye haykırırdı. Nessim avluyu geçip elini tozlu, tahta tırabzana koydu. Gökyüzüne karşı tek başına ayakta dikilen, ağırlıksız, uzun kamçısını elinde zahmetsizce tutan insan gölgesi ile gölgeli avlunun birlikte çizdikleri tablonun içinde kendi varlığını kabul ettirmek istermişçesine sert ve kesin bir sesle konuştu: "Çok önemli," dedi. Naruz alçak bir sesle, "Yukarı gel," sözlerini yineledikten sonra birden yere oturup kamçısını yanı başına, en üst basamağa bıraktı. Nessim, Karm Abu Girg'e gelişinin ilk kez böyle selamsız sabahsız karşılandığını düşündü. Gözlerini yukarı dikerek dik merdivenlerden ağır ağır çıktı.

Birinci kat daha aydınlıktı, en üst kattaysa kardeşinin yüzünü görmesini sağlayacak kadar ışık vardı. Naruz sırtında paltosu, ayağında çizmeleri, hiç kımıldamadan oturuyordu. Ağırlıksız kamçısı korkuluğun üzerinde kıvrılmış yatıyordu, sapı Naruz'un dizlerindeydi. Yanı başında, tozlu tahta döşemenin üzerinde yarı yarıya boşalmış bir cin şişesi vardı. Çenesini göğsüne dayamış, yaklaşan yabancıya tuhaf, kararsız bir kederin yanı sıra acımasızlık da yansıtan bir yüzle, kabarık kıllı kaşlarının altından, yan yan bakıyordu. Eski bir numarasını yineliyor, azıdişlerini sıkıp bırakarak şakak kaslarının kirişlerini kasıp gevşeterek, sanki şakakları atıyormuş görüntüsü yaratıyordu. Abisinin ağır ağır çıkışını bu sıkıntılı kararsızlık içinde izledi; kararsızlığının arkasında, göstermemeye çalıştığı öfke birikiminin için için yanan ateşi görülüyordu. Nessim en son sahanlığa vardığı, en son merdiveni tırmanmaya başladığı sırada Naruz yerinden kımıldadı, birden –ancak ev köpeğine bağırırken çıkarılacak– boğulur gibi bir üreme sesi çıkardı ve kıllı elini öne uzattı. Nessim durakladı, kardeşinin yeni, buyurgan ama özel bir korkutma anlamı taşımayan bir sesle, "Orada dur Nessim," dediğini duydu. Durdu, hiç tanımadığı bu el hareketinin –neredeyse lanet okuma durumunda öne uzatılmış güçlü elin, gergin ama durmadan titreyen parmakların– ne anlama geldiğini daha iyi yorumlayabilmek için merakla öne eğildi.

Sonunda sakin ama derin bir tiksintiyle çınlayan bir sesle, "Sen içki içiyorsun. Naruz, böyle bir şey yaptığını ilk kez görüyorum," dedi.

Kardeşinin bükülmüş dudaklarında kendi kendini küçümsermiş gibi bir gülümsemenin gölgesi dolaştı. Gülümseme birden yayılıp tavşandudağını bütün çıplaklığıyla ortaya seren ağır bir sırıtmaya dönüştü; sonra, sanki yansıtamayacağı bir düşünce tarafından geri çağrılmış gibi içeri kaçtı, yok oldu. Şu anda Naruz'da kendi kendini kutlayan, hem tatsız hem şaşkın bir gurur duyan adamın hali vardı. Boğuk sesiyle, "Benden ne istiyorsun? Hemen söyle Nessim. Ben çalışıyorum," dedi.

"Haydi içeri girip baş başa konuşalım."

Naruz başını ağır ağır iki yana salladı, bir süre düşündükten sonra kırıcı bir sesle: "Burada konuşabilirsin," dedi.

Bu alışılmamış yanıtlara çok içerleyen Nessim uyuyan bir insanı uyandırmak istermişçesine, "*Naruz, lütfen!*" diye sertçe bağırdı.

Merdivenin başında oturan adam anlaşılmaz bir biçimde öfkeli ama kederli bakışlarla dik dik baktıktan sonra bir kez daha başını iki yana salladı, "Sana söyledim Nessim," dedi duyulur duyulmaz bir sesle.

Nessim'in sesi kırıldı, avlunun sessizliğinde birdenbire düştü. Şimdi neredeyse acır gibi, "Seninle kesinlikle konuşmam gerek, anlıyor musun?" dedi.

"Şimdi, burada konuş. Dinliyorum."

Gerçekten de şu paltonun içindeki adam yepyeni, hiç umulmadık biriydi. Nessim, yanaklarının yavaş yavaş kızardığını fark etti. Birkaç basamak daha çıkıp sertçe, "Naruz beni *onlar* gönderdi. Sen onlara neler söylüyorsun Tanrı aşkına? Kurul sözlerinden ürkmüş," dedi, dişlerinin arasından. Birden sustu ve Serapamoun'un kendisine bıraktığı pusulayı kararsızca sallayarak bağırdı: "Bu... bu yazı onlardan geldi."

Naruz'un gözleri bir an için çok duygulu bir gururla parıldadı, ileriye çıkmış çenesi, dikleşmiş geniş omuzları gururuna nedense bir görkem katıyordu. "Benim sözlerim ha, Nessim?" dedi, hırıldar gibi, sonra başıyla onaylayarak ekledi: "Kuşkusuz Taor'un sözleri aynı zamanda. Zamanı geldiğinde biz nasıl davranacağımızı biliyoruz. Kimse korkmasın. Biz hayal görmüyoruz."

Nessim boğulur gibi, *"Hayal görüyorsunuz!"* diye haykırdı; yılgınlık ve tiksintiden çılgına dönmüş, bir küçük kardeşin abisiyle göreneğe uymayan konuşma biçiminden çok gocunmuştu. "Hayal görüyorsunuz! Sana ne yapmaya çalıştığımızı... amacımızın ne olduğunu bin kez anlatmadım mı? Köylünün, budalanın birisin..."

Eskiden olsa bu sözler Naruz'un yüreğine bıçak gibi saplanabilirdi ama şimdi hiç yaralayıcı, hiç etkileyici gelmiyordu. Ağzını sımsıkı kapadı, avucuyla ağır ağır bir kesme hareketi yaptı, kendi gövdesinin önündeki havayı soldan sağa doğru kesti. Kulak tırmalayıcı bir sesle, "Sözler. Seni artık tanıyorum abi," dedi.

Nessim sanki yardım ararmış gibi, sanki anlatmak zorunda olduğu şeyin doğrusunu oturan adamın kafasına sokabilmek için ağır bir alet ararmış gibi bir an hırsla çevresine baktı. Çılgınca bir öfkeye kapılmıştı, ricalarını böylesine anlayışsızlıkla karşılayan bu ayyaş herife karşı korkunç bir kızgınlık duyuyordu. Titremeye başladı; kuşkusuz açıkça kararını vermiş olarak sakin kafayla İskenderiye'den yola çıktığı zaman böyle bir şeyle karşılaşacağını hiç düşünmemişti. Sertçe, "Leyla nerede?" diye bağırdı, sanki ondan yardım umuyordu.

Naruz kısa bir kikirti çıkardı. Ciddileşerek parmağını şakağına götürdü, "Bildiğin gibi, yazlık köşkte. İstersen yanına git," diye homurdandı. Yeniden kikirdedi, gülünç, çocukça bir yüz ifadesiyle başını aşağı yukarı sallayarak ekledi: "Şu günlerde *sana* çok kızıyor. İlk kez *bana* değil, *sana* kızıyor. Onu ağlattın, Nessim." Altdudağı titredi.

Nessim çaresizlikle, "Ayyaş!" dedi ıslıklı bir sesle.

Naruz'un gözleri yanıp söndü. Başını geriye atarak çatlak bir kahkaha, kısa bir üreme sesi çıkardı. Sonra, birden beklenmedik bir biçimde gülümsemesi yok oldu, yüzü daha önceki tetikte, kederli görünüşünü aldı. Dudaklarını yalayarak çok alçak bir sesle, "Ya Nessim!" diye fısıldadı, sanki yavaş yavaş ölçüyü buluyor gibiydi.

Ama öfkeden yüzü bembeyaz kesilmiş olan Nessim umut kırıklığından deliye dönmüştü. Son birkaç adım basamağı da çıkıp Naruz'u omzundan sarstı. Artık neredeyse bas bas bağırıyordu: "Budala, hepimizin başını belaya sokacaksın. Şunlara bak, şu Serapamoun'un verdiği rapora. Sen öyle konuşmayı bırakmazsan kurul dağılacak. Anlıyor musun? Sen delirmişsin Naruz. Tanrı aşkına Naruz, dediklerimi anlamaya çalış..." Ama kardeşinin karşıt dışavurumlar arasında yalpalayan koca kafası öne eğilmişti. "Naruz, beni *dinle.*" Yavaş yavaş Nessim'in yüzüne doğru kalkan yüz sanki genişlemiş, anlamsızlaşmıştı, gözler sönüktü; ama usun köklü değişikliklerine pek az şey borçlu olan yeni bir bilginin acısıyla doluydu; gözlerinde şaşkın, kaygı verici bir öfke ve kavrayamamazlık biçimlenmeye çalışıyordu. Birbirlerine öfkeyle baktılar. Nessim'in dudakları bile bembeyaz kesilmişti, Nessim hızlı hızlı soluyordu ama kardeşi sanki hipnotize olmuş gibi hiç kımıldamadan oturmuş ona bakıyordu, dudakları gerilmiş, beyaz dişleri görünüyordu.

"Beni duyuyor musun? Sağır mısın?" Nessim onu sarsıyordu, ama Naruz geniş omuzlarının bir hareketiyle o haddini bilmez eli silkeledi, yüzü kızarmaya başladı. Nessim hiç aldırmadan devam ediyordu, suçlama sağanağı biçiminde dışarıya fışkıran yakıcı kaygılarının seline kapılmıştı. "Hepimizin canını tehlikeye soktun; Leyla'nın kendinin, hatta Mountolive'inkini." Nasıl oldu da bu uğursuz ad ağzından çıktı? O adı duyan Naruz sanki elektrik akımına tutulmuş gibi oldu, neredeyse kıvançla yeni bir acıya boğuldu.

"Mountolive!" Bu sözcüğü kalın, iniltili bir sesle haykırmış, duyulur bir biçimde dişlerini gıcırdatmıştı; sanki öfkeden patlamak üzereydi. Ama eli istemsiz olarak kucağında duran kırbacın sapına gitmesine karşın yerinden kımıldamadı. Neredeyse tükürür gibi, "O İngiliz domuzu!" sözcükleri korkunç bir hırsla dudaklarından döküldü.

"Neden öyle söylüyorsun?"

Sonra umulmadık çabuklukta bir değişiklik daha oldu, çünkü Naruz'un bütün gövdesi gevşedi, sakinleşti; şeytanca bakışlarını kaldırıp Nessim'e baktı, küçük bir kikirti çıkararak fısıltıdan hafifçe yüksek bir ses tonuyla, "Annemizi ona *sen* sattın Nessim. Babamın ölümüne neden olacağını biliyordun," dedi.

Artık bu kadarı da fazlaydı. Nessim onun üzerine çullandı, sıkılmış yumruklarını indirmeye başladı, genizden çıkan sesiyle Arapça sövgü üstüne sövgü yağdırıyordu. Onu dövüyordu. Ama o koca gövde karşısında yumrukları etkisizdi. Naruz kımıldamadı, ne kaçmaya ne de abisinin yumruklarına karşılık vermeye yeltendi – hiç değilse burada Nessim'in büyüklüğü, geçerliliğini korumuştu. Abisine karşı eli kalkmıyordu. Ama etkisiz yumruk yağmurunun altında iki büklüm kikirderken, "*Annemizi sen sattın!*"ı kinle yineleyip duruyordu.

Nessim, kendi parmak eklemleri morarıncaya kadar yumrukladı onu. Naruz bu ateşli saldırı karşısında başını eğmiş, o aşırı duygulu, acı, sakin gülümsemesiyle sabır gösteriyor, kışkırtıcı bir fısıltıyla aynı cümleyi yineleyip duruyordu. Sonunda Nessim, "*Yeter!*" diye haykırdı ve yumruklamayı bıraktı, kendini merdivenin tırabzanına atıp bitkinlikle sahanlığa kadar kaydı. Her yanı titriyordu. Yumruğunu yukarıda oturan esmer karaltıya doğru sallayıp abuk sabuk konuşmaya başladı: "Serapamoun'a ben kendim gideceğim. Kimin efendi olduğunu göreceksin." Naruz hafifçe aşağı sayıcı bir biçimde güldü ama bir şey söylemedi.

Üstünü başını düzelten Nessim, sendeleyerek merdivenlerden inip şimdi iyice kararmış olan avluya çıktı. Kendi atıyla Ali'ninki büyük kapının dışındaki demir kazığa bağlanmıştı. Hâlâ titreyerek ve homurdanarak atına bindiği sırada kâhya kemerli geçitten koşarak gelip kapıların sürgüsünü açtı. Yukarıda dikilmiş duran Naruz şimdi salondan vuran sarı ışıkta görülebiliyordu. Nessim'in kafasının içinde hâlâ tutarsız öfkenin şimşekleri yanıp sönüyordu – ayrıca sorunu çözememiş olmak da vardı, çünkü giriştiği işi tamamlamak şöyle dursun, iyice sarpa sardırdığını anlıyordu. Susan adama yeni bir tartışma fırsatı vermek ya da onunla yeniden yakınlaşmaya çalışmak gibi kafasında yarı oluşmuş bir düşünceyle atını avluya sürüp başını yukarıdaki karanlığa kaldırdı. Naruz kımıldadı.

Nessim yumuşak bir sesle, "Bak Naruz sana son kez söylüyorum. Kimin efendi olduğunu göreceksin. Akıllılık etmek istersen..." dedi.

Ama yukarıdaki koyu karaltı bir kahkaha patlattı. Küçümser bir sesle haykırdı: "Efendi ve uşak. Evet Nessim. Göreceğiz. Haydi şimdi..." Tırabzanın üstünden aşağı eğildi, Nessim karanlıkta büyük kırbacın kuru tahtaların üstünden kobra yılanı gibi aşağı kayışını, avlunun durgun alacakaranlığını yalayışını duydu. Sanki büyük bir fare kapanı kapanmış gibi bir şaklama oldu, Nessim'in kolunun altındaki kâğıt demetine küçük bir fiske vuruldu, kâğıtlar döşeme taşlarının üzerine düşüp dağıldı. Naruz bu kez daha isterikçe güldü. Nessim kırbaç darbesinin sıcaklığını elinde hissediyordu, oysa kamçı kendisine hiç dokunmamıştı.

Naruz, "Haydi şimdi git," diye bağırdı. Kamçı bir kez daha havada ıslıklandı, atın sağrısının gerisinde gözdağı verircesine şakladı. Nessim üzengilerin üzerinde doğrulup yumruğunu bir kez daha kardeşine doğru sallayarak, "Görürüz bakalım!" diye haykırdı.

Ama kafasından geçen sövgülerden boğazı tıkanmış, sesi çok güçsüz çıkmıştı. Topuklarıyla atı mahmuzlayıp birden dönerek dörtnala avludan dışarı çıkarken taş eşikten kıvılcımlar saçıldı, eyerin üzerine yatmıştı. Yüzü öfkeden çarpılmış, arabasının beklediği geçit yerine deli gibi gidiyordu; ama yolda nabız atışları yavaşladı, öfkesi, zehirli bir yılan gibi ağır ağır kafasına çöreklenen itici bir tiksintiye dönüştü. Bu arada hiç beklenmedik pişmanlık dalgaları da saldırmaya başlamıştı, çünkü sağlam aile kalesinde onarılmaz bir biçimde yara alan, yıkılan bir şey vardı. Derebeylik yaşam biçiminin büyük kardeşe tanıdığı üstünlük elinden gidince, birden kendisini sanki elinde avucunda hiçbir şey kalmamış, neredeyse öksüz biri gibi hissetti. Bu öfkenin tam ortasında bir suçluluk duygusu da vardı; kirlenmiş, kendi kanından biriyle bu umulmadık kavgaya tutuşarak kendini alçaltmış gibiydi. Kente dönerken arabayı ağır ağır sürüyordu, yeni bir bitkinliğin, kendine acımanın rahatlatıcı gözyaşlarının yanaklarından aşağı süzüldüğünü hissediyordu.

Kardeşiyle aralarındaki bu onarılmaz kopukluğu önceden sezmiş olması ne tuhaf, ne açıklanmaz bir şeydi – Serapamoun ölçülü konuşmasına daha başlarken böyle bir şeyin olacağını sezmiş, bundan korkmuştu. Kendisinin başlattığı, şimdi de hizmet etmek zorunda olduğu davalara karşı olan görev ve sorumluluk tayfı bir kez daha gündeme geliyordu. Öyleyse böyle bir bunalım ânında Naruz'u aradan çıkarmaya, kardeşlik falan tanımamaya hazır olmalıydı, hatta gerekirse onu!.. (Arabanın frenine basıp durdurdu, homurdanmaya başladı. Bu düşünceyi kafasında yüz kez sansürden geçirmişti. Ama onun durumundaki bir kişi giriştiği işin niteliğini apaçık görmek zorundaydı. Naruz'u hiçbir zaman anlayamamıştı, dalgın dalgın bunu düşündü. Ama bir insanı sevmek için anlamak gerekmiyordu ki. Onun üzerinde, iyi anlaşmaktan kaynaklanan, derin bir etkisi yoktu; her ikisinin de ait olduğu ailenin göreneklerine dayanıyordu bu. Şimdiyse bu bağ birden kopmuştu.) Arabanın direksiyonuna avuçlarını acıtırcasına vurup, "Ona asla zarar veremem," diye haykırdı.

Debriyaja bastığında, "asla" sözcüğünü içinden yineleyip duruyordu. Öte yandan bu kararın başka bir güçsüzlük olduğunu da biliyordu, çünkü sevgisi görev ülküsüne kara çalmaktaydı. Ama bu noktada ikinci benliği yardımına koşuyor, ona durumu yumuşatıcı formüller buluyordu: "Aslında pek de öyle ciddi değil. Kuşkusuz geçici bir süre için bu hareketi durdurmak zorunda kalacağız. Daha sonra Serapamoun'a söylerim, buna benzer yeni bir şey başlatır. Bu... kaba yobazı da başımızdan savarız." Kafasının içi düşlerle dolu olan, düşlerinin dinsel şiiriyle Mısır ülkesine yeni bir gelecek ülküsü armağan eden, hiç hoşlanmadığı kardeşini bu kadar sevdiğini bilmiyordu. "Doğadaki sonsuzluğun düzenine bu dünyada, yüreklerimizde, bizim olan Mısır topraklarında boyut kazandırmalıyız." Serapamoun, Naruz'un konuşmasından birtakım bölümlerin kopyasını yazdırmıştı, orada Naruz başka pek çok şeyin arasında şöyle diyordu: 'Burada, bu yerkürede, bu dünyayla ilgili haksızlıklara karşı savaşmalıyız, yüreklerimizdeyse insanın kendi ruhuna sahip olma savaşımı dışında hiçbir şeye saygı duymayan bir üstün gücün adaletsizliklerine karşı durmalıyız.' Bunlar Taor'un deli saçması sözleri miydi yalnızca, yoksa bilinçsiz bir kaba yobazın dile getirdiği ortak bir düşün parçaları mıydı? Şiirin görkemli dikenli telleriyle donatılmış başka cümleler de geldi usuna: 'Yönetmek demek yönetilmek demektir; ama yöneten olsun, yönetilen olsun kendi rollerinin, Tanrı'nın mirasçıları oldukları gerçeğinin kutsal bilincini taşımalıdır. Mısır'ın çamuru ciğerlerimizi boğmak için yükseliyor, yaşayan Tanrı'ya haykıran ciğerlerimizi.'

Birden o eğrilmiş yüz, gözlerinin önüne geldi, Naruz'un kendini kaybettiği o ilk gün, kutsal ruhu kendisine doğruyu açıkça göstermesi için yardıma çağırırkenki o kısık, boğulur gibi sesini anımsadı. "*Medet! Medet!*" Titredi. Sonra Naruz'un uyuyan iradeyi ateşleme isteğinin tuhaf bir biçimde doğru olduğunu yavaş yavaş anlamaya başladı – çünkü o dünyayı siyasal bir satranç tahtası olarak değil, yalnızca mezmurların şiiriyle yardıma çağrılabilecek, biçim verebilecek büyük bir iradenin içinde atan bir nabız gibi görüyordu. Yalnızca sınırlı formüllerin içinde kalan ön beyinin içtepilerini değil, onun altında uyuyan güzeli uyandırmak – herkesin yüreğinde zemberek gibi kıvrılmış yatan şiirsel bilinci. Bu düşünce onu az korkutmadı; çünkü birden kardeşinin, bir başka zamanda, bir başka yerde, daha değişik koşullarda bir din önderi olabileceğini anladı – hiç değilse Nessim *bunları* değerlendirebiliyordu. Şaşılası yetenekleri olan bir insandı ama bu yetenekleri, kendisini asla beslemeyecek, öldüresiye boğacak kıraç bir toprağa saçmak zorundaydı.

Eve vardığında, arabayı bahçe kapısının önünde bırakıp üçer üçer atlayarak merdivenleri tırmandı. Son haftalarda sık sık başına gelen ishal ve kusma nöbetlerinden birine tutulmuştu birden. Okuma lambasının ışığında, bir konçertonun piyano notalarını göğsünün üzerine yaymış, ardına kadar açılmış gözlerle yatakta yatan Justine'in yanından yıldırım gibi geçti. Justine hiç kımıldamadı, düşünceli düşünceli sigarasını içerken, "Çok erken döndün," diye fısıldadı. Nessim hemen banyoya daldı, öğürtüsü duyulmasın diye hem musluğu hem de duşu açtı, sanki kirli sargıları açarmış gibi üstündeki giysileri tiksintiyle çıkartıp kafasına dolan yakışık almaz şeyleri yıkamak için sıcak su yağmurunun altına girdi. Justine'in sesleri düşünceli düşünceli dinlediğini, bir saat sarkacı kadar düzenli hareketlerle sigarasını içtiğini, kendisinin konuşmaya başlamasını beklediğini, duvardan kendisine alaylı alaylı gülümseyen maskın ve kitap rafının altında boylu boyunca uzandığını biliyordu. Sonra suyu kapadı, Justine onun bir havluyla gövdesini hızlı hızlı kurulayışını duydu.

Yavaşça, "Nessim," diye seslendi.

Nessim hemen yanıtladı: "Başaramadım. İyice zıvanadan çıkmış o, Justine, hiçbir sonuç alamadım. Çok iğrençti."

Gözlerini perdelere dikmiş olan Justine sessizce sigarasını içmeyi sürdürdü. Oda, telefonun yanındaki büyük kâsede yanan çivitotu kokuyordu. Justine notaları yatağın yanına bir yere koydu. Nessim'in çok sevmeye başladığı boğuk sesiyle, "Nessim," dedi.

"Evet."

"Ne düşünüyorum bak."

Nessim hemen banyodan çıktı, saçları ıslak ve darmadağınıktı, ayakları çıplaktı, ellerini sarı ipek ropdöşambrının ceplerine iyice sokmuştu, ağzının köşesinde yanan bir sigara vardı. Yatağın ayakucunda ağır ağır bir aşağı bir yukarı yürüdü. Çok düşünülmüşlükten gelen bir kesinlikle, "Bütün bu huzursuzluk ona bir kötülük yapmak zorunda kalabileceğimiz korkusundan geliyor. O bizi tehlikeye soksa bile, biz ona zarar vermemeliyiz, *asla*. Kendi kendime bunu söyledim. Her şeyi uzun uzun düşündüm. Görevi savsaklamak gibi görünebilir, ama bu konuda anlaşmalıyız. Ben ancak o zaman huzura kavuşabilirim. Buna katılıyor musun?" dedi.

Justine'e bir kez daha özlemle, hayal gücünün gözleriyle baktı. Koyu renk, Şam işi yatak örtüsünün üzerinde yüzermiş gibi kımıltısızca yatıyordu, bir mezar kabartması gibi ellerini, ayaklarını çaprazlamış, kara gözlerini ona dikmişti. Kara bir saç buklesi alnına düşmüştü. En gizli düşünceleri (duvarların kulakları olsa da söylese) barındıran bir odanın sessizliğinde, gözyuvaları aydınlatılmış bir Tibet maskının altında yatıyordu. Arkasındaki raflarda, hepsini okumamış da olsa biriktirdiği kitaplar parıldıyordu. (Kitaplardaki metinleri geleceğin falına bakmak için kullanırdı, başparmağını sayfaların arasına sokup açar, parmağını gelişigüzel bir yere koyardı – bu sanata "kitap falı" denirdi.) Schopenhauer, Hume, Spengler, işin garibi Pursewarden'ın üç kitabı da içinde olmak üzere birtakım romanlar da vardı. Parlak ciltleri mum ışıklarını yansıtıyordu. Justine boğazını temizledi, sigarasını söndürdü, sakin bir sesle, "Ben senin her dediğini kabul edebilirim. Şu sırada senin şu güçsüzlüğün her ikimiz için de tehlikeli. Üstelik sağlığın da bizi endişelendiriyor, hele Balthazar'ı. Darley gibi dikkatsiz insanlar bile fark etmeye başladı. Bu hiç iyi değil," dedi. Sesi soğuk ve renksizdi.

Nessim'in içinde büyük bir hayranlık kabardı. Gidip yatağın üzerine, yanına oturdu, kollarını ona dolayıp tutkuyla kucakladı. "Justine, ben öylesine güçsüzüm ki," dedi.

Justine'in yanına uzanıp kollarını başının altına koydu. Sessizce düşünmeye başladı. Uzun süre böylece hiç konuşmadan yan yana yattılar. Sonunda Justine konuştu: "Darley bu akşam yemeğe geldi, sen gelmeden biraz önce gitti. Gelecek hafta bütün elçilikler Kahire'ye dönmek üzere toplanmaya başlayacaklarmış. Mountolive, Noel'den önce bir daha İskenderiye'ye gelmez. Böylece biz de biraz soluk almak, eski gücümüzü toparlamak fırsatını buluruz. Selim'e gelecek hafta bir aylığına Abu Sör'e gideceğimizi söyledim. Artık dinlenmen gerek Nessim. Yüzeriz, çölde atla dolaşırız ve hiçbir şey düşünmeyiz – hiçbir şey, duyuyor musun? Bir süre sonra gelip bizimle kalması için Darley'i davet ederim, böylece sen de benim dışımda konuşacak birini bulmuş olursun. Onu sevdiğini, arkadaşlığından hoşlandığını biliyorum. İkimiz için de iyi olur. Ben arada sırada bir geceliğine buraya gelir, ne olup bittiğine bakarım... Ne dersin?"

Nessim hafif bir inilti çıkararak başını çevirdi. Justine yavaşça, "Neden?" diye fısıldadı. "Neden başını çeviriyorsun?"

Nessim derin derin içini çekti. "Düşündüğün gibi değil," dedi, "Onu ne kadar sevdiğimi, ikimizin ne kadar iyi anlaştığını biliyorsun. Canımı sıkan, insanın dostlarına karşı bile sürekli rol yapması, yalancılık etmesi. Keşke rol yapmayı sürdürmek zorunda olmasaydık Justine."

Ama Justine'in iri iri açılmış gözlerle kendisine baktığını gördü, yüzünde dehşet ya da ürpertiye yakın bir şeyler okunuyordu. Bir süre sonra, "Ah!" dedi, gözlerini kapatarak düşünceli düşünceli, keder dolu bir sesle. "Ah! Nessim! O zaman kim olduğumu bilmemem gerekirdi."

İki erkek ılık limonlukta, fildişi taşlı satranç tahtasının başında sessizce karşı karşıya oturuyorlardı – çok iyi anlaşan iki dost. Satranç takımı, yirmi birinci doğum günü için annesinin Mountolive'e armağanıydı. Ara sıra her ikisi de dalgın dalgın, yüksek sesle düşünüyordu. Konuşmak denemezdi buna, yüksek sesle düşünmek olabilirdi ancak, satrancın büyük savaş oyunlarını düşünmeye dalmış kafaların sohbeti: Kökleri bu görkemli oyunun bereketli sessizliğinde yatan bir dostluğun yan ürünü. Balthazar, Pursewarden'dan söz ediyordu. "Çok canım sıkılıyor intiharına. İşin aslını nedense anlayamadım gibime geliyor. Dünyayı, dünyanın gidişini küçümsemenin bir ifadesi olarak alıyorum davranışını."

Mountolive hızla başını kaldırdı. "Yoo! Görevle sevgi çatışması." Sonra hemen ekledi: "Ama sana fazla bir şey söyleyemem. Kız kardeşi geldiği zaman, sana daha başka şeyler anlatabilir, belki, anlatırsa..." Sustular.

Balthazar içini çekti. "Çıplak ve utanmaz 'doğru'. Çok güzel bir söz. Ama biz onu hep olduğu gibi değil, göründüğü gibi görüyoruz. Herkes kendine göre yorumluyor."

Uzun bir suskunluk daha. Balthazar kendi kendine, düşünürmüş gibi konuştu: "Bazen insan kendini tanrılık taslamaya kaptırıyor ve bundan da çok acı bir ders alıyor. Dmitri Randidi'den nefret ederdim, ama tatlı kızına karşı böyle bir duygum yoktu; salt adamı küçük düşürmek için (karnaval balosunda Çingene kılığına girdim) kızının falına baktım. Ona, 'Yarın,' dedim, 'bütün yaşamını değiştirecek önemli bir şeyle karşılaşacaksın, sakın kaçırma – Taposiris'teki yıkık kulede oturan bir adam. Onunla konuşmayacaksın,' dedim, 'gözlerini kapa, doğruca onun kollarına koş. Adı L'yle başlıyor, soyadı J'yle.' (Kuşkusuz bunları söylerken kafamda adının baş harfleri böyle olan çirkin bir delikanlı vardı, caddenin karşı tarafında o gece Cervoni'lerin balosunda. Renksiz kirpikler, uzun bir burun, sarımtırak kızıl saçlar.) Kız, bana inanınca kıs kıs güldüm, kanca gibi burnumla tam bir Çingeneye benziyordum – bunu ayarladıktan sonra, caddenin karşısına geçtim, L.J.'yi aradım, ona haber getirdiğimi söyledim. Boş inançlı biri olduğunu biliyordum. Beni tanımadı. Ona hangi rolü oynaması gerektiğini anlattım. Haince, kötü bir şey yaptığımı kabul ediyorum. Ben yalnızca Randidi'yi üzmek istiyordum. Her şey tasarladığım gibi oldu. Çünkü tatlı kız, Çingene'nin dediklerini yapıp o kızıl saçlı, çilli kurbağaya âşık oldu. Bundan daha uygunsuz bir birleşme düşünülemezdi. Ama benim amacım da buydu. Randidi'yi çileden çıkaracak bir şey yapmak! Çıkardı da, hem de nasıl, bu kurnazlığımla övünüyordum. Kuşkusuz evlenmelerini yasakladı. İki sevgili – benim türettiğim, *benim* sevgililerim– ayrıldılar. Daha sonra o güzel kız, Gaby Randidi kendini zehirledi. Kendimi ne kadar zeki buluyordum bilemezsin. Bu yüzden babasının sağlığı bozuldu, sonunda sinir hastalığına (ailesinde sık sık görülen bir hastalık) tutuldu. Geçen güz kentin en ünlü asma çardağında asılı bulundu ve..."

Bunu izleyen sessizlikte şu sözleri eklediği duyulabilirdi: "Bizim acımasız kentimizin öykülerinden yalnızca biri. Ama dikkat et, vezirin tehlikede, yanılmıyorsam..."

XIII

Güzün ilk yağmurlarıyla birlikte Mountolive kış nöbeti için kendini Kahire'ye dönüş hazırlıkları içinde buldu, izlenecek siyaset konusunda henüz hiçbir önemli karar alınmamıştı; Londra, Pursewarden'ın veda mektubundaki açıklamalarla ilgili olarak susuyordu. Anlaşılan, kendisini eleştirmekten ya da konuyu enine boyuna araştırmaktan çok, değerlerinden kuşku duyulacak astlarla çalışan bir büyükelçinin üzüntüsünü paylaşmak eğilimdeydi. Belki de, bu felaket üzerine bir şeyler yazma gereği duyan, "bakanlık"taki herkesin çok üzüldüğü ama şaşırmadığı konusunda inancalar veren Kenilworth'ün uzun ve tumturaklı mektubu genel duyguyu en iyi biçimde dile getiriyordu. Pursewarden'a hep *outré*[1] gözüyle bakılmıştır, öyle değil mi? Böyle bir sonuçtan kuşkulanılmaktaymış zaten. Kenilworth, "dengeli bir değerlendirme" denen şey için bir kıyıda saklanan o görkemli düzyazı üslubuyla, "Onun sevimliliği," diye yazıyor, "anormalliklerini gizleyemiyordu. Sana gösterdiğim özel dosyasının ayrıntılarına girmeme gerek yok. *Huzur içinde yatsın.* Ama onun davranışlarının çekilmez, görüşlerinin sağlıksız bulunduğu bir elçilikte ona bir fırsat daha tanımak

1. (Fr.) Aşırı. (Ç.N.)

için senin bütün bu kaygıları bir yana itip vefalı bir davranışta bulunmanı hepimiz anlayışla karşılıyoruz," Mountolive, mektubu canı sıkılarak okuyordu; ama hoşnutsuzluğunun yanı sıra akla aykırı gelecek, aslı olmayan bir rahatlama da duyuyordu çünkü bütün bu sözde dikkat ve özenin arkasına iki yasadışı kişinin, Nessim'le Justine'in gölgelerinin sindiğini görüyordu.

İskenderiye'den ayrılmak konusunda isteksizse, Leyla sorununu kafasından bir türlü çıkaramadığı içindi. Onun bu fesattaki rolüyle ilgili birtakım yeni düşünceleri göz önüne almak zorunda kalmaktan korkuyordu – gerçekten bir fesat varsa henüz ortaya çıkmamış bir işin suçunu örtbas eden bir suçlu durumuna düşecekti. Onu görmek için olanakları zorlasaydı daha iyi olmaz mıydı – hiç haber vermeden bir gün Karm Abu Girg'e çıkıp gitse, doğruyu onun ağzından öğrense? Bunu yapamazdı. Bu noktada yüreklilik gösteremiyordu. Uğursuz geleceği düşünmemeye çabalıyor, oflaya puflaya yolculuk hazırlıklarını sürdürüyor, zihnini başka şeylerle oyalamak için yeniden toplumsal etkinliklerin ılık sularına dalma tasarıları yapıyordu.

Hayatında ilk kez resmî görevinin yavanlıkları şirin, hatta çekici görünmeye başladı. Zaman öldürmeye yarayan ama aynı zamanda acıları unutturan şeyler; zorunlu eğlence çarkına öylesine büyük bir ilgiyle kendisini bırakmıştı ki, neredeyse bunları uyuşturucu yerine kullanıyor gibiydi. Hiç böylesine hesaplı bir çekicilik saçtığı, gözetilen önemsiz şeylere böylesine özen gösterdiği, toplumun hoşuna gittiği olmamıştı. Ortalıkta ne kadar can sıkıcı insan varsa onu arayıp buluyordu. Herkesin onun ne kadar kısa bir zamanda yaşlandığını fark etmeye başlaması uzun sürmedi, bu değişikliği kendini sonu gelmez eğlence çarkına çılgınca bir coşkuyla bırakışına yordular. Şu tersliğe bakın! Toplumdaki geçerliliği dalga dalga yayılıyordu. Ama çevresine gösterdiği yakışıklılık ve tembellik maskesinin gerisinde artık yepyeni bir korku ve güvensizlikten başka hiçbir şey yokmuş gibi geliyordu. Leyla'dan bu tür bir kopuşla sanki yersiz yurtsuz kalmış gibiydi. Umutsuzca sarıldığı görevlerinin acı ilacından başka hiçbir sığınağı yoktu.

Sabahları uşağın –Juliet'in mezarının perdeleri gibi yavaşça, saygıyla– açtığı perdelerin sesiyle uyanır, gazeteleri ister, yaşam biçimi dolayısıyla alıştığı belirli güzel yiyeceklerle dolu kahvaltı tepsisinin hakkından gelirken merakla okurdu. Ama aynı zamanda randevu defterini, işiyle ilgili öteki ayak bağlarının listesini getirecek olan genç, sakallı üçüncü kâtibin gelişini haber veren kapı tıklatma sesini sabırsızlıkla beklerdi. Dolu bir gün olması için deli gibi dua ederdi, ancak birkaç randevulu ender günlerden biriyse çok canı sıkılırdı. Sabırsızlığını göstermemeye çalışarak yastıklara dayanmış uzanırken Donkin, sanki Hıristiyan amentüsünü törenle okurmuş gibi günlük programı okumaya başlardı. Her zamanki gibi can sıkıcı gelseler de, bu resmî randevular Mountolive için bir umut, sıkıntı ve huzursuzluğa karşı bir reçete gibiydi. Şunları okuyan kişinin sesini eğlenceye çok meraklıymış gibi dinledi: "İngiliz uyrukluların önerdiği yatırımla ilgili bir *aide-mémoire*[1] sunmak üzere saat on birde Rahad Paşa ziyaret edilecek. Veriler elçilik sekreterliğinde. Sonra Sir John ve Lady Gilliatt öğle yemeğine geliyorlar. Errol uçağı karşıladı. Evet, otele leydi için çiçek gönderdik. Bugün saat on birde defteri imzalayacaklar. Kızları rahatsız, bu yüzden öğle yemeğinin oturuş düzeni bozuldu, ama zaten Haida Paşa'yla Amerikan ortaelçisi de geleceğine göre, Errol'la eşini de sokuşturmakta sakınca görmedim;

1. (Fr.) Diplomatik nota. (Y.N.)

böylece *placement*[1] sorunu çözümlenmiş oldu. Protokola sorma gereğini duymadım, çünkü Sir John özel bir ziyaret için burada bulunuyor – basında böyle haber çıktı."

Mountolive kalın, başlıklı kâğıdın üzerine güzelce yazılmış notları bırakıp içini çekerek, "Yeni aşçıbaşı iyi mi bari? Daha sonra benim büroma gönder. Gilliatt'ların sevdikleri bir yemek biliyorum," dedi.

Donkin saygıyla başını eğdi ve tınısız bir sesle okumasını sürdürmeden önce not aldı: "Saat altıda Haida'larda Sir John için bir kokteyl var. İtalyan Büyükelçiliği'ndeki akşam yemeğini kabul etmiştiniz – Signor Maribor'un onuruna veriliyor. Çok kalabalık olacak."

Mountolive, "Daha önce üstümü değiştiririm," dedi düşünceli düşünceli.

"Burada sizin elyazınızla birkaç not daha var ama okuyamıyorum, efendim. Birinde Koku Pazarı'ndan söz ediliyor, İran leylağından."

"Güzel, evet. Lady Gilliatt'ı oraya götürmeye söz verdim. Bu ziyaret için araba işini ayarlayın lütfen, onlara da geleceğimi bildirin. Öğle yemeğinden sonra – üç-üç buçuk, diyelim."

"Sonra, 'öğle yemeği armağanları' diye bir not daha var."

"Ha, evet," dedi Mountolive. "Tam bir Doğulu olmak üzereyim. Sir John, Londra'da, bakanlıkta, bizim işimize çok yarayabilir, bu yüzden, onun nelerle ilgilendiğini bildiğim için bu ziyaretini unutulmaz kılacak şeyler yapmayı düşündüm. Acaba rica etsem, Süleyman Paşa'daki Karda mağazasına gidip Tel Al Aktar heykelciklerinden birkaç tane alır mısınız, renklilerden? Bana büyük bir iyilikte bulunmuş olursunuz. Çok güzel oyuncaklar. İçlerine birer kart iliştirerek tabakların yanına koymalarını söyler misiniz? Çok teşekkür ederim."

1. (Fr.) Yerleştirme. (Ç.N.)

Yine yalnız kalınca çayını yudumlamaya başladı, bir yığın can sıkıcı soruyla kendi kendini üzmesine zaman bırakmayacak oyalanma umutlarıyla dolu yoğun günü düşünmeye daldı. Duş alıp yavaş yavaş giyinmeye başladı, öğleye yakın bir saatte yapacağı resmî ziyarete uygun bir kılık seçme işine özellikle kafa yordu, aynaya bakarak boyunbağını özenle bağladı. "Yakın bir zamanda yaşama biçimimi temelden değiştirmeliyim," diye düşündü, "yoksa çok boşlaşacak. Bunu en iyi nasıl yapabilirim?" Neden sonuç ilişkisinin bir yerinde "arkadaşlık" sözcüğünün çevresinde kafasında billurlaşmış bir boşluk olduğunu fark etti. Evet, orada bir kopukluk vardı. "Bir köpek edinmeliyim," diye düşündü, biraz içlenmiş gibi, "bana arkadaş olur. Bakacak bir şeyim olur. Nil kıyısında yürüyüşe çıkarız." Sonra bir saçmalık duygusuna kapılıp gülümsedi. Yine de, her sabahki gibi elçilikteki büroları dolaştığı sırada başını kançılaryanın kapısından içeri uzatıp en iyi ev köpeğinin hangisi olduğunu Errol'a ciddi ciddi sordu. Çeşitli soylar üzerine uzun, hoş bir sohbetten sonra, bekâr bir adam için en uygununun foksteriyer olacağına karar verdiler. Fox terrier! Ataşelerin bulunduğu bölüme uğramak için sahanlığı geçerken kendi eşekliğine gülerek bu sözcükleri yineledi. "Peki sonra!"

Sekreteri evrakları düzgünce tepsilere dizmiş, kırmızı posta çantalarını duvarın kıyısına dayamıştı; elektrik ocağının tek çubuğu, büroyu gündelik işleri yürütmeye yetecek bir sıcaklıkta tutuyordu. Abartılmış bir dikkatle telgrafların, genç ataşe takımınca yazdırılmış mektup müsveddelerinin başına oturdu. Cümleleri buduyor, değiştiriyor, oraya buraya cümleler ekliyor, çıkmalar yapıyordu; bu yeni bir huydu çünkü şimdiye kadar resmî İngilizce konusunda aşırı bir gayretkeşlik göstermemişti, hatta kendisinin üslupçu olduğunu sanan –Dışişleri'nde sanmayan var mı ki– bir ortaelçinin yanında çalışırken, kendi yazdığı müsveddelere doldurmak zorunda kaldığı ne idüğü belirsiz çapraşık sözlerden gözü korkardı. Hayır. Kendisi böyle bir şeyi hiç istememişti, ama şimdi dikkatini zorla bir noktaya toplayarak yaşamaya, çalışmaya başlayınca, doğal olarak, herkesin işine karışan, bilgiçlik taslayan biri olup çıkmıştı, çalışkan Errol'u ve personelini hafiften kızdırıyordu. Bunu biliyor ama gene de bildiğini okuyordu; zaten çok iyi yapıldığını bildiği şeyleri Oxford sözlüğü ve Skeat'in yardımıyla –bir Ortaçağ bilgini gibi tanrıbilimin kılını kırk yararcasına– eleştiriyor, sorguluyor, değiştiriyordu. Hareli not kâğıdının üzerinde düzeltmeler yaparken bir puro yakıp dalgın dalgın tüttürürdü.

Saat onda çay fincanlarının alışılmış hoş tıkırtısı duyuldu, kançılarya memuru Bohn, bir fincan Bovril ve bir tabak bisküviyle birlikte, bir şeyler içmek için ara verme saatinin geldiğini haber vermek üzere biraz korka korka içeri girdi. Mountolive, bir koltukta çayını yudumlayarak, beyaz duvarlardaki –Bayındırlık Bakanlığı'nın bütün büyükelçilik büroları için seçtiği değişmez süslere– renksiz Japon baskılarına bakarak bir çeyrek saat dinlendi. Biraz sonra Filistin postasına sıra gelecekti, şu anda arşiv bölümünde ayırıyorlardır – görevliler yerde duran, ağızları açık çadır bezi çantalardan seçtikleri evrakı yeşil çuhayla kaplı sehpaların üzerine hızlı hızlı sıralıyorlardır, çeşitli bölümlerin sekreterleri tahta kafesin dışında, paylarına düşecek ganimetleri sabırla beklerler... Bu sabah postayı beklerken, içinde önsezisel bir sıkıntı vardı çünkü şimdiye kadar sesi soluğu çıkmamıştı Maskalyne'in. Pursewarden'ın son mektubuyla ilgili yorumlarını bildirmek şöyle dursun, mektubu aldığını bile bildirmemişti. Nedenini merak ediyordu.

Kapı vuruldu, içeriye çekingen, çirkin yürüyüşüyle Errol girdi, elinde mühürlü, üzeri adresli, dikkat çekici bir zarf vardı. "Maskelyne'den efendim," dedi.

Mountolive, ayağa kalkıp soğukkanlı görünmeye büyük bir özen göstererek uzandı. "Aman Tanrım!" dedi,

Errol'a geri vermeden önce paketi elinde şöyle bir tarttı. "Galiba bu posta güverciniyle geldi ha? Ne olabilir acaba? Bir romana benzemiyor mu?"

"Evet efendim."

"Peki, aç bakalım, evladım." (Bu babayani konuşma tarzını Sir Louis'den kapmıştı, üzülerek farkına varıyordu; çok geç olmadan bu alışkanlığı değiştirmeye özen göstermeliydi.)

Errol kocaman zarfı kâğıt açacağıyla beceriksizce açtı. İkisinin arasına, masanın üzerine, kalın bir notayla bir demet fotokopi yuvarlandı. Mountolive, başlıklı kâğıda yazılmış ek mektupta askerin ince elyazısını tanıyınca hafif bir ürperti geçirdi. Masasına geçerek, "Bakalım ne diyor?" dedi. "Aziz büyükelçim..." Mektubun gerisi iri harfli daktiloyla kusursuzca yazılmıştı. Errol, düzgünce zımbalanmış fotokopileri meraklı bir parmakla çevirip şurasından burasından birtakım sözcükler okurken hafifçe ıslık çaldı. Mountolive okuyordu:

"Sayın büyükelçim,

Zarfın içindeki verilerle ilgileneceğinize inanıyorum, bunlar benim şubemin burada, Filistin'de yaptığı yaygın araştırmalar sonucunda son zamanda ortaya çıkartılmış şeylerdir.

Son birkaç yıl içinde, benim askıda bekleyen asıl raporumun konusu olan, Hosnani ile Hayfa ve Kudüs'teki sözümona Gizli Yahudi Mücahitleri arasındaki ayrıntılı yazışmaların büyük bir bölümünü size gönderme olanağını buluyorum. Söz konusu beyefendiyle ilgili benim ilk tahminlerimin fazla insaflı kaldığını anlamak için yansız bir kişinin bunlara bir kez göz atması yeter. Ekli listede ayrıntılarıyla gösterilen silahların ve cephanenin miktarı öylesine fazla ki, Manda yetkililerini ciddi bir biçimde kaygılandırabilir. Bu cephanelikleri saptamak ve el koymak için gerekli her şey yapılıyor, ama henüz pek başarılı olamadık.

Kuşkusuz bütün bunlar, söz konusu beyefendiye karşı nasıl bir siyaset güdüleceği sorununu bir kez daha, hem de geciktirmeye gelmez bir biçimde gündeme getiriyor. Bildiğiniz gibi benim başlangıçtaki görüşüm bunu hiç geciktirmeden Mısırlılara çıtlatmanın sorunu çözeceği yolundaydı. Baskı yapılırsa, Memlik Paşa'nın bile harekete geçmeye yanaşmayarak Mısır-İngiliz ilişkilerini, Mısır'ın yeni kazanılmış özgürlüğünü tehlikeye atmak isteyip istemeyeceğinden kuşku duyarım. Kullanabileceği yöntemleri çok yakından araştırmamıza da gerek yok. Hiç değilse biz, elimizi bulaştırmamış oluruz. Ama, kuşkusuz, Hosnani'ye dur denmesi gerek – hem de hiç vakit yitirmeden.

Savunma Bakanlığı ve Dışişleri Bakanlığı için bu raporun birer suretini hazırlıyorum. Londra'ya gönderilecek suret şube müdürünün bu konuda acele harekete geçilmesi hususunda dışişleri bakanına yazdığı kişiye özel ve acele bir notla birlikte uçak postasıyla gönderiliyor. Büyük bir olasılıkla, hafta sonundan önce Londra'nın tepkisini öğrenmiş olursunuz.

Pursewarden'ın bana bir kopyasını gönderdiğiniz mektubu konusunda, bu aşamada bir yorumda bulunmayı gereksiz buluyorum. Bu notayla birlikte size zarflanan şeyler yeterli açıklamayı getiriyor. Görevini yapmaktan, kaçtığı açıkça ortada.

En sadık bendeniz, efendim,
Oliver Maskelyne, tuğgeneral."

İki adam aynı anda içlerini çekerek birbirlerine baktı. Sonunda, Errol parlak fotokopileri kösnül bir parmakla karıştırarak, "Evet. Sonunda elimizde kesin bir kanıt var," dedi. Sevinçten yüzü parlıyordu. Mountolive, başını hafifçe iki yana sallayıp bir puro daha yaktı. Errol, "Ben yalnızca mektuplara göz attım efendim, ama her mektupta

Hosnani imzası var. Hepsi de daktiloyla yazılmış kuşkusuz. Bunların üzerinde rahatça düşünmek isteyeceğinizi sanırım, ben bir saatliğine sizi yalnız bırakıyorum, bana ihtiyacınız olunca gelirim. Başka bir şey yoksa?" dedi.

Mountolive, büyük kâğıt demetini bıkkınlık duygusuyla, iç bulantısıyla evirip çeviriyordu, hiçbir şey söylemeden kafasını salladı.

Errol, sertçe, "Peki," deyip geri döndü.

Mountolive kendisine hem boğuk hem de güçsüz gelmesine karşın kendi sesini bulmuştu. "Errol, yalnız bir şey var; Londra'ya Maskelyne'in notasını aldığımı, *au courant*[1] olduğumu bildirin. Emirlerini beklediğimizi söyleyin."

Errol başını salladı, gülümseyerek geri geri koridora çekildi. Mountolive masasına yerleşti, bulanık ters bakışlarını kopyalara yöneltti. Bir-iki mektubu neredeyse anlamazmış gibi okudu, birden bir baş dönmesi duygusuna yakalandı. Sanki odanın duvarları yavaş yavaş üzerine geliyor gibiydi. Gözlerini sımsıkı kapatıp burnundan derin derin soludu. Yazı altlığının üzerinde parmaklarını istemsiz olarak oynatmaya, insanın her akşam duyabileceği, uzaklardaki bir sandaldan Nil'in sularıyla taşınan darbuka seslerinin aksak, beli kırık ritmine öykünmeye başladı. Böyle kör gibi gözlerini kapatmış, Mısır'ın bu sinsi raks ölçüsüne göre parmaklarını hafif hafif vururken, kendi kendine şu soruyu sorup duruyordu: "Şimdi ne olacak?"

Ama ne olabilirdi?

"Bugün öğleden sonra bizi harekete geçirecek bir telgraf beklemeliyim," diye mırıldandı. İşte böyle durumlarda görevi bir koltuk değneği gibi yardımına yetişiyordu. Kafasının içindeki kaygılara karşın bu görevlerin kendisini, dağılan dikkatini, boynuna tasma takılmış bir köpek gibi sürüklemesine çoktan razıydı. Bir oranda hareketli bir sabah oldu. Öğle yemeğinin başarısına diyecek

1. (Fr.) Haberli. (Ç.N.)

yoktu, daha sonra Koku Pazarı'na yapılan sürpriz gezi, zeki ve düşünceli bir ev sahibi olarak yeteneğini kanıtladı. Bu iş bittikten sonra perdeleri kapatılmış odasında yarım saat uzandı, bir fincan çayını yudumlarken, "Züppe olmaktansa budala mı olmayı yeğlesem – işte sorun burada?" cümlesiyle başlayan her zamanki tartışmayı sürdürüyordu. Kendisine duyduğu nefretin şiddeti, kançılaryanın yeniden açıldığı saate, altıya kadar Nessim sorununu unutturdu. Soğuk bir duş alıp üstünü değiştirdikten sonra elçilik konutundan aşağı yürüdü.

Bürosuna vardığında çalışma masasındaki lambayı yanık buldu, Errol bir koltuğa oturmuş, parmaklarının arasında pembe telgrafı tutarken tatlı tatlı gülümsüyordu. "Biraz önce geldi efendim," dedi. Sanki özellikle kendisi için toplanmış bir çiçek demetini verir gibi telgrafı Mountolive'e uzattı. Mountolive gürültüyle boğazını temizledi – bu fiziksel hareketle hem zihnini hem de dikkatini toplamaya çalışıyordu. Elinde tutarken parmaklarının titremesinden korktuğu için, telgrafı özenle yazı altlığının üzerine yerleştirdi, ellerini pantolon ceplerine soktu, okumak için eğildi, kibarca bir heyecansızlığın ötesinde (galiba) bir şey belli etmiyordu. Errol, şefinden ses getirecek heyecan kıvılcımını çakmak ister gibi yüzü umutla parlayarak, "Oldukça açık efendim," dedi.

Ama Mountolive başını kaldırıp bakmadan önce ağır ağır, düşünceli düşünceli, iki kez okudu. Birden tuvalete gitmek istedi. Telaşla, "Çişimi yapacağım," diyerek genç adamı resmen kapı dışarı etti.

"Bu konuyu tartışmak için biraz sonra aşağı inerim. Aslında anlaşılmayacak bir şey yok. Yarın harekete geçerim. Bir dakikanı rica edebilir miyim?" Errol hayal kırıklığına uğramış durumda gözden kayboldu. Mountolive tuvalete koştu; dizleri titriyordu. Gene de çeyrek saat içinde kendini toparlayıp Errol'un alt kattaki bürosuna çevik adımlarla inmeyi başardı; elinde telgraf, yavaşça içeri girdi – Errol masasında oturuyordu; tam o sırada telefonu kapatmıştı, gülümsüyordu.

Mountolive pembe telgrafı ona uzatıp kendini bir koltuğa attı, Errol'un masasının rahatsız edici dağınıklığı dikkatini çekti, üzeri kişisel eşyalarıyla doluydu – köpek biçiminde porselen bir kül tablası, bir İncil, topluiğne yastığı, kapağı yeşil bir mermer parçasına raptedilmiş pahalı bir dolmakalem, Kurşundan Athena biçiminde bir kâğıt ağırlığı... Ancak yaşlı bir kadının dikiş sepeti bu kadar karışık olabilirdi, ama zaten Errol'da bir yaşlı kadın havası vardı. Errol boğazını temizledi, gözlüğünü çıkararak, "Şey, efendim, protokolla konuştum, çok acil bir konuda yarın dışişleri bakanıyla görüşmek istediğinizi söyledim. Herhalde üniforma giyersiniz?" dedi.

Mountolive kararsızlıkla, "Üniforma mı?" diye sordu.

"Mısırlıları her zaman etkiler."

"Anlıyorum. Evet, öyle yaparım herhalde."

"Söylemek istediğiniz şeyin önemini onu söylemek için giydiğiniz kılıkla ölçmeye yatkındırlar. Donkin bize bunu hep söyler, galiba haklı."

"Doğru, evlat." (İşte. Gene o babayanice tutum! Lanet olsun!)

"Herhalde bu sözlü notanızı daha sonra bir *aide-mémoire*'la desteklemek isteyeceksinizdir. Savımızın doğruluğunu göstermek için onlara gerekli bilgileri vermek zorunda kalacaksınız, öyle değil mi?"

Mountolive başını sertçe sallayarak onayladı. İçinde Nessim'e karşı daha önce hiç duymadığı ölçüde büyük bir nefret duymasına şaşırdı. Kuşkusuz öfkesinin kökenini yine biliyordu – dostunun düşüncesizliği yüzünden içine düştüğü durum, ona karşı harekete geçmek zorunda kalmak. Zihninde birden birtakım görüntüler hızla birbirini izledi – ülke dışına kaçan Nessim, uşağı tarafından yemek masasında zehirlenen Nessim... Mısırlıların ne yapacağı belli olamazdı. Cehaletleriyle yarışan aşırı acarlıkları insanı her yere gönderebilirdi. İçini çekti.

"Kuşkusuz üniforma giyeceğim," dedi ciddi ciddi.

"Ben *aide-mémoire* taslağını hazırlarım."

"Çok güzel."

"Yarım saat içinde randevuyu kesinleştirsem iyi olur."

"Sağ ol. Donkin'in de benimle gelmesini istiyorum. Onun Arapçası benimkinden çok daha iyi, hem de görüşmenin tutanağını tutar, böylece Londra'ya ayrıntılı bilgi veren bir telgraf gönderebiliriz. Dosyayı gösterdikten sonra onu buraya gönderir misin? Teşekkür ederim."

Sabahın geri kalan bölümünü evrakları gelişigüzel karıştırarak, kendini çalışmaya zorlayarak, hiçbir şey yapmadan geçirdi. Öğleüzeri, elinde daktilo edilmiş *aide-mémoire*'la birlikte sakallı genç Donkin geldi ve Mountolive'in randevusunun ertesi sabah dokuzda olduğunu söyledi. Keçisakallı küçük sinirli yüzü, ıslak gözleri, ona her zamankinden genç bir görünüm kazandırıyordu. Uzatılan sigarayı aldı, kızlar gibi içine çekmeden hızlı hızlı pofurdattı. Mountolive gülümseyerek, "Evet, benim dava dosyası konusundaki görüşlerinizi öğrenmek istiyorum. Errol size söyledi mi?" dedi.

"Evet efendim."

"Bu... sert, resmî protesto için ne diyorsunuz?"

Donkin derin bir soluk alıp kaygılı bir biçimde konuştu: "Şu anda hemen harekete geçerseniz bir sonuç elde edeceğinizden kuşkuluyum. Kralın hastalığından bu yana hükümet içindeki çekişmeler, gerilimler hepsinin kafasını tam anlamıyla karıştırdı. Hepsi, birbirinden korkuyor, hepsi başka yöne çekiyor. Nur'un bizi destekleyeceğinden, sizin raporunuz üzerine Memlik Paşa'yı harekete geçirmeye çalışacağından kuşkum yok... ama..." Sigarayı tutan dudaklarını gerdi, düşünceli düşünceli, "Bilmiyorum. Siz Memlik'in neyle ünlü olduğunu biliyorsunuz. İngiltere'den nefret eder," dedi.

Mountolive birden, kendine karşın, yürekleniverdi: "Aman Tanrım! Ben, bunu böyle düşünmemiştim. Ama bu anlamdaki bir protestoyu görmezden gelivermekle kurtulamazlar. Aslında, evlat, bu örtülü bir gözdağı."

"Biliyorum efendim."

"*Nasıl* görmezden gelirler, hiç anlamıyorum."

"Şey, efendim, şu anda kralın yaşamı bıçak sırtında. Örneğin bu akşam ölebilir. Neredeyse altı aydır Divan'a çıkmadı. Bugünlerde herkes kıskançlık içinde, kişisel nefretler, yarışlar su yüzüne ha çıktı ha çıkacak, hem de alabildiğine. Kralın ölümü her şeyi değiştirecek, bunu herkes biliyor. Herkesten çok da Nur. Ha sonra, efendim, Memlik'le aralarının açık olduğunu da duyuyorum. Halkın Memlik'e verdiği rüşvetler konusunda ciddi sorunlar var."

"Ama Nur, kendisi rüşvet almıyor değil mi?"

Donkin'in dudaklarında hafif acı bir gülümseme dolaştı, ağır ağır, kuşkusunu yansıtır biçimde başını salladı. Ciddileşerek, "Bilmiyorum efendim. Ne yazık ki hepsi alıyor, alırlar. Yanılıyor olabilirim. Ama Hosnani'nin yerinde olsam Memlik'e cömertçe bir rüşvet ödeyerek harekete geçmesini önlerdim. Onun rüşvet zaafı... Mısır'da dillere destan," dedi.

Mountolive, öfkeyle kaşlarını çatmak için çaba harcadı. "Umarım yanılıyorsundur. Çünkü majestelerinin hükümeti bu konuda bir şeyler yapmaya kararlı, ben de öyle. Neyse bakalım, göreceğiz öyle değil mi?"

Donkin, hâlâ sessizce, ciddi ciddi, kafasındaki düşünceyi sürdürüyordu. Bir süre sigarasını içerek oturdu, sonra ayağa kalktı. Düşünceli düşünceli, "Errol, Hosnani'nin izinde olduğunuzu bildiği anlamına gelecek bir şey söyledi. Bu doğruysa neden izini kaybettirmedi? Bizim nereden saldıracağımız konusunda açık bir düşüncesi olmalı, öyle değil mi? Hiç kılını kıpırdatmadığına göre Memlik'i şöyle ya da böyle elinde tutacağından kuşkusu yok. Ben yalnızca yüksek sesle düşünüyorum, efendim," dedi.

Mountolive gözlerini açarak ona uzun süre baktı. Birden bastıran, kendisine neredeyse haince görünen bir iyimserlik duygusunu dağıtmaya çalışıyordu. Sonunda, "Çok ilginç. Bunu bu açıdan düşünmediğimi açıkça söylemeliyim," dedi.

Donkin kurnaz kurnaz, "Ben olsam bunu Mısırlılara hiç açmazdım," dedi. Şefine takılmaktan hiç çekinmiyordu.

"Bunu söylemek bana düşmez ama Maskelyne için bu sorunu çözmenin birden çok yolu vardır. Bana kalırsa biz en iyisi hariciye kanalını bir yana bırakıp Hosnani'yi parayla vurdurmalı ya da zehirletmeliyiz. Yüz İngiliz lirasından daha aza patlar."

Mountolive güçsüz bir sesle, "Evet, çok teşekkür ederim," dedi, iyimserliğinin yerini sürekli olarak içinde yaşamaya yazgılı göründüğü yarı bilinçli duyguların karanlık girdabı aldı. "Teşekkür ederim Donkin." (Birden öfkeyle, Donkin, diye düşündü, bıçaktan, zehirden söz ederken Lenin'e korkunç benziyordu. Üçüncü kâtiplere başkasının adına cinayet işlemek çok kolay geliyordu.) Tekrar yalnız kalınca yeşil halıyı arşınlamaya başladı, sırayla umut ve umutsuzluk biçimini alan çelişik duyguların arasında dengede duruyordu. Olacakları değiştirmek şu anda olanaksızdı. Sonuçları insani açıdan yargılanamayacak siyasetlere adanmış bir adamdı. Kuşkusuz bu bilgiden kazanılacak felsefi birtakım boyun eğmeler olmalıydı. O gece, geç vakte kadar oturdu, koca gramofonda en sevdiği müziği dinledi, her zamankinden daha çok içti. Ara sıra odanın karşı tarafına yürüyüp George dönemi üslubu masasında, başlıklı bir mektup kâğıdının başında, elinde kalemiyle oturdu.

"Sevgili Leyla: Şu anda seni görmem her zamankinden çok daha gerekli görünüyor, senin yenmeni istediğim..."

Ama yazamıyordu. Mektupları buruşturup çöp sepetine attı. Neyi yenmesini istiyordu? Artık Leyla'dan da mı nefret etmeye başlamıştı? Bilincinin derinliklerinde bir yerde bütün bu korkunç tasarıları başlatanın Nessim değil de Leyla olduğu düşüncesi, neredeyse inancı kımıldıyordu. Asıl itici güç oydu. Nur'a bunu söylemeli miydi? Ailenin eylem adımı olan Naruz'un bu fesattaki payı Nessim'den çok daha fazla olamaz mıydı? İçini çekti. Başarılı bir Yahudi ayaklanmasından bunların her birinin kazancı ne olabilirdi? İngiliz gizemcisi Leyla'nın böyle bir şeye, böyle bir şeyin gelecekte güven ve düzen getireceğine inanmayacağını çok iyi biliyordu Mountolive.

Hayır, bütün bunlar ona nedensiz bir delilik gibi geliyordu; büyük kârlar umarak kuş beyinlice bir kumara atılmak gibi bir şey! Tam Mısır'a göre! Bir hardal kabını karıştırır gibi bu düşünceyle kendi nefretini karıştırıyordu. Tam Mısır'a göre! Ama, ne tuhaf, Nessim'e ne kadar aykırı!

O gece uyku olanaksızdı. Daha çok tanınmamak için ince bir pardösü giyip düşüncelerini yatıştırmak amacıyla Nil kıyısında yürüyüşe gitti, ardı sıra gelecek, kafasını meşgul edecek bir küçük köpeği olmadığı için budalaca bir hayıflanma duyuyordu. Uşakların bölümünden dışarıya gizlice çıkmıştı, gece yarısından sonra ikide, hiçbir büyükelçinin yapmasına izin verilmemesi gerektiği biçimde iki ayağıyla yürüyerek ön kapıdan girdiğini gören kavasla iki nöbetçi polis çok şaşırdılar. Arapça olarak hepsine kibarca iyi geceler diledikten sonra konutun kapısını anahtarıyla açıp içeri girdi. Pardösüyü çıkarıp aydınlık koridordan aksayarak geçti, o gerçekdışı köpek arkasından geliyor, parlak parkelerin üzerinde ıslak ayak izleri bırakıyordu...

Yatak odasına çıkarken birinci sahanlıkta duvara dayanmış üzgün üzgün duran, Clea'nın sonunda tamamladığı kendi portresiyle karşılaştı. Bir küfür fısıldadı çünkü tümüyle kafasından çıkıp gitmişti bu; altı haftadır bunu annesine göndermeye niyet ediyordu. Yarın, bu konuyla ilgilenmeleri için Diplomatik Posta Odası'na özel bir not gönderecekti. Belki de boyutları onları düşündürecekti ama ne olursa olsun, sözde "sanat yapıtı" (değil kuşkusuz) bir şeyi dışarı çıkarma izni alma zahmetinden kurtulmak için üsteleyecekti. Ama bir Alman kazıbilimcisi Mısır yontuları çalıp onları Avrupa müzelerine sattı satalı, devlet sanat yapıtlarının yurtdışına çıkarılması konusunda çok duyarlı davranıyordu. Bu sorun gündemdeyken böyle bir izni kuşkusuz geciktireceklerdi. Hayır, bu işi Diplomatik Posta'ya bırakmalıydı; annesi mutlu olacaktı. Kar kaplı bir doğa görünümünün ortasında, ocağın başında kitap okuyan annesini duygusal bir yürek sızısıyla düşündü. Ona gerçekten uzun bir mektup borcu vardı. Ama şimdi değil. "Her şeye karşın bu iş bitti," dedi, küçük, istemsiz bir ürperti geçirdi.

Yatağa girer girmez hiç de dinlendirici olmayan budalaca düşlerin dar dolambacına girdi – balık kaynayan, kuş bulutlarıyla kaplı büyük göller ağının imgeleri, menekşe rengi gece görünümünün ötelerinden gelen yumuşak darbuka sesinin noktalamalarına uyarak suya yumuşacık dalan küreklerin ahengiyle kamçılanarak oralarda gezinen Leyla'yla kendisinin gençlikleri; düşün içine gölge gibi bir sandal daha girdi, içinde iki kişi – uzun namlulu tüfeklerle silahlanmış iki erkek kardeş. Biraz sonra arkasından yetişeceklerdi; ama Aktium'daki Antonius gibi, Leyla'nın sıcak kucağında korku duyamıyordu. Konuşmadılar, hiç değilse o hiç ses duymadı. Kollarının arasındaki kadından kendisine, kendisinden kadına geçen iletileri duyumsuyordu yalnızca – bunlar damarlarında akan kandan geçiyor gibiydi. Konuşmak ya da düşünmek, onların çok gerisinde kalmıştı – unutulmuş, özlenmeyen ama geri gelmez olduğu için şimdi sonsuz derecede sevilen bir geçmişin gittikçe küçülmüş kişileri. Düşün ortasında düş görmekte olduğunu biliyordu, uyandığı zaman yastığının gözyaşlarıyla ıslanmış olduğunu hayret ve acıyla gördü. Benimsenmiş göreneğe göre kahvaltı ederken, birden sanki ateşi varmış gibi geldi ama termometre bu inancını doğrulamadı. İsteksizce yataktan kalktı, tam dakikası dakikasına, giyinmiş olarak ortalıkta boy gösterdi, Donkin, koltuğunun altındaki kâğıt tomarıyla holü sinirli sinirli arşınlıyordu. Mountolive üzerindeki kılığa dikkat çekmek isteyen küçük bir el hareketiyle, "Evet, işte sonunda geldim," dedi.

Flaması dalgalanan büyük siyah arabayla kentin sokaklarından kayar gibi geçerek maymun kılıklı utangaç Mısırlının rahatsız bir özen ve telaşla kendilerini beklediği bakanlığa geldiler. Adamın üniformadan ve İngiliz Büyükelçiliği'nin en iyi Arapça bilen iki görevlisini kendisini ziyaretle görevlendirmiş olmasından etkilendiği apaçık belli oluyordu. Gülümseyerek eğilmiş, her zamanki alışkanlığıyla oyunun –karşılıklı nezaket gösterilerinin– açışını otomatik olarak yapmıştı. Madenî kol düğmeli, keçisakallı, ufak tefek, mahzun bir adamdı. Konuklarını hoşnut etmek, ağırlamak isteği öylesine fazlaydı ki, mide bulandırıcı derecede bir dostcanlılığa kolayca kayıyordu. Gözleri kolayca yaşlanıyordu. Konuklarının kahve ve Türk lokumu almaları için üsteledi, sanki bu davranışla bir sevgi itirafı yapıyormuş gibi. Sürekli olarak alnını siliyor, yaltakça sırıtışı maymunsu yüzünden eksilmiyordu. Gönül okşayıcı sözlerden sonra sıra işe gelince, "Ah, sayın büyükelçim, siz bizim dilimizi, ülkemizi çok iyi biliyorsunuz. Size güveniyoruz," dedi. Bu sözlerin anlamı şuydu: "Siz bizdeki para yeme hastalığının iyileşmeyeceğini, eski bir kültürün kalıntısı olduğunu biliyorsunuz, bu yüzden sizin yanınızda utanç duymuyoruz."

Daha sonra Mountolive sert sözlerle protesto konuşmasını yapar, Maskelyne'in çabalarını göklere çıkarırken, Nur, zarif gri yeleğinin üzerinde ellerini kavuşturmuş, şişe içindeki bir dölüt gibi suratını asıp oturmuştu. Ara sıra başını kuşkuyla sallayarak dinliyordu, suratı asılmıştı. Mountolive konuşmasını bitirince Nur ayağa kalktı, ateşli bir biçimde, "Kuşkusuz. Hemen. Derhal," dedi. Sonra sanki kuşkuya düşmüş gibi tekrar kararsızca yerine oturup kol düğmeleriyle oynamaya başladı.

Mountolive ayağa kalkarken içini çekti: "Pek hoş bir iş değil ama gerekli. Konunun ivedilikle izleneceği konusunda hükümetime güvence verebilir miyim?"

"İvedilikle. Acilen." Çelimsiz adam başını iki kez sallayıp dudaklarını yaladı; sanki kullandığı sözcüklerin anlamını anlamamış izlenimi veriyordu. Daha alçak bir sesle, "Bugün Memlik'le görüşeceğim," dedi. Ama sesinin tınısı değişmişti. Öksürdü, bir şekerleme yedi, parmaklarına bulaşan şekeri ipek mendille sildi. "Evet," dedi. Önünde duran kalın belgeyle ilgilendiyse fotokopiler merakını çektiği için ilgilendi (ya da Mountolive'e öyle geldi). Daha önce böyle bir şey görmemişti. Bunlar Batılıların yaşadığı büyük, kendisine yabancı bilim ve hokkabazlık dünyasına –büyük güçler ve sorumluluklar dünyasına– ait şeylerdi; bazen Batılılar bu dünyadan olağanüstü güzel üniformalar giymiş olarak aşağı iner, zavallı Mısırlıların yazgısını eski güzel günlerdekinden daha çok güçleştirirler. Nur bir kez daha, "Evet. Evet. Evet," dedi, sanki konuşmaya belli bir durulmuşluk, derinlik vermek, konuğunu iyi niyetine inandırmak istiyordu.

Bu, Mountolive'in hiç hoşuna gitmedi; genel olarak içtenlikten, kararlılıktan uzak bir tutumu vardı. O saçma iyimserlik duygusu yeniden kabardı, kendisini bu duygu yüzünden cezalandırmak için (ayrıca son derece vicdanlı olduğu için) bir adım daha attı, konuyu biraz daha zorladı. "İsterseniz Nur, bana kesin bir yetki verirseniz, ben bütün olup bitenleri, yapılması salık verilen şeyleri kendim Memlik Paşa'ya sunmaya hazırım. Yeter ki siz evet, deyin." Ama bu sözleriyle protokolün ve ulusal duygunun yeni yeni oluşan ince derisine bastırıyordu.

Yalvarır gibi gülümseyen Nur, varlıklı bir adama el açan bir dilencinin hareketiyle, "Aziz ekselans, bu kuraldışı bir şey olur. Çünkü sorun bizim iç işlerimizle ilgili. Böyle bir şeyi kabul etmem hiç doğru olmaz," dedi.

Haklıydı da, Mountolive, huzuru kaçmış olarak elçiliğe dönerken böyle düşündü; bir zamanlar Yüksek Komisyon'un yaptığı gibi artık Mısır'da kimseye emir veremezdi. Donkin, yüzünde alaylı, düşünceli bir gülümsemeyle kendi parmaklarına bakıyordu. Arabanın radyatörünün üzerinde neşeyle dalgalanan flama Mountolive'e Nessim'in liman sularını yaran dokuz metrelik kotrasının uçuşan bayrağını anımsattı... Kolunu sakallı gencin kolunun üzerine koyarak, "Senin yorumun ne Donkin?" diye sordu.

"Açık söyleyeyim efendim, kuşkulandım."

"Ben de öyle." Sonra birden bağırdı: "Ama bir şey yapmak zorunda kalacaklar, yapmak zorundalar; beni böyle savuşturamazlar." (Şöyle düşünüyordu: "Londra'nın hoşuna gidecek bir şeyler yapmazsam hayatımızı cehenneme çevirirler.") Sanki bir yolu bulunup üst üste basılmış iki fotoğraf gibi – yüz çizgileri Maskelyne'in asık yüz çizgileriyle karışmış olan Nessim imgesine karşı içi yeniden nefretle doldu. Salondan geçerken büyük duvar aynasında gözüne kendi yüzü ilişti, yüzündeki güçsüz, hırçın ifadeyi görünce çok şaşırdı.

O gün, gerek personeline gerek konuttaki uşaklara karşı gittikçe daha çok aksileştiğini fark etti. Kendisini, neredeyse işkenceden geçmiş gibi hissediyordu.

XIV

Nessim davetiyeyi incelerken kendi kendine hafifçe gülme cesaretini gösteriyorsa; önündeki boşluğa keyfi kaçık bir biçimde usulca gülerken o cicili bicili şeyi daha iyi incelemek için mürekkep hokkasına dayadıysa, bu şöyle düşündüğü içindi:

"Bir adamın utanmaz olduğunu söylemek, onun şimdi görmezden gelmeyi yeğlediği birtakım utanma duygularıyla doğduğu anlamına gelir. Ama düpedüz vicdansız *doğmuş* bir adamı gözünüzün önüne getirebilir misiniz? Ruhun en olağan eğiliminden yoksun *doğmuş* bir adam? (Memlik.)"

Evet, bacaksız, kolsuz ya da kör olsaydı onu gözünüzde canlandırmak kolay olurdu; ama salgı bezlerindeki belli bir bozukluk, ruhun belli bir bölümünün eksikliği, işte bu insanı hayret ya da acıma duygularının hedefi yapar. (Memlik.) İnsanlar vardır, duyguları püskürtülmüş gibi ince toz halinde dağılır; duygularını –"yürek üzüntüsünü"– dondurmuş insanlar; değer duygusundan yoksun doğmuş insanlar vardır – ahlaksal açıdan renkkörü olan insanlar. Çok güçlü insanlar genellikle böyledir – kendileri için nasılsa bir anlam taşımayan davranışlarının düş bulutları içinde yürüyen insanlar. Bu da mı Memlik'ti? Bir böcek bilgini için sınıflandırılmamış bir örnek olabilecek bu adamı Nessim çok merak ediyordu.

Bir sigara yaktı. Ayağa kalkıp odada yürümeye başladı, ara sıra durup davetiyeyi okuyor, sessizce gülüyordu. Kaygının yerini rahatlama, rahatlamanın yerini kaygı alıyordu. Telefonu kaldırıp neşeli bir sesle, sakince konuştu Justine'le. "Dağ, Muhammed'e gitti." (Mountolive ve Nur için şifre.) "Evet sevgilim. Bunu kesin olarak bilmek rahatlatıcı. Zehirlerle ilgili bilgilerim, tabanca talimlerim! Şimdi budalaca görünüyor, biliyorum. Ben de böyle olmasını isterdim; ama kuşkusuz önlem almadan da olmazdı. Evet, Muhammed'e baskı yapılıyor, o da doğura doğura küçük bir fare doğuruyor – bir *vird*[1] için davetiye yolluyor." Justine'in inanmaz gibi güldüğünü duydu. "Lütfen sevgilim," dedi, "bulabileceğin en güzel Kuran'ı al ve büroma gönder. Kitaplıktaki koleksiyonda sedef kakma kapaklı birkaç eski Kuran var. Evet, çarşamba günü onu Kahire'ye götüreceğim. Kuran kuşkusuz onun olacak." (Memlik'in.) Bütün bunlar şaka olarak çok iyi, çok hoştu. Ancak geçici bir süre için rahat soluk alabilecekti; ama hiç değilse şu sırada zehirlenmekten korkmasına gerek yoktu ya da dar bir sokakta sinsice arkasından gelen, onu... evet. Yararlı bir geciktirme umudu vardı.

Bugün, bin dokuz yüz altmışlarda, Memlik Paşa soyu, kurucularının adını taşıyan bankalarının kendine özgü mimarisi yüzünden dünyanın en uzak başkentlerinde bile ünlüdür; gerçekten de yapıların üslubu bu anlaşılmaz adamın beğenisinin tuhaf izlerini taşır – çünkü bütün yapılar bir örnektir, Mısır mezarlarının bir tür karikatürü, hem de Corbusier'nin bir öğrencisi tarafından yapılmıştır! İster Roma'da, ister Rio'da olsun, insan yürürken elinde olmadan birden donup çirkin cephelerine şaşkınlıkla bakar. Bodur sütunlar fil hastalığına tutulmuş mamutları andırır, özünde ölümü taşıyan bir şeyin artık-

1. Bir tür zikir töreni. (Y.N.)

ları ya da dirilmişleri –bir tür Osmanlı-Mısır gotiği mi desem? Sanki Euston İstasyonu ikiye bölünme yoluyla üremiş gibi! Ama adamın gücü bu garip borular aracılığıyla bütün dünyaya yayılmış durumda – üzerinde yazı yazdığı (yazdıysa) sedef kakmalı kahve masası, uyuşukluğu yüzünden her gün çakılıp oturduğu, lime lime olmuş sarı divan, ününü artıran yavan şeylerdi. (Özel önemi olan görüşmeciler için fesini ve sarı süet eldivenlerini giyerdi. Elinde pazardan alınma bir sinek kovacağı tutardı ama kuyumcusu sapını küçük incilerle süslemişti.) Hiç gülmezdi. Bir Yunan fotoğrafçısı sanat adına biraz gülmesini rica edince yaka paça avluya, çatırtılı palmiyelerin altına götürülüp hakaretine karşılık on iki kamçı yemişti.

Belki de tuhaf bir karışım olan kalıtımının bununla ilgisi vardı; çünkü kanında çirkin kavgaları çocukluk uykularını kaçıran Arnavut bir babayla Güney Mısırlı bir annenin hayaletleri dolaşıyordu. Tek oğuldu. Belki de katıksız yırtıcılığın görünürdeki uyuşuklukla boy ölçüşmeyi başarmasının nedeni buydu, ara sıra kadın sesi kadar tizleşen ama el kol hareketi yapılmadan kullanılan fısıltılı bir ses. Ayrıca vücut yapısı da –uzun, ipeksi, girift saçlar, Güney Mısır kumtaşına oyulmuş, yusyuvarlak Alpli bir kafaya kabartma halinde yerleştirilmiş yassı bir burun ve ağız– foyasını ortaya çıkartıyordu. Gerçekten gülmüş olsaydı, lastik gibi genişleyip düzleşen burun deliklerinin altında zencilerin beyaz hilali görünecekti. Derisi benlerle kaplıydı, hem de Mısır'da en beğenilen renkte – tütün yaprağı rengi. *Halava* gibi kıl dökücüler sayesinde gövdesini kıllardan temizliyordu, hatta ellerini, kollarını bile. Ama gözleri küçüktü, buruşuklar arasına yerleştirilmiş iki karanfil tanesi. Tedirginliklerini sürekli bir uyuşukluk ifadesiyle iletiyorlardı – sanki bu koca gövdede oturan ruh hiç geri dönmemecesine tatile çıkmıştı. Dudakları da çok kırmızıydı, özellikle altdudağı; çürük izlenimi veren olgunlukları, insanda... sara etkisi mi uyandırıyordu?

Nasıl böylesine çabuk yükselmişti? Komisyonda (ona efendilerinden nefret etmeyi öğreten) ağır ve yorucu yazıcılık görevi, sonra da akraba kayırıcılık sayesinde adım adım ilerleyerek. İyi düşünülmüş seçkin yöntemler kullanıyordu. Mısır özgürlüğünü kazanınca bir sıçrayışta İçişleri Bakanlığı'na oturması en yakınlarını bile şaşırttı. Yıllardır ardına gizlendiği niteliksizlik maskesini ancak o zaman çıkarıp attı. Adının çevresinde kamçısıyla –çünkü artık kamçı kullanıyordu– yankılar uyandırmayı çok iyi bildi, Mısırlıların ödlek ruhu her zaman kamçı ister. Atasözü şöyle der: "Kadınları ve erkekleri bir sinek gibi görmeye alışmış kişi, kamçı eksikliği duyurmaz kimseye." Adı bir yıl içinde korkulan bir ad oldu; hatta yaşlı kralın bile onunla açıktan açığa çatışmaktan korktuğu söyleniyordu. Ülkenin yeni kazanılmış özgürlüğünün yanı sıra onun göz kamaştırıcı bir özgürlüğü vardı – hiç değilse Mısırlı Müslümanlara karşı. Anlaşma gereği, Avrupalıların hukuksal sorunları ya da kendilerine yöneltilen suçlamalara karşı savunmaları için Les Tribunaux Mixtes denen, yani Avrupalı davacı ya da savunma avukatlarının görev yaptığı Avrupalı mahkemelere başvurma hakları vardı. Ama Mısır hukuk sistemini (böyle demeye insanın dili varırsa) Memlik türünden adamlar, anlamsız olduğu kadar korkunç olan bir derebeyliğin kalıntıları yürütüyordu. Kadılık dönemi onlar için hâlâ yürürlükteydi, Memlik elinde sultan *fermanı* ya da icazeti bulunan birinin yetkileriyle davranıyordu. Aslında ona karşı çıkacak kimse yoktu. Soru sormadan, salt söylentiye ya da en ilgisiz kuşkulara dayanarak durmadan sert cezalar yağdırıyordu. İnsanlar, hiç iz bırakmadan, sessizce ortadan yok oluyorlardı, davalarına –eğer açarlarsa– bakacak Yargıtay diye bir şey yoktu ya da kibarca sakat edilmiş, ustaca körleştirilmiş olarak toplum yaşamında tekrar boy gösteriyorlardı – nedense başlarına geleni herkesin içinde konuşmaktan anlaşılmaz bir biçimde çekinerek. ("Bakalım ötebilecek mi?" Memlik'in sık sık kullandığı ünlü bir cümleydi; bununla, iyi ötmeleri için kanaryaların gözlerinin kızgın demirle kör edilmesi işlemine gönderme yapıyordu.)

Bu tembel ama zeki adamın yanında çalışanların çoğu Yunan ve Ermeni'ydi. Bakanlık'taki odasına pek seyrek giderdi, oranın yönetimini gözdelerine bırakmıştı, dilekçe vermeye gelenlerin orada kendisine zaman kaybettirdiklerinden yakınıyordu. (Aslında, bir gün orada haince öldürüleceğinden korkuyordu – orası bu işe çok elverişli bir yerdi. Örneğin, farelerin sararmış dosyalar arasında cirit attığı temizlenmemiş dolaplardan birine bir bomba yerleştirmek çok kolaydı. Onun kafasına bu düşünceyi, kendisi bakanlıkta istediği gibi at oynatabilsin diye hâkim efendi sokmuştu. Memlik bunu biliyor ama aldırmıyordu.)

O da Nil kıyısındaki eski, büyük evi bu tür görüşmelere ayırmıştı. Sık bir palmiye korusu ve portakal ağaçlarıyla çevriliydi ev. Pencerelerden kutsal ırmak görünüyordu, görülecek, izlenecek başka şeyler de vardı: Irmakta gidip gelen yelkenli kayıklar, gelip geçen şenlik alayları arada sırada bir motor... Ayrıca dilekçeciler ta buralara kadar gelip hapisteki yakınları için kendisini rahatsız edemezlerdi. (Nasıl olsa rüşvetleri paylaşıyordu hâkim.) Memlik burada, bir oranda başından savamayacağı kadar önemli insanları görürdü yalnızca: Sarı divanın üzerinde dik oturmaya çabalarken, (gri tozluklarıyla birlikte) temiz ayakkabılarını önündeki Şam kumaşı kaplı küçük ayak taburesinin üzerine koyar, sağ elini göğüs cebine sokar, pazar malı sinek kovacağını da sanki bağış armağan ederken kullandığı bir simgeymişçesine sol elinde tutardı. Buradaki gündelik işlerinde kendisine yardım eden iki kişi vardı; biri Ermeni sekreter (Cyril), öteki, Memlik'e arkadaşlık eden, paraya doymazlık dışında hiçbir zihinsel iştahı kalmamış görünen bir insanın bile isteklerini tutuşturabilecek ölçüde sapıkça hazlar önererek iş sıkıntılarını gideren küçük, bebeksi yüzlü (mesleği berberlik ve pezevenklik olan) İtalyan Rafael. Memlik'in hiç gülmediğini söyledim ama bazen keyfi yerinde olduğu zamanlar, Rafael'in saçlarını düşünceli düşünceli okşarken gülmesini engellemek için parmaklarını dudaklarına götürürdü. O alçak sesiyle birisiyle konuşmak ya da adını söylediği zaman santral memurunun apaçık telaşını duyma zevki adına Merkez Cezaevi'ni aramak için eski moda, kaz boyunlu telefonun almacını kaldırmadan önce derin derin düşünürken yapardı bunu. O zaman Rafael dalkavukça kikirdemeye başlar, gözlerinden yaş gelinceye kadar güler, ağzına mendil tıkardı. Ama Memlik gülmezdi. Yanaklarını hafifçe çukurlaştırır, "Allah! Gülüyorsun," derdi. Böyle olaylar çok az, çok seyrekti.

Söylendiği kadar korkunç muydu gerçekten? Doğrusu bu hiçbir zaman bilinemeyecek. Böyle bir insanın çevresinde söylenceler oluşur, çünkü o insan yaşamdan çok söylenceye aittir. ("Bir zamanlar cinsel gücünü yitirme tehlikesi belirdiğinde hapishaneye gidip iki kızı gözlerinin önünde ölünceye kadar kırbaçlatırken, ağırdan alan gücünü kamçılaması için üçüncünün hoşnut edilmesini buyurmuş." –Peygamberin dilindeki şiirsel söz sanatları ne kadar da canlı– "ağırdan alan gücünü kamçılamak". Bütün idamları izlediği, izlerken tirtir titrediği, sürekli olarak tükürdüğü söyleniyordu. Daha sonra susuzluğunu gidermek için madensuyu istermiş... Ama bu söylencelerin doğru olup olmadıklarını kim bilebilir?)

Hastalık derecesinde boş inançlı, paraya satılmışlığı iflah olmaz biriydi – gerçekten de aldığı rüşvetlerle uçsuz bucaksız bir servet biriktirmişti; ama o aşırı dindarlık olgusunu bütün bunlara nasıl ekleyeceğiz – Mısırlı olmayan birinin anlayamayacağı, bu din kurallarına bağnazca bağlılık çabasını? Dine saygılı Nur'la anlaşamadıkları nokta da burası; çünkü Memlik, neredeyse, rüşvet almanın saray töresini kurmuştu. Kuran koleksiyonu çok ünlüydü. Yukarıda, evin yıkılacak gibi görünen çatı arasında duruyorlardı. Ona yaklaşmanın en kibar yolunun, özel değeri olan bir Kutsal Kitap nüshasının yapraklarının arasına banknotlar ya da her türlü para koyup (saygıyla eğilerek) büyük kütüphanesine bir katkı olarak sunmak olduğunu duymayan kalmamıştı. Armağanı alır, teşekkür ettikten sonra bu nüshalardan kendisinde daha önceden var olup olmadığına bakmak için hemen yukarı çıkması gerektiğini söylerdi. Memlik, dönüşünde bir kez daha teşekkür eder, kitabı kitaplığına koyduğunu söylerse, ricacı başarılı olduğunu anlardı; ama o nüshanın kendinde bulunduğunu söyler, kitabı geri verirse (kuşkusuz arasındaki paralar alınmış olarak) ricasının kabul edilmediğini anlardı ricacı. İşte Nur'un "peygamberi küçük düşürmek" olarak nitelediği şey bu küçük törendi – ve bu yüzden Nur, Memlik'in sessiz nefretini kazanmıştı.

"L" biçimindeki özel divan odası da başlı başına bir garabetti. Katedral pencerelerine benzeyen pencerelerdeki pespaye renkli camlar, uzun odada ev sahibini selamlamak için ilerleyen konukların yüzlerine, giysilerine yeşil, kırmızı, mavi renkler fışkırtarak onları renkli soytarı kılığı giymiş insanlardan farksız hale getiriyordu. Bulanık pencerelerin gerisinde kakao renkli ırmak akıyordu, ırmağın başka bir kıyısında, Mountolive'in yalnız olduğu akşamlar gezindiği zarif bahçeleriyle İngiliz Sefareti vardı. Memlik'in büyük konuk odasının uzun duvarını, adı bilinmeyen bir ustanın yaptığı iki kocaman, münasebetsiz Victoria dönemi tablosu hemen hemen kaplıyordu. Asılamayacak kadar büyük ve ağır olduklarından yere dayanmışlardı ve çerçevelenmiş halı görüntüsü veriyorlardı. Ama konularını görecektiniz! Birinde, İsrailliler geçsinler diye Kızıldeniz kibarca iki yana çekilmiş; ötekinde, saçlı sakallı bir Musa, dekorsu bir kayayı çoban değneğiyle ikiye bölmüş. Gene de bu sulandırılmış İncil konuları eşyaların gerisiyle kusursuz bir uyum içindeydi – koca koca Osmanlı halıları, mavi Şam kumaşı kaplı, çirkin arkalıklı, kazık gibi iskemleler, halka halka buzlu elektrik ampulleri, gece gündüz yanan burmalı pirinç şamdan. Sarı divanın bir kıyısında, münasebetsizliğiyle ricacıların dikkatlerini hemen çeken, boyutları gerçeğe uygun Fouché[1] büstü. Bir Fransız diplomatı birinde Memlik'e iltifatta bulunmuştu: "Çağdaş tarihimizin en iyi içişleri bakanı sayılıyorsunuz – gerçekten de Fouché'den bu yana sizinle boy ölçüşebilecek hiç kimse yok," demişti. Bu sözler belki de alay etmek için söylenmişti ama ne olursa olsun onun hoşuna gitti, Fransa'ya hemen bir Fouché büstü ısmarladı. Mısırlıların dalkavukları karşısında büst hafifçe kınarmışçasına bakıyordu çünkü üzeri bir karış toz bağlamıştı. Aynı diplomat, Memlik'in konuk salonunu bakımsız bir yerbilim müzesiyle Kristal Saray'dan bir köşe arasında bir melezleme olarak tanımlamıştı – acımasızca ama doğru bir benzetme.

Kapı aralığında beklerken adının ünlenişini duyduğu sırada Nessim'in nazik bakışları bütün bu ayrıntıları yakalamıştı. Korkunç Memlik'le birlikte bir ibadet toplantısına, bir *vird*'e katılmak için böyle çağrılması çok hoşuna gitmişti. Tuhaf gelecek ama bu tür toplantılar olağandışı şeyler değildi; çünkü Memlik bu sözde "Tanrı Geceleri"ni sık sık yapıyordu; sofuluğu gizemli kişiliğinin öteki özellikleriyle uyumsuz görünmüyordu; yüksek sesle okunan Kuran'ı sabahın ikisine, üçüne kadar, kış uykusuna yatmış bir yılan gibi hiç kımıldamadan, dikkatle dinlerdi. Özellikle insanın içine işleyen bir bölüm-

1. Joseph Fouché (1759-1820): Napoléon'un konsül döneminde emniyet bakanlığı yapmış, bu görevi imparatorluğu boyunca da sürdürmüş, kanlı yaklaşımıyla bilinen siyasetçi. (Y.N.)

den duydukları zevki dile getirenlerin geleneksel, "Allah!" böğürtülerine zaman zaman o da katılıyordu...

Nessim çevik, canlı adımlarla odayı geçti, geleneksel biçimde elini göğsüne ve dudağına götürdü, Memlik'in karşısına oturup kendisine büyük bir onur veren bu çağrı için ona teşekkürlerini sundu. O gece, Nessim'den başka yalnızca dokuz-on konuk daha vardı, anlaşılan Memlik kendisini incelemek, hatta fırsat bulursa kendisiyle özel bir görüşme yapmak istiyordu. Nessim ince paket kâğıdına sarılmış o küçük, güzel Kuran'ı da yanında getirmişti; yaprakların arası İsviçre'ye aktarılabilir banka çekleriyle doluydu. Yavaşça, "Ah paşam, sizin o dillere destan kitaplığınızı ben de duydum, benim gibi bir kitapseverden ona bir katkıda bulunma zevkini esirgememenizi dilerim," dedi. Armağanı küçük masanın üzerine bırakıp önüne konan kahve ve şekerlemeyi aldı. Memlik divanın üzerinde hiç kımıldamadan oturarak uzun süre sustu, konuğunun kahvesini yudumlamasına zaman bıraktı, sonra önemsemezmiş gibi, "Ev sahibini onurlandırdınız. Bunlar benim dostlarım," dedi. Öteki konuklarla şöyle baştan savma tanıştırıverdi. Kuran dinlemek için bundan daha garip insanlar bir araya getirilemezdi; aralarında Kahire sosyetesinde tanınmış kimse yoktu, bu kadarı Nessim'in dikkatinden kaçmadı. Hepsine karşı nazik olmaya dikkat ediyordu, ama hiçbirini tanımıyordu. Daha sonra konuk odasının güzelliği, zevkliliği, duvara dayalı tablonun değerliliği konusunda birkaç yuvarlak söz söylemekte sakınca görmedi. Söyledikleri Memlik'in hoşuna gitmemiş değildi, uyuşuk uyuşuk, "Bu benim hem çalışma hem de konuk salonum. Ben burada yaşıyorum," dedi.

Nessim, "Sizi iş için ya da ahbaplık için ziyaret etme şansına erişenlerden burayı çok dinlemiştim," diye yaltaklandı.

Memlik'in gözleri parladı: "Yalnızca salı günleri iş yaparım. Haftanın geri kalan günlerinde dostlarımla vakit geçiririm." Bu sözlerdeki gözdağını anlamayacak kadar budala değildi Nessim; bir Müslüman dünyasal girişimler için salı gününü pek yeğlemez, çünkü Tanrı'nın bütün kötü şeyleri salı günü yarattığına inanır. İdamlar salı günü yerine getirilir. Hiç kimse salı günü evlenmeyi göze alamaz, çünkü atasözü, "Salı günü evlenen salı günü asılır," der. peygamberin deyimiyle, "Tanrı salı günü saltık karanlığı yarattı."

Nessim gülümseyerek, "Bereket versin pazartesi, Tanrı'nın ağaçları yarattığı gün," dedi. Bundan sonra sözü pencerenin dışında başlarını eğip kaldıran güzel palmiyelere getirdi: Buzları kıran, öteki konukların hayranlığını kazanan bir konu değişikliği.

Artık rüzgârın yönü değişmişti, yarım saat kadar dereden tepeden konuştular, sonra odanın öteki ucundaki kapılar iki yana açıldı, iki büyük masaya kurulmuş ziyafet sofrası onları bekliyordu. Oda olağanüstü güzel çiçeklerle donatılmıştı. Hiç değilse burada, Memlik'in sofrasındaki pahalı yiyeceklerin başında neşe ve dostluk havası biraz biraz esmeye başladı. Bir-iki kişi konuşuyordu, Memlik'in kendisi bir şey yemiyor, ama her grubun yanına uğrayıp alçak sesle nezaket sözleri söylüyordu. Nessim'in oturduğu köşeye gelip tam bir açık sözlülükle konuştu. "Özellikle sizi görmek istiyordum Hosnani," dedi kısaca.

"Benim için onurdur Memlik Paşa."

"Sizi kabul törenlerinde görüyordum; ama bizi tanıştıracak ortak dostlarımız yok. Çok yazık."

"Çok yazık."

Memlik içini çekti, çok sıcak bir gece olduğundan yakınarak sinek kovacağıyla yelpazelendi. Daha sonra bir şeyi kendi kendine tartışırmış gibi bir ses tonuyla neredeyse kararsızca, "Efendim, peygamberimiz ne kadar güçlüyseniz o kadar düşmanınız olur, demiş. Sizin güçlü olduğunuzu biliyorum," dedi.

"Benim önemli bir gücüm yok, ama düşmanlarım var."

"Çok yazık."

"Gerçekten öyle."

Memlik gövdesinin ağırlığını sol bacağına aktardı, bir an düşünceli düşünceli dişlerini karıştırdı, sonra konuşmasını sürdürdü: "Yakında birbirimizi çok iyi anlayacağımızı sanıyorum."

Nessim başını önüne eğdi ve sustu, ev sahibi ağzıyla ağır ağır düzenli soluklar alıp verirken kafasından kim bilir neler geçirerek onun yüzüne bakıyordu. "Bir şikâyeti olan bana gelir, şikâyetlerin toplandığı kaynağa. Bu işi çok yorucu buluyorum, ama bazen şikâyetçiler adına harekete geçmek zorunda kalıyorum. Ne demek istediğimi anlıyor musunuz?"

"Çok iyi anlıyorum."

"Bazen herhangi bir davranışta bulunmak zorunluluğum yoktur. Ama bazen de çok vardır. Bu yüzden, Nessim Hosnani, akıllı adam şikâyete meydan vermez."

Nessim bir kez daha zarifçe eğdi başını ve sustu. Sunduğu armağan kabul görünceye kadar karşılıklı durumlarının diyalektiğini sürdürmek yararsızdı. Memlik belki de bunu anladı, çünkü içini çekerek başka bir grubun yanına gitti. Biraz sonra yemek sona erdi, konuklar yeniden konuk salonuna çekildiler. Şimdi Nessim'in nabzı daha hızlı atıyordu çünkü Memlik ince kâğıda sarılmış paketi alıp, "Ben şunu koleksiyonumdaki kitaplarla karşılaştırayım. Bu geceki şeyh –İmbabi şeyhi– biraz sonra gelecek. Buyurun oturun, rahatınıza bakın. Ben biraz sonra gelirim," diyerek izin istedi. Salondan çıktı. Saçma sapan konuşmalar yapılıyordu, Nessim yüreğinin rahatsız edecek kadar hızlı çarptığını, sigarayı dudaklarına götürürken parmaklarının titrediğini fark ediyordu. Bir süre sonra içeriye yaşlı, kör bir şeyh girdi, bu "Tanrı Gecesi"ne başkanlık etmek için gelmişti. Herkes çevresinde toplandı, elini sıktı, gönül okşayıcı sözler söyledi. Sonra birden içeri Memlik girdi, Nessim ellerinin boş olduğunu gördü; için-den şükür duası okuyup alnını kuruladı.

Tekrar sakinleşmesi uzun sürmedi. Boş, şaşkın yüzü ses dalgalarını kayda geçirmek için yapılmış mekanik bir aygıt gibi bir sesten ötekine dönen yaşlı, kör hafızın çevresini saran kara giyimli kalabalıktan biraz uzak duruyordu; hafızın yüzündeki telaşsız şaşkınlık, akılla tam olarak kavranamadığı için daha doyurucu olan bir şeyi, inancın manevi mutluluğunu yansıtıyordu. Ellerini göğsünde kavuşturmuştu; ruhu bir adak nesnesi durumuna gelmiş bir insanın kinetik güzelliğiyle dolu, utangaç, yaşlı bir çocuğa benziyordu.

Geri dönen paşa yavaş yavaş Nessim'e doğru yaklaşıyordu, ama bu işi öylesine adım adım, geciktirerek yapıyordu ki, beriki onun asla kendisine ulaşamayacağını sandı. Bu ağır gelişme, gönül okşayıcı sözlerle, özenli bir ilgisizlikle daha uzatılmaktaydı. Sonunda geldi; Nessim'in dirseğinin dibindeydi, uzun, hünerli parmaklarının arasında sapı incili sinek kovacağı vardı. Sonunda o kısık sesi hafifçe tatlılaştırarak, "Armağanınız gerçekten çok güzel. Kabule değer. Gerçekten, bayım, sizin hem bilginiz hem de üstün nitelikleriniz dillere destan. Armağanınıza şaşırmak bu gerçeği bilmemek anlamına gelir," dedi.

Memlik'in kullandığı değişmez, kalıplaşmış sözler Arapçada öylesine güzel ifade edilmişti ki, Nessim elinde olmaksızın şaşırdı, hayran kaldı. Gerçekten kültürlü bir insanın sahip olabileceği eşsiz bir konuşma becerisi vardı. Memlik'in bunları böyle durumlar için ezberlemiş olduğunu bilmiyordu. Şövalyelik törenindeymiş gibi başını eğdi ama hiçbir şey söylemedi. Memlik bir başka ses tonuyla konuşmasını sürdürmeden önce sinek kovacağıyla bir süre oynadı: "Kuşkusuz, yalnız bir nokta var. Bana, yani *efendiye*, gelen şikâyetlerden söz etmiştim. Bu durumlarda er geç nedenlerini araştırmak zorundayım. Çok yazık."

Nessim yumuşak, kara gözlerini Mısırlıya çevirdi, gülümseyerek alçak sesle, "Efendim, Avrupalıların Noel mevsimi geldiğinde –yani birkaç aylık bir sorun– şikâyetler için hiçbir neden kalmayacak," dedi. Sessizlik oldu.

Memlik düşünceli düşünceli yanıtladı: "Demek ki zaman önemli."

"Zaman soluduğumuz havadır, böyle der atasözü."

Paşa şu anda sanki oradakilere söylermiş gibi, yarı dönük durumda, "Koleksiyonumun sizin derin bilginize gereksinimi var. Umarım bana Kutsal Kelam'ın daha başka değerli nüshalarını da bulursunuz," diye ekledi.

Nessim başını eğdi. "Kabule değer ne kadar bulabilirsem paşa hazretleri."

"Daha önce tanışmadığımız için esef ediyorum. Çok yazık."

"Çok yazık."

Ama yeniden ev sahipliği ağır bastı, arkasını döndü. Fırdolayı dizilmiş, kazık gibi dik arkalıklı rahatsız iskemleler öteki konuklarla neredeyse dolmuştu. Memlik sarı divana ulaşıp okyanus ortasında bir sala tırmanan yüzücü gibi üzerine tırmanırken, Nessim de kendine halkanın en ucundaki iskemleyi seçti. Memlik'in bir işareti üzerine uşaklar gelip kahve fincanlarını, şekerlemeleri aldılar; hafız için, uzun, zarif, yüksek arkalıklı, kolları oymalı, yeşil döşemeli bir sandalye getirip odanın bir kıyısına yerleştirdiler. Konuklardan biri kalkıp birtakım saygı sözleri homurdanarak kör adamı sandalyesine götürdü. Düzenlice geri çekilen uşaklar, odanın ucundaki yüksek kapıları kapatıp sürgülediler. *Vird* başlamak üzereydi. Memlik, tanrıbilimci Gazali'den alınmış sözlerle oturumu resmen açtı – Nessim gibi, bu adamı yalnızca dedikodulardan tanıyan biri için bu çok şaşırtıcı bir şeydi.

Memlik, "Tanrı'yla birleşmenin tek yolu onunla sürekli ilişkide olmaktır," dedi. Bu sözleri söyledikten sonra sanki harcadığı çabadan yorulmuş gibi arkasına yaslanıp gözlerini kapadı. Ama bu cümle bir işaret etkisi yarattı, çünkü kör hafız ince boynunu uzattı, başlamadan önce derin bir soluk aldı, orada bulunanlar tek bir kişiymişler gibi tepki gösteriyorlardı. Bütün sigaralar söndürüldü, üst üste atılmış bacaklar indirildi, ceket düğmeleri iliklendi, her türlü uygunsuz hal ve tavır düzeltildi.

Yaşlı, kulak okşayıcı, yorgun sesten Kutsal Kitap'ın ilk kıtalarını duymayı heyecanla bekliyorlardı, parayla satın alınabilecek bu yüzlerde okunan tutkulu sevgide en küçük bir yapmacık yoktu. Kimileri sanki cümleleri dudaklarının üzerinde toplamak istermiş gibi dudaklarını yalayıp öne eğildi, kimileri yeni bir müzik deneyimine hazırlanır gibi başlarını eğip gözlerini kapattı. Yaşlı hafız balmumu gibi sapsarı ellerini kucağında kavuşturmuş oturuyordu, ilk *sureyi* okudu, onda tanıdık bir anlayışın yumuşak, sıcak rengi vardı, sesi önce titrekti ama sonra giderek sessizlikten güç aldı, kendine güvenini kazandı. Gözleri şimdi ölü bir tavşanın gözleri gibi açık ve donuktu. Dinleyicileri dudaklarından dökülen dizeleri ilgi ve coşkuyla izliyorlardı, içgüdüleriyle bir önderin ardına takılarak derin denize ulaşan balık sürüsü gibi hepsi birlikte şiirin büyük ırmağına giden yolu bulmaya çalışıyorlardı. Nessim'in sıkıntısı, huzursuzluğu dağıldı, yüreğine bir ılıklık yayıldı çünkü o da *sureleri* seviyordu, sonra hafızın konuşma sesi, henüz şimdilik buğulu ve vurgulamasız olmasına karşın olağanüstü güzeldi. "Yürekten gelen" bir sesti – o eşsiz dizelerde bütün ruhsal varlığı ırmak gibi akıyor, onlara kendi coşkusunu katıyordu; insan, dinleyenlerin de tıpkı bir geminin rüzgârda sallanan ipleri gibi titrediklerini, tepki gösterdiklerini duyumsayabiliyordu. Güzelliği belleklerde tazelenen her söz için

"Allah" diye iç geçiriyorlar ve bu iç geçirmeler yüksek perdelere çıkabilen tatlı, yaşlı sesin kendine güvenini artırıyordu. Atasözü, "Ezgisi iyilikten daha tatlı bir ses," der. Çok değişik üsluplar kullanarak etkileyici bir biçimde okuyor, sözlerin içeriğine göre ses tonunu değiştiriyordu – bazen korkutucu, bazen yakarıcı, bazen paylayıcı, bazen öğüt verici. En küçük bir hata yapmadan okumasında şaşılacak bir şey yoktu, çünkü Mısırlı kör hafızların ezberleme yetenekleri çok ünlüdür, üstelik Kuran'ın uzunluğu İncil'in üçte ikisi kadardır. Nessim halıya bakarak onu sevgi ve hayranlıkla dinliyordu. Mountolive'in yapmak zorunda kaldığı baskılara karşı Memlik'in tepkisinin ne olabileceği konusunda bitmez tükenmez tahminler yürüten zihnini başka yöne çeken şiirin gelgitiyle yarı yarıya kendinden geçmiş gibiydi.

Sureler arasında birkaç saniyelik bir suskunluk oluyordu, hiç kimse kımıldamıyor, konuşmuyor, herkes daha önce söylenenleri düşünmeye dalmış görünüyordu. O sırada hafız sanki tükenen gücünü yeniden kazanmak için çenesini göğüskemiğine dayıyor, parmaklarını yavaşça birleştiriyordu. Sonra, tekrar yukarıya, görmediği ışığa bakıp okumaya başlıyordu, insan gene dinleyenlerin uyanık bilinçlerinden hızla geçen sözcüklerin gerilimini duyumsuyordu. Kuran okunması bittiğinde saat gece yarısını geçmişti, yaşlı adam atalardan kalma öykülere başlayınca dinleyicilere belli ölçüde bir rahatlama geldi; bunlar müziğin bir parçasıymış gibi dinlenmiyor, atalar sözüne ait etkin bir bellekle izleniyordu; çünkü bu öyküler önemli ipuçlarının diyalektiğiydi – ahlakbilimi ve uygulaması. Genel havanın değişmesiyle birlikte orada bulunanların yüzleri de değişti, dünyadaki alışılmış işleri yapan bankacıların, öğrencilerin ya da işadamlarının anlama isteğiyle parladı.

Akşam sona erdiğinde saat ikiydi, Memlik konuklarını ön kapıya kadar geçirdi, tekerlekleri, kromlu yüzeyleri beyaz çiyle kaplı arabalar kapının önünde bekliyordu. Nessim'e sakin, kararlı bir sesle – ağır bir çekül gibi aralarındaki ilişkinin ta dibine kadar inen bir sesle, "Sizi gene çağıracağım, efendim, bir engel çıkmadığı sürece. Ama iyi düşünün," dedi. Sanki bu sözlerinin altını çizmek istermiş gibi parmağıyla konuğunun paltosunun düğmesine hafifçe dokundu.

Teşekkür eden Nessim iki yanı palmiyeli yoldan aşağı, büyük arabasını bıraktığı yere yürüdü; gözle görülür rahatlama duygusunun içine kuşkunun karışmadığını söylemek olanaksızdı. Bu olsa olsa kendine karşı cephe almış güçlerin düşmanlığını temelde değiştirmeyecek bir ertelemeydi yalnızca, böyle düşünüyordu. Ama buna bile teşekkür ediyordu; gelgelelim ne kadar sürecekti? Bu aşamada bu konuda bir yargıda bulunmak olanaksızdı. Justine yatmamıştı. Shepheards Oteli'nin salonunda, saatin altında, hiç dokunulmamış bir Türk kahvesinin başında oturuyordu. Yüzünde her zamanki tatlı gülümsemesiyle Nessim'in yaylı kapıdan içeri girdiğini görür görmez ayağa kalktı; hiç kımıldamadan, tuhaf, son sınırına kadar zorladığı bir dikkatle ona baktı – sanki görünüşünden duygularını anlamaya çalışıyor gibiydi. Sonra gevşedi, derin bir oh çekerek gülümsedi. "Oh, sırtımdan bir yük kalkmış gibi oldu! Tanrı'ya şükür! İçeri girdiğin zaman yüzünden anladım."

Hafifçe kucaklaştılar, Nessim onun yanındaki iskemleye çökerken fısıldadı: "Aman Tanrım, hiç bitmeyecek sandım. Bir süre ben de kaygılandım. Yalnız mı yemek yedin?"

"Evet. David'i gördüm."

"Mountolive'i mi?"

"Büyük bir yemeğe gelmiş. Bana başıyla soğuk bir selam verdi, ama konuşmak için oturmadı. Ama canım, yanında insanlar vardı, bankacılar falan gibi."

Nessim kendisine bir kahve söyledi, kahvesini içerken Memlik'le geçirdiği akşamın öyküsünü anlattı. Düşünceli bir biçimde, "Açıkça anlaşıldığına göre İngilizlerin yaptığı baskı, Filistin'de ele geçirdikleri mektup dosyasına dayanıyor. Hayfa bürosu Capodistria'ya böyle söylemiş. Bunları Nur'a verip onu... harekete geçmeye zorlamak iyi bir numara," dedi. Bir zarfın arkasına kalemle küçücük bir darağacı çizdi, darağacında sinek kadar bir kurban sallanıyordu. "Memlik'in sözlerinden çıkardığıma göre harekete geçmeyi *geciktirebilir,* ama sonsuza dek savsaklayamaz; çünkü büyük bir baskı altında; er ya da geç Nur'u hoşnut edecek bir şey yapmak zorunda kalacak. Noel zamanına kadar... tehlikeli bölgenin dışına çıkacağımı söyledim ona. Araştırmaları sonuçsuz kalacak."

"*Eğer* her şey tasarladığımız gibi olursa."

"Her şey tasarladığımız gibi *olacak.*"

"Peki sonra?"

"Sonrası ha!" Nessim esneyerek uzun kollarını başının üstüne kaldırıp gerdi, ona yan yan bakarak kafa salladı. "Durumlarımızı yeniden gözden geçireceğiz. Da Capo ortadan yok olacak; sen buradan uzaklaşacaksın, Leyla, Naruz'la birlikte Kenya'ya uzun bir tatile gidecek. Sonrası bu!"

"Peki sen?"

"Ben burada işleri yürütmek için bir süre daha kalacağım. Topluluğun bana gereksinimi var. Hâlâ siyasal açıdan yapılması gereken çok şey var. Sonra senin yanına gelirim, ikimiz birlikte Avrupa'da uzun bir tatil yaparız ya da sen nerede istersen..."

Justine hiç gülümsemeden ona bakıyordu. Sonunda hafifçe bir ürperti geçirerek, "Sinirlerim bozuk Nessim, haydi Nil kıyısında bir arabayla dolaşalım, yatmadan önce biraz kafamızı toparlayalım," dedi.

Nessim onu şımartmaktan hoşlanırdı, araba Nil kıyısındaki üç şeritli görkemli yollarda, jakaranda ağaçlarının altında hırıldayarak ilerlerken, onlar alçak sesle kesik kesik konuşuyorlardı. Justine, "Beni endişelendiren Memlik'in elini hep omzunda taşıyacak olman. Nasıl silkip atacaksın? Sana karşı sağlam kanıtları varsa limon gibi sıkıp bütün suyunu çıkartıncaya kadar seni avucundan bırakmaz," dedi.

Nessim sakince yanıtladı: "Bizim için ikisi de kötü. Çünkü açık bir soruşturmaya girişirse, hükümete bizim mallarımıza el koyma fırsatı vermiş olacağını çok iyi biliyorsun. Ben gücüm elverdiği sürece onun açgözlülüğünü doyurmayı yeğlerim. Sonra bakalım n'olur. Önemli olan bütün gücümüzü şu önümüzdeki... çarpışmaya yöneltmek."

"Çarpışma" sözü tam ağzından çıktığı sırada İngiliz Büyükelçiliği'nin pırıl pırıl aydınlatılmış bahçelerinin önünden geçiyorlardı. Justine hafifçe yerinden sıçrayıp Nessim'in kolunu dürttü, çünkü yeşil çimenlerin üzerinde dalgın dalgın yürüyen ince, uzun, pijamalı, tanıdık bir karaltı gözüne ilişmişti. "Mountolive," dedi. Nessim kederli kederli arkadaşına baktı, birden arabayı durdurup bahçeye girerek karşısına çıkmak, onu şaşırtmak için dayanılmaz bir istek duydu.

Böyle bir davranış –üç ay önce olsa– karşılıklı tutumlarına çok uygun düşerdi. Şimdi her şeye ne olmuştu? "Üşütecek, yalınayak dolaşıyor. Elinde bir telgraf var," dedi Justine. Nessim hızlandı, araba bulvardan aşağı kıvrılıp gitti. "Herhalde uykusuzluk çekiyor, uyumaya çalışmadan önce ayaklarını otlarda serinletmek istedi. Sen de bunu sık sık yapardın. Unuttun mu?"

"Peki ya telgraf?"

Aslında uykusu kaçan büyükelçinin elinde tuttuğu, purosunu içerek derebeylik arazisinde ağır ağır gezinirken arada bir okuduğu telgrafın hiçbir gizemli yanı yoktu. Haftada bir, telgraf aracılığıyla Balthazar'la satranç oynarlardı – bu onun için yorgun işadamlarının bilmece çözmesi gibi dinlendirici, avutucu bir şeydi. Bahçenin önünden geçip kente yönelen arabayı görmedi.

XV

Belki de Tanrı'nın hikmetinin nasıl hesaba gelmez bir şey olduğunu gösteren durumlarının tutsağı olan bu büyük aktörlerin haftalarca böyle kalması gerekiyordu. Mesleği açısından yetersiz olduğunu, (artık bir etken değil) bir araç olmaktan öte davranma gücünün bulunmadığını Mountolive herkesten daha iyi kavramıştı, siyaset dünyasının çekim alanına yakalandığını yüreğinde hissediyordu. Kişisel huyların, içtepilerin hiçbir değeri yoktu. Acaba Nessim'e de her şey durgun su gibi kokuyor muydu? Geçmiş günleri, özellikle aynada saçlarını tararken Sir Louis'in rasgele söylediği sözleri acı acı düşündü: "Davranma özgürlüğü ha, hüsnükuruntu!" Zaman zaman başı oyulur gibi ağrıyordu, dişleri de rahatsız etmeye başlamıştı. Her nedense bunun aşırı sigara içmekten ileri geldiğine karar verdi ve bu alışkanlığını bırakmak istediyse de başaramadı. Tütünle savaşmak acısını çoğaltmaktan başka bir işe yaramıyordu.

Ama şu anda kendisi bu kadar güçsüzse, kim bilir ötekiler ne durumdaydı. Onlar hasta bir hayal gücünün soluk yansımalarına benziyorlardı, içleri boş giysiler gibiydiler; çekişme halindeki iradelerin bu renksiz dramında yerlerini alıyorlardı. Nessim, Justine, Leyla –artık cisimsizleşmişlerdi– sanki balmumundan yapılmış donuk yüzlü insanlarla dolu bir dünyada devinen düşsel yansımalar gibi. Artık onlara karşı sevgi borcu duymak çok güçtü. Hele Leyla'nın suskunluğu onun suç ortaklığını daha da belirginleştiriyordu.

Güz sonu geldi, Nur hâlâ eyleme geçtiğini gösterecek bir kanıt ortaya koyamadı. Elçiliği Londra'ya bağlayan hatlar, artık Mountolive'in basit bir rastlantı değil, düpedüz yazgı olduğunu bildiği eylemi etkilemeye çalışan zihinlerin kurnazca yinelemeleriyle dolu, gittikçe uzayan telgraflarla tıkanıp kalmıştı. Mesleğinin ona öğrettiği bu ilk büyük ders de, tuhaf da olsa ilginçti; çünkü kendi kişisel korkularının, kararsızlıklarının dışında kalan olayları yoğun bir dikkat, neredeyse korkunç bir hayranlık duygusuyla izliyordu. Ama Nur'un kafasında sinirli bir mumya olarak kalmıştı, o elden düşme üniformanın görkeminden şimdi utanç duyuyordu, bakanı uyarmak ya da korkutmak için giyildiği belliydi. Yaşlı adam onu hoşnut etmek için çırpınmıştı; zincirin ucunda zırlayıp duran bir maymuna benziyordu. Ama ne yapabilirdi? Anlaşılır özürler öne sürerken yüzünü buruşturuyordu. Memlik henüz araştırmalarını tamamlamamıştı. Gerçeğin doğrulanması gerekiyordu. İpuçları hâlâ izleniyordu. Falan filan.

Mountolive meslek yaşamında hiç yapmadığı bir şeyi yaptı, kıpkırmızı kesilerek aralarındaki tozlu masaya düşmanca olmayan bir öfkeyle yumruğunu vurdu. Yüzü fırtına bulutu gibi kararmıştı, diplomatik ilişkilerde bir kopukluk olabileceğini haber verdi. Hatta Nur'a bir nişan verilmesi önerisinde bulunacağını söyleyecek kadar ileriye gitti... Bunun son çare olduğunu bile bile. Gene de işe yaramadı.

Her şey için söz veren ama hiçbir şey yapmayan Memlik'in taş gibi kımıltısız, heyecansız ama biraz kötü niyetli irikıyım karaltısı gün ışığının önüne bağdaş kurup oturmuştu. Herkes kibarca uzlaşmanın sınırlarını aşıp birbirini sıkıştırıyordu. Maskelyne ile birlikte yüksek komiser, Londra'yı harekete geçmeye zorluyordu; ahlak yüceliklerinden dem vuran Londra, Mountolive'i; Mountolive de Nur'u sıkıştırıyordu, kendi çaresizlik duygusunu yaşlı adama da bulaştırmıştı çünkü kralın yardımı olmadan onun Memlik'le başa çıkması olanaksızdı; öte yandan kral hastaydı, çok hasta. Bu piramidin en altında tozlu dolaplara kilitlenmiş Kuran koleksiyonuyla birlikte içişleri bakanının küçük karaltısı oturuyordu.

Yine de diplomatik baskıyı sürdürmek zorunda olan Mountolive (yaşlanmış bir *jeune premier*[1] gibi) oturmuş, Nur'un yağdırdığı özürleri dinlerken yaptığının boşunalığını anladı. O yaşlı, yalvaran gözlere bakarak geleneksel kahvesini içerken, "Peki ama benim getirdiğim raporlardan başka daha ne kanıt istiyorsunuz paşa?" dedi.

Bakan ellerini iki yana açtı, aralarındaki havayı sanki kremle ovar gibi yumuşattı; özür dileyici, uzlaşmacı bir sevecenlik, sanki merhem salgılıyordu. Çatlak bir sesle, çaresizlik içinde, "Ama konuyu inceliyor," dedi. "Her şeyden önce bir tane Hosnani yok ki," diye ekledi. Kaplumbağa benzeri buruşuk baş bir sarkaç düzenliliğiyle bir ileri bir geri sallanıyordu. Mountolive bağırsak şeridi gibi uzayıp giden sonu gelmez telgrafları düşününce içinden inledi. Nessim düşmanlarının arasında, hiç kimsenin kendisine ulaşamayacağı bir yere kendini sıkıştırmıştı – şimdilik. Oyun ilerlemiyordu.

Son derece Mısır'a özgü olan bu çekişmeler Donkin'i çok eğlendiriyordu. O, Müslümanlara olan sevgisi sayesinde onların güdülerini anlamayı, bir bakanın dramatik suskunluğunun, kolayca verdiği sözlerin altındaki ço-

1. (Fr.) Tiyatro ve sinemada başrolü oynayan erkek oyuncu. (Ç.N.)

cukça açgözlülük oyunlarını görmeyi öğrenmişti. Hatta bu engeller karşısında Mountolive'in gittikçe artan sinirliliği bile bu genç sekreter için eğlendiriciydi. Bu baskılar karşısında fodul, huysuz biri durumuna gelmişti şefi. Böyle bir değişikliğin olabileceğine kim inanırdı?

Birden fazla Hosnani olduğu uyarısı çok tuhaf bir şeydi, bir sabah efendisini her zamanki gibi sessizce tıraş eden, sezgileri güçlü Rafael'den çıkmıştı bu düşünce; Memlik berberinin sözlerine çok önem verirdi – o da Avrupalı değil miydi? Çelimsiz berber sabahleyin kendisini tıraş ederken o günle ilgili işleri konuşurlardı. Rafael pek çok düşünceleri, görüşleri olan bir insandı, ama onları dolaylı, kolayca anlaşılacak bir biçimde söylerdi. Memlik her ne kadar göstermese de onun Nur'un baskılarından rahatsız olduğunu biliyordu. Ancak kralın sağlığı Nur'la görüşmeyi kabul edecek kadar düzelince Memlik'in harekete geçeceğini biliyordu. Bu bir şans ve zaman işiydi; bu arada Hosnani'yi olabildiğince yolmamak için hiçbir neden görmüyordu. Kralın rahatsızlığı sırasında epeyce toplanmış böyle bir düzine sorundan (belki de rüşvet sorunu) yalnızca biriydi bu.

Güzel bir günde, yeni Alman doktorların bakımı altında majesteleri kendilerini çok iyi hissedip yeniden oturumlara başlayacak, Nur'u çağıracaktı. İşte böylece konu ortaya dökülecekti. Ondan sonra sarı divanın yanındaki kaz boyunlu eski telefon zırlayacak ve yaşlı adamın sesi (sevincini belli etmemeye çalışarak), "Ben Nur, beni huzuruna kabul eden kralın divanından telefon ediyorum. İngiliz hükümetiyle ilgili sizinle konuştuğumuz bir konu vardı. O konuda gerekli adımlar atılacak elhamdülillah!" diyecekti.

"Elhamdülillah!" ve işte o noktadan sonra Memlik'in eli kolu bağlanacaktı. Ama şimdilik özgürdü, kılını bile kıpırdatmamakta, yaşlı bakana olan nefretini göstermekte özgürdü.

Rafael o bebeksi yüzüne sıkıntılı bir olgunluk ifadesi takınarak, "İki erkek kardeş var ekselans," dedi, "iki Hosnani var, bir tane değil ekselans." Usturasını çalıştırabilmek için Memlik'in torbalanmış kara derisini beyaz parmaklarının arasına alırken içini çekti. Sonra yavaş yavaş hedefe yaklaşmaya başladı; çünkü bir Müslümanın kafasına bir düşünce sokmak, bir duvarı boyamaya çalışmak gibidir: İkinci kat boyayı sürmeden birinci katın (birinci düşüncenin) kurumasını beklemek zorundasınız. "İki erkek kardeşten birisinin toprağı, ötekinin parası var – Kuran getirenin. Ekselansıma toprağın ne yararı olacak? Ama kesesi dipsiz kuyu olanı..." Sesinde bütün topraksız insanların sağlam toprağa duydukları küçümseme okunuyordu.

Memlik dışa vurulmamış ağır hareketli bir sabırla ama keskin usturanın dokunuşlarının altındaki dudaklarını kımıldatmadan, "Çok güzel, çok güzel ama..." dedi. Bu konuyu işlemek için sabırsızlanıyordu.

Rafael gülümsedi, bir anlık suskunluktan sonra, düşünceli bir biçimde, "Gerçekten de, ekselanstan gelen kâğıtlar Hosnani imzasını taşıyordu – yani aile adını. İki kardeşten hangisinin imzaladığını kim söyleyebilir, hangisinin suçlu hangisinin suçsuz olduğunu? Siz gerçekten akıllı bir adamsınız, parası olanı toprağı olana feda eder misiniz? Ben etmem ekselans, etmem," dedi.

"Peki ne yapardın, Rafael'im."

"İngilizler falan gibilerine zengin olan kardeş değil, yoksul olanı suçlu gösterilebilir. Ben yalnızca yüksek sesle düşünüyorum ekselans, böyle büyük işler bizim haddimizi aşar."

Memlik gözlerini kapamış ağzından yavaş yavaş soluyordu. Hiçbir zaman şaşkınlık göstermemekte birinciydi. Yine de bu düşünce kafasında asıldı kaldı, onu düşündürücü bir şaşkınlığa sürükledi. Son bir ay içinde kitaplığına üç kitap daha katılmıştı, müşterisinin –büyük Hosnani'nin– zenginliği konusunda en küçük kuşkusu yoktu. Hıristiyanların Noel mevsimi yaklaşıyordu. Derin derin düşündü. Hem İngilizleri hoşnut etmek hem de kendi açgözlülüğünü doyurmak için... Bu, çok zekice bir şey olurdu!

Memlik'in yayılıp oturduğu iskemleden en çok sekiz yüz metre ötede, Nil'in kahverengi sularının karşı yakasında Mountolive kâğıtların başında oturuyordu. Önünde parlak masanın üzerinde yılın en önemli toplumsal olaylarından birine –Mareotis Gölü'nde Nessim'in düzenlediği ördek avına– katılmasından sevinç duyacağını belirten süslü davetiye vardı. Kaçak bir sitem ifadesiyle onu bir kez daha okumak için mürekkep hokkasına dayadı.

Ama bundan daha da önemli bir başka haber daha vardı; Şipre parfümü kokan çizgili zarfın üzerindeki Leyla'nın sinirli elyazısını bunca uzun bir suskunluktan sonra bile tanıdı. Ama zarfın içinde bir not defterinden koparılmış bir yaprak buldu; sözcükler, cümleler alelacele çiziktirilmişti.

"David, yurtdışına gidiyorum, belki uzun, belki kısa bir süre için, hiç bilmiyorum; kendi isteğim dışında. Nessim diretiyor. Ama gitmeden önce seni görmeliyim. Bütün cesaretimi toplamalı, bir gece önce seninle buluşmalıyım. Gelmezlik etme. Sana soracağım şeyler var, anlatacağım şeyler. 'Şu konu!' Yemin ederim karnavala kadar bu konuda hiçbir şey bilmiyordum, artık yalnızca sen kurtarabilirsin..."

Mektup böylece karmakarışık sürüyordu; tuhaf duygular içindeydi Mountolive – nedense kızgınlığın kıyısında titreşen tutarsız bir rahatlama duyuyordu. Bunca zaman sonra, Auberge Bleue'nün yanında, yol kıyısındaki palmiyelerin altına çekilmiş eski bir faytonun içinde, karanlık bastıktan sonra kendisini bekliyor olacaktı! Bu tasarıda hiç değilse onun eski acayip düşüncelerinden bir şeyler vardı. Bazı nedenlerden Nessim'in bu buluşmayı bilmemesi gerekiyormuş –neden karşı çıksın? Ama oğlunun kışkırtıcılığıyla çevrilen dolaplarda hiçbir payının olmadığını öğrenmek– işte içini rahatlatan, sevgiyle kabartan buydu. Bunca zamandır Leyla'yı Nessim'in düşmanca uzantısı olarak görmüştü, kendisine ondan nefret etmeyi öğretmekteydi! Şipre kokusunu içine çekmek için zarfı burnuna götürürken yüksek sesle, "Zavallı Leyla'm," dedi. Telefonu kaldırıp Errol'a yumuşak sesle şunları söyledi: "Herhalde Hosnani'lerin av partisine elçilikteki herkes çağrılmıştır? Evet? Haklısınız, böyle bir zamanda bile soğukkanlılığını koruyabiliyor demek ki... Doğal olarak ben çağrıyı kabul etmeyeceğim, ama sizlerin kabul etmenizi, benim adıma özür dilemenizi istiyorum. Hiçbir tuhaflık yokmuş görünümünü yaratmak için. Olur mu? Teşekkür ederim. Bir şey daha var. Avdan önceki gece, özel bir iş için bir yere gidip ertesi gün döneceğim – belki de çöl yolunda rastlaşırız. Hayır, sizlerin bu fırsatı kaçırmayacak olmanıza *seviniyorum*. Hiç kuşkusuz, iyi avlar."

Bundan sonraki on gün bir düş gibi geçti, ancak artık sinirlerini yatıştırıcı bir eğlence, bir ilaç olmaktan çıkan gerçeklik, bu düşün içine arada sırada çomak sokmuştu; görevleri birer can sıkıcı işkenceydi. Banyodaki aynada, gizlemeye çalışmadığı bir hoşnutsuzlukla usturanın ağzına uzattığı yüzüyle karşılaştığı sırada kendini ölçüsüz derecede yorgun, tükenmiş buluyordu. Şakakları fark edilecek kadar aklaşmıştı. Uşakların bulunduğu bölümün bir yerinde cızırdayan radyodan bütün bir İskenderiye yazının akıllardan çıkmamış eski bir şarkısı duyuluyordu: "Jamais de la vie". Artık ondan hoşlanmaz olmuştu. Bu yeni dönemde –alışkanlık, görev ve koşulların dört yana saçılan parçalarıyla dolu bir arafta– içini kemiren bir sabırsızlıkla doluydu; alttan alta, çoktandır beklenen bu buluşma için bütün gücünü topladığını biliyordu. Bu Mısır'a dönüşünün fiziksel, somut anlamından çok kendi iç dünyasıyla ilgili olan ruhsal anlamını belirleyecekti. Tanrım! Ne acemice bir açıklama – ama insan bu tür şeyleri başka nasıl anlatabilir? Kendi içinde, üzerinden aşılması gereken bir engeldi bu, duyguların atlatılması gereken buluğ çağı.

Flamalı arabasıyla çıtırtılı çölde ilerlerken serinleyen motorun tatlı ıslığından, yan camlarda vızıldayan rüzgârın sesinden mutluluk duyuyordu. Bir süredir çölde böyle yalnız başına yolculuk edebiliyordu – eski, mutlu yolculukları anımsadı. Altmış milin altına düşmeyen bir hız göstergesiyle durgun, renksiz havanın içinde uçarken, hiç hoşlanmamasına karşın şarkının nakaratını mırıldanmaya başladı:

Jamais de la vie,
Jamais dans la nuit.
Quand ton coeur se démange de chagrin...[1]

Ne zamandır kendini böyle şarkı söylerken görmemişti? Yıllardır. Gerçekte mutluluk değildi bu, öteki duygulara üstün gelen bir gevşeme. Hatta şu nefretlik şarkı bile İskenderiye'nin bir zamanlar çekici bulduğu imgesini geri getirmişti. Tekrar eskisi gibi olacak mıydı, olabilir miydi?

Çöl kıyısına varıp kentin kavgaya tutuşmaya hazır dış mahallelerine giden yolda, içerilere doğru ağır ağır kıvrıla kıvrıla ilerlemeye başladığında öğle sonrasının

1. (Fr.) Asla, / Geceleri asla. / Yüreğin hüzünle doluyken... (Ç.N.)

epeyce ilerlemiş bir saatiydi. Gökyüzü bulutlarla kaplıydı. İskenderiye'nin üstünde fırtına kopacaktı. Doğuda, gölün buzlu yeşil sularına sağanak yağmur boşanıyordu – suları kabarcıklandıran parıltılı iğnecikler; Mountolive arabanın hışırtısının ötesinde yağmurun suskunluğunu uzaktan uzağa duyuyordu. Koyu bulut örtüsünün arasından gözüne incimsi kent ilişti, erken bir günbatımı saatinde bulutların dış çizgilerini delip geçen minareler; kana bulanmış keten bezi. Halicin denize açılan kıyılarını deniz rüzgârı tartaklıyor, çekiştiriyordu. Daha yükseklerde, kentin sokaklarına, alanlarına tuhaf bir aydınlık saçan kan lekeli bulut, buhar kümeleri dolanıyordu. İskenderiye'de yağmur kısa süren, seyrek rastlanan bir kış olgusuydu. Biraz sonra deniz rüzgârı çıkar, yön değiştirir, ağır bulutları halı gibi yuvarlayarak götürür, birkaç dakikaya kalmaz gökyüzünü pırıl pırıl ederdi. Kış göğünün camsı tazeliği yeniden aydınlanır, kent çölün üzerinde kuvars gibi, elle işlenmiş güzel bir nesne gibi parıldamaya başlardı. Artık sabırsız değildi.

Alacakaranlık, günbatımını yutmaya başlıyordu. Dış liman kıyısındaki derme çatma kulübelerden, ambarlardan oluşan çirkin şeride yaklaşırken, hafif bir çisentiyle pis kokusu söndürülmüş ıslak asfaltın üzerinde arabasının tekerlekleri tütmeye, cızırdamaya başladı. Yavaşlama zamanı gelmişti...

Fırtınanın yarı aydınlık, yarı karanlığına yavaşça girdi, bir yay gibi gerilmiş ufka, aydınlığa şaşkınlıkla baktı. Güneş ışığının tuhaf ışınları koydaki (boynuzlu kurbağalar benzeri, top namlularının altında yere çömelmiş) savaş gemilerinin üzerine yakutlar saçıyordu. İşte kent yine eski kentti; yağmurun altında yazlık konuta giderken geçtiği sokaklara yayılmış hüznü içinde duyumsadı. Yağmur fırtınasının alışılmamış şimşeği onu yeniden var etmiş, ona masal kitaplarına özgü bir tayf görünümü vermişti – kalay kâğıdından, salyangoz kabuğundan, boynuz kırıklarından, mikadan yapılmış bozuk yollar; öküz kanı rengini almış tuğla yapılar; Muhammed Ali Meydanı'nda gezinen, bu alışılmadık yağmur karşısında nereye kaçacaklarını şaşırmış, akortsuz çalgılar gibi bozuk çalan sevgililer; palmiyelerin bileşik yapraklarının mekik örgüsü arasından kıyı boyu ilerleyen menekşe rengi tramvayların takırtısı. Sokakları, çevredeki çölden esen ıslak tozla sıvalı eski bir kentin kullanılmaz duruma gelişi. Kentin kuşbakışı görünümü gözünde canlanırken her şeyi başka türlü algılıyordu – günbatımı çizgisine doğru ağır ağır yaklaşan bir yolcu gemisinin iniltisi ya da ülkenin içlerine doğru elmas sağanağı gibi akan trenler, o trenlerin çakıllı akarsu yarıklarında tapınakların yıllardır el değmemiş, birikmiş tozlarında takırdayan tekerlekleri...

Mountolive bütün bunları yetişkin bir insanın omuzlarında olgunluk çağının bıraktığı bir kamçı izi –insanı yaşlandıran yaşam deneyimlerinin damgası– olarak kabul ettiği bir bıkkınlıkla görüyordu. Limanda rüzgâr fırtınalar koparıyordu. Gemilerin ıslak ipleri büyük bir ağacın yaprak örtüsü gibi sallanıyor, sarsılıyordu. Ön camda sessizce çalışan sileceklerin altından gözyaşları süzülüyordu... Bu tuhaf, çürük karanlıkta bir anlık bir şimşek parıltısı, ardından rüzgâr gelecekti – rüzgârların şahı kuzey rüzgârı, denizi yumruklayıp ona beyaz sorguçlarla kaplı kendi özel, tüy örtüsü demek olan kuşantısını giydirecek, gök kubbenin kapılarını zorlayıp açacak, kadınların, erkeklerin yüzleri yeniden göğün aynası olacaktı. Çok zaman vardı.

Gelişinin personele haber verilip verilmediğini anlamak için yazlık konuta gitti; niyeti akşamı burada geçirip ertesi günü Kahire'ye dönmekti. Zile bastıktan sonra kendi anahtarlarıyla kapıyı açıp içeri girdi, Ali'nin ayak seslerini bekledi. Onun yaklaşan ayak seslerini duyduğu sırada kuzey rüzgârı da kükreyerek ardından yetişmişti, bütün camları çerçevelerine zımbaladı, yağmur birden durdu, sanki musluğu kapanmış gibi.

Buluşma zamanına bir saat falan vardı; rahat rahat banyo alıp üstünü değiştirebilirdi. Bu kadar sakin oluşu çok garibine gitti, ne kuşkuların işkencesi ne de rahatlamanın erinci vardı. Hiç çekinmeden kendini rastlantının eline bırakmıştı.

Bir sandviç yiyip iki tane sert viski içtikten sonra yola çıkıp büyük arabayla Corniche'ten aşağı, kentin kum tepeleri ve biçimsiz palmiye öbekleriyle çevrili kenar mahallesi dolayındaki Auberge Bleue'ye doğru yol almaya başlamıştı. Gökyüzü şimdi yine açıktı, beyaz köpüklü dalgacıklar Chatby'nin maden payandalarında parçalanıp toz gibi dağılmak üzere kıyıya doğru yarışıyorlardı. Ufuk çizgisinde ara ara hâlâ şimşek parıltıları titreşiyordu, ama sönük bir parıltıydı. Belki de bu soluk ışıklar uzak bir yerde yapılan bir deniz savaşında gemilerin top ateşleriydi.

Arabayla yavaşça yoldan sapıp Auberge'in boş araba parkına girdi, bir yandan da ışıkları söndürdü. Bir süre arabada oturup gözlerini mavimsi alacakaranlığa alıştırdı. Auberge boştu – şık salonun, barların, dans etmeye, yemek yemeye gelenlerle dolması için henüz saat erkendi. Sonra onu gördü. Park yerinin tam karşısında, yolun dışında, birkaç eğik palmiyeyle çıplak bir kumul parçasının bulunduğu yerde. Orada bir fayton duruyordu. Eski moda gaz lambaları yanıktı, denizden gelen ince esintide ateşböcekleri gibi hafifçe titreşiyorlardı. Arabacı yerinde fesli bir karaltı vardı – uyur gibiydi.

Hafif, neşeli adımlarla yolun karşısına yürüdü, ayakkabılarından çıkan gıcırtıyı duyuyordu, faytona yaklaşınca alçak sesle, "Leyla," diye seslendi.

Gök boşluğunun üzerinde, geriye dönüp kulak kesilen arabacının karaltısını gördü; arabanın içinden birinin

–Leyla'nın– şöyle bir şeyler söylediğini duydu: "Ah! David, demek sonunda buluşuyoruz. Ben ta buraya kadar sana şunu söylemek için geldim..."

Şaşırmış bir halde gözlerini kısıp başını uzatarak içeriye baktı ama arabanın uzak köşesinde oturan birinin karanlık gölgesi dışında bir şey göremedi. Leyla emreder gibi bağırdı: "Bin. Bin, seninle konuşacağız."

İşte o anda Mountolive'e her şey gerçekdışıymış gibi geldi; nedenini anlayamadı. Ama tıpkı insanın düşünde yere basmadan yürüdüğü ya da bir şişe mantarı suyun üzerinde nasıl yükselirse, havada öyle bile isteye yükseldiği zamanki gibi. Duyguları anten gibi, kara gölgeye doğru uzanıyor, gelişigüzel söylenmiş bu sözlerin anlamını yakalamaya, kavramaya, tanıdık seslerin içine yabancı bir titremleme gibi sızmış, içlerine gömülmüş, o tuhaf yönünü yitirmişlik duygusunu çözümlemeye çalışıyordu; kafasında şimdiye kadar oluşmuş olan bütün izlenimler yerle bir olmuştu.

Sorun şuydu: Sesi tanıyamamıştı. Ya da bir başka deyişle, Leyla'yı tanıyabildi, ama kendi kulaklarının tanıklığına pek inanamıyordu. Belleğindeki Leyla imgesiyle birlikte hep yaşayagelmiş olan o canım ses değildi yani. Tizliği hafifçe törpülenmiş bir sesle, düşüncesizce, sözcükleri yutarak, tutarsız konuşuyordu. Belki de heyecanın etkisiydi, daha kim bilir hangi coşkuların? Ama... ya da yarıda kesilen, sonra yine ortadan başlayan, iki düşünceyi birleştirmeye çalışırken yavaş yavaş eriyen cümleler? Bu sesteki bu tuhaf, gerçekdışı şaşkınlığın niteliğini çözümlemeye çabalarken, karanlıkta kendi kendine kaşlarını çattı. Bu Leyla'nın sesi değildi – yoksa onun muydu? Tam o sırada kolunun üzerine bir el kondu, faytonun arabacı yerinin yan tarafındaki sarı pirinç fenerin içinde yanan gaz lambasından vuran yumuşak ışık gölcüğünde bu eli büyük bir dikkatle inceleme olanağı buldu.

Tombul, inceliksiz, küçük bir eldi, etleri alınmamış, kısa, boyasız tırnakları vardı. Neredeyse elinde olmadan, "Leyla – gerçekten sen misin?" diye sordu, gerçekdışılık, şaşkınlık duygusu hâlâ sürüyordu; sanki üst üste çakışan, birinin yerini alan iki düş içindeydi. Görünmez Leyla'nın yeni sesi, "Bin," dedi.

Bu emre uyup arabaya bindiği sırada burnuna onun tuhaf, karmakarışık kokusu çarptı – bilinen anılara ters düşen rahatsız edici bir aykırılık daha: portakal çiçeği, nane, kolonya, susam. Yaşlı bir Arap kadını gibi kokuyordu! Sonra pek keskin olmayan viski kokusu geldi. Demek ki o da bu buluşma için sinirlerini alkolle yatıştırmıştı! Yakınlık duygusuyla kararsızlık arasında bocalıyordu; bir zamanların zeki, yetenekli, zarif Leyla'sının imgesi bu yenisiyle üst üste gelmeyi reddediyordu. Yüzünü görmeliydi. Leyla sanki onun bu düşüncesini okumuş gibi, "İşte sonunda seninle buluşmaya geldim, hem de *peçesiz,*" dedi. Mountolive ürküp sıçrayarak, "Aman Tanrım!" diye düşündü, "Leyla'nın yaşlanmış olabileceğini düşünmek hiç aklıma gelmedi!"

Leyla küçük bir işaret yaptı, fesli arabacı atını kırbaçlayıp ışıklı yola, Corniche'e çıkarak faytonu yürüyüş hızıyla sürmeye başladı. Birbirini izleyen keskin ışıklı mavi sokak lambaları içeriye merakla başlarını uzatıyorlardı. Faytona izinsiz giren bu ışık parıltılarının daha ilkinde, Mountolive yanında oturan kadına bakmak için döndü. Onu çok az tanıyordu. Tombul, köşeli yüzlü, yaşı belli olmayan bir Mısırlı kadın, korkunç çiçekbozuğu bir yüz, rastık kalemiyle gülünç biçimde büyütülmüş gözler. Acemice çizilmiş bir karikatürün başkaldıran, acılı gözleri: İnsanlar gibi giyinen, insanlar gibi davranan hayvanların bir karikatürü. Karşısında oturan, duvar resimlerinde gördüğümüz boyalı gözlerle, umutsuz, acınası, yalvaran bakışlarla kendisine bakan şu yabancı kadının yüzünden peçeyi çıkarması büyük bir yüreklilik işiydi doğrusu. Sert lastik tekerlerin yolda her sallanışında dudakları titriyor, geniş çene kemiği sarsılıyordu, ama sevgilisinin karşısında, yüzünde sarsılmaz bir korkmazlık okunuyordu. Karanlık ışığı yutuncaya kadar tam iki saniye birbirlerine baktılar. Sonra Mountolive onun elini dudaklarına götürdü. Yaprak gibi titriyordu el. Bir anlık aydınlıkta ensesinden aşağı dökülen taranmamış, dağınık saçlarını, özensiz, buruşuk, siyah elbisesini gördü. Laubali, sallapati bir görünümü vardı. Çiçek hastalığının yara izleriyle bozulmuş esmer cildi fil derisi gibi kalın görünüyordu. *Onu hiç mi hiç tanıyamadı!* Sonunda sevgilisinin (bir daha geri gelmemecesine eriyip yok olmuş) imgesini, yaşlılığın ve ayrıksılığın bütün görünür izlerini taşıyan bu Mısırlı şişman kadında, bu acınası gülünç yaratıkta sanki tanımış da sevincini belli ediyormuş gibi, "Leyla!" diye haykırdı (neredeyse inledi). Her sokak lambasında ona bir daha baktı, her defasında hayvan karikatürü gibi bir şeyle –sözgelişi bir fille– karşı karşıyaymış duygusuna kapıldı. Söylediği sözlere neredeyse hiç dikkat etmiyordu, art arda sökün eden duygularla, anılarla doluydu kafasının içi. Leyla, Mountolive'in elini sıktı: "Bir gün yeniden görüşeceğimizi biliyordum. Biliyordum." Mountolive yine soluğunun ağır susam, nane ve viski kokusunu aldı.

Leyla konuşuyor, beriki tedirginlik içinde ama bilmediği yabancı bir dili dinlermiş gibi olanca dikkatiyle dinliyordu; sokak lambaları onlara bakmak için yaklaştıkça o da merakla Leyla'ya bakıyordu – acaba, görünüşünde, birden, büyülü bir değişiklik olmuş olabilir mi, diye. Sonra kafasından başka bir düşünce geçti: "Ya ben de onun kadar değiştiysem – ya bu gerçekten oysa?" Ya öyleyse? Çok eskiden birbirlerine sanki madalyon içinde fotoğraflarını vermişlerdi; ondaki fotoğraf solmuş, değişmişti. Peki Leyla onun yüzünde ne görüyordu acaba –

gençlikteki gücünü, kararlılığını ezip geçmiş olan güçsüzlüğünün izlerini mi? Artık o, yaşamla kibarca uzlaşmış insanların safına katılmıştı. Kuşkusuz etkisizliği, erkekçe olmayan hali, o budala, güçsüz, yakışıklı yüzünden okunuyordu. Gözucuyla üzgün üzgün, kendisini gerçekten tanıyıp tanımadığını anlamak için acınası bir merakla ona baktı. Kadınların, sevgililerinin imgesinden asla vazgeçmediklerini unutmuştu; hayır, onun gözü eski aşkından başkasını görmez, yenisinin onu bozmasına izin vermezdi. Bu tanımadığı, çirkin kokulu kadın, "Hiç değişmemişsin. Canım, sevgilim, meleğim," dedi. Mountolive tanımadığı bir kişinin ağzından böyle okşayıcı sözler duyunca karanlıkta kıpkırmızı kesildi. Ya tanıdığı Leyla'ya ne olmuştu? Yıllardır yüreğinde sakladığı o biricik imgenin dünyadan tümüyle silindiğini birden fark etti! Birden aşkın ve zamanın anlamıyla karşı karşıya geldi. Artık birbirlerinin ruhlarını dölleme güçlerini hepten yitirmişlerdi! Aşk duyması gerekirken kendine acıma ve nefret duyuyordu! Hem de bu duyguları hoş görmeye olanak yoktu. Kış denizinin kıyısındaki karanlık yolda temiz hava almaya çıkmış iki hasta gibi, eski atlı arabanın içinde elleri birbirine değerek bir aşağı bir yukarı gidip gelirken kendi kendine içinden küfretti. Leyla şimdi daha hızlı, bir konudan ötekine atlayarak anlaşılmaz şeyler söyleyerek konuşuyordu. Ama yine de biraz sonra söyleyeceği asıl sözlerin girişini yapar gibiydi. Yarın buradan gidiyordu: "Kararları Nessim veriyor. Justine gölden dönüp beni almaya gelecek. İkimiz birlikte gidiyoruz. Kantara'da ayrılacağız, ben Kenya'ya çiftliğe geçeceğim. Nessim şimdilik ne kadar kalacağımı söylemiyor, söyleyemiyor. Seni görmek *zorundaydım*. Seninle bir kez konuşmak *zorundaydım*. Kendim için değil – asla kendim için, kendi gönlüm istediği için değil. Karnaval zamanı Nessim'den öğrendiğim şeyler. Seninle buluşmaya gelmek üzereydim; ama bana Filistin'le ilgili şeyleri söyledi! Kanım buz gibi dondu. İngilizlere karşı bir şey yapmak ha! Ben bunu nasıl yapardım! Nessim aklını kaçırmış olmalıydı. Gelmedim çünkü sana ne diyeceğimi, senin yüzüne nasıl bakacağımı bilmiyordum. Ama şimdi her şeyi biliyorsun."

Sertçe soluk almaya, sanki bunlar asıl konuşmasının girişiymiş gibi acele etmeye başlamıştı. Sonra birden dilinin altındaki baklayı çıkardı. "Mısırlılar Nessim'e kötülük edecek. İngilizler de yangına körükle gidiyor. David, bunları engellemek için gücünü kullanmalısın. Senden oğlumu kurtarmanı istiyorum. Dinlemelisin, bana yardım etmelisin. Daha önce senden hiçbir şey istememiştim."

Yanaklarındaki gözyaşı ve boya karışımı çizgilerle sokak ışıklarında daha da yabancı görünüyordu. Mountolive kekelemeye başladı. Leyla bağırdı: "Yalvarırım, yardım et." Sonra birden Mountolive'i tiksindirecek bir biçimde inlemeye, Araplar gibi sallanmaya, yakarmaya başladı.

Mountolive, "*Leyla! Yapma!*" diye bağırdı.

Ama o, "Onu yalnızca sen kurtarabilirsin," diyerek, bu cümleyi sanki ona değil de, kendi kendine yineleyerek iki yana sallanmaktan başka bir şey yapmıyordu. Daha sonra arabanın içinde diz çöküp Mountolive'in ayaklarına kapanmaya yeltendi.

Öfkeden, şaşkınlıktan, tiksintiden artık tirtir titriyordu Mountolive. Öfke içinde, "Böyle davranmayı bırakmazsan..." diye bağırdı, ama Leyla yine feryat figan edince arabadan aşağı beceriksizce atladı. Görüşmelerinin böyle sona ermesi çok iğrenç bir şeydi. Araba durdu. Geçerliliği kalmamış sinirliliği dışında hiçbir tanınabilir anlam taşımayan, çok uzaklardan gelirmiş gibi görünen bir sesle, çok aptalca bulduğu bir şey söyledi: "Resmî bir konuyu özel bir kişiyle konuşamam." Bundan daha saçma bir şey söylenebilir miydi? Daha söylerken utandı. Alçak sesle, aceleyle, "Hoşça kal, Leyla," dedi ve dönüp uzaklaşmadan önce bir kez daha elini sıktı. Koşarcasına uzaklaştı. Arabasının kapısını anahtarla açtı, dehşet verici bir budalalık duygusunun altında ezilerek soluk soluğa bindi. Fayton karanlığa doğru uzaklaşıyordu. Corniche'te ağır ağır kıvrılarak gözden kayboluşunu izledi. Sonra bir sigara yakıp arabayı çalıştırdı. Birden sanki gidecek hiçbir yeri yokmuş duygusuna kapıldı. Bütün içtepileri, istekleri depreme uğramış, yıkılmıştı.

Uzun bir duraklamadan sonra, arabayı yazlık konuta doğru ağır ağır sürmeye başladı, kendi kendine bir şeyler fısıldıyordu. Konut karanlıktı, kapıyı kendi anahtarıyla açtı. Bütün ışıkları yakarak odaları dolaştı, birden yalnızlıktan başı döndü; bırakıp gittikleri için uşakları suçlayamazdı, çünkü Ali'ye akşam yemeğini dışarıda yiyeceğini söylemişti. Uzun süre elleri ceplerinde, bir aşağı bir yukarı dolaştı salonda. Burnuna ısıtılmamış, nemli odaların kokusu geliyordu; duvar saatinin boş, azarlayıcı yüzü saatin dokuzu biraz geçtiğini gösteriyordu. Birden içki dolabına yürüyüp kendine çok sert bir viski soda doldurarak bir dikişte içti – sanki meyve tuzu içiyordu. Zihni yüksek gerilimli bir elektrik teli gibi vızıldıyordu. Dışarı çıkıp bir yerde kendi kendine yemek yemesi gerektiğini düşündü. Ama nerede? Sanki birden bütün İskenderiye, bütün Mısır tatsızlaşmış, ruhuna sıkıntı, bıkkınlık verir olmuştu.

Birkaç viski daha içti, kanına yayılan sıcaklık hoşuna gidiyordu – alkollü içkilere pek alışkın değildi, genellikle idareli içerdi. Leyla onu romantik sanıların tozlu kiliminin ardında hep pusuda beklediğini sandığı bir gerçeklikle yüz yüze bırakıvermişti. Bir anlamda o Mısır'dı, şimdi bu eski imgenin kabuğu soyulmuştu. Kadehini boşaltırken kendi kendine, "Biraz daha içmek, ölçüsüzlük etmek olur," dedi. Evet, öyle olurdu! Hiç ölçüsüzlük etmemiş, yaşama karşı tutumunda hiç doğal ve açık olmamıştı. Hep ölçülülüğün, uzlaşmacılığın ardına gizlenmişti. Ona kendisini yıllar yılı beslemiş olan Mısır imgesini yitirten de bu kusuruydu. Öyleyse her şey yalan mıydı?

Sanki içinde bir baraj çökme tehlikesi gösteriyordu, bir duvar yıkılmak üzereydi. Bu cisimleşmiş ülkenin yaşamıyla kopan bağlarını yeniden kurmak isteği ona gençliğinden beri yapmadığı bir şeyi yapma düşüncesini verdi: Kentin herhangi bir memuru, bir esnafı, bir tüccarı gibi Arap mahallesine gidecek, basit, gösterişsiz bir yemek yiyecekti. Küçük bir yerli lokantasında güvercin, pilav ve tatlı yiyecekti; yemekler onu ayıltır, yatıştırır, bulunduğu çevre de ona gerçeklikle ilişki duygusunu yeniden kazandırırdı. Şimdiye kadar hiç bunca sarhoşladığını, ayaklarının demir gibi ağırlaştığını anımsamıyordu. Kafasının içi dile getirilmemiş pişmanlıklar içinde yüzüyordu.

Yine de aklına takılan tutarsız, yarı bilinçli bir istekle birden salondaki dolaba gidip içini karıştırarak, geçen yaz bir kokteylde birisinin unuttuğu kırmızı fesi aradı. Birden anımsamıştı. Golf değnekleri, üzengiler, tenis raketleri gibi döküntülerin arasında duruyordu. Kendi kendine gülerek başına giydi. Görünüşü büsbütün değişmişti. Salondaki aynada sallanarak kendine bakarken bu değişikliğe çok şaşırdı: Mısır'da konuk olarak bulunan seçkin bir yabancı değil, *herhangi bir adamla* –Suriyeli bir işadamı, Süveyşli bir komisyoncu, Tel Aviv'li bir havayolları temsilcisiyle– karşı karşıyaydı. Ortadoğululuk savında bulunabilmek için bir tek şeyi eksikti, o da kışın bile, içeride takılan kara gözlük! Yazı masasının üst çekmecesinde bir tane olacaktı.

Arabasını Ramleh İstasyonu'nun yanındaki küçük meydana ağır ağır sürdü, değişik kılığı ona saçma bir heyecan veriyordu, Cecil Oteli'nin yanındaki araba parkına girerek durdu; kapısını kilitledikten sonra ömürlük bir alışkanlığı yüzüstü bırakan biri gibi sakince yürüyerek uzaklaştı – aradığı akşam yemeğini bulacağını umduğu Arap mahallelerine doğru yepyeni, tatlı bir soğukkanlılıkla yürüdü. Corniche'i kıyı kıyı izlerken birden kötü bir korkuya kapıldı – çünkü ileride tanıdık bir karaltının yolun karşısına geçip deniz kıyısındaki duvarı izleyerek kendisine doğru geldiğini görmüştü. Balthazar'ın sinsi yürüyüşünü tanımamaya olanak yoktu; Mountolive sersemce bir utangaçlık duydu, ama yolunu değiştirmedi. Neyse ki Balthazar ona şöyle bir göz ucuyla baktıktan sonra bakışlarını uzaklaştırmış, dostunu tanımamıştı. Birbirlerinin yanından fırt diye geçtiler, Mountolive rahat bir soluk aldı; insanın yüz çizgilerini böylesine değiştiren şu her yerde rastlanan kırmızı çiçek saksısı külahın verdiği kimliksizlik çok tuhaf bir şeydi. Sonra şu kara gözlük! Deniz kıyısından ayrılırken kendi kendine güldü, ticaret limanı çevresindeki Arap çarşılarına ve aşevlerine çıkabileceğini düşündüğü dar, dolambaçlı yolları seçiyordu.

Buralarda tanınma olasılığı yüzde birdi – çünkü kentin bu kesimine Avrupalılar pek gelmezdi. Kırmızı fenerli evlerin oluşturduğu halkanın ötesindeki bölgede küçük esnaflar, tefeciler, kahve kaçakçıları, gemi gereci satanlar, kaçakçılar oturuyordu; burada, sokakta, insan zamanın dümdüz yayıldığı sanısına kapılıyordu –deyim yerindeyse– öküz derisi gibi; insanın belli ilişki noktalarıyla içini doldurabileceği, bir baştan bir başa okuyabileceği bir zaman haritası. Bu Müslüman zaman haritası ta Othello'ya, ondan daha gerilere uzanıyordu – kafeslerine aynalar konmuş, böylece yalnız olmadıklarını sanan kuşların ötüşleriyle çınlayan kahveler, kuşların kendi yankılarından başka bir şey olmayan düşsel dostlarına söyledikleri aşk türküleri! Ne kadar da dokunaklı şakıyorlardı, insanlar arası aşkı örnekleyen bu kuşlar! Burada da neftyağı alevlerinin solgun ışığında yaşlı hadımlar nargilelerini içerek, her çekişte nargileden kumru hıçkırığı gibi küçük müzikli bir ses kabarcığı çıkartarak tavlalarının başında oturuyorlardı; eski kahvehanelerin duvarları askılara asılan feslerden sızan ter izleriyle doluydu; amberçiçeği gibi renk renk nargileleri uzun raflara sıra sıra dizmişlerdi, nargile içiciler kendi değerli marpuçlarını kendileri getiriyorlardı. Burada da kâhinler, iskambil falcıları – ya da avucunuza çok ustaca mürekkep doldurup yarım kuruşa özel yaşamınızın gizlerini okuyanlar vardı. Buraya çerçiler, uzun tüylü Şiraz ve Belucistan halılarından tutun da oyun kartlarına kadar bin bir türlü, bin bir renkli nesnelerden oluşan sihirli bir yükle gelirlerdi; Hicaz buhuru, yeşil nazar boncukları, taraklar, tohumlar, kuş kafesleri için aynalar, baharatlar, muskalar, kâğıt yelpazeler... saymakla bitmeyecek şeyler; sonra kuşkusuz hepsi –günah bağışlama belgesi satan Ortaçağ papazları gibi– özel bir cüzdanda biz insanların en çok hayalini kurduğumuz, aynı zamanda en çok korktuğumuz o eylemin acıklı çeşitlemelerinin kartpostalların, mendillerin üstüne basılmış resimleriyle dünyanın en büyük pornografisinin kazancını taşıyorlardı. Yeraltında sürekli akan, kendi koyduğumuz ters yasalarla, hazlara düşman kişilerin ayıplamalarıyla kurduğumuz dayanıksız barajdan kolayca sızan cinsellik ırmağı... Petronius'tan başlayıp Frank Harris'e kadar uzanan geniş ırmak. (Mountolive'in sarhoşlayan zihninde oradan oraya sürüklenen, üst üste binen, yarı belirgin yüzlerde görünüp kaybolan, sabun köpükleri gibi gökkuşağı renkli düşünceler.) Şu anda çok rahattı; alışkın olmadığı sarhoşluğuyla uzlaşmış, onu hiç duyumsamaz olmuştu, ancak kendini önemseme ve yüksek görme duygusu onu öylesine pompalamıştı ki, hareketlerine olağanüstü bir ağırlık geldi. Doğumu yaklaşmış bir gebe kadın gibi, sesleri, görüntüleri emerek, ağır ağır yürüyordu.

Sonunda küçük bir lokantaya girdi, çünkü alev alev yanan ocakları, ocaklardan çıkan, dükkânın içine parça parça çöreklenen büyük duman bulutları hoşuna gitmişti; kekik kokusu, kızarmış güvercin ve pilav kokusu birden karnını acıktırdı. İçeride ancak birkaç müşteri vardı, onlar da duman bulutlarından hemen hemen hiç görünmüyorlardı. Mountolive istemeye istemeye yerçekimi yasasına boyun eğermiş gibi oturdu, kusursuz Arapçasıyla yemeğini ısmarladı, kara gözlüğünü, fesini çıkarmamıştı hâlâ. Kendini kolayca Müslüman diye yutturabilecekti demek. Dükkân sahibi, Tatar suratlı, dazlak, iriyarı bir Türk'tü, ısmarlananları hiçbir şey söylemeden hemen getirdi. Ayrıca Mountolive'in tabağının yanına iri bir bardak koyup hiç konuşmadan içine *mastika* dedikleri, sakız ağacından yapılan renksiz arakı ağzına kadar doldurdu. Araktan bir yudum alan Mountolive boğulur gibi olup biraz öksürdü, ama çok hoşuna gitti – çünkü bu onun tattığı ilk Levanten içkisiydi, yıllardır varlığını unutmuştu. Ne kadar sert bir içki olduğunu da unutup geçmişe özlemin etkisiyle sıcak pilavın, (şişten yeni çıkmış, parmaklarıyla tutamayacağı kadar sıcak) güvercinin yanına bir tane daha ısmarladı. Leyla'yla görüşmesinden sonra yitirdiği Mısır'ın bulanık imgesi yeniden geri gelmek üzereydi.

Dışarıda, sokakta tef şangırtıları, şarkı söyler gibi bir tür dua okuyan çocukların sesleriyle doluydu; küçük topluluklar halinde dükkân dükkân dolaşıp aynı kısa dörtlüğü yineleyip duruyorlardı. Mountolive üç kez dinledikten sonra şu sözleri sökebildi. Evet, elbette!

Silkelenen ecel ağacının tanrısı
Kötülükten uzak dallardan koparma
Bizim gibi küçük yaprakları
Çünkü senin küçük çocuklarınız biz!

"Hay Allah cezanı versin," dedi.

Karşısında, pencerenin önünde oturmuş, uzun boyunlu bir nargile içen, yaşlı, saygıdeğer bir şeyh vardı. Yaşlı, zarif elini gürültüye doğru sallayıp, "Allah, çocukların gürültüsü!" diye bağırdı.

Mountolive de ona gülümseyerek, "Yanılıyorsam söyleyin, efendim ama *El Sird* için bağırıyorlar, öyle değil mi?" karşılığını verdi.

Yaşlı adamın yüzü aydınlandı, azizlere yaraşır biçimde gülümseyerek başıyla onayladı. "Doğru bildiniz, beyim."

Mountolive çok sevindi, o yarı unutulmuş yıllara daha da derin bir özlem duydu. "Öyleyse bu gece, Şaban ayının ortası, ecel ağacı silkelenecek. Öyle değil mi?"

Yaşlı şeyh bir kez daha gülümseyerek başını salladı. "Düşen yapraklarda ikimizin de adının bulunmayacağını kim söyleyebilir?" Sakince, durumunu kabul etmişçesine, oyuncak bir tren gibi küçük bir duman çıkardı. "Allah ne yazdıysa o olur."

İnanışa göre, Şaban ayının ortasına rastlayan gece cennetteki ecel ağacı silkelenir, düşen yapraklarda bir sonraki yıl ölecek insanların adları bulunur. Mountolive bu küçük şarkıyı tanıdığı için öyle çok sevindi ki, son bir kadeh daha arak ısmarladı, hesabı öderken ayakta içti. Yaşlı şeyh nargilesini içmeyi bıraktı, dumanların arasından yavaş yavaş ona doğru geldi. "Efendim, burada bulunuşunuzun sebebini anlıyorum. Öğrenmek istediğiniz şeyi size ben öğreteceğim," dedi. İki kahverengi parmağını Mountolive'in bileğine koymuştu, açmak istediği gizleri varmış gibi alçak sesle konuşuyordu. Yüzünde bir çöl ermişinin temizliği, açıklığı vardı.

Mountolive ondan hoşlanmıştı. "Muhterem şeyhim, öyleyse bu değersiz Suriyeli konuğa düşüncelerinizi açıklayın."

Yaşlı adam iki kez eğildi, kuşkuyla çevresine baktıktan sonra, "Benimle gelmek lütfunda bulunur musunuz, muhterem efendim," dedi. Sanki gözleri görmeyen bir adam gibi iki parmağını Mountolive'in bileğinde tutuyordu. İkisi birlikte çıktılar; Mountolive'in romantik yüreği deli gibi çarpıyordu – acaba şimdi ona dinsel doğrunun bir gizi mi bağışlanacaktı? Pazaryerlerinde dolaşan, büyücülük bilginlerinin özenle korunan ruh dünyaları adına birtakım gizli görevleri yerine getirmek için fırsat kollayan din adamlarından söz edildiğini duymuştu. Yumuşak bir bilinmezlik bulutunun içinde yürüyorlardı, suskun şeyh birkaç adımda bir yalpalayıp kendini toparlıyor, ağlamaklı bir mutlulukla gülümsüyordu. Geceyle birlikte uzun karanlık tünellere ya da biçimsiz mağaralara dönüşmüş olan, boğuk gayda müziğini ya da kalın duvarların, parmaklıklı pencerelerin boğduğu karakol seslerini hâlâ hafif hafif yansıtan sokaklardan ikisi birlikte, ağır adımlarla geçtiler.

Mountolive'in gittikçe artan merak duygusu, incecik bir sopanın ucundan sarkan ve rüzgârda sallanan bir elektrik ampulünün ya da neftyağı lambasının oyduğu tanınabilir köşeleriyle bu aydınlık saçıcı karanlıklar yöresinin gizemine, güzelliğine tepkisiz kalamıyordu. Sonunda, boydan boya renkli sancaklarla donatılmış uzun bir sokağa sapıp hafifçe deve sidiği ve yasemin kokan kapkaranlık bir avluya girdiler. Kalın duvarlarla çevrilmiş bir ev çıktı karşılarına; gökyüzünde evin gölgesi seçilebiliyordu. Yarı açık duran bir kapıdan, derme çatma, kışla gibi bir yere girerek daha da koyu bir karanlığın içine daldılar. Derin derin soluyarak yarım saniye kadar durdular. Mountolive, boş duran üst katların duvarlarına tırmanan merdivenleri gördü ya da daha doğrusu, merdivenlerin varlığını hissetti, ıssız tavan aralarında itişip kakışan, bağrışan farelerin gürültüsünün yanı sıra bir başka ses daha duydu – insanları anımsatan bir ses ama hangi koşullarda pek anımsayamıyordu. Uzun bir koridordan aşağı, ağır ağır, büyük bir patırtı koparak geçtiler, taban tahtaları öylesine çürümüştü ki, bastıkça çatırdıyor, sallanıyordu. Kapı aralığı gibi bir yere gelince, yaşlı şeyh tatlı bir sesle, "Bizim basit eğlencelerimizin sizin ülkenizdekilerden aşağı kalmadığını göstermek için sizi buraya getirdim, değerli efendim. Biraz benimle gelir misiniz?" dedi. Mountolive'in bileğini tutan parmaklar çözülmüştü. Mountolive kapanan kapının rüzgârını omuzlarında hissetti. Bir-iki saniye sakin, güven verici sessizliğini korudu.

Sonra karanlık öylesine koyuydu ki, ışık birden yanınca ona sanki çok uzakta, gökyüzünde yanmış izlenimini verdi. Sanki gökyüzünde birisi bir fırının kapağını açıp kapamıştı. Alt tarafında bir kibrit çakılmıştı. Ama o sarı, yumuşak parıltıda sıvası dökülmüş duvarları, duvar resimleriyle –kör inançlı kişileri kem göze karşı koruyan– kara avuç izleriyle kaplı yüksek tavanlı, iç sıkıcı bir odada olduğunu gördü. Taş bir lahit gibi orta yerde duran kocaman kırık bir sedirden başka odada hiçbir şey yoktu. Bütün camları kırık tek pencereden yıldızlı gökyüzünün mavi karanlığı yavaş yavaş belirdi. Titreyen, yalpalayan ışığa baktı, cıyaklayan farelerin seslerini, fısıltılardan, kıkırtılardan, tahtalar üzerindeki çıplak ayak seslerinden oluşan öteki tuhaf hışırtıyı duydu... Birden aklına bir okulun kızlar yatakhanesi geldi: Sanki bu düşünceden türemiş gibi, odanın öteki ucundaki açık kapıdan beyaz, kirli entariler giymiş küçük karaltılar kalabalığı, bozguna uğramış melekler gibi, içeriye doluştu. Birden, büyük bir tiksinti ve acıma duyarak bir çocuk genelevine geldiğini anladı. Çocukların yüzleri boyalıydı, saçları kurdelelerle boğulmuş, örgülerle toplanmıştı. Nazara karşı yeşil boncuklar taşıyorlardı. Yunan vazolarında oymalarını gördüğümüz küçük yaratıklar, adaletten kaçan suçluların acılı ifadesiyle mezarlarından, kemik mahzenlerinden çıkmış gibiydiler. En öndekinin elinde bir lamba vardı – bir çay tabağına konmuş zeytinyağının içinde yanan bir iplik parçası. Bu zavallı lambacığı yere, köşeye koymak için eğildi, çocukların çubuk gibi ince uzun gölgeleri hiçleştirilmiş iradeler ordusu gibi birden tavana yayıldı. Mountolive boğuk bir sesle, "Aman Tanrım, olamaz!" diye haykırarak kapalı kapıyı el yordamıyla bulmak için arkasına döndü. Tahta mandalı bu taraftan açmaya olanak yoktu. Yüzünü kapıdaki yarığa yapıştırıp, "Hey şeyh, neredesin?" diye bağırdı. Küçük yaratıklar yanına gelip çevresini sarmışlardı, kırgın meleklerin sesiyle mesleklerinin gereği, yürek sızlatıcı, edepsizce sevgi sözleri mırıldanıyorlardı; incecik, sıcak parmaklarının omuzlarına dokunduğunu, paltosunun kollarını çekiştirdiğini hissediyordu. Ürpererek bir kez daha bağırdı: "Hey şeyh, ben böyle bir şey istemedim." Ama kapının öteki yanından hiç ses gelmiyordu. Çocukların kemikli kolları tropik orman sarmaşıkları gibi beline dolanıyor, küçük kemikli parmaklar paltosunun düğmelerini araştırıyordu. Silkinip onlardan kurtuldu, yüzünü onlara döndü, boğuk bir sesle karşı koymaya çalışıyordu. Bu sırada, içlerinden biri, yanan fitilli yağ tabağını ayağıyla istemeden devirdi, çalılığı saran bir yangın gibi, karanlıkta korkunun hepsini sardığını hissetti Mountolive. Yağlı bir müşteriyi kaybetmekten korkuyorlardı. Ona yaltaklanır, hafifçe gözdağı verir gibi konuşurlarken seslerinde korku, öfke ve kaygı okunuyordu; kaçmaya kalkarsa Tanrı bilir ona ne cezalar vereceklerdi! Çekiştirmeye, saldırmaya başladılar; çevresine toplanan aç, küçük gövdelerin çalkantılı denizinin ortasında kalmıştı, çocukların yalvarmaktan solukları kesiliyordu, ama onu kaçırmamaya kararlıydılar. Üzerinde karıncalar gibi dolaşan parmaklar – okuduğu kitapların birinden aklında kalan bir sahne gözlerinin önüne geldi, kısa sürede bütün etlerini kopartıp yalnızca kemiklerini bırakacak olan beyaz karıncaların yuvasının üzerine kazığa bağlanmış bir adam.

Bir kez daha, kekeleyerek, "Hayır!" diye bağırdı; şöyle birkaç tokat savursa belki kendini kurtarabilirdi, ama buna eli varmıyordu. (Çocuklar çok küçüktü.) Kollarını yakalamışlar, sırtına tırmanıyorlardı – okulda, karanlık yatakhanedeki yastık kavgalarının saçma anıları girdi araya. Dirsekleriyle kapıya çılgınca vuruyordu, çocuklar sızlanma ve yakarışlarını iki katına çıkardılar. Solukları odun dumanı kadar sıcaktı. "Ah, efendi, yoksulların koruyucusu, bize yardım et..." Mountolive iniltiler çıkarıyor, boğuşuyordu ama yavaş yavaş yıkılmak üzere olduğunu hissetti; üstün geldikçe taşkınlaşan bu saldırının altında dizlerinin giderek bağı çözülüyordu.

Acılı bir sesle, "Hayır!" diye haykırdı, öteki sesler koro halinde onu yanıtladılar, "Evet, evet, Allah hakkı için!" Keçi sürüsü gibi kokuyorlardı. Gülüşmelere, edepsiz fısıltılara, yaltaklanmalara, sövgülere boğulmuştu. Bayılacak gibiydi.

Sonra birden sanki bir perde açılmış gibi ortalık aydınlandı, gürül gürül yanan ocağın başında, kucağında açık duran resimli kitabıyla annesinin yanında otururken gördü kendini. Annesi yüksek sesle okuyor, o da sözcükleri izlemeye çalışıyordu; ama Lilliput cücelerinin eline düşen Gulliver'i gösteren renkli resme kayıyordu dikkati durmadan. İnce ayrıntılarıyla çok büyüleyici bir resimdi. Kalın bacakları, kalın kollarıyla kahraman yıkıldığı yerde uzanıyordu, gövdesi gerçek bir halat ağıyla yere sımsıkı bağlanmıştı, bir yandan da koca gövdesinin üzerinde gezinen karınca gibi insanlar bu devi, her türlü kurtulma çabasını etkisizleştirmek için, yeni halatlarla daha da sıkı bağlıyorlardı. Resimde alçakça bir bilimsel doğruluk vardı: Ayak ve el bilekleriyle boynu kımıldamayacak biçimde yere raptedilmişti; kocaman elinin her bir parmağı parmak aralarına çakılmış çadır kazıklarına bağlanmıştı. Saç tutamları yere çakılmış minik serenlere düzgünce dolanmıştı. Ceketinin kuyrukları bile kat yerlerinden ustaca yere bağlanmıştı. Büzülmüş dudakları, şaşkınlıktan açılmış gözleriyle boş boş gökyüzüne bakıyordu. Lilliput'lar ordusu el arabalarıyla, çivilerle, iplerle gövdesinin üzerinde dolaşıyordu; karıncalara özgü bir ele geçirme çılgınlığı içindeydiler. Gulliver orada, mikroskopla görülebilecek kadar küçük çiçekli bir vadide, Lilliput'un yeşil otlarının üzerinde tutsak bir balon gibi uzanıyordu...

Sonunda (nasıl kurtulduğunu hiç bilmiyordu) kendini Corniche'te buz gibi soğuk taş duvara dayanmış buldu, aşağıda deniz, dalgalarını taş payandaların üzerine ağır ağır yuvarlıyor, olukların içine dolduruyordu. Yalnızca, karanlıkta, kıvrımlı sokaklardan aşağı şaşkın koşuşunu, sendeleyerek yolun karşısına, deniz kıyısına geçişini anımsadı. Uzayıp giden dalgaların ötesinde, suyla çalkalanmış soluk bir tan ağarmak üzereydi, hafif deniz esintisi zift kokusuyla birlikte yapışkan tuz ıslaklığı getirmişti. Sanki dünyanın öbür ucunda yabancı bir limana bırakılmış bir gemici gibiydi. Cepleri, elbise kolu gibi tersine çevrilmişti. Üzerinde yırtık bir gömlekle pantolondan başka bir şey yoktu. Pahalı yaka ve kol düğmeleri, kravat iğnesi, cüzdanı gitmişti. Mide bulantısından ölüyordu. Ama biraz kendine geldiğinde palmiye kümeleri arasından güneşin ilk ışıklarını alan Goharri Camisi'ni görünce nerede olduğunu anladı. Biraz sonra kör müezzin yaşayan tek Tanrı'ya sabah övgüsünü söylemek için yaşlı bir kaplumbağa gibi dışarı çıkardı. Arabasını bıraktığı yer neredeyse beş yüz metre ötedeydi. Fesiyle kara gözlüğü olmadığı için kendisini çırılçıplak kalmış hissediyordu. Taş korkuluk duvarı boyunca güçbela yürümeye başladı, ortalıkta kendisini tanıyacak hiç kimse olmadığı için seviniyordu. Otelin önündeki ıssız alan ilk tramvayla birlikte yeni yeni uyanıyordu. Mazarita'ya doğru takırdayarak geçti, boştu. Arabasının anahtarları da yoktu, bagajdan aldığı tornavidayla kapının kolunu kırmak gibi rezil bir iş yapacaktı, bu işi yaparken bir polis gelir de kendisine soru sorar ya da kuşkulanıp tutuklar diye ödü kopuyordu. Kendinden nefret ediyor, tiksiniyordu, başı ağrıdan çatlayacak gibiydi. Sonunda kapıyı kırdı –bereket versin şoförün anahtarı içerdeydi– ıssız sokaklarda arabayı Reşdi yönüne deli gibi sürüyordu. O karışıklıkta sokak kapısı anahtarı da yok olmuştu, eve girebilmek için salon pencerelerinden birini kırmak zorunda kaldı. Duş alıp üstünü değiştirdikten sonra sabahı uyuyarak geçireceğini sanıyordu, ama sıcak duşun altında dikilirken kafasının çok karışık olduğunu anladı; düşünceleri arı kovanı gibi vızıldıyordu, onu uyutmayacaklardı. Birden evden ayrılıp; hizmetçiler bile kalkmadan Kahire'ye dönmeye karar verdi. Onların yüzüne bakamayacağını düşünüyordu.

Gizlice üstünü değiştirdi, eşyalarını topladı ve yola çıktı, kenti geçip arabayı çöl yoluna doğru sürerek adi bir hırsız gibi alelacele ayrıldı. Kafasında yeni bir karara varmıştı. Başka bir ülkeye atanmasını isteyecekti. Bu aldatıcı, pis Mısır'a, coşkuları, anıları toza dönüştüren, dostlukları yıkan, aşkı yok eden bu kalleş doğa parçasına daha çok zaman harcamak istemiyordu. Artık Leyla'yı bile düşünmüyordu; bu gece sınırı geçecekti. Ama zaten sanki hiç var olmamış gibiydi.

Geri dönüş için depoda yeteri kadar benzin vardı. En son dönemeçleri de kıvrılıp kent dışına çıktığı sırada, tiksintiden ürpererek gölün buğusunun, tan vakti sisinin arasından yükselen minarelerin incimsi serabına dönüp bir kez daha baktı. Uzaklarda bir yerde bir tren düdük çaldı. Gümüş renkli çöl yolu boyunca kışlık başkente doğru hızla yol alırken düşüncelerinin sesini duymamak için arabanın radyosunu sonuna kadar açtı. Düşünceleri, ürkmüş tavşanlar gibi, dört bir yandan dışarı fırlıyor, hızla giden arabayla birlikte çılgınca bir korku içinde koşturuyordu. Kendi içinde yeni bir sınıra geldiğini anlıyordu; bundan sonra yaşam bambaşka bir şey olacaktı. Şimdiye kadar bir tür tutsaklık yaşamıştı; artık zincirler kopmuştu. Sapık gevşekliğiyle, eski zamandan kalma bilgelikleri, korkularıyla kentin tanıdık sesleri, gemi iplerinin yumuşak hışırtıları yeniden sökün etmişti.

Jamais de la vie,
Jamais dans ton lit.
Quand ton coeur se démange de chagrin...

Bir küfür savurarak radyoyu kapattı, sesi boğdu, kaşlarını çatarak arabayı kum tepeciklerinin gölgeli yamaçlarından çekilen gün ışığına doğru sürdü.

Kahire'ye erken vardı, büyükelçiliğin önüne geldiğinde, Errol'la Donkin'i avcılık mesleğinin bütün gerekli eşyasını –tüfek kılıflarını, fişeklikleri, dürbünleri, termosları– Donkin'in büyük arabasına yüklerlerken buldu. Ağır ağır, utanarak onlara doğru yürüdü. İkisi de onu neşeyle selamladılar. İskenderiye'ye gitmek üzere öğleyin yola çıkacaklardı. Donkin heyecanlı ve neşeliydi. O sabah gazeteler kralın iyileşme gösterdiğini, hafta sonunda görüşmelere yeniden başlayacağını yazıyordu: "Nur'un Memlik'i harekete geçirmesi için işte şimdi eline fırsat geçecek," dedi. Mountolive heyecansızca başını salladı. Gelecekle ilgili hiçbir şey söylemeyen, renksiz, ruhsuz bir haber dinler gibi ilgisizce dinledi. Ne olacağı onu artık hiç ilgilendirmiyordu. Yeni bir yere atanmayı istemek kararı, sanki onu kendi duyguları açısından, bütün sorumluluklarından kurtarmış gibiydi.

Düşünceli düşünceli yürüyerek elçilik konutuna girdi, kahvaltı tepsisini salona getirmelerini söyledi. Sinirli ve dalgındı. Zili çalıp özel mektuplarına bakmak için posta kutusunu istedi. Pek önemli bir şey yoktu: Nice'te mutluluk içinde güneşlenen Sir Louis'ten uzun gevezeliklerle dolu bir mektup; ortak dostlarıyla ilgili bir yığın eğlendirici dedikodu. Kuşkusuz sonunda ünlü bir *raconteur*'ün[1] kaçınılmaz kapanış fıkrası: "Üniforma sırtına uyuyordur umarım, mirim. Geçen hafta, aynı zamanda sefir de olan Fransız şairi Claudel'e rastladığımda seni düşündüm çünkü bana üniformayla ilgili çok ilginç bir fıkra anlattı. Japonya'dayken olmuş. Bir gün yürüyüşe çıkmış, döndüğünde bir de ne görsün, bütün elçilik konutu bir tabaka kâğıt gibi çıtır çıtır yanıyor; ailesi de yanındaymış, bu bakımdan *onlar* için korkmasına gerek yokmuş. Ama kitap müsveddeleri, paha biçilmez kitap koleksiyonu, mektupları – hepsi yanan evin içindeymiş. Büyük bir telaş içinde koşmuş. Hiçbir şeyin kurtulmasına olanak yokmuş. Tam bahçeye vardığı sırada, ufak tefek bir adamın kasıla kasıla kendisine doğru yürüdüğünü görmüş – Japon uşak. Uyurgezer gibi kolları öne uzatılmış olarak ağır ve dikkatli bir biçimde Büyükelçi'ye doğru yürüyormuş; kollarının üzerinde şairin üniformasını taşıyarak. Sofracıbaşı sakin bir sesle ve övünçle, 'Telaşlanmanıza hiç gerek yok, efendim. En değerli şeyinizi kurtardım,' demiş. O yarılanmış oyunlar, yukarıda, yanan masanın üzerindeki şiirler? Birden aklıma sen geldin, neden bilmem."

Mountolive üzüntü ve kıskançlıkla gülümseyerek içini çekti ve okumayı sürdürdü; şu anda Nice'te emeklilik sürmek için neler vermezdi? Annesinden bir mektup, Londra'da alışveriş yaptığı dükkâncıdan birkaç hesap faturası, komisyoncusundan bir not, Pursewarden'ın

1. (Fr.) Anlatıcı, anlatma meraklısı. (Ç.N.)

kız kardeşinden kısa bir mektup vardı... Yani önemli bir şey yoktu.

Kapı vuruldu, içeriye Donkin girdi. Süngüsü düşük görünüyordu. "Nur'un bürosundan telefonla bir haber ilettiler. Nur hafta sonunda kralla görüşecekmiş. Ama... Gabr, Memlik'in kendi araştırmalarının bizim davamızı desteklemediği yolunda bir şeyler söyledi," dedi.

"Ne demek istiyor?"

"Yani biz Hosnani konusunda yanılmışız. Asıl suçlu İskenderiye dışında bir çiftlikte yaşayan erkek kardeşiymiş."

Mountolive şaşkınlıktan kulaklarına inanmayarak, "Naruz ha!" dedi.

"Evet. Anlaşılan o..."

İkisi birden sinirli sinirli gülmeye başladılar. Mountolive yumruğunu avucuna vurarak, "Doğrusu şu Mısırlılar çok acayip insanlar. Böyle bir sonuca nereden, nasıl vardılar akıl sır ermiyor," dedi.

"Her neyse, Memlik olayı böyle. Bilmek istersiniz, diye düşündüm, efendim. Errol'la ben yola çıkmak üzereyiz. Başka bir şey yok, değil mi?"

Mountolive başıyla olmadığını işaret etti. Donkin dışarı çıkarak kapıyı yavaşça kapadı. "Demek şimdi Naruz'un üzerine gidecekler. Amma tutarsız davranışlar, oyalamalar bunlar." Umutsuzca bir koltuğa oturup kaşlarını çatarak uzun süre parmaklarına baktıktan sonra kendine bir çay daha doldurdu. Hiçbir şey düşünemeyecek, en küçük bir karar bile veremeyecek durumdaydı. Hemen bu sabah Kenilworth'e, Dışişleri Sekreterliği'ne yazacak, yer değişikliği isteyecekti. Bunu çoktan düşünmeliydi. Derin derin içini çekti.

Kapısı yine çalınıyordu, ama daha çekingen bir çalıştı bu. Bitkin bir sesle, "Girin," dedi. Kapı açıldı, içeriye sosis biçimli, utangaç bir köpek girdi, arkasında Angela

Errol vardı. Angela, içinde sataşkan bir cilvelilik olmadığı söylenemeyecek tiz bir ses ve içtenlikle, "Sizi rahatsız ettiğim için bağışlayın, ama elçilik görevlilerinin *hanımları adına* geliyorum. Sizin biraz *yalnız* olduğunuzu düşündük ve kafa kafaya verdik. Sonuç işte şu *Fluke*," dedi. Köpekle adam, şaşkın ve kuşkulu bir sessizlik içinde bir an birbirlerine baktılar. Mountolive söyleyecek bir söz bulmaya çalışıyordu. Sosis biçimli köpeklerden oldum olası nefret ederdi, o kısacık bacaklarıyla sanki yürümüyor, karakurbağalar gibi yalpalıyorlardı. Fluke işte böyle, daha şimdiden soluk soluğa kalmış, salyaları akan bir hayvandı. Sonunda yere oturdu, sanki bir köpek olma durumunun tamamını içeren bir hayal kırıklığını açık açık göstermek istermiş gibi güzelim Şiraz halısının üzerine küçük bir gölcük konduruverdi. Elçilik idare amirinin karısı, "Çok tatlı değil mi?" diye haykırdı.

Gülümseyebilmek, hoşlanmış görünmek, böylesine ince düşünceli bir davranış karşısında duyduğu gönül borcunu dile getirebilmek için Mountolive'in epeyce çaba göstermesi gerekti. Kızgınlıktan çıldıracak gibiydi ama o tatlı gülümsemesiyle, "Çok sevimli, gerçekten çok sevimli. Nasıl teşekkür edeceğimi bilemiyorum, Angela. Çok nazik bir davranış," dedi.

Köpek tembel tembel esnedi. Angela, "Öyleyse hanımlara *armağanımızın* iyi karşılandığını söyleyeyim," diyerek kapıya doğru yürüdü. "Çok *sevinecekler*. Köpekten daha iyi dost olmaz insana, öyle değil mi?"

Mountolive ciddi ciddi başını salladı, "Olamaz," dedi. Doğru söylüyormuş gibi görünmeye çalıştı.

Kapı kapandığı sırada yeniden yerine oturup çay fincanını dudaklarına kaldırırken gözlerini köpeğin parıltısız gözlerine dikmiş, ters ters bakıyordu. Ocak rafının üzerindeki saat usulca çaldı. Büroya gitme saati gelmişti. Yapılacak çok iş vardı. En son ekonomi raporunu bu haftaki postaya yetiştireceğine söz vermişti. Portresinin postalanması konusunda adamları sıkıştırmalıydı. Daha sonra...

Ama yerinden kımıldamıyor, halının üzerindeki ürkek yaratığa bakmayı sürdürüyordu. Birden insanlık için küçültücü bir durumun girdabında buldu kendini – hayranlarının getirdiği istenmeyen armağan bunu çok iyi yansıtıyordu. Bir *garde-malade* olması gerekiyordu, yani kısa bacaklı bir süs köpeğinin erkek hastabakıcısı. Kederini savuşturmak için ona bundan başka yapacak şey kalmamış mıydı? İçini çekti, içini çekerken zile bastı...

XVI

Öldüğü gün, Karm Abu Girg'deki bütün öteki kış günleri gibi bir gündü ya da herhangi bir başkalık varsa bile başlangıçta dikkatini çekmeyen çok küçük, şaşırtıcı bir ayrıntıda vardı: Uşaklar birden ortalıktan çekilmiş, onu evde yalnız bırakmışlardı. Bütün gece kendi kuruntularının sık ormanında, karabasanlar içinde uyudu; arada sırada uyanıyordu, karanlıkta evin tepesinden geçen turna kuşlarının tatlı ıslık seslerini duyunca rahatlıyordu. Artık kış gelmiş, büyük kuş göçü başlamıştı. Büyük, camsı göl alanı, sanki geniş bir son durak gibi tüylü konuklarla doluyordu. Bütün gece ardı arkası kesilmeyen kuş sürülerinin sesleri duyuldu –yabanördeklerinin tok kanat sesleri– ya da çok yükseklerden geçen, kış göğündeki ayı parantez içine alan kazların metalsi *kraonk kraonk* sesleri. Sık kamışların, bataklık otlarının arasında, ender görülen yapışkan kırağının göl sularını parlak siyah ya da engerek yeşiline dönüştürdüğü yerlerde ördeklerin gurultusunu duyabilirdiniz. Tuğlalarının tozlu yarıklarında akreplerin, pirelerin kış uykusuna yattığı küflü duvarlarıyla ev, Leyla'nın gidişinden sonra çok ıssız, çok boş görünüyordu. Naruz evin içinde meydan okurcasına dolaşıyor, köpeklere bağırıyor, avluda kamçısını şaklatıyordu. Her yerde, her zaman rastlanan kem göze karşı duvarlara boydan boya dizilmiş, küçük, oyuncak yel değirmeni kopyaları kış rüzgârının sert esintileriyle durmadan çalışıyordu. Küçük selüloit pervaneleri dönerken, insanı nedense rahatlatan tok bir ses çıkarıyordu.

Nessim ona yalvarmıştı, Leyla ve Justine'le birlikte gitmesi için ama o dinlemedi – annesinin olmadığı ıssız bir eve dayanmasının çok güç olacağını bile bile, domuz gibi inat etmişti. Kuluçka evine kapanıp kilitlendi, abisinin bağırmalarına, kapıyı yumruklamalarına sert bir sessizlikle karşılık verdi. Nessim'e hiçbir şeyi anlatmanın yolu yoktu. Leyla gelip yalvardığı zaman bile, onun üstelemelerine dayanamayacağı korkusuyla ortaya çıkmadı. Sırtını duvara vererek çömelmiş, sessiz hıçkırıklarını boğmak için yumruğunu ağzına bastırmıştı – söz dinlemeyen bir oğul olmanın verdiği suçluluk duygusu ne ağır bir şeydi! Sonunda onu rahat bıraktılar. Atların toynak seslerinin avludan uzaklaştığını duydu. Yalnızdı.

Bundan sonra, kardeşinin sesini telefonda duyuncaya kadar tam bir ay geçti. Naruz, bütün gün, kendi yürek atışlarının ormanında dolaşarak çiftlik işlerine büyük bir özenle göz kulak olmuş, kendi mülkü olan durgun ırmak boyunca sudaki yansısıyla birlikte, dörtnala at koşturmuştu; yılan gibi kıvrılmış duran büyük kamçısı hep eyerinin kaşındaydı. Anlatılmaz derecede yaşlanmıştı sanki – ama aynı zamanda göbek kordonunun ucundaki dölüt kadar dünyaya yeni gelmiş gibiydi. Yağmur altında kalan bir şarap tulumu gibi kahverengi ve lekeli toprak, *kendisinin* toprağı, ona zorla boyun eğdiriyordu. Ondan başka düşünecek, gözetecek bir şeyi kalmamıştı – soğuktan morarmış ağaçlardan, çölün tuzuyla zehirlenmiş kumlardan, içleri balıklarla, kazlarla dolu gölcüklerden, asker tanrının mikroplu anısının çiçek tozlarını tarihe yeniden saçmak için rüzgârlarla dünyanın dört bir yanına taşınan o sonsuz duyuruyu ("İskender'in eşek kulakları gibi kulakları var.") yineleyen su dolaplarının iniltileri, iç çekişleri ya da kanallarda debelenen mandanın çamura batıp çıkma sesleri dışındaki sessizlikten başka elinde ne kalmıştı? Sonra geceleyin karanlıkta sağa sola yayılan, merak ya da sevinç içinde birbirlerine seslenen ördeklerin çoğul sesleri – göçmen kuşların şifreleri. Sis ve alçak bulut perdelerinin arasından örneği görülmemiş bir görkemle fırlayan şafaklar, günbatımları, her biri bir dünyanın sonu, mor yakut taşında, sedefte birer ölüm.

Normal zamanda olsa, bu onun en çok sevdiği, dev odun ateşleriyle, ortalıkta dolanan av köpekleriyle canlanan av mevsimiydi: Çizmelerin ayı yağıyla yağlandığı, uzun namlulu tüfeklerin ayarlandığı, saçmaların türlerine göre ayrıldığı, tuzak hayvanlarının boyandığı mevsimdi... Bu yıl Nessim'in düzenlediği büyük ördek avına canı katılmak bile istememişti. Her şeyden kopmuş, bir başka dünyada yaşıyormuş gibiydi. Günahlarının bağışlanması dileği kabul edilmemiş birinin sert, kinci yüzünü taşıyordu. Artık bir tüfek, bir köpekle bile kederini gizlice dağıtamıyordu, artık sadece Taor'u, onunla paylaştığı düşleri düşünüyordu – *burada*, kendi topraklarında, bütün Mısır'da kendisine düştüğüne inandığı ve tutkuyla sahip çıktığı rolü... Bu akıl karıştırıcı düşler tıpkı bir ırmağın yan kolları gibi birbirine ekleniyor, birleşiyor, kesişiyordu. Leyla'nın sevgisi bile düşleri için bir tehlike oluşturuyordu – bir ağacın büyümesini engelleyen asalak bir sarmaşık gibiydi. Kentte oturan –(daha bir süre oradan ayrılmaması gereken)– abisini, mum bebekler gibi gerçek olmayan insanlar, İskenderiye'nin boyalı sosyete kadınları arasında, en küçük bir küçümseme duymadan, dalgın dalgın düşünüyordu. Clea'ya olan aşkını düşünüyorsa, bir dilencinin cebinde unutulmuş pırıl pırıl parlayan bir madenî para gibi elinde kalmış olan aşk adına düşünüyordu... İşte böyle, ırmak ağzının yosun yeşili toprak setleri boyunca rüzgârın kemirdiği, çürüyen palmiyeler arasında, delice bir sevinç içinde, dörtnala at koşturarak, işte böyle yaşıyordu.

Geçen hafta bir gün Ali çiftliklerinde birtakım adamlar gördüğünü söyledi, ama Naruz hiç üzerinde durmadı. Serseri bir Bedevi'nin daha kestirme olsun diye çiftliklerinden geçtiği ya da kent yoluna çıkmak için bir yabancının arazilerinin sınırını çiğnediği sık sık görülen şeylerdi. Nessim telefon edip gölde yeni bir ördek türü görüldüğü söylentilerinin doğruluğunu araştırmak isteyen Balthazar'la birlikte Karm Abu Girg'e geleceğini haber verdiği zaman daha çok ilgilendi. (Evin çatısından, güçlü bir dürbünle bütün halici tarayabilirdi.)

Şu anda onun yaptığı şey de buydu. Sabırlı ve meraklı bakışını eski teleskop aracılığıyla bir ağaçtan öteki ağaca, bir sazlık kümesinden ötekine, toprağın üzerinde dolaştırmak. Tan ışığında toprak sessiz, insansız ve gizemliydi. Abisini görmemek için, elinden gelse bütün gününü dışarıda, tarım işletmesinde geçirirdi. Ama şu anda uşakların ortada görünmemesi şaşırtıcıydı, buna bir açıklama düşünemiyordu. Uyandığı zaman, genellikle, "Ali!" diye kükrerdi, Ali de içi sıcak su dolu, uzun emzikli büyük bir bakır ibrik getirir, yarı bele kadar gelen yamru yumru banyonun içinde soluyarak, ıslıklı sesler çıkartarak ayakta dikilen Naruz'un tepesinden aşağı suyu boşaltırdı. Ama bugün? Avlu sessizdi, Ali'nin yattığı odanın kapısı kilitliydi. Anahtar dışarıdaki çivide asılı duruyordu. Ortalıkta tek bir canlı yoktu.

Naruz birden, teleskopunu almak için hızlı adımlarla balkona çıktı, sonra, güvercin kuleleri arasında durup Hosnani topraklarını gözden geçirmek amacıyla tahta merdivenlerden çatıya tırmandı. Uzun ve sabırlı bir tarama sonucunda olağan olmayan hiçbir şey göremedi. Homurdanarak dürbünü katladı. Bugün kendi başının çaresine bakması gerekiyordu. Tüneğinden aşağı indi, eski deri av çantasını alıp içine yiyecek doldurmak için mutfağa gitti. Mutfakta kahve suyu yavaş yavaş kaynıyordu, kömür ateşinin üzerinde ısınan birtakım kaplar vardı, ama aşçılardan iz yoktu. Homurdanarak ağzına bir parça ekmek attı, onu çiğnerken öğle yemeği için bir şeyler aramaya başladı. Sonra aklına bir şey geldi. Avluya çıkıp bir ıslık çalsa, av köpekleri doğal olarak soğuktan korunmak için girdikleri köşelerden çıkıp gelir, çizmelerinin çevresinde hırıldamaya, yaltaklanmaya başlarlardı; ama bugün, rüzgârın geri getirdiği kendi ıslığının boş yankısından başka gelen bir şey olmadı. Acaba Ali onları alıp gezintiye mi götürmüştü? Bu pek olası görünmüyordu. Daha yüksek sesle bir kez daha ıslık çalıp, çizmeli bacaklarını iki yana açıp, ellerini kalçalarına koyarak bekledi. Hiçbir yanıt yoktu. Ahıra gidip atını buldu. Burada her şey son derece normaldi. Atın eyerini, yularını taktı, at bağlama direğine götürdü. Sonra kamçısını almak üzere yukarı çıktı. Onu dolarken aklına başka bir şey geldi. Oturma odasına gitti, yazı masasından bir tabanca aldı. Dolu olup almadığına baktı. Tabancayı beline soktu.

Sonra yola çıktı, atını ağır ağır doğuya sürdü: Bütün gününü geçirmeyi tasarladığı sık, yeşil tarım alanlarına dalmadan önce araziyi şöyle bir dolaşıp kolaçan etmeyi düşünüyordu. Hava sertti, hızla açılıyordu, çabucak solan renkler ve biçimlerle dolu bataklık sisi hızla kalkıyordu. At ve binicisi, tanıdık yollarda hiç zorluk çekmeden ilerliyorlardı. Çöl sınırına yarım saatte vardı, gür kaşlarının altından çevreyi dikkatle süzmesine karşın buraya kadar hiçbir şey görmedi. Yumuşak toprakta atın toynakları çok az gürültü çıkarıyordu. Çiftliğin doğu kesiminde tam on dakika oyalanıp dürbünüyle çevreyi bir kez daha gözden geçirdi. Gene, özellikle önemli bir şey görmedi. Bir yabancının geldiğini gösterecek en küçük bir işareti bile kaçırmamak için çölde tekerlek izleri olup olmadığına baktı, salın oradaki setin yumuşak toprağında ayak izleri aradı. Güneş gittikçe yükseliyordu ama toprak seyrelen sisin içinde hâlâ uykudaydı. Su pompalarını denetlemek için atından indi, pompaların gevşek yürek atışlarını büyük bir hazla dinledi, bir-iki yeri yağladı. Sonra atına atlayıp o canım Trablusgarp zeytinlerinin, akasyaların, humuslu toprak yapan ardıçların, rüzgârı tutan hışırtılı mısırların bulunduğu tarım işletmesinin sık yeşil koruluğuna yöneldi. Ama hâlâ tetikteydi, kısa koşulardan sonra atının dizginlerini çekip bir süre ortalığı dinliyordu. Uzaklardaki kuşların şamatalarından, göl suyunu yalayan flamingo kanatlarının hışırtısından, boru sesli yabanördeklerinin uyumlu çığrışmalarından ya da (sanki avaz avaz tuba öttürür gibi) bağıran kazlardan başka bir şey duyulmuyordu. Hepsi tanıdık, bildik şeyler. Kafası hâlâ karışıktı ama tedirgin değildi.

Sonunda, bitkilerin arasındaki kendi boş alanında kaskatı ayakta duran, sungularla donatılmış dalları yoğunlaşan sis damlalarıyla dolu *nubk*[1] ağacının yanına gitti. Burada, yıllar önce, gene insanların tuhaf yemişlerle doldurdukları kutsal dalların altında Mountolive'le birlikte durup dua etmişlerdi; inananların *ex voto*'ları[2] olan renkli kumaş parçaları, basmalar, boncuklar içinde dallar çiçek açmış gibiydi. Her dalına, her çubuğuna, her yaprağına bir şey bağlanmıştı, dev bir Noel ağacına benziyordu. Burada atından inip birkaç çubuk kopardı, güzelce sarıp demet yaptı. Sonra birden dikleşti, çevresindeki yeşilliklerin içinde hareket eden bir şeyin sesini duymuştu. Tanınması güç bir ses – yaprakları yalayan bir insan

1. Nebk ya da sidre ağacı olarak da bilinen ağaç, Arabistan kirazı denilen bitki. (Y.N.)

2. (Fr.) Adak. (Ç.N.)

gövdesi mi, yoksa saklandığı yerden dışarı çıkarken eyeri çalılara takılan bir atlı mı? Dinledi, sonra kendi kendine alaylı alaylı güldü, sanki bir fıkra anımsamış gibi. Böyle bir yerde kendisine saldırmaya gelen birine acırdı, çünkü buradaki bütün yolları, açık alanları ezbere bilirdi. Burada kendi toprağındaydı – yani efendisiydi.

O tuhaf, çarpık bacaklı yürüyüşüyle atının yanına koşup sırtına atladı ama sessizce. Yavaş yavaş büyük dalların gölgesinden çıktı, kamçısıyla bilek oyunu yapabilmek için yeterince geniş bir alanda olmak, ekili yerlerin iki girişinin önünü tutmak istiyordu. Düşmanları, varsa, iki geçitten birinden gelip onunla karşılaşacaklardı. Sırtını ağaca ve ağacın dikenli şarampolüne verdi. Çevreyi dinleyen bir av köpeği gibi başı bir yana dönük, atının üzerinde dikkat kesilmiş otururken keyiften küçük bir kikirti çıkardı; kamçısının kıvrımlarını büyük bir hazla yerde hafif hafif kımıldatıyor, onlara daireler çizdiriyor, otların arasına yılan gibi çöreklendiriyordu... Belki de telaşı boşunaydı – belki de sabahki kusuru için Ali özür dilemeye geliyordu? Her neyse, efendisini böyle hazırda görünce korkardı, çünkü daha önce kamçıyı nasıl kullandığına tanık olmuştu... Gene bir ses. Bir su faresi kanalın içine cop diye atlayarak hızla yüzmeye başladı. Yolun iki yanındaki çalıların arasında birtakım belirsiz hareketler görülüyordu. Atının üzerinde bir taş yontu kadar kımıltısızdı, sol eliyle hafifçe tabancasını kavramıştı, kamçısı biraz arkadaydı, kolu oltayı çok uzağa fırlatmaya hazırlanan bir balıkçının kolu gibi kıvrıktı. Böyle gülümseyerek bekliyordu. Sabrı sonsuzdu.

Gölün uzaklarından gelen tüfek sesleri göl sesleri dağarcığına hiç yabancı değildi; deniz kıyısından konukluğa gelen martıların, sazlıkların baskınına uğramış sığ gölcüklere doluşan öteki kuşların müziğinin bir parçasıydı. Büyük avlar başladığı zaman aynı anda hep birlikte ateşlenen tüfekler, Mareotis'in göğünü sürekli dalgalandırırdı. Alışkanlık, insana yavaş yavaş sesleri birbirinden ayırt etmeyi, tanımayı öğretiyordu – Nessim de çocukluğunu tüfekle buralarda geçirmişti. Yüksekte uçan bir kaza nişan almış *tang* diye patlayan bir tüfeğin boğuk sesiyle bir on ikiliğin donuk patlayışını birbirinden ayırmayı bilirdi. Küçük bir hava fışkırmasından başka bir şey olmayan, kulak zarını hızla titreten sesi duyduklarında iki adam salda, atlarının yanında duruyorlardı: Bir kürekten süzülen su damlacıklarının sesinden, eski bir evde sızan musluğun sesinden daha yüksek değildi. Ama silah sesi olduğuna kuşku yoktu. Balthazar başını çevirip gölü süzdü. "Tabanca sesine benziyordu," dedi; Nessim gülümseyerek başını iki yana salladı. "Bana kalırsa küçük çaplı bir tüfek. Duran bir ördeği avlamaya çalışan bir kaçak avcı." Ama her iki silahın da şarjörüne sığmayacak sayıda kurşun atılmıştı. Atlarına bindiler, Ali'nin atları getirip ortadan yok olmasına şaşıyorlardı. Hayvanları salın içindeki kazığa bağlamış, salcıya bırakıp gitmişti.

Toprak setleri izleyerek yan yana, hızlı hızlı gidiyorlardı. Güneş yükselmişti, göl yüzeyi bir tiyatro sahnesi gibi sisle birlikte gökyüzüne doğru yükseliyordu; seraplar, gökten tepe aşağı sarkan ya da dördü beşi üst üste binmiş görünümler, gerçekliği yok ediyordu. Tuhaf bir şeyler olduğunu gösteren ilk belirti, beyazlar giymiş bir karaltının sisin içine seğirtmesi oldu – bu sessiz kırlıklarda hiç duyulmamış bir şey. Karm Abu Girg yolunda iki atlıdan kim kaçabilirdi? Merak içinde durdular. Nessim, alçak, sıkıntılı bir sesle, "Ev yönünden bağrışmalar duyar gibi oldum," dedi. Sanki ikisi aynı kamçıyla kamçılanmış gibi, atlarını eve doğru dörtnala kaldırdılar.

Bir at, Naruz'un atı, binicisiz olarak konağın açık duran giriş kapısının önünde duruyordu. Dudaklarından vurulmuştu – sıyrık epeyce kanıyor, kanlı, uğursuz bir gülümsemeyi andırıyordu. Onlar yaklaşınca at hafifçe kişnedi. Atlarından inecek vakit bulamadan hurma ağaçları korusundan bağrışmalar duydular, ağaçların arasından yıldırım gibi çıkan biri onlara el salladı. Ali'ydi. Ekili alanların aşağısında bir yeri gösteriyor, Naruz'un adını haykırıyordu. Nessim için kötü ön belirtilerle dolu olan bu ad bir ölüm haberi gibi çınladı, oysa henüz ölmemişti. Ali, "Kutsal ağacın orada," diye bağırdı. İki adam atlarını mahmuzlayıp ellerinden geldiğince hızlı tarım bölgesine daldılar.

Nubk ağacının altında, otların üzerinde yatıyordu, başı ve boynu ağaca dayalıydı, biraz dikçe bir açıyla dayandığı için yüzü öne doğru eğilmişti; sanki gövdesindeki kurşun yaralarını inceler gibiydi. Yalnızca gözleri kımıldayabiliyor, ama onlar da kurtarıcılarının ancak dizlerine ulaşabiliyordu; acıdan solmuş, cezayirmenekşesi mavisinden donuk grafit mavisine dönüşmüşlerdi. Nasıl olduysa kamçısı gövdesine dolanmıştı, belki de eyerden düşerken olmuştu bu. Balthazar atından inip ağır ağır ve kararlı bir biçimde ona doğru yürüdü, dilini her zamanki gibi şaklatıyordu; bunda sevgi ve acıma yok değildi ama aslında kendi merakını, insanın felaketi karşısında sevinen birinin meslek adamlığını ayıplama vardı. Böylesine çok ilgi duymaya hakkı yokmuş gibi gelirdi her zaman. *Cık, cık!* Nessim çok solgun, çok sakindi ama kardeşinin yerde yatan gövdesine yaklaşamıyordu. Oysa korkunç bir çekim gücünün etkisi altındaydı – sanki Balthazar her an patlayıp her ikisini de öldürebilecek çok güçlü bir patlayıcı yerleştirmeye uğraşıyor, kendisiyse yalnızca atları tutarak ona yardım edebiliyordu. Naruz alçak ve hırçın bir sesle –aradığı sevgiyi bulmak için hastalığını kullanan ateşli bir çocuğun sesiyle– hiç beklenmeyecek bir şey söyledi: "Clea'yı görmek istiyorum." Bu sözler ağzından sakince döküldü, sanki yüzyıllardır aklında duran tek cümleyi söylüyordu. Dudaklarını yalayıp ağır ağır bir kez daha yineledi. Balthazar baktığı noktadan Naruz'u gülümsermiş gibi görüyordu ama bunun bir acı kasılması olduğunu anladı. Ördekleri halkalamak üzere yumuşak tel kesmek amacıyla yanında getirdiği eski ameliyat makasını hemen arayıp bularak Naruz'un giysisini kuzey güney doğrultusunda dümdüz kesti. Bunun üzerine Nessim yanına yaklaştı, ikisi birlikte mavi, kansız kurşun delikleriyle budaklı bir meşe ağacına benzeyen tüylü, güçlü gövdesine baktılar. Ama çok kurşun deliği vardı, çok. Balthazar kendi kendisiyle el sıkışan bir Çinlinin yansılamasına benzeyen kendine özgü o küçük kuşkulu el hareketini yaptı.

Şimdi yanlarına başka insanlar da gelmişti. Düşünmek daha kolaylaştı. Naruz'u eve taşımak için erguvan rengi kocaman bir perde getirmişlerdi. Ayrıca, şimdi, daha önce ortalardan çekilmiş olan hizmetkârlar nasıl olduysa bir bir ortaya çıkıyordu. Onların kaygılı görünümleriyle hava daha da ağırlaştı. Erguvan rengi büyük örtünün üzerine konup yaralı bir geyik gibi ekili alanların arasından taşınan Naruz dişlerini gıcırdatıyor, inildiyordu. Eve yaklaştıkları zaman aynı duru, çocuksu sesle, "Clea'yı görmek..." dedikten sonra titremeli iç çekişleriyle kesilen sıtmalı bir sessizliğe gömüldü.

Hizmetkârlar, "Tanrı'ya şükür doktor burada! Bir şeyciği kalmaz inşallah!" diyorlardı.

Balthazar, Nessim'in kendisine baktığını hissetti. Başını umutsuzca, sıkıntıyla iki yana salladı, hafifçe dilini şaklatıyordu. Mesele, saat, dakika, saniye meselesiydi. Böylece küçük oğulun vücudunu taşıyarak tuhaf bir dinsel alay gibi eve ulaştılar. Hıçkıran, kedi gibi miyavlayan ama iyileşeceği umudunu, inancını yitirmeyen kadınlar, vücudunun ağırlığı altında yelken gibi şişmiş erguvan rengi perdenin içinde yayılmış yatan gövdeye, dışarıya sarkmış başa bakıyorlardı. Nessim, "Aman yavaş", "Köşeye dikkat" gibi küçük sözlerle onları yönlendiriyordu. Böylece, bu sabah fırlayıp çıktığı kasvetli yatak odasına geri getirdiler onu. Bu sırada Balthazar, göl kazalarına karşı bir dolapta saklanan tıbbi gereç paketini yırtmış, enjektörle morfin şişesini arıyordu. Naruz'un ağzından küçük küçük iniltiler, kuğurdamalar çıkıyordu. Gözleri kapalıydı. Evin bir başka köşesinde Nessim'in Clea'yla yaptığı alçak sesli konuşmayı duyamıyordu.

"Ama ölüyor Clea."

Clea anlaşılmaz bir iniltiyle karşı çıktı: "Ne yapabilirim Nessim? O benim için bir hiç, eskiden de öyleydi, gelecekte de öyle kalacak. Ah, çok *iğrenç* – n'olur bana gel, deme Nessim."

"Demem elbette. Ben yalnızca mademki ölüyor, dedim."

"Ama gelmem gerektiğini düşünüyorsan o zaman iş değişir."

"Hiçbir şey düşünmüyorum. Yaşayacak fazla vakti yok Clea."

"Gelmem gerektiğini sesinden anlıyorum. Ah Nessim, insanların karşılık görmeden âşık olmaları çok iğrenç bir şey! Arabayı gönderir misin, yoksa Selim'e mi telefon edeyim? Kemiklerimin üzerinde etimin titrediğini hissediyorum."

Nessim başı öne eğik, çok üzüntülü bir sesle, kısaca, "Teşekkür ederim Clea," dedi; nedense o "iğrenç" sözcüğü onu çok yaralamıştı. Ağır ağır yatak odasına dönerken, avlunun insanlarla dolduğunu gördü – yalnızca hizmetkârlarla değil, meraklı konuklarla. Nessim, açık bir yaranın sinek çekişi gibi felaket de insanları çekiyor, diye düşündü. Naruz uyukluyordu. Bir süre fısıltıyla konuşarak oturdular. Nessim büyük bir üzüntüyle, "Demek annesi burada yokken ölecekmiş ha?" dedi. Leyla'yı buradan gitmeye kendisinin zorladığını düşününce suçluluk duygusu bir kat daha arttı. "Böyle yapayalnız."

Balthazar yüzünü sabırsızlıkla buruşturdu. "Hâlâ yaşıyor olması şaşırtıcı. Kesinlikle yapılacak hiçbir şey yok..." Balthazar o kara, akıllı başını ağır ağır iki yana salladı.

Nessim ayağa kalkıp, "Öyleyse onlara iyileşme umudunun olmadığını söyleyeyim. Ölümü için hazırlık yapmak isterler," dedi.

"Nasıl istersen."

"Rahip Tobias'ı çağırtayım. Son töreni o yapsın – Ekmek ve şarap törenini. Hizmetkârlar gerçeği ondan öğrensinler."

Balthazar kuru bir sesle, "Nasıl uygun bulursan öyle yap," dedi. Arkadaşının ince uzun karaltısı merdivenlerden aşağı kayıp gerekli talimatları vermek üzere avluya çıktı. Hemen bir atlı gönderilecek, ona kiliseden kutsanmış ekmek ve şarap alıp Naruz'un son törenini yapmak üzere çabucak Karm Abu Girg'e gelmesi söylenecekti. Bu haber duyulunca korkuyla bekleşenlerden büyük bir iç çekiş sesi yükseldi, hizmetkârların yüzleri asıldı. Kaygıyla sordular: "Peki, ya doktor? Peki, ya doktor?"

Can çekişen adamın yanında oturan Balthazar kötü kötü gülümsedi. Alçak sesle kendi kendine soruyu yineledi: "Peki, ya doktor?" Ne acı bir alay! Bir an için soğuk avucunu kesin bir boyun eğmişlikle Naruz'un alnına koydu. Yüksek ateş, bir düzine kurşun deliği... "Peki, ya doktor?"

İnsan uğraşlarının boşunalığını, yaratıkların en günahsız, en az kuşkulusunu hayatın nasıl korkunç kazalarla karşı karşıya bıraktığını düşünerek bir sigara yakıp balkona çıktı. Yüz tane meraklı bakış onun gözüne bakıyor, sihrinin gücüyle hastayı sağlığına kavuşturması için yalvarıyordu. Kaşlarını adamakıllı çatarak hepsine baktı. İncil'deki Mısır masallarının eski büyülerine başvurabilseydi Naruz'a ayağa kalkmasını seve seve söylerdi. Ama... "Peki, ya doktor?"

İç kanamaya, nabzının kulaklarında zonklamasına, ateş ve sancıya karşın yaralı direniyor –bir anlamda– enerjisini Clea'nın gelişine saklıyordu. İnsanlardan yükselen hafif uğultuyu, merdivenlerdeki ayak seslerini buna yordu, oysa gelen rahipti. Kirpikleri hafifçe aralandı sonra tekrar kapandı, süt domuzu yemekten geliyormuş gibi görünen yağlı yüzlü genç adamın yağlı sesini duymaktan bıkmıştı. Kendi uzak bekleyişine döndü, Tobias kendisine duygusuz, hatta ölüymüş gibi davranabilirdi, yeter ki o –her zamanki gibi uzak ve ele geçirilmez olan ama bu kadar acı karşısında belki de duygusuz kalamayacak– o sarışın imgeye bitmek üzere olan gücünden birazını ayırabilsin. Acıması bile yeterdi. İstekten şişmiş, gebe bir kadın gibi gerilmişti. İnsan âşıksa, aşkın ne kadar utanmaz bir dilenci olduğunu bilir; aşkın olmadığı yerde insan acıma duygusunun tepkileriyle, düşlediği mutluluğun sahtesiyle avunabilir. Ama saatler ilerliyor, Clea görünmüyordu. Onunla birlikte bütün evdekilerin kaygısı da büyüdü. Naruz'un sabrının nedenini sezgiyle doğru olarak kestirebilen Balthazar'ın aklına kışkırtıcı bir düşünce geldi: "Sesimi Clea'nın sesine benzetebilirim – nereden bilecek? Onun sesiyle söyleyeceğim birkaç söz onu avutur." Birinci sınıf bir vantrilok ve mimciydi. Ama bu sese başka bir ses karşılık verdi: "Hayır. Ne kadar acı olursa olsun, insan bir yazgıya yalanlarla burnunu sokmamalı. Nasıl ölecekse öyle ölmeli." Birinci ses acı acı yanıtladı: "Morfine, dinin avuntularına evet de, çok istenen bir insanın öykünülmüş sesinin, elinin dokunuşunun vereceği mutluluğa neden hayır? Bunu yapmak senin için işten bile değil." Ama Kutsal Kitap'tan balkonda bölümler okuyan, sesi avludaki insanların mırıltılarına, ayak patırtılarına karışan rahibin çirkin sesini dinlerken kendi kendine kara başını sallayarak, inatla, "Hayır," dedi. Clea'nın sesinin yansılaması neyse İncil de o değil miydi? Bunları düşünürken hastasını yavaşça, üzüntüyle alnından öptü.

Naruz, ruhlar diyarının çekiştirmelerini, beş vahşi köpeğinin dizginleri gittikçe daha çok zorladığı duygusunu fark etmeye başladı. Sağlam iradesinin güçleriyle onlara karşı koyuyor, zaman kazanmaya çalışıyor, duyularını mumyalayıp değerli bir taş gibi mezara gömdüğü kızın sesini, kokusunu, bu dünyada kendisine görünür kılınmasını, bekleyebileceği tek şeyi bekliyordu. Sancı burgularının içinde sinirlerinin tıkırtısını, kanında patlayacak olan oksijen kabarcıklarının daha yavaş yükseldiğini hissediyordu. Kaynaklarının, zamanının tükendiğini biliyordu. Yavaş yavaş artan kötürümlüğün ağırlığı, acının uyuşukluğu zihnine çöküyordu.

Nessim yeniden telefona gitti. Balmumu gibi sararmıştı, iki yanağında verem kızartısına benzeyen birer pembelik vardı, annesinin yüksek, tatlı ve isterili sesiyle konuştu. Clea, Karm Abu Girg'e gelmek üzere yola çıkmıştı, ama galiba bir toprak setin çökmesi sonucu yolun bir bölümünü su alıp götürmüştü. Clea'nın o akşam sala kadar gelip gelemeyeceğinden kuşkuluydu Selim.

Naruz'un göğsünde şimdi de büyük bir savaş başlamıştı – içinde kavgaya tutuşmuş olan güçlerin arasındaki dengeyi sürdürme savaşı. Bekleme çabasının etkisiyle kasları demet demet kasılıyordu, kendini sıkmaktan abanoz gibi siyahlaşmış, iradesiyle denetlediği damarları dışarı fırlamıştı. Yavaş yavaş tükendiğini anladıkça, dişlerini bir yabandomuzu gibi vahşice gıcırdatmaya başladı. Balthazar'sa bir elini Naruz'un alnına koymuş, öteki eliyle de kasları burulmuş bileğini sıkı sıkı tutarak bir yontu gibi oturuyordu. Arapça bir şeyler fısıldadı: "Sakin ol canım. Yavaş, bir tanem." Üzüntü onu sakinleştirmiş, kendine getirmişti. Gerçek öylesine acıdır ki, onun bilgisine varmak bir tür rahatlama verir.

Bir süre hiçbir değişiklik olmadı. Sonra can çekişen adamın kıllı boğazından tek bir kocaman sözcük fırladı: Clea'nın adı; yaralı bir aslanın mağara gibi boş sesiyle söylenmişti: Birden kükreyen, içinde öfke, sitem, sonsuz keder taşıyan bir ses. Öylesine çıplak bir ad, onun adı, "Tanrı" ya da "anne" kadar sıradan – ama gene de gövdesinin, soluğunun için için sıfırı tüketmekte olduğunun bilincinde olan, can çekişen bir fatihin, yitik bir kralın dudaklarından dökülmüş gibiydi. Onun büyük acısının görkemine boğulmuş olan Clea'nın adı bütün evde yankılandı, fısıldaşan hizmetkârlar, konuklar bunun üzerine suspus oldular, av köpekleri kulaklarını düşürüp yere çökerek yaltaklanmaya başladılar: Nessim'in zihninde yepyeni, ürkütücü bir acılıkla yankılandı, acısı ağlayamayacağı kadar derindi. Bu korkunç haykırış yavaş yavaş sönerken, onun ölüm haberi yeni ve ezici bir ağırlıkla oradakilerin üstüne çöktü – umudun üstüne kapanan büyük bir mezar kapağının ağırlığı gibi.

Acının yattığı yatağın yanı başında, doktorun kımıltısız, yenik, acının kendisi kadar kocamaz yontusu oturuyordu. Anlamanın parlak ışığıyla dolu olarak kendi kendine düşünüyordu: "'Ölümün ağına düşmemek' gibi bir söz, Naruz'un o bağırışına benzer bir şey anlatabilirdi. Ya da, 'Cehennemin ağına düşmemek.' Bir zihnin kendi özel cehennemi anlamına gelse gerek. Hayır, hiçbir şey yapamayız."

O büyük haykırış, tarak ve kâğıt çıtırtısına benzeyen uzun ölüm hırıltısıyla, uzak bir örümcek ağına yakalanmış bir sineğin vızıltısıyla yavaşça son buldu.

Bunun üzerine balkonda Nessim'in ağzından küçük, yumuşak bir hıçkırık çıktı – gövdesinden koparılan bir bambu dalının çıkardığı sese benzer bir ses. Bu hıçkırık büyük bir senfoninin ilk ölçüleri gibi, aşağıda, karanlıkta yankılandı, dudaktan dudağa, yürekten yüreğe geçti. Hıçkırıklar –birbirinden alev alan mumlar gibi– birbirini tutuşturdu, o güzelim keder temasının orkestra müziği, karışık iniltilerin uzun titreşimi boş kuyudan yukarıya yükselerek kararan gökyüzüne tırmandı, Mareotis Gölü'ne yağan yağmurun sessizliğine karışan uzun, sessiz bir iç çekişi oldu. Naruz'un ölümüne herkesin aklı yatmaya başlamıştı. Balthazar başını eğmiş, kendi kendine, yavaşça Yunanca dizeler okuyordu:

Artık ayrılma zamanı gelince keder
Gezinir rüzgâr gibi gemisinin iplerinde
İnsanın ölümünün, beyaz gövdenin pruvası,
Dolar yelkenleri ruhun
Soluğun Hayaleti'yle, alabildiğine ve sonsuza dek.

Bu bir tetiğin çekilmesi için işaretti çünkü biraz sonra evde Kıptilerin ölü bekleme törenlerinin kaçınılmaz korkunç sahneleri, eski zamandan kalma korkularla, esrikliklerle yüklü sahneleri oynanacaktı.

Ölüm, krallıklarının kapılarını kadınlara açmış, her birinin keder kalıtını sunmaya gelmelerine izin vermişti. Hepsi topluca yukarı çıkıyordu, merdivenleri tırmandıkça hızlandılar, ilk ürkünç çığlıklarını atarlarken yüzleri esrikleşti, başkalaştı. Hızla yukarı çıkarlarken, kanca gibi kıvrılmış parmaklarla etlerini, göğüslerini, yanaklarını kösnül bir esriklik içinde tırmalamaya başladılar. *Zagreet* denen o tuhaf, ürpertici ulumayı çıkarıyor, dillerini damaklarında mandolin teli gibi titretiyorlardı. Değişik perdelerde kulak zarı patlatıcı bir dil titretme korosu.

Eski ev, içeriye postu atan, ölünün odasına doluşup sessiz cesedin çevresinde toplanan, tüyler ürpertici ölüm çığlıklarını yineleyen, dayanılmaz, hayvanca bir esrikliğe kendilerini kaptırmış acuzelerin acı feryatlarıyla çınlıyordu. Onlar törensel yas danslarına başladıklarında, Nessim'le Balthazar sandalyelerinin üzerinde, başları önlerine eğilmiş, elleri kenetlenmiş, sessizce oturuyorlardı – insan başarısızlığının gerçek bir tablosu. Kendilerini bu keskin titreşimli çığlıklarla delik deşik olmaya bırakmışlardı. Şimdi ancak eski bir kederin töresine boyun eğmek yakışık alırdı: Keder, deliliğin sınırlarında dolaşan bir Bacchus şenliği çılgınlığına dönüşüyordu. Gövdenin çevresinde halka olan kadınlar göğüslerini yumruklayıp uluyarak dans ediyorlardı ama bu, eski dünyanın çoktan unutulmuş mezar kabartmalarından anımsanmış bir danstı, o dansın ağır ölçülüsüydü. Yürüyor, sallanıyor, tepeden tırnağa titriyor, kıvrılıyor, ölüye kalkmasını söyleyerek dönüyorlardı. "Kalk benim büyük acım! Kalk benim ölümüm! Kalk benim bir tanem, ölümüm, devem, koruyucum! Ah tohum dolu sevgili gövde kalk!" Sonra, gırtlak paralayıcı korkunç bir uluma koparıyorlar, yaslarının büyüsüne kapılmış durumda dönüp duruyorlar, kederlerini bütün eve bulaştırıyorlardı; aşağıdaki karanlık avludan onların erkeklerinin daha derin, daha karanlık homurtusu duyuluyordu; erkekler birbirlerinin ellerine dokunuyor, birbirlerini avundurmak için "*Ma-a-leş!* Bağışla ya Rabbim! Hiçbir şey acımızı hafifletemez!" diyorlardı.

Böylece, keder katlanarak çoğalıyordu. Kadınlar dört bir yandan akın akın gelmeye başladılar. Kimileri şimdiden yas kılıklarını giymişlerdi – koyu mavi pamukludan pis bir örtü. Yüzlerini çivitle boyamışlar, salınmış saç örgülerine kül sürmüşlerdi. Yukarıdaki kız kardeşlerinin acı feryatlarını parlak dişlerini göstererek aşağıdan yanıtlıyor, merdivenleri tırmanarak acımasız iblisler gibi odalara doluşuyorlardı. Yollu yöntemli bir çıldırmışlıkla eski eve oda oda saldırdılar; her yeni saldırıdan önce duraklıyor ve aynı ürkünç feryatları yineliyorlardı.

Karyolalar, dolaplar, kanepeler balkona sürüklenip oradan avluya fırlatıldı. Her çarpma sesinden sonra yeni bir feryat –uzun, kabarcıklı bir *zagreet*– kopuyor, bu feryatlara evin dört bucağından yanıtlar geliyordu. Daha sonra aynalar bin parça edildi, resimler, halılar ters çevrildi. Evde ne kadar cam ve porselen eşya varsa –cenaze törenlerinde kullanılan siyah kahve takımı dışında– kırıldı, ayaklar altında çiğnendi, un ufak edildi. Hepsi balkona sürüklenip yığıldı. Dünya yaşamının düzen ve sürekliliği düşüncesini ileri süren her şeyin, ister kişisel, ister ailevi, ister toplumsal olsun, atılıp yok edilmesi gerekiyordu. Tabaklar, resimler, süs eşyaları ya da giysilerle birlikte ölünün anısının yöntemli olarak yok edilmesi... Şimdi ev tam bir yıkıntıya dönüşmüştü, geri kalan eşyaların üzerine kara örtüler serildi.

Bu sırada, aşağıya kocaman renkli bir çadır, bir otağ kurulmuştu; yas tutmaya gelen konuklar "Yalnızlık Gecesi"ni orada kara fincanlardan kahve içerek zaman zaman acı feryatlarla, bayılan ya da sara nöbetine yakalanarak yere yuvarlanan bir kadının gürültüsüyle kesilen yukarıdaki derin, yürek kaldırıcı iniltiyi dinleyerek geçireceklerdi. Bu büyük adamın cenaze töreninin başarılı olması için hiçbir şey esirgenmemeliydi.

Yeni yeni yasçılar da gelmeye başlamıştı, aralarında bu işi meslek olarak yapanlar da vardı; yalnızca bir dostun cenaze töreninde bulunmak amacıyla gelenler geceyi parlak ışığın altında, renkli otağda geçirmek için gelmişlerdi. Ama çevre köylerden, meslekleri yasçılık olan kişiler de vardı, onlar için ölüm, yas şiirleri yarışması gibi bir şeydi; arabalarla, develerle, yaya olarak geliyorlardı.

Her biri avlu kapısından içeri girer girmez, cinsel boşalma çığlığı gibi, uzun titremeli bir çığlık atıyor, öteki yasçıların acısını kamçılıyor, evin her köşesinden yanıtlar alıyordu – alçak hıçkırıklar giderek sinir sistemini etkileyici, tüyler ürpertici, uzatmalı bir dil titremesine dönüşüyordu.

Meslekleri yasçılık olan bu insanlar kendi kastlarının, yıllardır birikmiş ölüm deneyimlerinin anılarının yaban şiirini de birlikte getiriyorlardı. Çoğu genç ve güzeldi. İyi şarkı söylüyorlardı. Törene, teflerle, davullarla geliyor, bunları çalarak dans ediyor, onlarla kendi acılarını vurguluyor, daha önce gelmiş olanların gevşeyen acılarını kamçılıyorlardı. Ölünün çevresinde zarif, oranlı devinimlerle ağır ağır dans etmeye, incelikli, şiirsel Arapçayla Naruz için kasideler okuyup acıma duygusunun esrikliği içinde kıvrılıp dönmeye başlarlarken, kıvançla, "Evin sahibine övgüler olsun!" diye bağırıyorlardı. Onun yiğitliğini, dürüstlüğünü, güzelliğini, varlıklılığını övdüler. Kusursuzca aktarılan bu uzun şiir parçaları, aşağıdaki ve yukarıdaki dinleyicilerin hıçkırıklarıyla, iniltileriyle kesiliyordu; hatta aşağıdaki çadırda, dik arkalıklı sandalyelerde oturan, şiire hiç dayanamayan yaşlı adamların bile boğazları düğümleniyor, dudaklarından kuru bir hıçkırık çıkıyordu; başlarını öne eğip, "*Ma-a-leş!*" diye fısıldaşıyorlardı.

Hosnani'lerin dostu olan yaşlı öğretmen Muhammed Şebab, konukların arasındaki özel yerinden dolayı böbürleniyordu. En iyi kılığını, hatta eskiden kalma yarım tozluklarını, yeni kırmızı fesini giymişti. Eski evin balkonunda, Nessim'le, Naruz'la birlikte müzik dinleyerek, Leyla'yla gevezelik ederek geçirdiği unutulmuş akşamların anısı ona yapmacık olmayan, gerçek bir acı veriyordu şimdi. Toplu yaslarla özel acılarını üstlerinden atmak için ölü bekleme gecelerini fırsat bilen Delta insanları gibi o da ölmüş kız kardeşini düşünüp hıçkırmaya başladı. Oradaki uşaklardan birinin eline para sıkıştırarak, "Alam'a söyle, 'Kadınların İmgesi' ağıdını bir daha söylesin, lütfen. Onunla bir daha yas tutmak istiyorum," dedi. O uzun şiir başlarken, şiir aracılığıyla üzerinden atacağı tazelenmiş kederle dolu olarak, büyük bir hazla geriye yaslandı. En sevdikleri ağıdın söylenmesini isteyen, şarkıcılara gerekli parayı ödeyen başkaları da vardı. Böylece o yörelerin bütün kederi yaşayanlarca dile getirilmiş, acılığından arındırılmış, Naruz'un ölü imgesi aracılığıyla anımsanmış oluyordu.

Bu şamata sabaha kadar sürecekti – ölünün çevresinde dönüp duranların o tuhaf dansı, teflerin titreşimleri, dalgacıkları, dil titreterek çıkarılan feryatlar, olağanüstü güzel eğretilemelerle, imgelerle süslü ağıtların ağır nabız atışları – ölü evinin bütün şiiri. Kimileri erken yoruldu, evin uşaklarından beş-on kadarı iki saat böyle ağıt söyledikten sonra isteriden bayıldılar; meslekten ağıtçılar güçlerinin sınırlarını biliyor; tören yöneticisiymiş gibi davranıyorlardı. Aşırı kederden ya da uzun haykırışlardan sonra güçsüz düşünce yere çöküp kısa bir süre dinleniyor, hatta sigara içiyorlardı. Sonra güçlerini kazanmış olarak yeniden dansa katılıyorlardı.

İlk uzun acı tutkusu dile getirildikten sonra, Nessim, su ve sünger sesine –çünkü Naruz'un yıkanması gerekiyordu– ilahi seslerini, uzun soluk mumların ışığını ekleyecek olan papazları çağırttı. Sonunda geldiler. Ölü yıkayıcılar küçük Kıpti kilisesinin iki kayyımıydı – iki yontulmamış odun. Aralarında çok sert bir tartışma çıktı çünkü ölünün giysileri ölüyü giydirecek olanların bahşişidir, oysa kayyımlar Naruz'un kılıksız dolabında zahmetlerinin karşılığı olabilecek bir şey bulamadılar. Bir iki eski palto, çizme, yırtık bir gecelik entarisi, sünnetinden kalma küçük, işlemeli bir başlık – işte Naruz'un bütün varı yoğu buydu. Kayyımlar para kabul etmezlerdi – uğursuz sayılırdı. Nessim öfkelenmeye başladı ama geleneğe uygun ödeme yapılmadan Naruz'u yıkamamakta katır gibi direttiler. Sonunda, Nessim'le Balthazar kendi üstlerindekileri çıkarıp kayyımlara vermek zorunda kaldılar. Kayyımlar, Naruz'un eski püskü giysilerini bir korku titremesi geçirerek üstlerine giydiler – uzun, bedenlerinden mezuniyet cüppesi gibi aşağıya inen harmaniler. Ama törenin tamamlanması için ne gerekiyorsa yapılmalı, gün ağarırken gömülmek üzere kiliseye götürülmeliydi cenaze – yoksa bu yas işi daha kim bilir kaç gün, kaç gece sürermiş! Nessim bir yandan da tabut yaptırıyordu, ilahi sesleri, tekerlekçinin az ilerideki avlusundan gelen çekiç ve testere sesleriyle kesiliyordu. Nessim artık yorgunluktan bitmiş durumdaydı, bir iskemlenin üzerinde ara ara uyukluyor, keskin bir feryatla ya da özel bir sorunun çözümü için kendisine danışmaya gelen hizmetkârlar tarafından uykusundan uyandırılıyordu.

Şarkıcıların mırıltısı, gül renkli titrek mum ışığı, süngerlerin fışırtısı, ölünün gövdesini kazıyan ustura sesi. Artık olaydan acı duyulmuyordu, ruhlar ölü gibi duyarsızlaşmıştı. Akan suyun, kardeşinin bedenine yavaşça sürtülen süngerlerin sesi, yepyeni bir düşünce ve coşku dokusunun parçası gibi görünüyordu. Ölüyü ters çeviren yıkayıcıların iniltileri; dönen gövdenin masanın üzerinde güm diye çıkardığı düşme sesi. Mutfak masasına atılan ölü bir tavşanın yumuşak düşme sesi... titredi.

Sonunda Naruz yıkanmış, yağlanmış, üzerine biberiye ve kekik suyu serpilmiş, her Kıpti gibi bugün için sakladığı, Ürdün Irmağı'na batırılmış beyaz keten kefenle sarılmış olarak kaba tabutun içinde yatıyordu. Mezarına götüreceği ne değerli takıları ne de giysileri vardı, ama Balthazar kan lekeli büyük kamçıyı dolayıp yastığının altına koydu. (Ertesi sabah hizmetkârlar bu silahın vuruşlarıyla yüzü paramparça olmuş bir alçağın cesedini getireceklerdi; anlaşılan çığlıklar atarak ekili toprakların içine dalmış, bir su kanalına düşerek boğulmuştu. Kamçı öylesine başarılı olmuştu ki, adam tanınacak durumda değildi.)

İşin yarısı tamamlanmıştı, artık günün doğuşunu beklemekten başka yapacak bir şey kalmamıştı. Yasçılar Naruz'un yattığı odaya tekrar alındılar, tutkulu danslar, tef, davul sesleri yeniden başladı. Balthazar artık gitmek üzere izin istedi çünkü yapabileceği bir şey yoktu. İki adam kol kola, ağır ağır, sanki yorgunluktan tükenmiş gibi birbirlerine dayanarak avluyu geçtiler.

Nessim, "Salda Clea'ya rastlarsan onu da geri götür," dedi.

"Elbette."

Ağır ağır el sıkışıp kucaklaştılar. Sonra Nessim esneyerek, titreyerek eve döndü. Bir sandalyenin üzerine oturup uyuklamaya başladı. Üç günden önce evdeki kederli hava dağılmaz, Naruz'un ruhu papazların törenleriyle "uzaklaştırılamaz"dı. İlkin, sabahın çok erken saatinde, sis kalkmadan, ellerinde fenerler, sancaklarla, dağınık, uzun bir alay gelecekti, yüzleri siyaha boyanmış, saçlarını yolan cadalozlar. Kalın, yürek kaldırıcı sesleriyle, "Senin âlemine geldiğim zaman beni unutma yüce Tanrım," diye mırıldanan papaz çömezleri. Sonra, kilisenin soğuk tabanında Naruz'un soluk yüzünün üstüne yağan hıçkırıklar, "Topraktan geldik toprağa gidiyoruz"u ezbere okuyanların sesleri, onu göğe göndermek için okunan İncil cümleleri. Kapak kapanırken metal vidaların gıcırtısı. Kabaca yontulmuş tabutun yanı başında, dik arkalıklı sandalyede uyuklarken, Nessim bütün bunları zihninde önceden gördü. Yastığının altında kıvrılmış yatan kamçısıyla Naruz acaba düşünde ne görüyordu?